雷献和 著

初心
ORIGINAL
HEART

农民将军
甘祖昌

SPM 南方出版传媒、广东人民出版社
·广州·

图书在版编目（CIP）数据

初心 / 雷献和著．— 广州：广东人民出版社，2021.5

ISBN 978-7-218-14948-6

Ⅰ．①初… Ⅱ．①雷… Ⅲ．①纪实文学－中国－当代 Ⅳ．①I25

中国版本图书馆 CIP 数据核字（2021）第 030476 号

CHUXIN

初 心

雷献和 著

出 版 人：肖风华

责任编辑：刘 宇

责任技编：吴彦斌 周星奎

装帧设计：八牛·设计 34508448@QQ.com 8NEW DESIGN STUDIO

出版发行：广东人民出版社

地 址：广州市海珠区新港西路 204 号 2 号楼（邮政编码：510300）

电 话：（020）85716809（总编室）

传 真：（020）85716872

网 址：http://www.gdpph.com

印 刷：北京彩虹伟业印刷有限公司

开 本：787mm×1092mm 1/16

印 张：26 **字 数**：290 千

版 次：2021 年 5 月第 1 版

印 次：2021 年 5 月第 1 次印刷

定 价：58.00 元

如发现印装质量问题，影响阅读，请与出版社（020－85716849）联系调换。

售书热线：（020）85716826

目　录

一　为民众临危受命

中华人民共和国成立初期，敌特分子活动猖獗，社会治安令人忧心。

这天黄昏，新疆军区八一子弟学校的龚全珍老师看天色已晚，不放心孩子们自己回家，打算多送他们一段路。她和另外一名女老师刚刚领着孩子们过了马路，前方巷子里突然蹿出来几名挥舞长刀的蒙面人，丧心病狂地冲进学生队伍里。

顿时，街上响起一片惊恐失措的惨叫声，孩子们犹如被驱赶的幼兽四下逃散，唯有一个小男孩被吓蒙了，呆呆地站在原地。眼看一个蒙面人冲到他身前挥刀砍下，龚全珍奋不顾身地抢步上前护住小男孩，死死地闭上眼准备硬生生挡下那一刀。

突然耳边一声枪响，龚全珍浑身一震，瑟缩着睁开眼睛，只见那蒙面人已直挺挺倒在地上。原来街口出现一辆军用汽车，一名中年军人从车窗里探出半截身子，开枪击毙了蒙面人。接着，他迅速跳下车，转眼间便将另外几个蒙面人全部击毙。

龚全珍紧紧搂住小男孩，愣愣地看着眼前的一切。小男孩也受惊过度，浑身瑟瑟发抖。另外一名女老师急忙跑上前关切地问道："龚老师，龚老师，你没事吧？"龚全珍心有余悸地摇摇头。

这位如天神般降临的中年军人正是新疆军区后勤部部长甘祖昌。他大步走向龚全珍，严肃地问道：“你是这个学校的老师？”

龚全珍站起来，看着甘祖昌，点了点头。

甘祖昌面露不悦，责问道：“这么晚了，怎么才放学？”

龚全珍颤抖着说道：“班里补课……”

甘祖昌眉头一皱：“你不知道最近城里乱吗？还补什么课！以后超过四点，学生一律不准待在学校里！”接着又瞟了孩子们一眼，问道，“都没事吧？”

龚全珍连忙回答：“幸亏您及时赶到，我们都没……”

甘祖昌略一颔首，不等龚全珍说完，利落地转身走向一旁。这时，一队巡逻的解放军战士赶来，在甘祖昌的指挥下将尸体抬走了。

回过神来的龚全珍望着对战士们发号施令的甘祖昌，略带不满地说道：“这人是谁啊？好大的派头。”

旁边的女老师十分惊讶：“你不知道？他就是新疆军区后勤部部长甘祖昌！”

龚全珍望着那个瘦高的身影撇了撇嘴。

回到军区，甘祖昌向军区第一副司令员王震汇报了情况。王震非常生气：“简直胆大包天！这帮敌特分子前两天刚炸了军工所，昨天又抢了我们的辎重车，今天竟然对刚放学的孩子们下毒手，嚣张至极！”

见首长发火了，甘祖昌并没有感到惊讶，接着说道：“我们实际面临的困难远比表面上的复杂。这次我去伊犁购买羊毛和粮食，不料去晚了一步，这两样已经全部被人买走了。不光是伊犁，还有天山附近的那些中小型集镇和村落，可用的物资几乎一夜之间全部被人以比市价略高的价格收走了。”

王震听了，眉毛一挑：“怪不得最近迪化市面上的粮食、布匹又开始涨价了……”

甘祖昌的神情有些凝重：“敌人不光明里给我们捣乱，暗里更与奸商勾结，一明一暗想要合力摧垮我们。”

王震思考了片刻："我怀疑部队里面出了奸细。辎重车队的运输路线都是保密的，敌人不可能提前获知并在路上设好埋伏，除非有人泄密。北京有一批援疆的白银要到了，我担心路上会有差池，19 万两援疆白银可和那几条枪、几箱手雷不一样啊。"

甘祖昌听完心中一凛，迅速盘算起来。

几天后，天气阴沉，九辆白银运输车依次在公路上疾驰。每辆车的车身上都覆有残雪，四角各站着一名体格健壮、手持冲锋枪的解放军战士。战士们身上也依稀显出被雪打湿的痕迹，但他们个个腰板挺得笔直，丝毫不敢懈怠。

当运输车队行至一座设在狭长山谷入口处的关卡时，负责押运的张连长从车上跳下来招呼大家抓紧时间吃饭，十五分钟后再出发。司机和战士们纷纷拿着饭盒向休息室走去。完成押运任务的战士们则跳进一辆运兵车，与张连长告别，返回了北京。

这时，哨卡卫兵递给张连长一封电报："连长同志，这是今天早晨甘部长发来的。"

张连长看了电报，心头不禁一惊。这时，喇叭声响起，他抬头望见又一队汽车驶进了关卡。

十五分钟后，运输车队驶出关卡，进入山谷。山谷两侧高山险峻，绵延数十里。车队行驶了一段路程，忽然发现前面的路上堆满了树木和石块。车队被迫停下，打头的司机下来查看了一下情况，对后面的人喊道："前边堵死了！都下来清路！"

司机们纷纷下车。突然，一阵"轰隆隆"的声音传来。坐在尾车里的张连长立刻警觉地四处张望，只见从身后的山崖上落下大量树木和石块，一眨眼的工夫，连退路也被堵得严严实实。

他急忙跳下车，向前面的人挥手大喊："快！快上车！"

话音刚落，子弹便如暴雨般从头顶倾泻下来。司机们急忙闪身钻进车里，子弹纷纷打在了车门和车窗上。

埋伏在山崖上的二三十名敌特分子一边开枪，一边冲下山谷，逼近了车队。

张连长悄悄隐蔽到座位底下，镇定自若地等待敌人靠近。

敌特分子几人一队各包围了一辆汽车。有的将司机从车上赶下去，有的跳进车厢，将盖住箱子的篷布掀开。刹那间枪声大作，原来箱子里面竟藏着十几名解放军战士，他们一齐开枪，打得敌特分子措手不及。

北风呼啸着卷走了树枝上的枯叶。在迪化城空旷的郊外，甘祖昌和军区物资管理处处长李保山带领一个班的战士，正静候运输车队的到来。

已经超过预定时间一个小时了。李保山紧皱眉头，不时掏出怀表查看。甘祖昌却气定神闲地安慰道："昨晚气象站打来电话，吐鲁番下雪了。这么远的路，耽误一会儿也正常。"

李保山搓了搓手，没说话。

这时，物资管理处的周平领着两个小战士手里拎着暖水瓶和茶缸子跑过来。

到了跟前，周平笑容满面地说道："甘部长、李处长，我瞧这天冷，就顺道在老乡家灌了两壶热水。大家喝点，暖和暖和身子。我已经问过通讯站的同志了，车队三小时前通过了东关哨兵站，现在应该快到了。"他边说边倒了一缸子热水递给甘祖昌，紧接着又递给李保山一杯。

甘祖昌接过茶缸子，望着这个高大敦实，却长着一张娃娃脸，笑吟吟讨人喜欢的小伙子，微笑着说道："辛苦你了，小周同志。"

周平腼腆一笑，继续张罗着给战士们倒水。

时间一分一秒地过去，大家又等了两个小时，已经是下午两点整，运输车队仍没有到达。李保山跛着曾被炮弹炸伤的左脚，不安地在原地转悠。甘祖昌则手握烟杆慢悠悠地抽着烟。

心急如焚的李保山望着镇定如常的甘祖昌，再也沉不住气了，大声吩咐周平去备车，他要调一连战士前去接应。

甘祖昌一听，大声喝道：“老李，你给我站住！司令员给我们的命令是在城外等待接车，你急急火火干什么去！”

李保山气哼哼地瞪着甘祖昌：“照你这么说，敌人偷袭我军阵地，没首长的命令，还不打了？”

就在甘祖昌被李保山戗得无话可说之际，车队突然从西边驶了过来。甘祖昌面露喜色：“来了！”

李保山有些发蒙，周平脸上也闪过一丝诧异。

车队停下来，打头的车上下来一名战士，走到甘祖昌身前敬礼：“报告甘部长，运输车队顺利到达。”

“好，直接拉到水磨沟铸币厂！”甘祖昌作出指示。

战士转身重新上车。李保山疑惑地问：“老甘，这是什么情况？车队不是从东边过来吗？”

甘祖昌笑道：“老李，上车，路上跟你说！”

两人上车，跟着车队向铸币厂驶去。听到甘祖昌说走山谷的那支车队是假的，李保山极为震惊，随后酸溜溜地说：“你和司令员这保密工作做得够到位啊，连我都给瞒住了。”

甘祖昌听了嘿嘿一笑。

周平上了一辆运输车，笑嘻嘻地跟小司机套近乎，打听到今天早晨运输车队行至谷口关卡时突然接到甘祖昌的命令，调换了运输车辆。想着自己好不容易灌醉了李保山才拿到运输车队的运输路线图，他的眼神里不禁闪过一丝阴鸷，脸上却依旧笑着，随后从口袋里掏出一盒烟，不由分说塞给了小司机。

车队一直驶到远郊的水磨沟铸币厂。甘祖昌下车后在出入人员登记册上签了字，然后一挥手，车队陆续驶进铸币厂大院。

黄昏时分，甘祖昌和李保山回到军区准备向王震司令员报告情况，见张连长正在向司令员汇报山谷里的战斗结果：抓获三名俘虏，其余全歼。敌人果然埋伏在山谷里劫车，更加证实了奸细的存在。

等张连长汇报完离开后，王震语气沉重地让二人谈谈该如何解决眼下的困境。

甘祖昌想了想，说道："新疆的经济已经到了崩溃的边缘，现在的情况是人人手里都有各式各样的纸钞，可人民币呢，好比废纸。投机的奸商十分猖獗，倒卖银圆扰乱市场。国民党拍拍屁股走人了，把烂摊子撂给我们，当地政府连军队的正常供应都已经无法维持，更别说人民群众了。我提交的那份'银圆大战'方案上写得很清楚，要想打赢这场经济战，就要投入大量的银圆平抑物价、发展经济。中央领导很认可我的这份方案，也切实地给予了很大的支持。敌人不傻，这次就是冲着这19万两银锭子来的。只要经济一乱，解放军不战自败，他们的目的就是赶我们出新疆！我们在明处，敌人在暗处，这个内奸肯定还会有下一步动作，我们一定要提高警惕。"

"好，既然如此，我就把这个任务交给你！"王震目光炯炯地望着甘祖昌。

"保证完成任务！"甘祖昌信心十足。

王震转向李保山下达命令："保山，你去铸币厂监工，分秒必争地把银圆赶铸出来。"

李保山挺直腰杆答道："明白！"

解放军初来乍到，新疆的市场还未稳定下来，其中粮食问题是重中之重。鉴于部队只剩半个月的存粮，从内地调粮的话，周转时间长、运费高，不太现实，后勤部召开会议，决定先降低每个人的供粮标准。野战军部队官兵、地方驻军和后方机关人员的日供粮分别由原来的874克、813克和750克调整为546克、507克和468克。同时，后勤部分派四个小组前往北疆产粮区调查粮源和畜产品，试图用购粮和换粮两种方式取得粮食，以解决燃眉之急。

不久，甘祖昌又接到迪化市的报告，市粮库的存粮只够供应三天了，而且几乎都是高粱面，当地人吃不习惯。由于担心断粮会引起社会的混乱，甘祖昌向王震建议部队和地方换粮，把高粱面换过来给军区司、政、后勤机关和直属部队吃，以保证居民正常的粮食供应。

为调查当地粮食市场的状况，接连几天甘祖昌与张连长二人都身着便装，在迪化市的大街上走访。他们发现几家粮店、杂货店几乎囤积了市内所有粮食和生活用品，老百姓不得不在店铺门口排起长队。尤其是邢记粮铺，不仅哄抬粮价、态度恶劣，还拒收人民币。

望着老百姓一张张哀戚愁苦的脸，甘祖昌神情凝重。

铸币厂里机器轰鸣，工人们赤裸着精壮的上身，干得热火朝天。一座巨大的铁炉子正喷着白烟，几个工人把地上堆放的煤块扬进火红的炉膛里。

银锭在大池子里熔化，然后流入一旁的小池子。铸币师傅把一炉铜水加进去，两名小工用力搅拌。银、铜混合的金属液体流进传送带里一个个刻好的大洋模子里。压板机下降，压一下，升起，传送带往前走一下；压板机又下降，压一下，升起，如此循环往复。

一阵清脆的铃声响起，下班时间到了。工人们满脸疲惫地放下手里的工具，用搭在脖子上的毛巾擦擦满头满脸的汗，陆陆续续朝工厂大门走去。连续加班加点干了十几天，工人们都有些承受不住；再加上李保山为了节约资金，食堂里只有馒头管够，菜却越来越少，大家怨声载道，没有丝毫动力。

食堂里，李保山面前放着与工人们相同的饭菜。他正要吃饭，却听到刚进来的工人发出不满的议论声。他一脸不悦地放下筷子，向食堂门口看去。这时，甘祖昌大步走了进来，随行的几名警卫员抬着两口大锅。盖子揭开，一股肉香勾得人垂涎欲滴。

嘴馋的工人们迫不及待地凑上前去。甘祖昌边往他们饭盒里盛肉边笑着说："吃完肉就得长把子力气。今天晚上大家回去好好睡一觉，明天一早铆足了劲儿上工啊。"

工人们一听有肉吃还不用加班，都高兴得眉开眼笑。

李保山在远处静静地看着这一幕，心里很不是滋味。

从食堂出来，甘祖昌拿着一盒饭菜走进了值班室。李保山正闷声不响地坐在床头抽旱烟，听见开门声，只抬起头看了看，没有说话。

甘祖昌笑着递过饭盒："我看你刚才没咋吃，赶紧趁热乎吃了。"

李保山拉着脸说道："放那儿吧，现在猪肉多金贵，你可倒好……"

甘祖昌仍旧笑容满面："肉再金贵，那也是给人吃的。大家只要吃着高兴，上工就有劲儿；上工一有劲儿，效率就高；效率一高，银圆不就'哗哗'地一批批出来了吗？你呀，不会算账！"

李保山不服气："不是我抠，也不是我不会算账，是咱当不起财主！我这个大管家最知道咱还剩多少家底。现在是困难时期，一分钱得掰成两半花。我就不明白了，都这么个情况了，这些人吃个饭还挑挑拣拣的！"

甘祖昌意味深长地看了李保山一眼："我看啊，从根本上说，不是大家对伙食不满，而是你的工作方法出了问题。是，你李大处长对工作认真负责，可你成天逼着大家加班赶工，连句热乎话都没有，你说，时间一长，大家是不是会挑你的理？人都不是铁打的，工人们也需要休息。要说外面的局势有多难，我比你清楚，但是再难，也不能让人心里结下疙瘩。"

李保山摆摆手："行了行了，不说了。反正啊，这么多年好人都让你当去了。"

甘祖昌一把夺过李保山的烟杆，塞给他一双筷子，催促道："哪那么多废话！快，赶紧吃！"

两个童年时的玩伴、战争时期的战友、现在的老搭档不再僵持，互相嘿嘿笑了笑，仿佛又回到了穷苦却快乐的童年，还有那硝烟弥漫、生死与共的战场……

夜色已深，一轮圆月挂在空中，如水的月光静静映照着水磨沟铸币厂。

一大早，铸币厂又热闹起来。李保山昂首挺胸、一脸严肃地四下转悠着检查工作。周平殷勤地跟在身后，目光却在厂区中扫视。他盯着熊熊燃烧的铁炉子看了一会儿，视线又落在值班室后方那扇上了锁的小门上。

回到值班室，李保山见桌子上放着两瓶酒，于是问周平："你带来的？"

周平略作沉吟后回答："哦，这是财务科的小张刚才过来看您时带的，他等不及先走了。您要是觉得放这儿碍事，我帮您捎回去？"

李保山犹豫了一下，随后说道："算了，放桌子底下吧。"

周平答应了一声，随手将酒放在桌子下面。

一转眼，新年来临，迪化城上空响起稀稀落落的爆竹声。铸币厂却没有放一天假。工人们看着李保山一天到晚严肃刻板的脸，心里虽有不满，也不敢多说什么。但家人、孩子可不管什么处长、任务，不能过个团圆年，心里总觉得不是滋味，于是女人们领着孩子，挎着吃食酒水，一齐涌向工厂大门口，翘首盼望着和自家男人一起吃顿团圆饭。

下班的铃声响起，工人们纷纷涌向大门口，和自家女人说说话，抱抱孩子，然后一家人就地打开食盒吃饭。

门口站岗的解放军战士本该阻拦，但望着这合家团圆的一幕也是无奈。

李保山从厂里走出来，望着大门口乱哄哄的一片，皱紧了眉头。跟随在一旁的周平则不时观察着他的脸色。

李保山先是批评了站岗的小战士，然后大声劝告家属们马上离开，围在这儿既影响秩序，也不安全。没想到一席话却引来了众人的纷纷回击："过年了，也不放假，我们过来看看怎么了？""就是嘛，李处长，你也不能太不讲人情啊。""是啊，过年哪有不回家的？不吃个团圆饭那叫过年？"……

李保山被妇女们挤兑得说不出话来，最后一跺脚，黑着脸气冲冲地返回厂里。

值班室里，李保山吸着旱烟。随后进来的周平嘴里一边说着又有两个师傅要请假，一边故意踢倒了放在桌子下面的酒瓶，酒汩汩地流了出来，屋子里顿时弥漫起酒香。

周平赶忙故作抱歉地把酒瓶扶起来，同时用眼睛的余光偷偷观察着李保山的反应。果然，烦躁的李保山虎着脸，将烟杆狠狠地在桌角上磕了磕，然后从周平手里拿过酒瓶："小周，去，拿杯子去，陪我喝两杯。"

周平面露难色："处长，今天不行，外面还上工呢……"

李保山不耐烦地一挥手："上个屁工！心都跑啦，哪个还有心思上工！你跟他们说，今天准假，都回家，都回家，抱婆娘、抱孩子去！"

周平站在原地没动。李保山眼睛一瞪："去啊！"周平勉强应了一声，走出门去。

李保山不等周平拿来杯子，先对着酒瓶子狠狠灌了一口。

过了一会儿，周平回来了。只见李保山手里攥着酒瓶，脸上已有醉意。他不禁露出一丝不易察觉的微笑，嘴上却劝道："处长，处长，您怎么喝这么多啊？要是让司令员知道了，非得发脾气不可！您别忘了，监工不能喝酒。"

李保山又往嘴里灌了一大口酒，咕哝道："人都走了，我监谁？大家都回家过年了！我也想回家，他们能回去，我……回不去！回不去，喝两杯咋了？"

周平并未伸手阻拦，只是装出一副无可奈何的样子，感叹道："唉！处长……"

李保山接着说道："我知道，有人背后骂我李保山是'李阎王'，说我小气、抠、没人情味儿、爱摆臭架子！我，我为的又是啥？现在外头都乱成什么样了！我不就盼着赶紧把 19 万两白花花的银子变成一块块银圆，完成司令员交代的任务，安全、准时地把钱投放市场！加点班咋了！想当年老子长征的时候，几天几夜不睡觉是常有的事！"说着又灌了几口酒，嘴里嘟嘟囔囔了一会儿便倒在了桌子上。周平见奸计得逞，轻轻地将李保山拖到床上，转身走出值班室。

铸币厂门口，几名挑菜工正往厂里送菜。由于家属众多，人员杂乱，站岗的战士只看了一眼打头的挑菜工的证件，就放他们进去了。一个人刻意压了压帽子，跟在几名挑菜工身后进了厂。

周平和挑菜工队伍打了个照面。在与那个帽檐低垂的人擦肩而过之际，周平轻轻点了一下头。

忽然，铸币厂院子里的一排电灯全部熄灭，原本灯火通明的厂房也瞬间陷入一片漆黑，只有铁炉子里跳动着一团红彤彤的火焰。

周平迅速溜到值班室后方那扇上锁的小门前，借着从上方窗口透进来的月光，熟练地捅开铁锁，将门推开一条缝。

趁混乱之际，周平靠近铁炉子，从怀里掏出一枚手雷投了进去，然后迅速闪到门口。他刚走出厂房，就被身后巨大的爆炸声和灼人的热浪掀翻在地。只见厂房屋顶被炸开，冒出滚滚浓烟。

周平从地上爬起来，望了望自己的杰作，接着跌跌撞撞地跑向门口的卫兵，大声喊道："快，快！救火，救人！"

整个院子顿时陷入巨大的混乱，工人师傅们一个个脸被熏得乌黑，伤员陆续被同伴架着拖了出来。战士们拿着水盆、水桶冲向火灾现场，没有受伤的工人师傅们也迅速加入救火的队伍。

滚滚浓烟涌进值班室，床上的李保山翻了个身，并没有醒来。

在家煮了饺子的甘祖昌提着饭盒来到铸币厂，打算与不能回家的李保山一起吃饺子过年。当望见厂内漫天的浓烟时，他大惊失色，手一抖，饭盒掉在了地上。

得知李保山还在值班室里，甘祖昌二话不说从旁边夺过一条毛巾，浸湿了捂在脸上，一头扎了进去。不多时，甘祖昌背着昏睡的李保山冲了出来，浓烟呛得他剧烈地咳嗽起来。可是他顾不上休息，指挥大家继续灭火，抢救伤员。

天蒙蒙亮。远处零零星星的鞭炮声响起，提醒着人们今天正是大年初一。

爆炸引起的大火已经被扑灭。酒醒后的李保山呆呆地望着晨光中一片狼藉的铸币厂，一时说不出话来。

军区司令员办公室里，甘祖昌正向王震汇报此次爆炸事件。

“据我了解，由于当晚大部分师傅回家过年了，留下加班的人不多，所以没有造成严重的人员伤亡，只有两名在炉旁铲煤的小工伤得比较严重，不过经过医生一晚的抢救，现在已经没有生命危险了。这次的爆炸虽说动静不小，但破坏力不大，厂里机器设备的情况还算良好，师傅们说花点时间修补修补，十天左右就能开工，工期会延误，但不会太长。司令员，来之前我特意在厂里转了一圈，还真瞧出不少问题。有两段电线的切口，明显是有人进入供电室用剪子剪开的，值班室旁边小门上的锁也是让人撬开的。还有，我在后院墙根底下发现了一顶沾着菜叶、泥巴的帽子。我问过昨晚值班的同志，九点钟左右有几个挑菜工进来送菜，我怀疑其中有敌人假扮成挑菜工混进来，这顶帽子就是他的。据我推断，敌人破坏了电闸，摸黑溜进厂里，先把值班室的小门撬开，留作退路；然后将炸药扔进铁炉，引发爆炸后迅速从小门逃出去，最后翻过后院墙离开。这进一步说明，此人一定十分了解厂里的情况。我觉得这次肯定又是内奸串通敌人在捣鬼。所以，我没有将厂里的损失情况对外公布，我想好了，咱们不光不能说实话，还要把情况往严重说，越严重越好！麻痹敌人，让他们以为咱们没仨俩月根本开不了工，实际上咱们暗地里把铸币厂转移到别处，背着他们继续干！”

王震听到这里，提醒甘祖昌：“老甘，你要提防内奸的眼睛啊。”

甘祖昌继续说道：“司令员，我建议这次的秘密转移工作和监督工作由您的警卫排负责，以确保绝对可靠。”

王震想了想，点头答应，然后表情严肃地叫李保山进来。李保山耷拉着脑袋，一副狼狈相，请求司令员再给他一次机会。

王震看着李保山："再给你一次机会！军区大院正好缺个修理工，你去吧。"

李保山愣住了，屈辱的眼泪差点夺眶而出。但他还是拼命克制住心头的不甘，敬了个标准的军礼，大声吼道："是！李保山保证完成任务！"

二　用巧计擒顽敌

张连长反复审问劫车事件中抓获的三名俘虏，却发现他们并不是什么重要人物。关于军区内奸细的线索，这些人完全不知情。不过其中一人提到了邢记粮铺的邢老板与迪化城内的敌特势力勾结很深。张连长建议立刻抓捕此人。

司令员办公室里，甘祖昌皱眉思索着：前不久刚领教过此人的厉害，单他手底下那几个伙计就十分狡猾精明！虽然经过调查发现，囤积物资、哄抬物价、倒卖银圆、投机倒把之事样样少不了他，但一来新疆政府拿不出证据，二来碍于他在当地富商中间很有威望，所以迟迟没有找到办法。若真想动他，必须想个万全之计，做到人赃并获方才稳妥。

想到这里，甘祖昌望望王震，又望望张连长："我建议暂时不要拿人，咱们先想个计策，搞不好能捞网大的！"

王震看甘祖昌胸有成竹的样子，点了点头。

一个夕阳西斜、晚霞似火的黄昏，迪化城内，大街上人群熙攘。甘祖昌一副客商打扮，手上拎着一只布包，向邢记粮铺走去。

粮铺里的小伙计正低头算账，听见有人进来，连头都没抬，不耐烦地说："今天不卖粮，走吧，走吧。"

甘祖昌声若洪钟："我不买粮，我找你们东家！"

小伙计一抬头，只见面前这人衣着讲究、眉宇傲然，虽一时瞧不出身份，但也不敢怠慢，急忙从柜台里溜出来，倒了杯茶，将甘祖昌请到桌子旁，满脸堆笑地说："这位老板面善呐，您先坐坐，喝杯茶，歇口气。"

甘祖昌气定神闲地慢慢咂了一口茶水，见小伙计一脸恭维地站在旁边，眼睛一瞪，训斥道："去招呼你们东家啊！在这儿干吗呢？"

小伙计连忙点头哈腰地说："哎哟，老板，您来得真不巧，我们东家今天上午出门瞧货去了，没个十天半个月的回不来。要是路上再有点别的事，说不定耽误得更久。您看要不您留下个名帖，先请回？别误了老板的正事。"

甘祖昌瞧了小伙计一眼，从口袋里掏出一个牛皮信封递给他。小伙计接过信封，神色一变，赶紧拆开信，看完后态度更是恭谨："哎哟，陈老板是张先生介绍来的啊！失敬，失敬。是小的有眼不识泰山，您请稍等。"说着一撩帘儿进了后院。

不多时，小伙计谄笑着走了出来，说道："老板，您里面请。"

甘祖昌神色自如地跟着小伙计进了后院。

邢记粮铺的后院竟别有洞天，小小一方天地，假山、水池、凉亭一应俱全，俨然是一座玲珑精致的园林。

一位清瘦矍铄的老人正坐在凉亭中央的石桌旁慢慢冲泡工夫茶。小伙计走到他身旁，小心翼翼地躬身禀报："东家，陈老板来了。"

邢老板眼皮一挑，不冷不热地招呼道："陈老板，幸会，幸会，坐。"同时斟了一小杯茶轻轻推到甘祖昌面前。

甘祖昌毫不客气地往对面一坐，拿起茶杯一饮而尽，赞叹道："好茶！好茶！"

邢老板见来人举止粗鲁，微微皱起眉头："听口音，陈老板是南方人？"

甘祖昌笑着将手里的布包推到邢老板面前，答道："在下江西人。俗话说乱世好发财。初到贵地，还要仰仗邢老板多多帮忙。做买卖嘛，就是有财一块儿发。一点小意思，不成敬意。"

邢老板会意一笑，一边继续斟茶一边说道："这些俗物陈老板不该带进来啊。"

"可惜，再好的东西也得用俗物来买。"甘祖昌端起茶杯，仔细端详了一下，"我看邢老板的这套紫砂壶不错，得值不少钱吧？"

邢老板哈哈大笑："陈老板是个直爽人。既然如此，陈老板此行为何，不妨直言。"

甘祖昌故作神秘地从口袋里掏出一个小红布包递给邢老板。

邢老板一脸疑惑地接过来打开，只见里面放着两枚普普通通的银圆。

"邢老板仔细看看，这两块有什么不一样。"

邢老板心头一动，两手各拿起一块银圆，掂重、观色，又轻轻互相撞击，最后把左手上的那块往前一伸："这块是假的！"

甘祖昌笑道："邢老板好眼力，不过这块也算不得是假，就是含银量少了那么两分。反正都是银圆嘛，拿到大街上一出手，老百姓可不管什么多两分少两分。"

邢老板似乎明白了什么，将银圆放下，抽出一方丝绢仔细擦了擦手："陈老板打得一手好算盘啊。"

甘祖昌呵呵一笑，低声问道："不知邢老板可否帮在下这个忙？"

邢老板盯着甘祖昌看了一会儿，这才说道："邢某今年六十有二，早已过了知天命的年岁，对有些事情早就无心啦。陈老板有空多来我这里坐坐，品品茶、赏赏景，岂不快哉？"说着又为甘祖昌斟了一杯茶。

甘祖昌笑着抿了口茶，没有说话。

这时，小伙计端着一碗浓黑的药汁走过来："老板，该喝药了。"

甘祖昌见状起身告辞："邢老板，在下有事先走一步。"

邢老板客气地站起来拱手相送。

甘祖昌刚跨出粮铺大门，突然听见后院传来瓷器打碎的声音并夹杂着邢老板的怒骂声。甘祖昌站在粮铺墙根边上静待事态发展。果不其然，不一会儿只见小伙计哭丧着脸，端着碎碗片走了出来，身上湿了一大片。

甘祖昌走到他跟前，装作好奇地边打量边问道：“你这怎么回事啊？把你们东家的药碗打碎了？”

“才不是！就因为刚才的药里少了一味极难买到的药，东家火了，一下子将滚烫的药汁全泼在我身上了，您瞧这弄得……”小伙计气恼地拽着衣服给甘祖昌看。

“买块布料，换身衣裳。”甘祖昌从身上摸出一摞大洋塞给小伙计，“实不相瞒，我有点生意上的事求你们东家帮忙，可你们东家不是很上心啊……”

小伙计立马笑逐颜开，将钱塞进怀里。“陈老板一看就是大老板，豪气！我跟您说啊，我们东家每年都会去西藏求一张药方。照着那方子调理身体，据说有益寿延年的奇效。我们东家每天喝一碗那药汤，雷打不动。但今天这药里的琼珍灵芝没了，我问了几家药铺都没有。我本想少就少了，糊弄着熬一碗送过去，可，可哪知道就尝出来了……陈老板是南方人，南方稀罕药材多，要是您能淘弄点这种灵芝，我们东家一准儿高兴！”

甘祖昌将小伙计的话暗暗记在心里。

回到军区办公室，甘祖昌叫来张连长再次核实假银圆的来源。张连长斩钉截铁地说，据贩卖假银圆的人交代，他的货确实是从邢老板手里拿的。

甘祖昌望着桌上的两块银圆思索片刻，沉声说道：“这个邢老板可是狡猾得很呐！看来不给点饵料，他还不愿上钩呢！这样，小张，你设法去搞几株琼珍灵芝来，越快越好。”

没过几天，甘祖昌亲自给邢老板送去了几株上品琼珍灵芝，两人的关系一下子拉近了许多，甘祖昌更是成了邢记粮铺的座上宾。

这天，甘祖昌轻车熟路地走进邢记粮铺后院，两人热络地打过招呼，邢老板直接把甘祖昌请到早已备好的一桌酒席前。

“陈老弟是爽快人，我也就有话直说了。你的那批银圆我可以在迪化市面上出手。”

甘祖昌心中一喜，正想要说什么，却被邢老板抬手拦住了。

“客套话不必多讲，陈老弟选择这个时机入疆，眼光不可谓不毒辣啊。解放军快垮台了，老弟说过乱世好发财，眼下正是乱世。新疆的情况复杂，共产党若想要在此立足，光靠一杆枪、一张嘴那是异想天开。没有钱，一切免谈。不过北京那些人也想到了，所以千里迢迢把 19 万两银子运到新疆，准备铸成大洋……”

听到这儿，甘祖昌一惊：“这些事……您怎么知道？”

邢老板呵呵一笑：“老弟不会真以为我到了耳聋眼花的境地吧？”

甘祖昌赔笑道：“哪里哪里！老兄有本事，有神通，一天一碗灵药吃着，比我这四十来岁的看上去都要精健啊。只是我不明白，那批银圆一旦上市，必定会对我们造成极大的冲击，老兄不着急？”

邢老板眼睛里闪过一丝轻蔑：“你放心，铸币厂一爆炸，所有问题都不成问题了。”

甘祖昌小心翼翼地试探道：“这些消息老兄是从哪里听来的？”

邢老板用警惕的眼神看着甘祖昌。甘祖昌立即换了一副口吻：“小弟多嘴，随便一问。来，喝酒！”

邢老板接着说道：“老弟是自己人，没什么不可说的。新疆军区内部有我们的卧底，铸币厂发生爆炸，就是此人一手策划的。”

甘祖昌装出一副吃惊的样子，琢磨了一下，谨慎地说道：“实不相瞒，我这次原本只想发个小财，没想到听了老兄这番分析，竟误打误撞，遇见个千载难逢的好机会。老兄甘心放过？”

邢老板看了甘祖昌一眼：“你的意思是……”

甘祖昌把怀里那枚劣质银圆往桌上一拍：“重铸银圆！老兄比我精明，每块少注两分银，这笔利润……”

邢老板眼皮一挑，没有立即表态，沉默了片刻，这才说道：“这么划算的一笔买卖，老弟自己怎么不做？”

甘祖昌恭维道：“唉，不是说了我这次纯属误打误撞吗？老本还在江西呢，怎么倒腾？比不得老兄，论人脉、论财力，在这地方，只有您有出手的资本啊。”

邢老板想了想，语气恳切地说道：“既然如此，事成以后，我绝不会亏待了老弟。”

甘祖昌哈哈一笑：“好，一言为定！我信得过老兄！”然后端起酒杯与邢老板一饮而尽。

计划顺利进行，甘祖昌加紧督促赶铸银圆。铸币厂已秘密搬到一处宽阔的山洞里，警卫排的战士们负责保卫。

工人们加班加点忙碌了一阵子，工作已接近尾声，甘祖昌心里紧绷的弦方才稍稍放松些。

与此同时，邢老板联合各商号也在最短的时间里完成了假银圆的制造。甘祖昌去邢记粮铺看了货后大加赞赏，得知邢老板会让人第二天上午在南门乌市出手，心里便有了打算。

回到军区，甘祖昌正碰到李保山背着修理包一瘸一拐地往家属楼走去。李保山愣了一下，低头苦笑。甘祖昌笑呵呵地说道：“老李，不是我说，你这次事儿办差了，司令员罚你应该。等过些日子他气消了，你去跟他好好认个错。他就这脾气，当年不还罚我拌草料吗？”

李保山摇了摇头，叹了口气：“咱俩能一样？”然后呆立了一会儿，走进家属楼。原来是财务科小张家的下水管堵了，李保山过来修理。

见昔日的领导穿着一身修理工的衣服上门来维修，小张很是尴尬，急忙上前抢他的修理包。

“李处长，我，我自己能修。”

“你自己能修，要我干啥？”李保山护着包，冷冷地说道。

小张顿时愣住了，一脸怯然。

李保山闷头修理了好一会儿，下水管终于通了。他收拾好工具正要往门外走，小张客气地挽留道：“李处长，正好到饭点了，您别走了，我陪您喝两盅。”

突然，李保山仿佛受了刺激般怒吼道："你说啥！就是你小子的两瓶酒，害得老子现在给你修下水管！"

小张一愣："酒？什么酒？"

李保山气哼哼地说："你跟我装什么糊涂啊！铸币厂爆炸那天，不是你给我送来两瓶酒？啊？"

小张更加摸不着头脑了："没有啊，李处长，我，我就没去过铸币厂啊。"

李保山顿时愣在那里，脑子里迅速回放着事发那天的所有细节，一个人的面孔渐渐浮现出来。

翌日，熙熙攘攘的南门乌市上，果然有人在大肆散布银圆涨价的消息。

甘祖昌和张连长早已准备就绪。两人一身布衣打扮，背了一包袱银圆走到一个兜售假银圆的大汉身旁，打听到每块银圆售价 82 元新疆币，然后解开包袱放在地上，大声喊道："银圆降价了！银圆降价了！售价 50 元新疆币喽！"

这一声吆喝立即引来大量群众围观。那个大汉顿时火冒三丈，正要动手打人，却不料被张连长几下就制服了。甘祖昌从地上捡起大汉的假银圆，又拿了一块自己包袱里的真银圆，跟大家讲解真假银圆的区别，提醒大家一定不要上当。

同时，乌市另外几名倒卖残次银圆的奸商也一一被便衣打扮的解放军战士带走了。

邢记粮铺的小伙计目睹了这一幕，连忙跑了回去，惊慌失措地向邢老板汇报情况。得知是陈老板带头抓的人，邢老板一下子面如土色，跌坐在地上。

过了片刻，他突然缓过神来，赶紧收拾金银细软，还没忘让小伙计去取那张延年益寿的药方。

小伙计转身走出房门。不一会儿，门外突然传来一声枪响。邢老板呆住了，哆哆嗦嗦打开门，只见小伙计倒在门口，脑门中弹，那张药方飘到了地上。周平正举枪一步步逼近，目光阴冷地盯着他。邢老板一把抄起药方，闪身躲进门里，插上了门闩。

周平见状，接连朝门上打了几枪。躲闪不及的邢老板惨叫一声，一只胳膊中弹。他捂住伤口，夹着收拾好的包袱，朝窗户跑去，边跑边哀求道："你……你放过我吧！"

周平冷森森的声音响起："甘祖昌要来抓你。见过我的人，都得死！"

邢老板颤抖着问道："甘……甘祖昌是谁？"

"蠢货，就是你结交的那个陈老板。"周平一脚踹开房门，却发现窗户开着，邢老板已然跳窗遁逃。周平正要去追，突然窗外响起甘祖昌浑厚的声音："把这里包围起来！"

周平顿时慌了神，赶紧逃之夭夭。

甘祖昌和张连长带着一个班的战士将邢记粮铺团团包围，进了后院却看到小伙计横尸当场，屋子里混乱不堪，两人皆惊讶不已。战士们搜遍了各处，都不见邢老板的影子。甘祖昌立即下令通知各部队：封锁城门，全城搜捕。

这是一条小巷子里的一间毫不起眼的低矮平房。邢老板此时正瑟缩着躺在屋子里的炕头上。面相敦厚的男主人在墙边点着一盆炭火，又给邢老板递上一碗热水。邢老板哆嗦着接过碗，大口大口喝起来。

男主人目光犹疑地望着这个刚刚倒在他家门外的落魄之人，关切地问道："你没吃饭吧？你等着，我给你端点来。"

邢老板缓了口气，从包袱里掏出药方和一根金条。男主人吓了一跳，但听了邢老板的请求，老实巴交的他还是去了药店。

夜色浓重。药店掌柜把方子凑到油灯下看了看，然后打量了下眼前这个一身平民装扮的汉子，心生狐疑，却也没说什么，转身照方子抓药。

甘祖昌正好带人搜到此处，进了药店。刚巧掌柜将包好的药连同药方放到柜台上，对那个汉子说道："不好意思，缺了一味琼珍灵芝。"

甘祖昌听了心头一动，赶忙走上前去拿起药方，眼神如电逼视着那汉子。那汉子不由得一阵心慌，掏钱的手不停颤抖，那根金条“咄”的一声掉在了地上。在甘祖昌的质问下，那人不敢隐瞒，如实说明了情况，随后带他们来到家里。

邢老板蜷缩在床上已经睡着了，却被突然破门而入的战士们惊醒。他迷迷糊糊地睁开眼睛，见甘祖昌站在门口似笑非笑地望着他，吓得一骨碌爬起来。

很快，周平听说邢老板被逮捕并供出了奸细，顿时有些慌了神。但他寻思了一会儿，脸上便露出阴冷的笑容。他回到家里拿了一只布袋，不慌不忙地走出了军区家属院。

对周平早已留意的李保山恰巧看见他出去，琢磨了一下，果断溜进他家里，四处查看有无可疑线索。最后在洗手池上方的总水闸管道后面发现了一只铁盒子，打开一看，里面放着一摞文件，还有一些信件。李保山翻看到某处，心里一惊，连忙奔出家属楼，询问门口的哨兵周平的去向。他正要拔腿去追，忽然又想起什么，转身让哨兵赶快接通司令员办公室的电话，报告他的重大发现。

周平快步来到迪化城外那座跨越山崖的木桥底下，打开袋子，里面露出一截炸药的导火索。他迅速在桥头下方安好炸药包，将导火索绕至桥边的石头后面，然后手握一只打火机，静静埋伏下来。

不久，一辆汽车驶过来，周平发现甘祖昌和邢老板都在车上。他屏息凝神，待汽车上了木桥，立刻点燃了导火索，火星顺着导火索“嗞嗞嗞”地向炸药包蔓延而去。

一路狂奔的李保山跑到近前，见此情景，奋力扑了上去。周平一惊，拼命扯住李保山，两人扭打起来。不多时，只听“轰隆”一声巨响，桥身被炸断，疾驶的汽车像断线的风筝般坠入崖底。

李保山顿时呆住了，望着眼前的惨状，心如刀割。周平趁机一脚踹开李保山，顺势掏出了枪。

突然两声枪响，周平右臂和左腿各中一枪，惨叫着倒地。几名战士冲上前去抓住了他。原来王震司令员接到李保山的报告后，马上下令全力搜捕周平。根据门口哨兵指示的方向，警卫排及时赶到。李保山踉踉跄跄奔到崖边，只见甘祖昌等人乘坐的汽车冒着白烟躺在崖底，几乎变成了一堆废铁。

战士们迅速展开救援。甘祖昌重伤昏迷，张连长不幸遇难。失魂落魄的李保山盯着老战友苍白的面孔和张连长冰冷的身体，嘴唇颤抖着，痛苦地闭上了眼睛。

回到军区，李保山怀着满腔怒火向审讯室冲去，却被门口一名站岗的战士拦住了。他正要强行闯进去，王震从里面走出来，怒喝道："李保山，你要造反！"

李保山一见司令员，千言万语涌上心头，他瞪大眼睛，喘着粗气央求道："司令员，你就让我进去一枪崩了那个混蛋……"

王震虎着脸训斥道："你先对着自己的脑袋来一枪吧。周平招了，他说他所有的情报都是你给他的！"

李保山一愣，随即咬牙切齿地吼道："诬陷！纯属诬陷！司令员，那混蛋诬陷我！我李保山敢向毛主席发誓，绝没有泄露过有关军区的任何情报。您要实在不信，就请组织审查我吧！"

王震说道："一瓶酒、两句好话就能叫你不知道自己姓啥了！"

李保山眼前飞快地闪过周平与自己对饮的画面，一下子呆住了。

"把这身军装给我脱了！"王震说完转身离开。

李保山一动不动地站了好一会儿，最后木然地将扣子一颗颗解开，脱掉了上衣。

甘祖昌头部的伤势很严重，加上之前在战场上头部曾受过两次重伤，情况不容乐观，苏联专家建议要绝对静养。

在医院老老实实住了两个月后，头上还缠着绷带的甘祖昌便迫不及待地回到了军区。听司令员说全省大部分地区的物价趋于平稳，秩序井然，甘祖昌很是高兴。毫无疑问，解放军最终赢得了这场经济战的胜利。迪化城内的敌特分子也差不多肃清了，抓了一批领头的奸商，剩下的便不敢再出来作乱了。

见甘祖昌执意要回到军区，王震的表情严肃起来："苏联专家跟我汇报了你的伤势，你现在主要的任务是安心养伤……"

甘祖昌听司令员这么说，立刻反驳道："汇报？汇报啥？说我最多能活六十岁？那帮大夫说话一个比一个玄乎，我就不爱听。一九四四年我带着肺病跟咱旅部下广东，他们不还说我那趟是有去无回吗？能有多大事啊？我这脑袋算上这回总共开了三次花，可我命大，照样活得结实！我回来是继续工作的，又不是来享清福的。要真把我当成个官老爷养着，还不如直接放我回老家种地！"

王震觉得又好气又好笑："你这个人啊！这次胜利，你这后勤部部长功劳最大，半条命都搭进去了，理应好好休养！"

甘祖昌叹了口气："司令员，你这话有失公平，我在床上躺了俩月，怎么就成我功劳最大了呢？坠崖的时候要不是小张扑到我跟前，挡住了玻璃碴子……用他二十岁的命换我四十岁的命，亏了，亏了啊……对了，司令员，老李他现在怎么样？"

王震不耐烦地一挥手："我打发他看守军火库去了！真应该开除他的党籍，或者直接毙了他！"

甘祖昌眉头一皱，闷声说道："要是这样，请您干脆下令，枪毙李保山。"

王震一脸困惑地看着甘祖昌："老甘，你什么意思？是要保人，还是要杀人？"

甘祖昌一脸严肃地站起来说道："不管怎么说，李保山也是个老革命、老党员。他一九二九年入的党，经历了风风雨雨二十多年。他有多大的功，我不提；多大的过，我也不提。因为我知道，作为一名合格的共产党员，为党、为人民，奉献是本职、是义务，再大的功劳也不敢居功，但犯了错误就必须承担后果，没有旧社会、旧政府那套功过相抵的说法，全凭组织上处置，绝无二话。不过，事情到了现在这一步，我还想替老李说句心里话，那就是与其撤销党籍，不如直接枪毙！因为对于我们这些人来说，党籍比性命重要得多啊！”

王震听完甘祖昌的一席话，沉默片刻，然后指着他笑道：“好你个甘祖昌！狡猾！奸诈！我不枪毙他，也不撤他的职！就让他在军火库好好反省，你总该满意了吧？”

甘祖昌立刻敬了个标准的军礼，大声说道：“我替老李谢谢司令员！”

王震瞪着眼睛，抖着手使劲儿指了指甘祖昌，一副无可奈何的模样。

三　父子相聚生嫌隙

新疆的经济形势日渐好转，甘祖昌在江西莲花老家的大儿子甘锦荣看日子实在困难，就琢磨着到新疆找份工作，心想有父亲照应，日子应该会好很多。与妻子李凤商量后，他写了封信给甘祖昌，说明了情况和大概到达的时间。

一个月过去了，甘锦荣并没有收到父亲的回信。心急如焚的他便不再等下去，按原计划携家带口奔赴新疆。

列车吐着白烟缓缓停靠在迪化火车站，车门打开，人流涌出。

穿着一身补丁衣服的甘锦荣和李凤，手拎肩扛着大大小小好几个包袱，还领着两个大点儿的孩子，抱着一个小点儿的孩子，一家五口风尘仆仆。他们随人流下了车，好奇地打量着这座火车站。

一扇铁栅门将站台与接送区分隔开来。铁栅门外挤满了接送亲朋好友的人们和叫卖吃食的小商贩。

龚全珍挤在人群当中，手里高举写着“八一子弟学校”字样的迎客牌。几名刚刚下车、提着行李的年轻女老师看见牌子，便走了过来。

龚全珍热情地招呼道：“哎！几位同志好，我是龚全珍，八一子弟学校的语文老师。大家远道而来辛苦了，军区派车过来接了，我们走吧。”

带队的老师指了指后面说："龚老师，我们还有一位老师没下来，咱们等一等。"

于是龚全珍贴心地让她们先坐上不远处的吉普车，自己则举着牌子继续等待。

这时，甘锦荣和李凤领着孩子们走出站台。两人望着摩肩接踵的人群，有些发怵。看到举着牌子接人的龚全珍，甘锦荣不禁羡慕地嘀咕道："我这个爸也真是！人家都来接，他咋不知道过来接？咱头遭进城，两眼一摸瞎的……"

善良朴实的李凤劝丈夫："爸不是当了什么部长，忙嘛！咱自己走，问问就知道路了嘛。"

甘锦荣点点头，看到一名戴臂章的车站管理员，便上前问路。可是不凑巧，去军区的车刚走，而且一天只有这一趟，夫妻两人一时不知该怎么办。

不远处卖泡馍的小贩揭开锅，舀了一勺热气腾腾的羊肉汤，浇在一大碗一大碗的碎馍馍上，大声吆喝："羊肉泡馍！热腾腾的羊肉泡馍出锅咧！"

孩子们眼巴巴地望着，一边啃手指头，一边嚷嚷着饿了。

李凤心疼地摸摸俩孩子的小脸蛋，从包袱里翻出一块饼子，掰成两半，分给孩子们："吃吧，慢点，别噎着。"

甘锦荣看不过去了，夺过饼子，拉起孩子们向泡馍摊走去。李凤忙拉住丈夫："贵吧？"

"哎呀，你管这个干啥？孩子想吃，就买给他们吃嘛。"甘锦荣几步走到了摊前，要了两碗泡馍，看着孩子们渴望的小眼神，又多加了一碗，同时拍拍口袋，表示吃完给钱。

摊前人很多，一个个或蹲或站，捧着海碗大口大口地往嘴里扒拉，吃得满头大汗。其中一个刚刚吃完的壮汉离甘锦荣他们很近，一双贼溜溜的眼睛盯住甘锦荣的口袋，又打量了他们几眼，起身将碗放回摊子上，顺势挨着甘锦荣坐下，手慢慢地伸向他的裤兜，将钱袋子拉出一个角……

龚全珍接的最后那位老师竟是她的同乡好友李葆华。此时，两人正一边亲热地聊天，一边向吉普车走去，恰好看到这一幕，龚全珍大喝一声："你干什么！偷钱啦！"

甘锦荣听见喊声，赶紧捂住口袋，揪住小偷的衣领子就是狠狠的一拳。小偷一个趔趄正好倒向龚全珍那边。

小偷见人越来越多，心知不妙，便狠狠地瞪了龚全珍一眼，从袖口抽出一把短刀，猛地向龚全珍刺去，同时咬牙切齿地吼道："让开！"

说时迟，那时快，甘锦荣一把扯住小偷的胳膊，一脚将其踹倒，"哐当"一声，刀落了地。这时几名车站管理人员和几位解放军战士赶到，问明情况，将小偷押走了。

一场虚惊过后，龚全珍和甘锦荣、李凤互相道谢，拉了几句家常。听说甘锦荣他们要去军区投亲，正好要路过军区的龚全珍便热情地邀请他们一起坐车回去，这令甘锦荣夫妇大喜过望。

车里并不宽敞，锦荣夫妇各抱着一个较大的孩子，李葆华则抱着最小的孩子。她高兴地哼着儿歌逗弄孩子，孩子也不认生，在她怀里咯咯直笑。

李凤笑着说道："大姐，你还是把老三给我吧。他爱尿，别一会儿尿你一身。"

李葆华一愣，龚全珍便哈哈大笑着接过孩子："还是给我吧，我不怕。我知道这孩子一笑啊，他就不尿了。"

李凤好奇地看着年轻的龚全珍："大姐带过孩子啊？"

龚全珍从口袋里掏出几粒水果糖，递给两个大点的孩子，满脸慈爱地说："我有俩小子，和他们差不多大。来，吃糖。"

李凤忙教孩子们说"谢谢"。龚全珍看着懂事可爱的孩子们夸赞不已。

车很快驶到军区门口，甘锦荣夫妇带着孩子们下了车，跟大家挥手告别。

甘锦荣夫妇扛着行李、拉着孩子要进大门，却被门口的哨兵拦下了。

问明情况后，哨兵疑惑地打量了他们一阵："这里是军区领导办公的地方，闲杂人等免进。你们快走吧。"

甘锦荣的火气顿时涌上来："你这个小同志怎么说话呢……"

双方正相持不下之际，一辆军车响着喇叭驶了过来。车里的李保山见门口有两个老家打扮的老乡，立即从车上下来。一问竟是甘祖昌的儿子，心中很是惊讶："你是……锦荣？"

甘锦荣没想到能碰到认识自己的人，满是惊喜，点着头却不知道对方是谁。

李保山哈哈笑道："我是你李叔，咳，说了你也不知道，当初我和你爸离家闹革命，你才多大？走吧，我带你上军区大院，你爸就住那儿。"说着便带他们走了进去。

到了甘祖昌家，还没进门，李保山就扯开嗓子喊起来："老甘！老甘！你看我把谁带来了！老甘，要不说你这个爹当得不够格啊……"

勤务兵小苏听见声音便迎了出来，见李保山领着客人，有些发蒙。他愣了一下，连忙将他们迎进屋里，说甘部长刚刚出去买菜了，一会儿就回来。

原来上午甘祖昌在批阅文件时，小苏忽然拿来了一封由于疏忽在传达室压了一个月的加急信，正是甘锦荣从老家寄来的那封。甘祖昌看了信才知道儿子要来，虽然高兴，也只是让小苏先帮他收拾下屋子，下班回到家才忙忙活活地亲手准备被褥、买菜买肉。

甘祖昌知道军区供销社菜价便宜、供不应求，所以就主动去外面菜市场买，临走还特意脱下军装，换上一件普通大衣。

谁知甘祖昌刚走，李保山就带着锦荣一家子来了。

甘祖昌买完东西，正急着往家里赶，忽然有两个小男孩追着一个小女孩跑过来。其中那个较矮的男孩手里拿着玩具水枪不停地朝小女孩喷水。小女孩尖声叫着，一不小心绊了一下，正好摔倒在甘祖昌身旁。

甘祖昌一把抱起小女孩，挡住两个皮孩子，训斥了两句。拿水枪的男孩却并不害怕，嬉笑着举起水枪喷了甘祖昌一身。

甘祖昌瞪着眼，作势要打人，两个男孩才一溜烟跑远了。

小女孩的腿摔破了皮，疼得直抹眼泪。正好旁边有个老太婆挎着篮子在卖糖果，甘祖昌伸手去掏口袋，钱却已经花光了，他只好央求道："大姐，我拿鸡蛋跟你换行不？"老太婆表示同意，于是甘祖昌用五枚鸡蛋换了一把糖果，塞给小女孩，然后把她送回了家。

甘祖昌回到家里，把菜篮子放下，先拿起搭在洗脸架上的毛巾擦脸，边擦边招呼勤务兵："小苏，给我拿件衣服。刚才在马路上撞见俩浑小子，端着水枪冲我喷水，不知道里面灌的啥，弄得我一身骚味。"

一件干净的衣服立马递过来，甘祖昌顺手接过来，抬头却见一个陌生的年轻人站在身前，便疑惑地问道："这位小同志是……新派来的勤务兵？我都跟司令员说不用了……"

这时李保山从里屋出来："老甘，你说说你，你这爹到底怎么当的啊，儿子来了不去接，我给你送来了你也不认识，都说崽儿大了忘爹娘，你倒好，当爹的不认自家的崽儿了。"

甘祖昌万万没想到二十年未见的儿子就这么突然站在了眼前。他瞪大眼睛仔细望着眼前的年轻人，轻轻唤了一声："锦荣？"

甘锦荣不大高兴，低着头闷闷地叫了声"爸"。孩子们由李凤领着从里屋跑出来，脆生生地叫"爷爷"。

甘祖昌终于从巨大的震惊中醒过神来，笑容爬满了整张脸，一边挨个抚摸孩子们可爱的小脸蛋，一边应道："哎！哎！"然后对李凤说，"你是凤？好好好，来了就住下。屋子收拾好了，走，看看去。"

"爸，我们看了，行李也都放好了。您坐下吧，我做饭去，您和锦荣说说话。"李凤说着提起菜篮子进了厨房。

甘祖昌一时有些不太适应父亲的身份，坐在沙发上，看了看对面的儿子，半天才冒出一句："像！跟老子年轻的时候一模一样。"

"得了吧你，都没认出来。"李保山揶揄道。

甘祖昌挠挠头，傻呵呵直笑。

甘锦荣从包袱里拿出婶子给做的新鞋和鞋垫，还有自家种的烟叶。甘祖昌爱不释手地摸着这几样东西说道：“好好好，还是咱老家的烟叶好。保山啊，老家的烟叶，咱俩一人一半。”

李保山用纸包了点烟叶，起身告辞：“行了，老甘。儿子给你送到了，我先走了。”

甘锦荣连忙挽留：“李叔，我得跟您喝两杯酒啊。”

听到“酒”字，李保山脸色一僵，但随即恢复常态，推说晚上要值夜班，便拿着烟叶走了。

酒菜上桌，平时不准自己喝酒的甘祖昌破例跟儿子对饮起来。聊到找工作，甘祖昌知道儿子有打铁的手艺，就想让他去铁厂上班。甘锦荣却说自己就是不想再在老家打铁才来新疆的，想换一份轻松些的工作。甘祖昌一听儿子嫌累，顿时火了，拍桌子瞪眼，爷俩就吵了起来。

在里屋喂孩子吃饭的李凤连忙出来劝解，火气正盛的甘锦荣却执意叫妻子收拾东西马上回老家。甘祖昌气得脑袋一阵剧痛，急忙一手扶住桌子，然后用另一只手捂住头部，痛苦地弯下腰。

甘锦荣一下子傻了眼，与李凤连忙上前搀扶，小苏急忙端来水和药。吃过药，甘祖昌闭着眼睛休息了一会儿，脸色才恢复正常。

第二天早晨，在李凤的督促下，为了不再惹父亲生气，甘锦荣只好乖乖地去铁厂报到，心里却对父亲丝毫不肯徇私给他找个好工作一事耿耿于怀。

办公室里，甘祖昌的头疼还在持续。他皱着眉头，指尖按着太阳穴，强忍着痛苦批阅文件。王震走进来，关切地询问他的病情，并要拉他出去走走。

甘祖昌却执意不肯：“司令员，咱当初可说好了，一天至少保证我五个小时的工作时间。现在还没到点儿，您这个命令啊，我有权不服从。”

王震笑道：“我的意思是不许你在办公室办公，要派你去八一子弟学校搞调研。后勤部子弟们的表现，你这个后勤部部长也要多多关心嘛。”

甘祖昌没办法，只好答应下来。

车子驶到学校门口，校长李平将王震和甘祖昌迎进校园。由于正是上课时间，他们就在教学区里随意转转，从窗口看看各个教室里的上课情况。

其中一间教室里，龚全珍正在用清朗悦耳的声音领着孩子们诵读杜甫的《绝句》。

甘祖昌在走廊里走走停停，忽然被这琅琅的读书声吸引，不由得走过去，在窗口驻足观望。

朗读了几遍后，龚全珍要求孩子们把这首诗默写下来。孩子们低头“哗啦哗啦”地翻找本子。其中一个小男孩举手报告自己的本子用完了。龚全珍走过去翻了翻他的本子，看看他，又对大家说道：“作业本不光正面能写，背面也可以写。以后大家的作业本正反两面都用完了才可以换新的，以免浪费。同学们听清楚没有？”全班学生齐声回答：“听清楚了！”龚全珍满意地点点头，走回讲台。

甘祖昌看到这一幕，赞许地笑了，目光久久停留在这位端庄温和又似曾相识的女教师身上。

李平从后面走过来，看着出神的甘祖昌，轻轻一笑。

随后大家到操场上检查运动器材。甘祖昌看到这些器材非常老旧，而且数量很少，于是承诺出钱给学校购入一批新的。李平自然非常高兴，提前替孩子们谢过了甘部长。

甘祖昌从学校回来向王震汇报工作。谈完公事，王震笑着问道：“老甘，你实话跟我说，有相中的没有？”

甘祖昌一愣，随即反应过来：“司令员，这才是您的真实目的吧？”

王震解释道：“你岁数不小了，身体也不太好，组织上决定找个合适的人照顾你的生活。”

甘祖昌想了想，认真回答道：“我老骨头一把，浑身是病，搞不好哪天……咳，打光棍挺好。这事，不谈，不谈了。”说着摆摆手迈着大步离开了。

王震正想追上去，李平拽住他，使了个眼色。王震会意地笑了。

傍晚，李平来到教师宿舍，给龚全珍保媒。听说对方是后勤部部长甘祖昌，龚全珍顿时想起那天在学校门口遭遇歹徒的事，支支吾吾地问道：“这个甘部长是不是脾气不太好？”

李平纳闷地看着龚全珍：“没有啊。甘部长是个很沉稳、很和善的老同志。你听谁说的？”

龚全珍勉强地笑了笑：“没有，没有，我瞎猜的。”

第二天，王震督促甘祖昌去学校相亲。听说对方正是昨天那位教孩子们读古诗的女老师，内心一万个不想去的甘祖昌竟也动了心。

一进校长办公室，甘祖昌便开始莫名地紧张。他挺直腰杆坐着，仿佛是在等待首长的检阅。李平看到甘祖昌这副模样，心中暗自发笑。

龚全珍下课后来到办公室，李平为两人作了介绍，然后借口开会出去了。龚全珍似乎并不热情，两人坐在沙发上，一时有些冷场。

甘祖昌努力打破僵局，先从教师这个职业展开话题，聊到龚全珍毕业的西北大学，然后聊到自己只念过一年半的私塾。他指着课本封面上“龚全珍”三个字，笑呵呵地自嘲这个“龚”字他就不会写。龚全珍被他憨直的样子逗笑了，于是拿出纸笔教甘祖昌写这个字。两人不知不觉就靠得近了些。

专心致志地写了好久，甘祖昌终于写完了“龚”字，虽然写得不好看，但笔画是对的。龚全珍笑着夸奖了两句。甘祖昌听了，笑得像个孩子一样。

甘祖昌对着纸上的“龚”字看了又看，一脸认真地说：“龚，我看这个姓蛮好。上面是个龙，下面是个共，这就代表着在中国共产党的正确领导下，中国终将会像一条巨龙腾飞于世！”

龚全珍笑道：“看不出甘部长还满腹文采啊。”

甘祖昌嘿嘿一笑，却突然又严肃起来：“小龚同志，今天是我们头一次见面，但我有必要把我的真实情况向你作下汇报。我今年四十七岁，比你大十八岁。我身体也不好，有脑震荡后遗症，还有气管炎、肺气肿，你知道吗？”

龚全珍不好意思地小声说道：“这些都不要紧，我只有一个要求，我有两个儿子，希望你对他们好……”

这时，一个小男孩喊着“妈妈”跑了进来。甘祖昌一看便愣住了，进来的竟是那天在大街上玩水枪的坏小子。

龚全珍见小儿子跑进来，忙问：“新新，你怎么跑这儿来啦？哥哥呢？”

新新顾不上回答妈妈的话，气呼呼地指着甘祖昌说道：“妈妈，他是大坏蛋！那天在街上欺负我和哥哥，不信你问哥哥！”

龚全珍听了，满脸困惑地望着两个人。

甘祖昌一紧张，说话也不利索了：“这……昨天确实在街上，这俩小崽子不老实，唉，不是，我是说，他们俩……”

龚全珍的脸色一下子难看起来，抱起新新就出了门：“甘部长，我还有事，先回去了。”

甘祖昌张了张嘴，懊恼地看着母子俩离去。

放学后，看到办公室的人都走光了，李葆华凑到龚全珍跟前，关切地问道：“今天来咱们学校的那个老头就是李校长给你介绍的对象？”

龚全珍淡淡地说道：“别老头老头地叫，人家今年才四十七，还不到五十呢！”

李葆华一撇嘴：“反正我看着他显老，跟你一点都不搭。而且他以前是个挑粪的，这种人跟你哪在一个层次！”

龚全珍十分诧异：“你听谁说的？这哪跟哪啊！”

李葆华看了龚全珍一眼，认真地说道：“你不记得了？一九四五年的时候，日寇进攻河南淅川，咱们被迫从河南逃到陕西，就在陕西的一个县城里碰到过他。”

“我怎么一点印象都没有？”龚全珍努力从记忆中寻找甘祖昌的身

影，最后依旧未果。

“没印象更好，总之就是一句话——不能嫁给他。”李葆华斩钉截铁地说。

“算了，不说他了，我也没打算要嫁。咱们聊点开心的吧。”龚全珍笑着转移话题。

两人从在家乡烟台准备参加八路军，聊到后来不知道去哪儿找队伍便当起了小学教员等往事。人生变幻，世事纷纭，没想到过去的好姐妹现在又聚到了一起。

回到宿舍，龚全珍忙着给孩子们做饭。新新看到刚刚煸炒出来的肉片，跑过来就捏了几片放进嘴里。龚全珍连忙呵斥道：“别吃！肉还没熟，吃了要拉肚子的！”新新朝妈妈做了个鬼脸，又抓了一片赶紧跑开。

天黑了，狂风忽至，一声霹雳当空炸响，豆大的雨点哗啦啦地落了下来。新新忽然捂着肚子叫疼，一张小脸煞白。龚全珍忙给儿子揉了揉肚子，又倒了碗热水喂给他。可是过了一会儿，新新似乎肚子更疼了，小脸皱巴巴的，直淌冷汗，并开始呕吐。建建懂事地在旁边帮弟弟擦汗喂水。龚全珍焦急地望望外面的暴风雨，又望望痛苦不堪的小儿子，最后从门后取出一顶大斗笠，背起新新，嘱咐建建锁好门，便匆匆出门去了。

黑漆漆的马路上，风雨交加，什么都看不见。龚全珍背着新新艰难地走着。偶尔过来一辆车，龚全珍伸手想拦住，车却呼啸而过，溅了龚全珍一身泥水。

因选厂址深夜方归的甘祖昌见开车的小苏有些困倦，便提醒他打起精神来，以免出车祸。就在这时，前方道路上忽然出现一个背孩子的妇女。小苏一激灵，猛地踩住刹车。

完全没有觉察到危险的龚全珍见有车停下，忙过去请求搭车。热心的甘祖昌下车去接孩子，两人这才看清楚对方的样子，一时都愣住了。甘祖昌很快回过神来，抱过孩子，让龚全珍上车，又把孩子递给她，吩咐小苏赶紧带他们去军区医院。

小苏为难地说："甘部长，咱们这货车上就副驾驶一个位置，这么大雨，您……"

甘祖昌瞪了小苏一眼，催促道："急症拖不得，快走！我自己打伞回去。"小苏知道甘祖昌的脾气，只好开车走了。

甘祖昌勉强撑着伞，深一脚浅一脚地往前走去。有好几次，狂风几乎要把他吹倒，雨也浇透了他大半个身子。

李凤正在客厅里收拾东西，突然听见"哐哐"的拍门声。她一打开门，浑身湿漉漉的甘祖昌便打着哆嗦一头栽倒在地。

医院里，龚全珍守在儿子身边一夜未睡。不过总算有惊无险，新新只是吃坏了肚子，休息两天就没事了。

李平来医院看望新新，见新新没事，语气中便透出些责备："你家儿子没事了，却差点把甘部长一条命搭进去！"

龚全珍一惊，安顿好儿子，急忙过去看望甘祖昌。

甘祖昌此时正在病床上昏睡着，身上插着各种管子。李凤和甘锦荣守在旁边。

龚全珍走进病房，跟锦荣夫妇一见面，双方都很惊讶。龚全珍立即明白了二人与甘祖昌的关系，低下头满含歉意地说道："都怪我，甘部长为送我和孩子去医院，自己淋雨生病了。甘部长现在情况怎么样？"

"我爸这一淋雨，身上几样旧病全犯了。"甘锦荣心里生气，但看在龚全珍帮过他们的情分上又不好责怪。

这时，床上的甘祖昌剧烈咳嗽起来。等慢慢平复下来后，他睁开眼睛，见已经九点了，于是催促儿子去上班。甘锦荣刚想说什么，李凤忙对丈夫使了个眼色，然后说道："爸，您别操心啦，锦荣正准备去呢。"

甘锦荣不情愿地拿起床头的背包，又担心地望了望床上的父亲，闷声走出了病房。

待儿子走了，甘祖昌才看见龚全珍正站在床边，眼里不禁闪过一丝欣喜："小龚老师来了，孩子没事了吧？"

龚全珍不好意思地说道："没事了，谢谢甘部长，我……对不住……"

甘祖昌嘿嘿一笑，连忙安慰道："有什么对不住的！孩子事大，我老骨头了，能扛。"

李凤看瓶子里的药快输完了，转身出去叫大夫，剩下他们两人说话。突然，甘祖昌又剧烈咳嗽起来，咳了几声后，喉咙被一口痰堵住，脸憋得青紫。

龚全珍慌忙上前："甘部长，甘部长，你怎么了？"甘祖昌说不出话，手一个劲儿扒着胸口。

"有痰？"龚全珍问。甘祖昌吃力地点点头。

龚全珍想了一下，从床底抽出痰盂，挽起袖子，一只手向甘祖昌嘴里伸去。不一会儿，甘祖昌便将那口痰吐了出来。这时，李凤正好带着医生进来，见此情景，顿时吓了一跳。

甘祖昌摆摆手，喘了口气，解释道："一口痰卡着了，多亏小龚老师帮我抠出来了。"

李凤连忙道谢。龚全珍洗了洗手，笑着说道："我以前读书的时候，学过简单的护理。"

甘祖昌催促龚全珍回去照顾孩子。"带上这些水果和点心给孩子吃。这些人，知道我气管不好，还买甜的！"

龚全珍自然不肯拿。李凤悄悄使了个眼色，把装水果和点心的网兜塞到她手里。龚全珍明白李凤是担心惹甘祖昌生气，只好将东西收下。

新新很快出院了。这天，龚全珍和李平正在走廊里说话，冯轲的妈妈领着脏兮兮的女儿找过来，一看到龚全珍就劈头盖脸地告起新新的状。原来，新新平日里总欺负冯轲，有一次甚至在水枪里装了尿追着人家小姑娘喷，害得小姑娘跌了一跤。幸亏甘部长看到，把孩子给送了回去。龚全珍赶紧赔礼道歉，保证回去好好教训这个臭小子，同时也明白上次是误会甘祖昌了。

回到宿舍，龚全珍严厉地责罚了新新，并把水枪使劲儿摔在了地上。新新和建建头一次见妈妈发这么大脾气，都吓得低着头一声也不敢吭。

第二天，龚全珍领着新新来给甘祖昌道歉。喜欢孩子的甘祖昌笑呵呵地与新新玩起来，只是嘱咐新新，都大小伙子了，欺负女孩子会让人笑话的。新新乖乖地点点头。

甘祖昌有意留龚全珍娘俩吃饭，怕她拒绝，便借口李凤怀孕不方便，请龚全珍帮她做做饭。龚全珍不好推脱，便跟着李凤进了厨房。

见这个甘伯伯一点儿也不像那天在街上那么凶，非但没有训斥他，还总是笑呵呵的，新新便放了心，凑到甘祖昌跟前，偷偷拿出自己那把被摔坏的水枪，问他会不会修。甘祖昌看到水枪，不禁哈哈大笑，承诺有空给他做把结实的、摔不坏的新枪。新新一听，兴奋极了。

这时甘锦荣下班回来了，看到新新，先是一愣，然后板着脸径直走进自己的屋子。李凤过来叫他去跟龚大姐打声招呼。甘锦荣气呼呼地把听到的传闻告诉了她，说他绝不会同意爸娶这个比他大不了几岁、出身和经历跟甘家完全不同的女人。李凤惊讶之余劝丈夫别管那么多，又特意嘱咐他别在客人面前失了礼数，然后将丈夫拽出屋去。

四　遇良缘终成眷属

龚全珍在甘祖昌家吃的第一顿饭最终以尴尬收场。甘祖昌热情地夹菜、张罗。细心的李凤留意到公公的态度，也赶忙盛饭添汤。唯有甘锦荣坐一旁面露不悦，并出言质疑龚全珍主动上门是对父亲甘祖昌另有所图。结果一顿饭还没吃完，龚全珍便推说有事，拉起新新要走。李凤想拦，却尴尬得不知如何开口。甘祖昌则黑着脸，点着了烟，默默走进里屋。

李葆华听说甘祖昌竟然是后勤部部长，担心龚全珍心思动摇，见她回来了，特意追上去叮嘱："别因为他是后勤部部长，你就违背自己的原则。他可比你大那么多呢。我听说他和他前妻生的儿子已经来新疆了，就是那天带着仨孩子搭我们车的那对夫妻。你要是嫁给他，指不定会受多少罪呢！"

龚全珍停下脚步，正色道："李葆华同志，你想多了，我压根就没想过要嫁给他。"

"不嫁就好，不嫁就好。"李葆华见龚全珍态度明确，这才放下心来。

新新自然看不懂大人之间的事，只是惦记着甘伯伯答应给他做枪，总吵着要妈妈带他去甘伯伯家玩。龚全珍只好找各种借口拒绝，却没想到小家伙趁她不注意竟自己偷偷跑去了甘家。

甘祖昌乐呵呵地接待了这位小客人，并兑现承诺，拿出一把漆成黑色的木头手枪给新新。新新欢喜地捧着枪，爱不释手，作势瞄准射击，嘴里发出“啪啪”的声音。

玩了一会儿，新新一脸惋惜地说道：“和真的一样，就是不能喷水，还赶不上我那把呢。”

甘祖昌笑着拍拍新新的脑袋：“新新同志用水枪欺负群众，已经被组织没收了，现在只能使这把木头的。”新新倒也没有辩解，继续玩起来。一老一小其乐融融。

甘锦荣下班回来，一进院子，见父亲正拿着长竿，领着新新和自家的三个娃娃打枣子，还教孩子们拿起枣子仰头往嘴里扔着吃。几个孩子看甘祖昌百发百中，连连拍手叫好，也有样学样地把枣子向空中抛去，张着小嘴却接不住，枣子纷纷落在地上。大家玩得不亦乐乎，小小的院落里充满了欢快的笑声。

甘锦荣却急了，冲着父亲吼道：“您多大的人了，还玩这个！不知道头上有伤，不能乱动啊！”然后嫌恶地瞪了新新一眼，气呼呼地跺着脚进了屋。甘祖昌自知理亏，对孩子们嘻嘻笑着让他们自己玩。这时新新忽然想起自己偷跑出来这么久，该惹妈妈生气了，顿时蔫了下来，低头小声央求甘伯伯给妈妈打个电话。

学校里，龚全珍到处找不到新新，正心急如焚，打算向校长请假出去找孩子，这时电话铃声响起。

听到甘祖昌说新新在他家，龚全珍终于放下心来，随后急忙赶到甘家。她本来憋了一肚子火，但当着众人不好发作，拉着儿子准备告辞。甘祖昌请她留下来吃饭，她一脸严肃地说道：“甘部长，您是一位令人尊敬的军区首长，而我作为一名普通的人民教师，实在不该总来叨扰您。孩子不懂事，您别见怪。我保证，绝不会有下次。”龚全珍说完，转身带着新新出了门。看着母子俩离去的背影，甘祖昌的心中瞬间涌起一阵失落。

门外墙角下，甘锦荣假装给菜畦浇水，却明显是在偷听刚才屋里的对话。龚全珍母子出来时，他躲闪不及，正好被撞上。见他略显窘迫的样子，龚全珍让新新去前面等自己，然后语气平静地对甘锦荣说道：“甘兄弟，你放心，我已经跟你父亲讲清楚了。但有些话对我这名受过大学教育、能够自食其力的新时代女性来说，是一种人格上的侮辱，希望你以后不要再对我有那种看法。”

甘锦荣满脸尴尬，龚全珍则淡然一笑，潇洒地转身离开。

日子一天天过去。面对龚全珍，甘祖昌真不知道该如何是好，总觉得这谈对象比打击敌特分子还难。

王震了解到他俩的情况，决定助甘祖昌一臂之力。这天他特意来找甘祖昌下棋，看时间差不多了，才不紧不慢地说龚全珍已经请好假，打算回山东老家相亲，现在人应该快到车站了，又感叹他俩没有缘分。

甘祖昌一听，噌地站起来，支支吾吾地推说有事，然后抬腿就走。王震看着甘祖昌匆匆离去的背影，哈哈大笑起来。

赶到车站，龚全珍正带着两个孩子准备上车。甘祖昌急忙大喊：“小龚老师，你等一等！”

龚全珍惊讶地望着甘祖昌，不知道出了什么事。甘祖昌几步赶到近前，定定地看着龚全珍，认真地说道：“小龚老师，我甘祖昌真心希望你能留下来，从今往后，我们结成革命伴侣。”

突如其来的表白让龚全珍有些发愣。甘祖昌又继续说道：“我讲这番话，态度很认真。现在站在你面前的不是新疆军区后勤部部长甘祖昌，而是从江西大山里走出来的穷小子和参加革命二十多年的革命老兵甘祖昌。甘祖昌自入党以来，忠诚地执行着全心全意为人民服务的伟大宗旨，并以马列主义、毛泽东思想为生活指南，艰苦朴素地走完了前半生。我希望，从今往后能与龚全珍同志结为伴侣，不离不弃，在中国共产党领导的革命道路上携手度过后半生。”

龚全珍被甘祖昌一番朴拙的倾诉打动了，眼睛里闪烁着泪花，却又不知该说什么好。

“小龚同志，你不用说话。同意就点头，不同意就转身上车，一切全凭自己意愿，我绝不阻拦。”

只见龚全珍擦了擦眼泪，用力地点了点头。甘祖昌欣喜若狂，抱抱建建，又抱抱新新，然后一把扯过龚全珍的行李：“走，回家去！”

“甘部长，我们的事回来细说。车要开了。”龚全珍忙说。

甘祖昌急了：“怎么？你还要回去相亲？”

龚全珍一脸的莫名其妙：“相亲？谁说的？我是回去探亲啊。”

甘祖昌愣了一下，突然明白过来，哈哈大笑：“对，探亲！小龚同志……全珍，你上车吧，我等你回来。”

此后，精气神十足的甘祖昌每天批阅完文件还要认真练一小时字。李凤看到这一幕，笑称练字比吃药还管用。甘锦荣虽然心里不愿意，但看见父亲高兴，也只好默认了，并嘱咐李凤帮着准备准备。见丈夫不情不愿却还主动提出筹备婚事，李凤偷偷地笑了。

结婚日期渐渐临近，甘祖昌给建建、新新买了新衣服，他和龚全珍却一件新衣也没有添。

这天，龚全珍正在找适合结婚那天穿的衣服。李葆华提着一只印有大红“囍”字的暖水壶走进来，紧绷着脸说道：“龚全珍，我今天来可不仅仅是为了道喜，我还得数叨数叨你。你这个党员同志也太没原则性了吧，前几天你还当着我的面说绝不会嫁给那个老头，这才刚过几天啊，你的态度竟然来了个一百八十度的大转弯！龚全珍，难道他几句好话就把你骗到手了？还是因为他手里的权力？我可听说了，他这个人特抠门，对自己的儿子都很苛刻，更别说对你和你的两个娃了。跟着他，你可别指望享清福。”

龚全珍扑哧一笑：“什么享不享清福的！我可没想那么多，我就是看中他这个人忠厚、真诚，有原则。”

李葆华叹了一口气：“你啊，就是太理想化了。别怪我事先没提醒你，你可是西北大学毕业的高才生，而他是农民出身，没知识、没文化，你们之间没什么共同兴趣爱好，没什么共同语言，等以后日子久了，交流方面肯定会出问题。还有，他全身上下没一处好地儿，光是脑袋就伤了三次，还有后遗症。要是万一哪天瘫痪了，你不得伺候他一辈子啊？”

龚全珍依旧笑着：“结了婚，作为妻子，我理应照顾他。而且他也不像你说的那样。我感觉我和他还是有共同之处的：我们两个都很简单，对生活要求不高，为了心中的理想可以奉献一切。虽然有时候感觉他对自家人有些绝情，但说明他这人思想单纯。其实这一点挺让我佩服的。共产党如果也搞‘一人得道，鸡犬升天’那一套，那还叫什么共产党呢？不管你怎么说，既然我认定了他，以后无论遭遇什么，我都无怨无悔。我相信我会过得幸福的！”

“既然你这样认死理，那我也不劝你了。不过话又说回来，他堂堂一个后勤部部长，怎么着也不会差到哪里去！你嫁给他虽然是鲜花插牛粪，但这堆牛粪不同于别的牛粪。这是堆有营养的牛粪，还是能滋养鲜花的。”李葆华说完，自己先被逗笑了。

“去你的！”龚全珍嗔笑道。

甘祖昌首先去请老战友李保山来喝喜酒。他提着一兜糖走进军火库值班室，只见里面一片凌乱，空气里弥漫着刺鼻的烟酒味，昏黄的灯光映照着李保山那张胡子拉碴、呆滞晦暗的脸。甘祖昌心里有些不忍，但没说什么，笑呵呵地把手里的糖递给李保山：“我后天结婚。”

李保山一听，惊喜地说道：“恭喜恭喜，老甘，这么多年你终于不用打光棍了！”说完脸上却浮现出一丝落寞。

甘祖昌笑道：“老李，我这成了，你也得抓紧啊。”

李保山沉默了一会儿，又立刻振奋精神，跟甘祖昌聊了起来。

转眼到了大婚当天。院子里虽然陈设朴素，但窗户上、树上都贴着李凤精心剪裁的红色窗花和“囍”字，显得热闹又喜庆。

大家纷纷祝福新人白头到老，并送上礼物。王震送了龚全珍一块红花布。甘锦荣特意托人从北京捎来一支钢笔，并请龚全珍原谅他以前的出言不逊。

在一片热闹、欢喜的气氛里，甘祖昌忽然端起一杯酒，缓缓走到一棵树下，望着天边的满月，嘴里念叨着："弟兄们，看看，老哥今天当新郎官啦！这么长时间了，你们馋酒了吧？老哥请你们尝尝新疆的马奶酒。"说着将酒洒在地上。

大家愣愣地望着甘祖昌。甘祖昌的思绪却已飞到那段炮火连天的战争岁月。他追忆着往日生死与共的战友，不由得热泪盈眶。

夜深了，宾客散尽。龚全珍和甘祖昌在卧室里相对而坐。甘祖昌拉着龚全珍的手郑重地说道："全珍，我们互相了解都不多，之前也没有很多时间谈恋爱。但我相信自己的眼光。跟你讲实话吧，去你们学校视察的时候，我在窗外看到你给学生讲课，就对你很有好感。机缘巧合，没过几天李校长就把你介绍给了我。我相信，我们是有缘分的，只要在今后的日子里我们彼此理解，一定会生活得幸福美满。"

龚全珍深情地望着丈夫，点点头："老甘，作为你的妻子，我一定会照顾好你的身体与生活。下半辈子不管遇到什么难事，我们一起面对。"甘祖昌感动地搂住妻子。

"昨天我以为锦荣会闹情绪，没想到他不但接受了我，还送了我一份礼物。"龚全珍有些羞涩地说。

甘祖昌叹了口气解释道："他之前闹情绪不是因为你，而是因为我。他很小的时候，我就离家从军，他妈改嫁。我打了二十多年的仗从没回过家，对他缺少关怀。他这是在给我甩脸子呢。不过作为父亲，我确实很失职。"

龚全珍抬起头认真地看着丈夫说道："说起来这孩子也怪可怜的。老甘，锦荣在那个工厂工作也有一段时日了，你是不是该去看看他？他们两口子来这里投奔你，本希望能有个好前程，而你倒好，不但不照顾，还让他干最苦最累的活，孩子心里不会有气？再说，你知道别人会怎么看你吗？会说你为了自己的官位，不近人情。"

"这些我都不在乎。"甘祖昌严肃地说，随后又问道，"你不会是想让我给他换份轻松的工作吧？”

龚全珍含笑问道：“你会吗？”

甘祖昌坚定地摇摇头：“不会。”

“唉！我看你们父子俩现在就是面和心不和。你总不能让孩子一直在心里记恨你吧？你得主动弥补对孩子的亏欠，用心感化他。”龚全珍温柔地劝道。

甘祖昌面露难色，竟无言以对。

第二天，在龚全珍的催促下，甘祖昌终于下定决心来到儿子工作的铁厂看望他，却被告知儿子已经不在那儿上班了。他怒气冲冲地回到家，等甘锦荣一回来便立刻上前质问他到底去哪里上班了，谁帮忙调动的。甘锦荣见瞒不过，就将李保山教他的话说给了父亲听。

原来，前段时间李保山知道甘锦荣的打铁工作又苦又累，特意跟八一农场打了招呼，让甘锦荣去那边开拖拉机，但怕甘祖昌知道了生气，就再三叮嘱甘锦荣，若是他父亲问起，就说是农场主任主动把他调过去的，因为他种过田，对农事比较了解，很适合做拖拉机手。

得知儿子没有拉关系走后门，甘祖昌的气这才渐渐消了。

龚全珍受丈夫之托，给李保山介绍了一个对象。但由于他的腿受过伤，相亲时遭到人家嫌弃，李保山深受打击，变得更加颓废潦倒。

一天，王震突然来军火库视察，见李保山一副萎靡不振的样子，心中有些不悦，当发现库里的武器装备由于管理不当出现不少问题时，更是怒其不争，愤愤地转身离去。

不久，军区举行授衔仪式，甘祖昌被评为少将，准军级。本来与他资历差不多的李保山却只评了个营级。

会后，李保山步履沉重地走在路上。当看到从自己身边经过的年轻军官们一个个意气风发，就连财务科小张肩章上的花都比自己的多一朵时，李保山只觉得无地自容，于是加快脚步，想尽快逃离这个让他无比尴尬的地方。

回到军火库，李保山思索再三后，坐到桌前，铺好一张信纸写了起来。他写得很慢、很认真。写好后他看了又看，最后把信装进一个信封里。

龚全珍得知授衔的消息真心为丈夫高兴，提议全家庆祝一下。没想到甘祖昌却对自己的这个评级结果有异议，要向上级反映。

龚全珍一听很吃惊，甘祖昌解释道："许多革命老同志、老红军都只评了连级或营级。和他们比，给我评个连级就够了，顶多评个营级。为什么偏偏给我评了师级？到了中央那里，又批了个准军级回来。你说我能没意见吗？"龚全珍听了丈夫这番话，沉默不语。

甘祖昌停了一会儿，眯起眼睛望着家乡的方向，缓缓地说道："自从一九五一年我头部受了重伤以后，很多事情做起来就不像以前那样得心应手了。看一份文件原来只用十分钟，现在却要花半小时，类似的情况还有很多。我就在想：国家这不是养了一个废人吗？这军粮吃得不安心啊……全珍，我想家了。"

龚全珍默默地看着自己的丈夫，心里波涛起伏，久久不能平静。

五　将军卸甲归田

王震拆开信封，看着李保山的转业申请，心里有些痛惜，但沉思了一会儿，还是批准了。

李保山很快收拾好了行李，打算悄悄地离开。不料刚出军区大院门口，恰好遇见甘祖昌、龚全珍两人。听说李保山已经转业了，甘祖昌大吃一惊，刚想说什么，李保山赶紧解释，说是因为老娘的眼睛看不见了，他心里着急，所以没有顾上跟大家打招呼。

甘祖昌没有说什么，只是嘱咐他带老娘去省城做个检查，好好治病，过去的事情就让它过去，到了地方一样做贡献。

李保山自然明白甘祖昌的意思，点点头走了。甘祖昌站在那儿，望着李保山逐渐消失的背影，心里有些感伤，脑海里又浮现出自己和李保山、海生三人一同参军、一同革命的点点滴滴。海生牺牲了，现在李保山也转业了，只剩下他一个人还留在部队……唉，没准儿哪天，自己也要离开了。想到这些，甘祖昌回到家里，走到书桌前拿起纸笔，打算给莲花县组织部写封信，请他们合理、公正地对待李保山的问题，在工作安排上不能带有偏见。

情绪波动加上熬夜写信，第二天甘祖昌的头疼病又犯了，而且一嚼东西，耳朵里就像进了碎石块似的咯吱咯吱响。去医院检查，显示病情又加重了；另外，头部的瘀血一直没消，这就相当于埋下了一颗定时炸弹，随时都有爆炸的可能。所以医生建议尽量静养，多吃流食，不要再做脑力工作。龚全珍心急如焚，强押着丈夫来到疗养院疗养。

青山绿水、环境优美的疗养院本来是供人静心休养的，但劳碌惯了的甘祖昌哪儿闲得住？一天到晚不是给院子里的菜畦松土浇水，就是到附近的牛奶厂帮人家喂牛挤奶，害得勤务兵小苏整天都在胆战心惊地找人。没过多久，彻底找不到甘祖昌了。正当龚全珍火急火燎地给王震打电话请求帮忙找人时，甘祖昌一脸心虚地走进了司令员办公室。

王震看到他，觉得又好气又好笑："受不了了？我就知道你！哪次疗养都待不过一个月。"

甘祖昌苦笑道："司令员，不怨我啊，他们对待我简直比对待阶级敌人还要残酷，限制行动、不让吃喝……我感觉自己在他们面前就是个废人！真受不了了，再待两天，非逼出毛病来不可！"

王震拉开抽屉，从里面拿出一张纸递给他："得了，别抱怨了。过两天要从江西来一个寻亲团，寻的大都是一九二八年以后离开家乡跟随大部队行动，现在失去音信的红军同志。老甘，你是江西人，正好可以负责这件事。"

甘祖昌立刻来了精神："没问题，司令员。只是这么长时间没跟家里联系，恐怕……"

王震喟然长叹："是啊，中国革命几十年来，牺牲的同志不计其数，寻亲团很有可能就成了烈士家属团啊！"

甘祖昌默默地翻看着寻亲团名单，最后目光落在了"山草"这个名字上，盯了许久。

这天，寻亲团到达新疆军区。甘祖昌带着几名后勤部的同志站在军区门口迎接。

一辆大巴车驶了过来。从上面下来一群面黄肌瘦、白发苍苍的老妇人。她们茫然地望着眼前陌生的一切。

后勤部的同志们迎上前去。山草那张干巴巴、黑黢黢的脸赫然出现在甘祖昌的眼前。他呆呆地看着，思绪飞到了山草和海生结婚的那天：俊俏水灵的山草穿着一身红嫁衣，英气逼人的海生紧紧地挽着她的手，自己和李保山起劲儿地往这对新人身上撒花生、瓜子……

甘祖昌眼含热泪大步走上前喊道："山草妹子！"

山草愣住了，望着眼前这位"大官"，一脸的迷茫。

"我是甘祖昌啊，海生的拜把子大哥甘祖昌！"

山草的眼睛一下子亮了起来。她激动地拽住甘祖昌的袖子："祖昌大哥，祖昌大哥！海生呢？我来找他回家了！"

甘祖昌垂下头，肩膀微微抖动着。良久，他抬起头来，一滴热泪滑过脸庞："山草妹子，我，对不住你。海生，我没看住啊！"

山草一听，眼神一下子暗了下去，呆愣片刻，嗓子里发出一声干号，然后眼一闭，身体直直地朝后倒去。

甘祖昌将虚弱的山草接回了家，听山草断断续续地讲述近三十年来一个人苦苦挣扎的种种不易，不禁唏嘘不已。接着，甘祖昌又把海生牺牲时的情形说给山草听，并拿出一双当时海生留下的染血的布鞋。山草一把抢过来捂在怀里，恸哭不已。这是她亲手给他做的啊！

龚全珍在一旁极力安抚，劝山草好好生活才是对丈夫最大的安慰。哪知听了这话，山草的情绪更加激动起来："嫂子，你不知道，我现在连家都回不去啊。沿背村太穷了，我在外面给人缝缝洗洗还能勉强混个温饱，回去就只能种地。村里地少人多不够分，靠着那一两亩旱田，出不了一年，他爹娘就得饿死……"

甘祖昌默默听着，心情越发沉重起来。

入夜，安置好山草，甘祖昌再次从柜子里拿出那个珍贵的小匣子，手指颤抖着轻轻抚过里面放着的沾血的水壶、生锈的手枪、断了的皮带等各类小物件，那战火连天的年代仿佛又回到眼前。当年为了爹娘和乡亲们不再过苦日子，为了家家盖新房、顿顿有肉吃，他们这三个拜把兄弟一起走出大山，参加革命。如今中华人民共和国已经成立了，可是家乡依旧贫困……

甘祖昌越想越心痛，用干巴巴的大手紧紧扣住这个盛满战友遗物的小匣子，身体不住地战栗，最后“扑通”一声摔倒在地，匣子里的东西散落一地。

听到动静，龚全珍和锦荣夫妇一齐闯进卧室，连忙扶起甘祖昌，火急火燎地将他送进医院。

王震得知消息，亲自前来探望。脸色苍白的甘祖昌躺在床上，言辞恳切地说道：“司令员，自从一九五一年我跌伤以后，就留下了脑震荡后遗症，因为经常发病，所以不能再继续做现在的工作了。但我的手和脚还是好的，我请求组织上批准我回村当农民，为建设社会主义新农村贡献力量。”

王震听了沉默片刻后说道：“老甘，你的病情很严重，大城市的条件更好些，更利于你养病。”

甘祖昌郑重地说道：“司令员，您没有理解我的意思。我不是要卸职养病，而是要回老家沿背村当农民。当初参加革命，我承诺要让父老乡亲们吃饱饭过好日子，可中华人民共和国成立这么多年了，他们还是吃不饱饭。我在想，全国像沿背村这样吃不饱饭的地方还有多少？我们是农业大国，可我们的农民却吃不饱肚子，这是多么可怕的事情。在封建社会，陈胜、吴广吃不饱肚子造反，朱元璋吃不饱肚子造反，李自成、张献忠吃不饱肚子造反。我们共产党也是吃不饱肚子造反。难道我们还要让跟着我们干革命的人也吃不饱肚子吗？粮食问题是大问题啊！”

“老甘，你的意思我明白了，你想得很深远，组织上会认真考虑。但现在，你需要尽快把身体养好，一切过后再说。”王震说完，抬手拦住了还想再说什么的甘祖昌，转身走出病房。

李保山回到家乡江西省莲花县后，被分配到县财政局上班。刚刚从部队回到地方，李保山看到人们懒散拖沓的工作态度很是不习惯，一时难以融入其中。

局长马方生从中调和、安抚，并指派李保山参加县里举办的革命故事宣讲会，以加强年轻同志的思想教育。

几场宣讲会下来，李保山所讲的故事非常受欢迎，再加上县报记者马丽芬的报道，李保山一时名声大噪。

过了一段时间，马方生在调任莲花县委副书记前，提拔李保山当了财务处处长。好事成双，马方生又将自己的妹妹马丽芬介绍给了李保山，两人很快便结了婚。

马丽芬曾经死了两任丈夫，外面都传她命里带刀，克夫败家，再没人敢娶。她自己也不想再嫁，整天打扮得花枝招展地去外面跳舞、闲逛。马方生为这个妹妹快愁死了，正好遇到战火里打过滚、算得上命硬的李保山，便极力撮合。两人的婚事一成，他也就放心了。过了没多久，李保山却提出想调回老家坊楼乡，马方生以为是有人传妹妹的闲话，让李保山面子上过不去。李保山解释说，是因为母亲的眼睛不好，想回去多陪陪她。于是马方生很快帮忙办好了工作调动手续，李保山便回到坊楼乡当了乡党委书记。

在李保山回乡两年后，也就是一九五七年，甘祖昌的回乡申请终于得到了批准。接着他又给龚全珍办好了离职手续。被蒙在鼓里的龚全珍直到李平拿着材料来找她，才知道了这件事。她气丈夫根本不与自己商量就擅自做主，回到家跟他理论。甘祖昌哪里懂女人的心思？只是态度强硬地命令龚全珍赶紧收拾东西，随时准备出发。

龚全珍一气之下，抱着女儿仁荣含泪回到学校。见妻子竟然生气走了，甘祖昌这才意识到问题的严重性，急忙派新新提着一兜橘子去把妈妈劝回来。

对于父亲拒绝北京、上海、南昌等地的邀请，非要跑回贫穷的沿背村的决定，甘锦荣也非常不理解。倒是善良淳朴的李凤，安然接受了一切，主动帮忙收拾家里的东西。

几天过去了，新新没有带回来任何消息。眼看出发在即，焦急的甘祖昌犹豫再三后来到学校门口，却拉不下面子进去。这时新新突然出现在他面前，摆出一副人小鬼大的模样说能给他出个主意，交换条件是一套兵器模型。甘祖昌痛快地答应了。

第二天中午时分，新新突然大呼小叫着跑进学校宿舍，告诉妈妈父亲在家里又昏过去了。龚全珍一惊，急忙跑回家去。

进了家门，见甘祖昌好端端地坐在桌旁，桌上还放着几张车票，龚全珍悬着的心瞬间放下，但不禁又升起一股怒气，不顾丈夫的巴结讨好，拽着新新和建建，掉头就走。

甘祖昌的笑容僵在脸上，看着妻子的背影，他并没有追，转身高声吩咐锦荣夫妇收拾好东西，明天按时出发。

第二天该出发了。小苏帮忙先将行李装到车上，锦荣夫妇领着孩子们也上了车，最后只剩甘祖昌站在树荫下抽烟。他不时地看一眼前方的小路，可是直到一袋烟抽完，小路上也没有出现他期待的那个身影。

甘祖昌慢吞吞地收起烟杆，又留恋地站了一会儿，方才上车。

到了火车站，甘祖昌领着大家走进车厢，径直向座位走去。到了近前，却赫然发现龚全珍正抱着仁荣坐在卧铺上喂奶，旁边新新和建建则在摆放行李。

甘祖昌愣愣地望着突然出现的妻子，一时有些失神。龚全珍瞪了他一眼，嗔怪道："你这坐汽车的比我这搭板车的还慢！"甘祖昌还有身后的一家人都笑了起来。

火车徐徐开动。龚全珍一面轻轻地摇着刚刚睡着的孩子一面说道："老甘，你知道我为什么要跟你置气？"

"我知道，你从小是城里人，又教了这么多年书，去咱农村，怕过不惯。"甘祖昌带着一丝歉疚回答。

龚全珍摇摇头："不是。我是气你做事从来不跟我商量。老甘，你是我的丈夫，我是你的妻子，咱们二人共同经营着一个完整的家庭，事事需要商量着办。可能是你当兵当习惯了，做事干脆果断，这是你的优点。但在家事上，你也从来不征求我的意见。原先一些小事，我还能依着你，但这回是大事，你却连招呼都不提前跟我打一个，我还是从李校长那里知道的。这严重挫伤了我身为你妻子的自尊心，你明白吗？”

甘祖昌认真听完，点点头：“全珍，你说的我全都记下了，往后一定改正。不，是事事与你商量着办。但我也想跟你提一点意见：我的身体不需要你时时刻刻监督。你不知道，在新疆这几年，我就像在坐牢。”

龚全珍稍作沉思，然后郑重地说道：“老甘，很多时候我的确忽略了你的感受，是我不对。回家后，只要你能保证按时吃药、定期检查、适度休息，其他的我绝不干涉，行吗？”

甘祖昌笑了：“这就对了嘛。原本以为嫁了个将军，现在却变成了农民，全珍，你不会怨我吧？”

龚全珍深情地望着丈夫：“我不会抱怨，更不会后悔。不管你是将军还是农民，这辈子我都是你甘祖昌的妻子。”

甘祖昌紧紧握住妻子的手，欣慰地笑了。

六　开荒虎形岭

听说甘祖昌将军回乡了，县里非常重视。马方生立即来到坊楼乡，交代与甘将军同年参军又是同乡的李保山准备接待工作。虽然甘祖昌早就说过他回乡不住楼房、不让车接、不搞排场，当年赤着脚走的，如今赤着脚回来，但是县里觉得老将军荣归故里是喜事，一定要办得热闹，以示对老将军的尊敬。

甘祖昌回乡的消息没有令李保山感到半点兴奋。相反，他微微蹙起眉头，不知心里在想些什么。

终于踏上了家乡的土地，甘祖昌心里感慨万千。弟弟甘森昌推着独轮车来接他们。多年未见的兄弟俩一见面，激动得热泪盈眶。甘祖昌给弟弟和妻子互相作了介绍。甘森昌热情地将所有包袱都堆在独轮车上，带着一家人回家去。

两三个小时的山路，龚全珍走得磕磕绊绊不大习惯，但望着群山叠嶂、烟雾朦胧的美景，不知不觉便喜欢上了这里。

小孩子们一个个精力旺盛地跑跑停停，看什么都觉得新奇。新新忽然指着路旁结着大果子的木梓树问道："爸，这是什么啊？能吃吗？"

"是苹果，尝尝吧，只准尝一个，可甜呢！"甘祖昌笑眯眯地说。

于是新新便摘了一个果子，孩子们争先恐后地抢着吃，结果一口咬下去，都立马皱巴着小脸吐了出来。

甘祖昌哈哈大笑："傻瓜，这是油茶树，土话叫木梓，是榨油的，不能吃，但榨出的油可香啦！"

就这样，一家人说说笑笑，倒也不觉得累，很快便到了坊楼乡。

马方生、李保山带领乡里的干事们一个个胸前戴着大红花，敲锣打鼓地站在道路两旁迎接。

见到这喧闹的一幕，甘祖昌皱起眉头，挥手制止了众人，又一把拽下李保山胸前的大红花，呵斥道："戴这玩意干什么！又不是娶老婆！老李，回来几年你也学会搞这套了！钱多的话拿出来支援支援粮种，搁不住这么糟蹋！"

马方生一脸尴尬，有些不知所措。李保山亲热地拉着甘祖昌往大院里走："我看你的领导架子也没放下，一见面就训人。好啦，大家是一番好意。娃娃们都饿了，进去吃点，准备了不吃才叫糟蹋。"

马方生见状，赶紧附和着请大家进去。

大家先后落座。服务员把一盆盆的稀饭、豆腐、野菜端了上来。

马方生忐忑不安地看了李保山一眼。李保山点点头，示意他不要担心。果然，甘祖昌面色缓和下来，夹了一筷子野菜，也给龚全珍夹了些。见甘祖昌吃得高兴，众人也纷纷拿起了筷子。

一碗稀粥喝完，甘祖昌撂下碗筷，表情沉重地说道："老李，我记得三十年前离家的前一天晚上，吃的也是这些。"

李保山补充道："那顿饭还有个炒鸡蛋，今天没有。"

甘祖昌不禁感慨起来："是啊，海生大喜的日子，是有碗炒鸡蛋。三十年了，如今每家每户还吃这个？"

李保山点点头。

"三十年，再给我三十年。"甘祖昌颤抖着伸出三根手指，眼神里充满坚定。

甘家祖屋大门敞开着，甘祖昌的弟媳张淑芬站在堂屋里不停地往外张望。左边的厨房里已经准备好饭菜，右边楼上的几间屋子也早已收拾好了，只等这位离家多年的大哥回来。

一行人终于进了门，张淑芬连忙迎上前去，热络地招呼大家，准备开饭。龚全珍笑着表示已经吃过了，张淑芬便好说歹说让大家再吃点。

甘祖昌解下烟袋子，吸了一口，打断张淑芬的话："老二家的嘴皮子利索，这么多年了，一点没变。都坐下吧，我给大家开个会。"

大家互相看看，陆续找地方坐下。

甘祖昌不紧不慢地说道："这次回来我们就不走了，但我们不是来当官的，而是回家当农民搞生产的。咱们一块儿劳动，我和你们一样是平民百姓，靠劳动过好日子。你们看我不是把外面猪、鸡、兔的优良品种都带回来了吗？就是为了发展生产。这是第一件事。那第二件事呢，我在外面参加革命几十年，森昌一家子为我吃了不少苦，光房子就被烧了四次；现在我回来了，咱们就有福同享、有苦同当，一块儿过吧。"

正在兴头儿上的张淑芬听完这番话，惊讶得张大了嘴巴，心想：莫不是真让别人说中了，大哥在部队上犯了错误，被发配回来种地了？

傍晚，李保山来找甘祖昌，劝他为了身体趁早调到省武装部，不要犯犟。

甘祖昌却呵呵笑着："苏联专家说，我这头上的伤，可以争取活到六十岁。我说，只要放我回来，我能活到八十岁！老话说得好，生就的眉毛长成的相，我甘祖昌用握锄头的手握了几十年枪，早该换回来喽！"

李保山皱着眉头问道："真不走了？"

甘祖昌眼神坚定地回答："不走了。活多少年我说了不算，老天爷说了算，但这些年我该怎么活，老天爷说了不算，我说了算。不过，沿背村的事我一个人干不成，还要靠你和大家伙。从今往后，没有甘将军，只有甘祖昌。"

李保山沉默了片刻，缓缓吐出一个烟圈："好，只要是对的，我一定全力配合。"

清晨，东方微微泛白，群山环绕的沿背村在一声鸡鸣中悠悠醒来。

甘祖昌正坐在床上穿衣服。龚全珍端了盆水放在洗脸架上，又把丈夫的鞋放在床边摆好。甘祖昌却摆摆手说：“不用，我们村里人都不穿鞋。”龚全珍听了，一脸惊讶地看着丈夫。

吃过饭，甘祖昌身着粗布衣，腰缠白毛巾，吸着旱烟，光着一双大脚在小路上走着，笑呵呵地与在田里劳作的人们打招呼：“忙上了！”

众人直起身子，有些拘谨地望着甘祖昌，都不说话。其中一个长着牛鼻子、人送绰号“老牛筋”的人大着胆子喊了一声：“将军不享清福，怎的也下地？”

“老牛筋，你这家伙还别不信，我插秧子比你快，这么多年你还是赶不上我。”甘祖昌这句玩笑话一出口，气氛顿时热闹起来。

老牛筋有些意外：“甘将军认得出我？”

甘祖昌哈哈一笑：“脸上长着牛鼻子，肚里揣着牛脾气，说话硬邦邦，老牛踩不荒的老牛筋，不是你又是哪个哟？”

挽着裤腿、脸上有块红斑的甘二美恭维道：“将军就是了不起，记性好着咧！”

“二妹子你也了不起，脸上的花开得越来越美了！”

大家听了都哄然大笑起来。

甘祖昌对其中一位头发花白、吸着烟杆的老头笑着说道：“毛崽哥，我八岁那年，你带我去箕场上担矿，我膀子薄，担不动几十斤的大石头，你回回都帮我。我一直记在心里呢！”毛崽听了，也惊奇地竖起大拇指。

打了一圈招呼，甘祖昌笑嘻嘻地挥别老友们，背着手朝山上走去。

将军变农民，众乡亲心里都捉摸不透。几个青年坐在树底下休息，不禁七嘴八舌地胡乱猜测起来。其中一个名叫甘金户的汉子一本正经地说道：“现在正是国家发展建设的关键时期，全国上下大干特干，急需用人，甘祖昌这时候回来，一定是犯了大错误。”

甘金户话音刚落，背上不知被谁狠狠踹了一脚，顿时摔了个狗啃泥。

众人一时呆住了，扭头一看，原来是甘锦荣。

甘金户气急败坏地从地上爬起来，嘶吼着与甘锦荣扭打起来。围观的人越来越多，老牛筋见拉不住，急忙跑上虎形岭去找甘祖昌。

甘祖昌正沿着山岭慢慢地往前走，一会儿眯眼观察山势，一会儿蹲下用手捻着泥土细看。忽见老牛筋上气不接下气地跑过来，说锦荣和别人打起来了。甘祖昌一听，急忙跟着老牛筋赶过去。

大树底下，两人扭打在一起，难解难分。甘锦荣渐渐占了上风，骑到甘金户身上，提起拳头狠狠砸在他的脸上。甘金户顿时口鼻出血，满脸开花。甘锦荣还要打，却突然被一只手死死拉住。回头一看，只见父亲正威严地瞪着自己。

甘祖昌一把将甘锦荣扯起来，又将倒在地上的甘金户扶起来，关切地问道："伤得重不重？回家处理一下，伤着骨头的话得去医院看看。我身上没带钱，晌午你上我家来吧。"

甘金户有些心虚地看了甘祖昌一眼，低头擦擦血，随口"唔"了一声，转身走了。

回到家里，甘祖昌脸色阴沉地喝令儿子跪下，然后抄起一根藤条，厉声喝道："从今天起，我立下个家法，哪个敢打着老子的名号在外面滋事打架，藤条伺候！"说着就要打下去。

锦荣噌地站起来："您不问问怎么回事就打人？"

旁边的龚全珍和李凤连忙劝甘祖昌先听锦荣讲讲事情的经过，再罚不迟。甘祖昌气呼呼地放下藤条，坐在凳子上怒视着儿子。

甘锦荣却梗着脖子仍在赌气："我没什么要辩解的。爸，您自己到外面听听，村里人现在是怎么议论您的！都说您犯了错误被处分了才回乡种地！"

甘祖昌听罢，拍案而起："胡扯！放肆！"

突然门外传来一阵吵闹声，原来是甘金户的娘拉着甘金户找上门来了。

金户娘坐在地上大呼小叫："将军家回乡第一天就打人，这叫我们小老百姓有冤没处诉啊。老少爷们儿给评评理！将军怎么了？将军家就能随便打人？当将军的犯错误，不也叫毛主席赶回来了？我家儿不过就这事议论了两句，活该被打成这样？这家人心怎么这么狠啊！快赶上以前小岗村那个王地主了……”

眼看瞧热闹的人越来越多，甘金户满脸羞愧地扯着他娘劝道：“娘，你别闹了，人家都看着呢。”

这时，大门打开，甘祖昌一脸沉痛地站在门里望着众人。龚全珍陪在丈夫身边。金户娘被甘祖昌的脸色吓住了，在儿子的搀扶下站起身来。

“全珍，拿点钱，给人家看伤。”甘祖昌说完，龚全珍掏出一张纸币塞到金户娘手里。

甘祖昌把围观的群众缓缓地扫视了一遍，最后目光停在金户娘身上：“看来大家对我回乡有些误解。没关系，有误解慢慢消。但是金户娘，你不要拿地主比我甘祖昌。甘祖昌和大家一样，都是穷人出身，这点永远改变不了。我是当了官，当了将军。但我这个将军，是共产党的将军。共产党是干什么的？是帮助穷苦百姓的，是服务人民群众的。所以在我这儿，将军和农民一个样，没有什么贵贱之分。确实，大城市的条件和咱这儿比，简直一个天上一个地下。但正是因为咱这儿穷，我才坚持回来。人不能总在天上飘着，还要脚踏实地做些事情。靠这一双手，还怕这穷日子到不了头？”说完，甘祖昌转身进屋，身后留下一张张错愕的脸。

接下来的日子里，甘祖昌每天上山下地，和大家一起吃糙米饭，坚决不许妻子拿自己当病号对待。孩子们也在他的训练下，赤着脚、背着竹篓或粪箕，出去割猪草、拾牛粪，并将劳动成果记在小本子上，做得好的奖励葡萄干吃。虽然一天下来都弄得浑身脏兮兮的，但孩子们对这样的劳动生活充满了极大的热情。一到入夜，孩子们便围坐在堂屋里，争先恐后地将沾满泥土的小脚丫伸进盛满水的大盆里，一盆清水瞬间变成了泥汤。有时甘祖昌也搬只板凳跟孩子们一块儿洗脚。泥水四溅，大家又叫又笑，互相嬉闹着，开心极了。

龚全珍见了，笑着摇摇头："一个赤脚大仙带着一群赤脚小仙！想省鞋也不能这样子省啊。孩子们脚丫嫩，时间长了还不给磨坏了？"

甘祖昌则像个顽皮的孩子般嘿嘿一笑，辩解道："在我们这儿，穿鞋不下地，下地不穿鞋。孩子们这叫练脚，就要从小开始，到你这么大就晚喽！"

龚全珍听了不服气，第二天就摇摇晃晃地担着粪下地了。结果穿着鞋没走两步，两只脚就陷在泥里，怎么拔也拔不出来。大家哄笑着让将军夫人赶快回家。龚全珍用力从泥地里拔出脚，甩掉鞋，倔强地说："我不回，我练练脚。"

一天下来，龚全珍的脚上全是豆大的血泡。晚上，甘祖昌拿来一瓶药酒和棉花，心疼地为妻子上药，把龚全珍疼得直吸冷气。

甘祖昌边上药边说："小龚老师遇到困难，没有退缩，勇气可嘉，值得表扬。不过，明天还能下地吗？"

龚全珍一下子被逗笑了："你呀，不用安慰我。我先练练脚板，要不帮不上忙不说，还净给人添麻烦。"

几天后，甘祖昌来到坊楼乡李保山的办公室，拉着他去家里"开会"。

一家人坐在厅堂里，听说甘祖昌要开山种地，全都错愕不已。甘锦荣率先泼冷水："爸，您这就叫瞎子点灯白费蜡。十里八村有哪个不知道，虎形岭就是座死山。前些年我们试过，但最后颗粒无收。老天爷不给这口饭吃啊。"

甘祖昌毫不示弱地回答："老天爷？哼，毛主席说得好，与天斗其乐无穷。我就是打定了主意，要跟这穷山恶水好好斗上一番。老李，你说呢？"

李保山沉思片刻后方才开口："开山是件劳师动众的大事，需要好好计划一下。关键是大家想不想开山。"

"开了山，就能多分地；多分地，就能多收粮。很简单的问题，为什么不想干？"甘祖昌说着，望了望弟弟甘森昌和儿子甘锦荣。没想到两人都躲开了他的目光。

李保山看看甘森昌和甘锦荣，接着说道：“你看，你家两个男劳力都不积极，全村人能有几个积极？”

甘祖昌想了想，语重心长地打开了话匣子：“我知道大家是怎么想的。沿背村穷啊，祖祖辈辈窝在这穷山沟沟里，走也走不出去，单靠着几亩薄田过活，肚皮都填不饱，更别提什么出头之日了。都说靠山吃山，虎形岭又偏偏是座土疙瘩，人人都觉得指望不上，久而久之心就懒了。可我这阵子上山研究过了，红土虽说土质偏酸，养分少，但经过改造不是不能长东西。我都想好了，南瓜、红薯没那么娇贵，可以先开出一片地，种这两样。还有果树，不少果树适合在酸性土壤里生长。咱们不种粮食种水果，一样！这东西不光能吃，还能卖高价。把一座荒山变成花果山，多好的事，大家准愿意！当初南泥湾的情况比这还恶劣，咱三五九旅搞大生产，用了不到三年时间，不还是把一片恶土改造成了好江南？”

李保山皱了皱眉：“这只是你的设想，实现起来有许多实际的困难。你还不知道吧？坊楼乡有个特点，每村每户男丁少，而沿背村更是少之又少。这劳力问题就很难解决啊！”

“少归少，但不至于抽不出来吧。保山啊，你听我的，把问题的关键跟乡亲们讲明白，好好动员一番。我们分头行动。开山用的农具可能需要乡里支援一部分，另一部分我花钱买，行不行？”甘祖昌坚定的语气里不见丝毫退缩。

李保山见拗不过他，只好点头答应：“好，农具乡里可以支援一部分。人员也由我动员。”

傍晚，从地里回来的村民们被召集到村委会开会。李保山派头十足地讲了甘祖昌提出的虎形岭开荒问题，并特意强调：“甘将军心系家乡的生存发展，想带领乡亲们大干特干一番的精神，不管是我个人还是乡里、县里的各级领导都十分敬佩。尽管这个过程中肯定会遇到很多困难，但我相信大家会用自己的勤劳与智慧一一克服。马上就要到秋收时节了，我希望每家每户能在繁忙的劳动中至少抽出一名壮年劳力参与到开荒行动中来，配合甘将军完成这次任务。同时，大家也要做好打持久战的准备。毕竟按照甘将军的愿望，将一座荒山开发成一座花果山，不是动动嘴皮子就能办成的。这是个浩大的工程，需要投入大量的时间、人力、物力。不过，这是件造福子孙后代的大好事。几代人没有完成的愿望，将在我们这代人的努力下变为现实，想想就令人激动啊。”

李保山这番表面上支持，实则夸大困难的讲话，果然让村民们一个个愁眉苦脸起来。毛崽、老牛筋等人率先反对，其他人也都议论纷纷，频频摇头。李保山看着眼前的一幕，脸上露出一丝满意的笑容。

晚间，甘祖昌已盘算好明天的上山计划，此时正一边给妻子的脚涂药，一边心疼地劝她在家帮忙做饭算了。龚全珍却表示家务劳动会消磨一个人的精神，既然暂时不能教书，那她宁愿做些体力劳动也不当家庭妇女。

甘祖昌无可奈何地望着倔强的妻子。只见龚全珍从簸箩里拿出一个罗布麻腰包说道：“这是我让凤教我缝的，你把药放里面，带着上山，方便。”甘祖昌笑呵呵地接过腰包，在身上比量了一下，赞叹道：“手艺不错，正合适！”

龚全珍接着说道：“老甘，有个事一直想问你。一九四五年的时候，你真当过挑粪工？”

甘祖昌哈哈大笑：“我从一九二七年入党之后就一直跟着部队南征北战，哪做过什么挑粪工啊？”

龚全珍点点头：“我就说嘛，肯定是李葆华唬我呢。她说一九四五年我们在陕西见过你，我是没什么印象了，但她一口咬定那个挑粪的人就是你。”

甘祖昌想了一会儿，恍然大悟：“她说的没错，不过那不是做什么挑粪工，而是在执行一项任务。当时部队天天打仗，子弹消耗太快，但又缺少制造子弹的洋硝，我就和李保山一起进城去购买洋硝。怕出城的时候碰到鬼子盘查，就把洋硝藏在了粪桶里。想必那个时候咱们遇到过吧。不过说实话，我真没什么印象了。对了，你们当时去陕西干什么？”

“鬼子侵占了河南，学校待不下去了，我们不得不往陕西跑。我的第一任丈夫就是在那时候认识的。当时感激他的帮助，就仓促结了婚，后来发现两人在各方面都不合适。”龚全珍回忆起了往事，感慨万千。

“再后来解放军接管了学校，你就入了党，带着孩子参了军？”甘祖昌问道。

龚全珍很是惊讶：“原来这些事你早就知道啊！”

甘祖昌看着妻子笑而不语。

清晨，东方一缕微光划破浓云，在虎形岭上空闪耀着金光。

甘森昌正想起床，却被张淑芬死死拉住。这时甘祖昌扛着锄头站在天井里，朝里屋喊着：“森昌！森昌！”

张淑芬走出来应道：“哥，森昌昨晚不知道吃了啥，跑肚拉稀，现在起不来了。”

甘祖昌“哦”了一声，似乎明白了什么，转身又喊锦荣。李凤从屋里出来，有些不好意思地回答：“爸，锦荣一早下地去了。”

甘祖昌怔了一下，什么都没说，一个人出了门。

一轮火红的太阳从云层里跳脱出来，虎形岭下还是不见一个人影。

这时李保山坐着拖拉机从远处赶来：“老甘！我给你把农具凑齐带来了。咦，怎么就你一个人？其他人呢？”

“我还想问你呢！你动员的人呢？”甘祖昌脸色很难看。

李保山佯装愤怒：“那天开会就都有些不情不愿，没想到真就一个没来！不行，我找他们去。”

“算了吧，强干的活，不叫活。爱怎样怎样吧。”甘祖昌说完，一个人扛着锄头上了山。

一上午过去了，甘祖昌挥舞着锄头已经整齐地开垦出一大片地来。

龚全珍提着饭罐，赤着伤还未愈的脚，一瘸一拐地来给丈夫送饭。

看到丈夫光着瘦弱的膀子，满身是汗，仍在不停地挥着锄头，龚全珍不免有些心疼。

甘祖昌见妻子来送饭，顾不上说话，就狼吞虎咽地喝完一碗稀饭，放下饭碗，又拎起锄头。

龚全珍急忙拦住丈夫："你不要命了？"

甘祖昌毫不在意地一笑："你不懂了吧？趁着现在天热，日头大，土壤被晒得松软，最能出活儿。"

"我去拿锄头帮你。"龚全珍说着转身就要下山。

甘祖昌急了："瞎胡闹，你回来，把东西收拾走！这可不是随便刨两下就完事的，别说是你，就是老庄户也不见得能上手。看把你能的！"

龚全珍拗不过他，只得提着饭罐回去。

晚饭已经做好了，一家人围坐在一起准备开饭。甘锦荣见父亲满脸疲惫地坐在一旁抽烟，便从李凤手里抢过饭勺，往饭碗里多舀了点稠的，递给妻子，示意她端过去。

李凤故意嗔怪道："你盛的，干吗不自己给爹端过去？"

甘锦荣瞪了她一眼："男主外，女主内，这活是你们女人家干的。"

李凤看着丈夫嘴硬心软的样子，抿嘴一笑，转身把碗端了出去。

凌晨时分，甘锦荣悄悄地扛着锄头去了虎形岭。空旷的山野里，清冷的月光下，这个拉不下面子又心疼父亲的汉子一下一下用力挥着锄头。

清晨，甘祖昌来到山上，发现昨天自己垦好的地旁边竟多出来一大块新垦的地。略一琢磨，甘祖昌脸上露出一丝笑意，低声骂了一句："臭小子！"然后转身下山找到正在割稻子的锦荣，喊他上山去看自己干的"好活儿"。甘锦荣先是一惊，接着又摆出一副不耐烦的表情，跟着父亲上了山。

到了山上，甘祖昌指着垦出的地问道："这两块地，你对比一下，发现什么问题没有？"

甘锦荣瞟了一眼："我看没啥不一样。"

"不动脑子！小子，学着点。"甘祖昌一边说一边示范，"我垦地的法子是从开垦南泥湾的实践里总结出来的。先把表层土挖出来放在旁边，再挖下面的土，至少要挖一尺深，因为土挖得深，水分渗入土里就不会很快蒸发掉。然后把表层土填回去，因为表层土有烂草、叶子，都是肥料，再施上一些农家肥就能长庄稼了。水和肥是治理红壤的关键。"

甘锦荣默默地边听边看，最后摆出一副嫌弃的表情："哼，还说我呢！干了一天才垦出这么一点来。这么一大片山，我看干到年底，土冻成硬疙瘩也干不完。"

"哟，你小子还不服气，比比？"甘祖昌向儿子叫板。

"比就比。"甘锦荣自然不甘示弱。于是父子俩分别从一头开始，背对着背干了起来。

几天后，甘森昌不顾妻子张淑芬的阻拦，也扛着锄头来到虎形岭上帮忙。开荒的进度一点点加快了。

七　高山引水遇难题

每天坚持到地里干活，龚全珍的脚伤非但不见好转，反而愈加血肉模糊。甘祖昌看在眼里疼在心里。一天，他忽然想到一个好主意——让妻子在村子里开办一个义务扫盲班，既可以教大家认字，也算有个事情干。

龚全珍一听能继续当老师，自然很高兴。她说干就干，很快就做好了小黑板，摆到村口的空地上。

村民们大多没上过学，听说将军夫人免费教大家识字，都很好奇，里三层外三层地围在黑板前，听龚全珍讲课。

可是渐渐地，新鲜劲儿一过，好多人就失去了兴趣，妇女们不是交头接耳拉家常，就是抱着孩子来上课。大人的说笑声、孩子的哭闹声，让课堂上常常乱成一片。

这天龚全珍自费去县里买了草纸和铅笔，回来将纸装订成本子，然后把铅笔和本子发给大家，要求大家课后把教过的字各默写五遍，下次上课前交上来。

张淑芬和几名妇女接过草纸本，觉得很新奇，摩挲着软和平整的纸张，翻过来倒过去地看了一会儿，最后哧哧地笑着说擦屁股准好使。龚全珍皱起眉头，强调这作业本每天要上交检查，不得损坏，这才平息了闹哄哄的场面。

晚上，龚全珍边铺床边向丈夫抱怨扫盲班的秩序如何混乱。坐在椅子上抽烟的甘祖昌听了，建议妻子上课要讲究方法，不要像以前给孩子们讲课那样，语速要慢一些，多用土话跟大家讲，或者结合实际案例，这样大家会更容易理解，才能对上课产生兴趣。

龚全珍听丈夫讲得头头是道，便打趣道："你就会纸上谈兵，要不甘将军亲自去讲算了。"

甘祖昌嘿嘿一笑："那没问题，我讲课，你种地，咱俩换换？"

龚全珍嗔怪道："滑头！老滑头！"

甘祖昌得意地哈哈大笑起来。

日子一天天过去，转眼到了来年春天。虎形岭上新开垦出来的地里早已撒上种子，只待抽芽生根，开花结果。

当终于看到一棵棵小苗破土而出时，甘祖昌心里有说不出的高兴，更是每天起早贪黑来山上侍弄这些小苗。

转眼间，南瓜藤已经长到一米来长，弯弯曲曲地匍匐在地上。甘祖昌学习南泥湾的先进经验，采用压蔓法，使南瓜藤尽可能多地吸收水分和养料。

锦荣、森昌跟着甘祖昌学习如何用土将藤蔓一段一段地压住。连原本被甘祖昌押着上山磨性子的新新也一改往日的调皮捣蛋，兴趣十足地抄起锄头干了起来。

天气慢慢热了起来。炎炎烈日下，草木越发葱茏。

这天，新新扛着锄头欢快地跑在前面，甘祖昌、甘锦荣和甘森昌跟在后面。来到山上，新新一眼就发现了南瓜秧上长出的小南瓜，兴奋地喊起来："爸！长出来了！长出来了！"

甘祖昌几人快步上前，望着这片初见成果的处女地，脸上洋溢着欣慰的笑容。

消息很快传开，人们争先恐后来到山上，直勾勾地望着眼前的景象，不禁啧啧称道：“奇了，真奇了。千百年来头一遭啊！”

甘祖昌悠闲地吐着烟圈：“怎么样？这回你们都服气了吧？”

毛崽赞叹道：“还是你行。死地都能侍弄活了，下一步该在石头上养花了。”

“花？能养也不养那玩意，中看不中用。就说这地，你们光嘴上服没用，拿出点实际行动来才行。你们看这前山后山，都还没开呢。明天全都过来，我给你们挨个儿指派任务。”甘祖昌趁机动员大伙。

大家纷纷点头同意。老牛筋却盯着南瓜地摇起了头：“不对，不对。刚结的果子，还没收成嘛！刚收的稻子还叫一场大雨给冲跑了呢！老天爷的脾性，谁也摸不准！”

甘祖昌觉得又好气又好笑：“老牛筋啊老牛筋，你让我说你什么好啊！你这根牛筋是该好好抻抻了。”

毛崽笑呵呵地劝道：“祖昌，这家伙投错了胎，不该当人该当牛，你不用理他。就按照你之前说的，明天开始，每家每户出一个劳力，上山开荒。”

正当大家都以极大的热情投入开荒运动中时，为响应中央号召，江西省莲花县党委决定以各乡为单位成立人民公社，而坊楼公社社长自然是李保山。

李保山壮志满满，立即召开“坊楼公社成立大会”。会场上，各生产大队人头攒动，只有沿背大队人数寥寥。听说是村民们整日忙于开山，可能忘了来开会，李保山的脸色顿时阴沉下来。

好些日子没下过雨了。看着似火骄阳炙烤着地里刚结出来的小南瓜和红薯藤，甘祖昌心里焦急无比，哪儿还有心思管其他的事。

大伙围着已经泛黄的南瓜叶、红薯藤和打蔫的小南瓜，你一言我一语地议论着。

毛崽叹息一声：“这倒是邪了门了，往年这时候雨一场接着一场，今年竟连一滴都没下。照这么下去，再过上十天半个月，别说是这荒山里，就是山下的庄稼也要渴死了。”

老牛筋神神秘秘地指了指天：“我早就说过，虎形岭，虎形岭，老虎背上拔毛，太岁头上动土，犯了大忌讳的，哪有活路走啊？”

有人愁眉苦脸地附和道：“是啊，这山动不得。说不准真触怒了山里的哪位神仙鬼怪，给村里降灾来啦。”

听到这儿，甘祖昌冷笑一声：“一派胡言！这世上我只见过懒人、恶人，没见过懒鬼、恶鬼。要说真有鬼，那也是胆小鬼。”

“祖昌老庚，你跟我们不一样。你是大将军，指挥过千军万马，斩杀过虾兵蟹将。鬼神见了你都要绕道走哇。我们这些靠山吃山的庄稼户怎么办？只敢躲不敢惹啊，走吧走吧。”老牛筋说完，便招呼一帮人呼啦啦下了山。

留下的几个人中，毛崽开口说道：“祖昌，咱留下的，没一个甘心的。你说怎么办吧。”

甘祖昌的目光掠过群山，语气坚定地说道：“找水源，引水过岭。东西南北，大家伙儿分头找。”

众人点头，四散而去。甘锦荣有些迟疑地望着父亲的背影，最后强打起精神往东边去了。

功夫不负有心人，大伙寻了数日之后，终于在旁边的山上找到一股泉水。但是虎形岭山势高，而泉水的源头虽在山顶，却依旧比虎形岭低了好多，一看就是山高水低的形势，如何引水就成了大问题。

甘祖昌却不信这个邪。他觉得虎形岭虽然高，但他们的地开在半山腰，用眼睛看并不能确定到底山高还是水高。为此，爷俩从山上吵到家里。龚全珍劝道：“别吵了，测一下不就知道了？有一种仪器，可以精确测量水平高度……”

“对，对，你不说我还想不起来呢，那叫水准仪，用处大着呢！”甘祖昌经妻子这么一提醒，信心大增，风风火火地去乡里找李保山。

李保山肚子里还憋着火，一见甘祖昌走进办公室，立即站起来说道："老甘，我正想找你，虎形岭……"

甘祖昌等不及李保山说完，抢过话头："咱哥俩想一块去了，我正想跟你说虎形岭的事。这是急事，你赶紧帮我去县里调台水准仪。水准仪你知道吧？在新疆建工厂的时候用过的。县里没有的话，你就让你大舅子去市里调、去省里调，总之就是要给我搞来。"

一番话把李保山说蒙了："你要水准仪干啥？"

"治虎！行了，事儿我跟你说了，你抓紧办啊。我这山上、地里都是活儿，就先走了。"甘祖昌说着开门就走。

"你，你坐会儿啊……"李保山望着甘祖昌的背影，憋了一肚子的话无处发泄。

呆愣片刻，李保山径直去莲花县委办事处找到马方生，抱怨甘祖昌不跟着国家政策走，队里的任务撒手不管，只着了魔似的开山，现在又别出心裁地让调水准仪，搞野外测绘，下一步肯定会闹得更大。

马方生的眉头渐渐皱紧了，思索着对策。他忽然想到有一个人也许能劝得住甘祖昌，脸色慢慢缓和下来。

八　不惧阻力针锋相对

甘祖昌急着要水准仪，去公社问了几次，李保山却总是推三阻四，借口一大堆。心急如焚的甘祖昌每天组织大家往山上挑水，暂时缓解旱情。但是那么一大片地，人们的膀子压塌了也浇不完啊！

思来想去，甘祖昌决定自己试着做一条测绳。他把一条条麻绳连在一起，在绳子上每隔一米做一个记号。这天晌午，甘祖昌正坐在天井里聚精会神地摆弄他的测绳，忽然一位头顶斗笠、又干又瘦的白胡子老头哼唱着江西小调，悠然走进大门。

甘祖昌听到动静，吓了一跳，抬头见一位素不相识的老农站在自己面前，于是问道："您老打哪儿来啊？有什么事吗？"

"我家在芦溪，路过这儿想讨碗水喝。"老头笑眯眯地回答。听这声音，甘祖昌觉得有点熟悉，不由得放下手中的活计，站起身来仔细打量眼前这位老者。

老者摘下斗笠，仍旧笑眯眯的。甘祖昌惊喜地上前一步握住对方的双手，大声唤道："主席！育恩主席！"这位老人正是土地革命时期坊楼乡的第一任苏维埃主席甘育恩，自从一九二八年负伤转移，两人已经整整三十年没见面了。

甘育恩脸上洋溢着亲切的笑容："你一口一个主席的叫，那我还要叫你将军啊？这些名头咱以后统统不要了，你叫我大哥，我叫你祖昌。”

激动不已的甘祖昌立即应道：“对，对，这么着才热乎。大哥，你乔装打扮成这样子，是要来探我的底啊？”

甘育恩笑道：“实不相瞒，县里有人不支持你开山，请我来做说客。可现在看你的干劲儿，我打算反过来替你做说客。来，把你的想法跟我详细地讲讲。”

甘祖昌欣喜地点点头：“好，咱们进屋说。”

在甘育恩的帮助下，省里很快派了一位测绘员带着水准仪来到虎形岭。经过实地测算，山泉水的海拔和虎形岭的海拔差不多，也就是说，完全可以把水引过山岭，灌溉庄稼。

围观的众人惊喜万分，鼓掌欢呼。甘锦荣却提出泉水流过来要经过洼地该怎么办。

甘祖昌咧嘴一笑：“这难不倒我，我早想好了，只要在低洼处填上土方，问题就能解决。”

众人频频点头。甘祖昌见大家都没有异议，即刻安排开工。不到三天，甘洌的山泉水哗啦啦地流入了干涸的田地。

有付出就有回报。转眼到了收获的季节，一筐筐南瓜和红薯从山上运了下来。这天，家家户户聚在村口，个个喜气洋洋。甘家人抱着一笼笼的蒸南瓜、蒸红薯，按人头分给大家。分发完毕后，甘祖昌满面笑容地说：“今年是个丰年，队里的水稻收成不错，山上结的南瓜、红薯也是个顶个的大。今天我把大家聚在一块儿，没别的，就是说说闲话、尝尝鲜。你们说，这红壤地里的第一茬味道怎么样？”

大家一边吃一边回答：“好吃，不错，真甜啊！”

甘祖昌继续说道：“还有呢，吃完了每人再上我家拎一袋子走。几亩地里就长出这么老多，真要把一整座山都开出来，你们想想，往后的日子该是个啥光景啊！”

人们都不住地点头，称赞甘将军有眼光、会盘算。

老牛筋亮起大嗓门："要我说，山上别的不种，就种这两样。南瓜、红薯能垫饥，晒干了也都存得住，咱们吃不了的就放在仓库里。万一遇上个灾年馑月的也能对付过去，大家说是不是？"

甘祖昌打趣道："老牛筋，要说会盘算，你这老家伙属第一，吃不到嘴里的都不算数，先前打死不上山，现在充当积极分子指手画脚，早干吗去了？"

老牛筋脖子一梗："祖昌老庚，你还别激我，现在积极也不晚，以后啊，每天我头一个跟你上山。"

众人哈哈大笑起来。

这时，邻村小岗大队的刘支柱队长和甘家大队的甘红生队长领着一群人赶到了村口。

甘祖昌热络地跟他们打招呼，请他们品尝南瓜和红薯，然后对大家语重心长地说道："沿背大队、小岗大队、甘家大队同属于一个公社，平日里往来很多，大家也都熟悉。客套话我不讲，直接讲正经事。多少年来，头顶上虎形岭这只恶虎把咱们压得喘不过气来。如今治虎的法子有了，但沿背大队毕竟人力有限，开垦虎形岭还要靠大家团结起来。刘队长、甘队长，你们二位的意见呢？"

刘队长指指身后小岗大队的壮劳力们："甘将军，我只一句话，人我都给您带来了，该怎么干，您说了算。"

甘队长点点头："我也是这个意思。甘将军，从去年听说您要开山，大家伙心里头就痒痒。今年就是您不开这个口，我们甘家大队也要自己出人上山了。"

甘祖昌手一挥，声音洪亮地说道："好，二位干脆痛快。心往一处想，劲往一处使。红土改良其实不难，一看就能明白。今天我教会了你们，明天一早正式上山，沿背大队负责西面，小岗大队负责北面，甘家大队负责南面，我提议，一个大队选一种颜色的旗子，每开一亩地，就在地头上插一面旗子。一月一清算，哪个大队旗子插得最多，就来我这儿领奖，奖三袋化肥。你们说，行不行？"

三位队长和村民们都喜笑颜开，纷纷点头，对甘将军自己掏腰包的行为大为佩服。

大家散去后，甘祖昌亲自拎着南瓜和红薯来到李保山家，想顺便谈一下开山的事，碰巧李保山不在。晚上回来得知全公社明天要一起去开山，李保山一脸不悦：三个生产大队都跑去开荒了，社里只剩下老弱妇孺，怎么开展生产？现在全国两万多个社都铆足干劲、力争上游，这时候来个釜底抽薪，开出来的荒地又不能一下子变成粮食。到年底，这粮食收成怎么往上报？领导看到难看的数字，不能把他甘祖昌怎么样，只会把责任全怪到我李保山头上！

他越想越气，第二天一大早就找到马方生抱怨了一通。

马方生也后悔不迭。他本以为作为老同志的甘育恩能帮忙劝说甘祖昌，哪知他却临阵倒戈，帮起了倒忙，如今事情越闹越大，眼看就没法收场了。

两人商量了一会儿，李保山想出一个办法，马方生表示默许。

这天，甘祖昌和锦荣、新新要赶着马车去市里买果树苗。龚全珍帮他们收拾好包袱，又特意给丈夫带足了药，免得在市里买药花销大。

一路上，看着虎形岭上西、北、南三面红、蓝、绿三种颜色的旗子迎风招展，想着这座荒山过不了多久就要变成花果山，甘祖昌心里不禁喜滋滋的。

送走大哥，甘森昌扛着锄头就要上山，却被李保山迎面拦下，拉着去了他家。

李保山倒了两杯水放在自己和森昌面前，坐下来，一脸严肃地盯着森昌："我和你哥相交多年，他的脾气性子我最了解，我知道有些话就算我说了他也听不进去，但我不能眼睁睁地看着他出事。县里的马副书记跟我说，你哥没有通过社里直接煽动生产大队上山开荒是违反政策的，现在有人告到市里去了，他想压但压不住，过不了多久上面就有人要来调查。"

甘森昌吓了一跳："我哥开荒是好事，怎么就违反政策了？"

李保山煞有介事地说道："国有国法，家有家规。开荒是好事，但是这一步迈得太远。地里的收成还没搞上去，就想着上山？要是人人都像他这样，想怎么样就怎么样，没有大局观，缺乏前瞻性，那还了得？老甘从部队上主动请辞，怀着满腔热情回到家乡，想为家乡人民做些实事，这些我都能理解，但是有一点，个人想法永远不能凌驾于国家政策之上，否则受牵连的不光是他一个，三个生产大队的大队长就首先不能免责，还有我，还有马副书记。其实我们担点责任不怕什么，问题是真要闹出点事来，你哥的声誉不就毁了？他人活一世，铁骨铮铮，万一想不开……"

听到这儿，甘森昌有些慌神了："保山大哥，那现在该怎么办啊？市里真要来人调查？"

看着甘森昌焦急的样子，李保山的脸上闪过一丝得意。他先是安慰了一番，又嘱咐甘森昌明天会上该怎么表态。

翌日，李保山组织各大队到坊楼公社大院开会，宣布从今往后，虎形岭开荒不会被列入本社的生产任务，社员上山，一律不记工分；当然，谁想义务开荒，上面还是支持的。

此言一出，众人议论纷纷。毛崽站起来问道："李社长，问虎形岭要粮是甘将军号召的。昨天他刚去市里买树苗，今天你就突然宣布不让开荒，这事甘将军知道不？"

李保山笑了笑："虽说这项决定来得有些突然，但甘将军毕竟是革命老同志，一定会无条件地服从组织的决定。既然甘将军不在，森昌就上来讲两句吧。森昌？"

人群里的甘森昌低着头不敢说话，李保山叫了几声后他才抬起头，然后踉踉跄跄地走上台，支支吾吾地说道："支，支持……李社长的说法，我代表我哥、代表甘家，无条件支持。"

众人哗然。老牛筋叹了口气："既然起头的不干了，我们也撤吧。不挣工分，白费力气哟！"其他人纷纷点头附和。李保山满意地笑了："那每家每户就按照队里分配的任务，全力搞生产吧。"

几天后，甘祖昌和两个儿子赶着马车，满载着一捆捆树苗按原路返回。路过虎形岭，甘祖昌看着静悄悄的山上，心中满是疑惑。

这时，毛崽扛着锄头气喘吁吁地从后面追上来，跟甘祖昌讲了几天前发生的事。甘祖昌听后，立刻怒气冲冲地赶到坊楼公社，拍着桌子质问李保山到底是怎么回事。

李保山劝甘祖昌头上有伤，不要太激动，然后推说这是莲花县领导班子的决定，和他或某个人全无关系。

甘祖昌一听，火气更大了："你撇得倒挺干净。从借调水准仪那次我就看出来了，你在给我打太极，是不是？开荒虎形岭，多大的益事啊，到底碍着你们哪儿了？我就奇了怪了，我刚回来的时候你怎么跟我说的？说你一定支持，全力配合。老李，这才几年，你变化怎么就这么大啊？"

李保山针锋相对："我说的支持与配合，需要一个大前提。队里人力有限，全都跑去开荒了，地里怎么办？你是不在其位，不谋其政啊！"

甘祖昌吼道："让乡亲们过上好日子才是最大的前提！就这点地，统共需要多少人力啊？李社长，请问你好好做过调查没有？我跟你说，我早就调查清楚了！你当我开荒是说开就开啊？就因为生产大队的地太少，所以才要把多余的劳力组织起来上山要粮！"

李保山的语气缓和下来："最近组织上针对农业增产出台了很多举措，要的就是一亩地尽可能多地产粮，这才是眼下的重中之重。你听我的，开荒的事先往后放一放。"

甘祖昌不屑道："举措？你说的那些举措我见识过了，十个里面有八个是不切实际的。农业增产需要科学做后盾，但绝不是胡搞乱搞，养猪种地不是施法念咒，想长多少长多少……"

李保山吓得连忙阻拦："打住！老甘，这反动的话可不能随便说啊！你真是越来越没边际了。"

甘祖昌冷笑一声："毛主席说过要讲求实际。什么时候讲求实际也成反动了？你才是越来越没胆子了！"说完拂袖而去。

甘祖昌回到家里，召集全家人开会。他安慰弟弟不必太自责，毕竟县里不让干，就算甘家不表态，结果也还是一样；平常人家出一天工才几毛钱，可一天不出工，这几毛钱也落不着，不比甘家，还有甘祖昌的工资撑着；工分工分，社员的命根，没有工分肯定没人愿意干。

最后商定的结果是甘家人先上山把树苗栽上，后面的事情慢慢与县里沟通。

家里的男劳力都上山栽树了，队里的活儿也不能没人干，龚全珍便自告奋勇带着儿子建建和大女儿平荣到地里忙碌。甘祖昌去地里看着妻子干起活来不算娴熟但十分卖力的样子，既心疼又欣慰。

时间一点点溜走。山上的苹果树已经长满了白里透红的花骨朵。甘家人喜不自胜，但是细心的甘祖昌最先发现了花蕾上蠕动的小虫子。

防治果树病虫害的农药很紧缺，李保山一口咬定社里没有，县里也是计划着供给，马方生又去市里开会了，底下人做不了主，实在没有办法。甘祖昌心里着急，撂下一句话就去了县委大院蹲守马方生。

得到李保山的通知，马方生急急忙忙从办公室里走出来，直奔一辆小汽车，边走边吩咐紧紧跟随的干事："小宋啊，我要去市里开会，然后直接到各公社搞调研，回来的时间不确定。一会儿甘将军来，你就这么说，记住啦。还有，好好招待甘将军。"说完拍拍小宋的肩膀，上车扬长而去。

小宋一脸困惑地自言自语："马副书记怎么慌成这样？搞得好像甘将军要来吃人似的……"

话音刚落，甘祖昌进了院门。小宋愣了愣神，上前赔笑道："甘将军，您找马副书记啊？哟，真不巧，马副书记刚走，去市里边开会了……"

甘祖昌眼睛一瞪："刚走？不是早就走了吗？"

小宋赶紧改口："对对，一早走的。这都大中午了，我先带您吃点饭……"

甘祖昌一摆手："不用。他什么时候回来？"

小宋按照马方生的嘱咐回答道："甘将军，马副书记又要开会，又要下公社搞调研，什么时候回来我还真说不准。"

甘祖昌看小干事讲话前后矛盾，又说不出个准确时间，心里不禁有些怀疑，决定就在原地等着，直到马方生回来。他往地上一蹲，从怀里掏出一块干粮吃了起来。

小宋一看，连忙请甘祖昌去食堂吃饭。没想到甘祖昌却训斥他忘本。无可奈何的小宋支支吾吾地说道："……可您看您蹲这儿吃，群众进进出出……您这……"

"对，你这话说得对，不能影响公家的形象。"甘祖昌说着，向四周望了望，最后看到对面有一间给牲口治病的棚子，于是起身大步走过去。棚子里搁着一张破烂的木床，有给牲口看病晚了赶不回去的就在这里凑合一晚。甘祖昌与正给牛灌药的老兽医攀谈了几句后，借了这张床。追过来的小宋见了，急忙阻拦，恳请甘祖昌跟他回去。甘祖昌挥手打断小宋的话，一脸严肃地说道："你去给你们马副书记打电话，就说我甘祖昌在县委大院对面的牛棚里等他回来。"

小宋见甘祖昌铁了心，便不敢再劝下去，连连应着，扭头跑了。

马方生得知甘祖昌住进了牛棚，大为震惊，狠狠训斥了小宋一顿，叮嘱他无论如何要招待好甘将军，争取早日把这尊佛送走。小宋想尽了办法，却始终无法说动甘祖昌。眼看三天三夜过去了，愁眉不展的小宋只好拉来几名干事，站在牛棚前苦苦哀求。

甘祖昌却稳如泰山地盘坐在破床上抽着旱烟，问马方生什么时候回来，丝毫没有要走的意思。

小宋实在没办法，对身边的人使了个眼色，接着一辆车开了过来。

"甘将军，您……您别怨我，您老身体要紧，我是实在没办法了。"小宋说完，几人一拥而上，要将甘祖昌搀走。

"小兔崽子，干什么你们！放手！"甘祖昌见情况不妙，利落地从破床上起来，同时拿烟袋锅敲了一下小宋的手。

小宋"哎哟"了一声，捂着手说道："甘将军，您今天就是打死我，我也得把您抬回去。愣着干什么？上啊！”

就在这时，甘锦荣急急火火赶过来，大喊一声：“爸，快回去吧，地里出事了！”

甘祖昌一听急忙随锦荣赶回村子，只见李队长、森昌、毛崽、老牛筋等人正满脸愁云地坐在田头。田里密密麻麻地栽满了秧苗。

原来，前几天坊楼公社召开了公社、生产大队、生产小队三级干部春插动员大会。会上宣布了插秧的统一规格是3寸×7寸、4寸×6寸，谁违背了这项规定，是党员要开除党籍，是干部就要撤职，是一般社员还要追究政治背景。公社领导发话了，谁敢不照着做？

甘祖昌看着一锅粥般的秧苗，眉头拧成了疙瘩：“过火，简直太过火！全拔了，重插！”

众人脸色舒展开来，纷纷答应着，分散到田里返工去了。甘二美却趁人不注意，偷偷溜走了。

李保山听了甘二美的报告，非常震惊，急急忙忙赶回沿背大队，见大家在甘祖昌的带领下热火朝天地返工，不禁大声叫道：“停下，都停下！老甘，你是偏要跟组织对着干啊？”

甘祖昌直起身子，用毛巾擦了把汗：“你少拿组织来压我。组织是绝大多数人的组织，不是一小部分人的组织。你问问大家对这个所谓的‘合理密植’有没有意见！”

大家全都直起身子望着李保山，尽管没人说话，但眼神已说明了一切。

甘祖昌继续说道：“老李，你也是庄稼汉出身，不会不明白这么小的尺寸怎么插秧，连双脚都迈不开。这种一刀切、瞎指挥、没有经过实际调查的莳田尺寸是官僚主义的产物。你刚当上社长没几天，就敢脱离群众了？”

李保山强压怒火，故作镇定地劝道：“老甘，你去周围几个县转转。他们从去年开始，就按这个尺寸插秧，而且各社报上来的产量都涨了三成。”

甘祖昌冷笑道：“我转过了，也实地调查了，他们去年实际的粮食收成比往年起码减了三成。”

李保山一愣：“好，我不跟你争。既然你带头破坏社里的规矩，我只能请马副书记过来评评理。”

甘祖昌哼了一声，毫不在乎地喝道：“好啊，我还怕他躲着不敢来呢。你马上给他打电话，就说甘祖昌要造反！”

李保山气急败坏地转身离去。

不久，马方生焦急的身影出现在小路上。李保山紧随其后。

马方生赔笑着走到甘祖昌面前：“甘将军，事情我听保山还有县委的人说了……首先，我诚心给您道个歉。这些日子实在太忙了，市里开会，社里调研，各处跑，一点没得空，委屈您在牲口棚里等了好几天，再加上那些个小辈不懂事，您老心里有气，我都能理解，但是造反这话可不敢随便乱讲啊。”

甘祖昌冷冷地说道：“一码事归一码事。你少往别处扯。”

马方生脸上依旧挂着笑：“是，那就说眼前这个事。合理密植的规格是莲花县和附近几个县一同商议的结果，几个县都一样，您说您带领沿背生产大队公然抵制……不，我的意思是持反对意见，这样不大好吧？您作为一名有三十多年党龄的老党员，还是要选择服从组织安排……”

甘祖昌没有耐心继续听他讲下去，断然道：“脱鞋、下地！你给我以3寸 ×7 寸的规格栽两行。”

马方生愣住了，迟疑片刻后只好照办。

他把鞋袜脱了扔在田塍上，拿起几株秧苗，弯下腰踉跄着在田里插起来。因为行距太小，好几次他都把刚刚栽好的秧苗踩倒了。折腾了半天才插了两行，回头一看，发现秧苗不是栽得东倒西歪就是浮在水面上。马方生羞得脸都红了。

甘祖昌冷眼看着，猛地抛出一句话：“跟我上山！”

马方生拿起鞋袜要穿，甘祖昌又扔过来一句：“不许穿鞋袜！”马方生委屈地看了李保山一眼，滑稽地踩着小碎步跟上甘祖昌。李保山随后也跟了上去。

甘祖昌赤着一双脚板健步如飞。马方生则跟丢了半条命似的在后面狼狈地追赶。走了一会儿，他实在走不动了，停下来扶着一块石头直喘粗气。

甘祖昌转过头来揶揄道："这两步路就走不了了？"

马方生边喘气边问道："甘……甘将军，您先告诉我，上山干吗啊？"

甘祖昌似笑非笑地望着马方生回答道："带马副书记参观参观我的果园。苹果树快开花了，一个个花骨朵白里透着红可好看了……走啊，这才到半山腰。"

马方生顿时明白了，忙说："不……我就不去了，甘将军，您山上的果树不是长虫子了吗？我现在就回去拨药，明天上午让保山送来，您看行不行？"

甘祖昌一边在心里暗笑一边答道："这样啊！行，你去吧。等等，这么一大片山靠我甘祖昌一家可开不完，你是不是给想个办法？"

马方生苦着脸哀求道："这……这么大的事我一个人说了真不算。甘将军，您今天就是把我折腾死，我也不能随便答应您什么。这样，我先回去研究研究，会尽快给出答复，好不好？"

甘祖昌挥挥手示意他可以走了。马方生像得到特赦令般掉头就往山下跑，却不小心被绊了一跤，跌在地上。李保山正好赶过来，连忙将马方生搀扶起来。

甘祖昌在背后笑吟吟地喊道："嘿！马副书记你慢点，等我过去搀你一把！"

"不麻烦，不麻烦。"马方生说完，落荒而逃。

九　天灾人祸闹粮荒

金秋十月，虎形岭上硕果累累。除了大获丰收的南瓜、红薯、萝卜、白菜，枝头上挂着的一个个红彤彤、沉甸甸的大苹果格外引人注目。以往荒凉的虎形岭，如今真的变成了花果山，这一巨变不仅令村民们喜笑颜开，也引得市里领导高度重视，在全市生产表彰大会上对莲花县坊楼公社大加表扬，并决定将莲花县树立为模范县，同时给坊楼公社调拨一笔发展经费，将其树立为全国的典型。本应去参加表彰大会的甘祖昌放不下地里的活儿，并没有去，倒是作为代表的马方生和李保山在会上出尽了风头。

不过让马方生忧心的是，市委还准备给莲花县派一名正式的县委书记，他这个代书记只怕要做到头了。

这天傍晚，甘祖昌拿着烟杆在算盘上拨拉着，口中念念有词："8月份，粮油钱，13块8。还布票两张，外加2块2毛7。药钱，5块5。全队购买种子钱，52块。农具钱，37块3……"

旁边的龚全珍面带愁容地提醒丈夫还有她买书花掉的钱。想想自己农活干不好，每次下地李队长看面子才能给她一个工分，没有其他收入，全靠丈夫的工资过日子，龚全珍感觉很不是滋味。

听着妻子的诉说，甘祖昌敏感地抓住了重点："这个李队长竟然学会了看面子办事。我得好好说说他，一就是一，二就是二。这不是给我面子，这是扇我的脸子！”说着就要往外走。

龚全珍急忙拦住他：“我还没说完呢。我也是要脸面的人，占便宜的事情当然不会干。我把工分都还回去了。”

甘祖昌这才又坐下，不想这位李队长却上门来了。新上任的县委书记刘越北明天要来沿背大队观摩生产，李队长特地找甘祖昌来商量该怎么安排。甘祖昌看了看他，一脸严肃地说：“领导是来观摩生产还是来观看表演的？明天跟平时一样，该下地下地，该上山上山，该喂猪喂猪，该挑粪挑粪！”李队长瞧甘祖昌这架势，只得讪讪的离开了。

第二天一大早，甘祖昌像往常一样赤着脚在犁地。他只顾低头劳作，突然眼前出现了另一双赤脚。甘祖昌抬起头，只见面前站着一位五十来岁的男子，衣着普通、身材瘦高、其貌不扬，却长着一双充满智慧的眼睛，看起来温文尔雅。

男子热情地握住甘祖昌的手说道：“甘将军，你好啊，我是咱们县新来的县委书记，叫刘越北。”

甘祖昌先是一愣，接着爽朗地大笑起来：“刘书记啊，初次见面，咱们彼此都不了解，但就冲你赤脚下地这点，我有点喜欢上你了。”

刘书记也笑了：“甘将军，您还是叫我越北吧。刚才我把山下的地全转了一遍，现在我想上山看看。”

甘祖昌听了甩开步子带着刘书记向山上走去。

很快，二人来到虎形岭上。刘书记光着脚一路跟随，丝毫不见落后。甘祖昌对刘书记的脚程很是惊讶——能跟上他老甘的人可不多——不禁用赞赏的目光看着这位能下地的好干部。随后，甘祖昌带刘书记看了南瓜地、红薯地，还有菜园里的萝卜、白菜。

刘书记仔细观察着，然后指着那片豌豆地说：“肥料没跟上吧？应该多施点磷肥。”

甘祖昌眼睛一亮：“你还懂种植？”

刘书记微笑着回答："我原来在农科所工作。"

甘祖昌惊叹道："专家啊！刘专家，以后有不懂的我要向你虚心请教啊！"

刘书记谦虚地说道："要说专家，人民群众才是最有经验的专家。我懂这点算什么？充其量只会动动嘴皮子。"

甘祖昌感叹道："越北，我的想法跟你一样，所以我才甘愿脱下军装换上布衣啊。走，去我的宝贝果园看看！"

两人来到果园外，只见一株株苹果树上硕果累累。甘祖昌说这两天正想组织队里人上山采摘。刘书记不禁问道："苹果归生产大队所有？可我听说这些树苗是您自己出钱购买的啊！"

甘祖昌呵呵笑着："山是大家的，地是大家的，结出来的果子岂有不是大家的道理？"

刘书记看着这位饱经风霜的将军，心里满是感动。

转眼又是一年春来到，省农科所新引进了苏联培育的高产稻种"红星二号"，要在全省推广。见莲花县其他公社都把稻种换成了"红星二号"，李保山也决定拿出全部经费购买"红星二号"。甘祖昌却暗自思忖，引进的稻种再好，毕竟没有经过本地的实际检验，万一水土不服，高产变减产，则全社一年的粮食产量都会受到影响。

想到这些，甘祖昌立刻找到李保山，建议第一年少买些新稻种，先做个试验，以免出现与去年吉安几个县的新型南瓜减产相类似的情况，况且现在每个生产队最缺的是化肥、农具和耕牛，应该最先解决这三样。

李保山见甘祖昌又出来唱反调，不禁有些恼火，心想："什么事儿都听你的，还要我这个社长干什么？"最后他提出开社员大会举手表决。甘祖昌没有异议。

晚上，李保山将沿背大队两大姓氏的代表李队长和甘二美叫来，嘱咐二人分别挨家挨户地说服村里的李姓和甘姓族人在社员大会上支持购买"红星二号"，事情办妥后会给沿背大队多拨一些春肥。两人欣喜地对望一眼，连忙答应下来。

随后，李队长、甘二美挨家挨户敲门去动员，有的点头答应，有的则一脸茫然。甘二美到毛崽家游说时，毛崽越想越觉得不对劲，胡乱应承下来，待甘二美走后，他急忙去找甘祖昌。

甘祖昌累了一天，本来打算早早休息，但听完毛崽的话后睡意全消。他越来越不能理解这个昔日在战场上跟他一起摸爬滚打的老战友了。钱全都拿去买稻种，抛开是否保险不说，化肥、农具怎么办？水稻再高产，少了肥料也长不起来啊。再说，公社的春肥是定量的，沿背大队多了，其他大队就只能少分。如果让人知道了，又是桩麻烦事。他身为公社领导，竟然带头搞这一套，他到底在想些什么呢？

甘祖昌迅速思索了一下，让毛崽别担心，赶紧回去睡觉，事情交给他处理就行。毛崽点点头，转身走了。

甘祖昌跟妻子打了声招呼，随即也出了门，怀着一腔怒火向李家大步走去。

离着老远，甘祖昌就听见孩子的哭声和李保山、马丽芬夫妻俩的叫喊声，不禁皱起了眉头。到了大门口，只见蹒跚学步的小卫国正一边哭一边摇摇晃晃地走向井沿，眼看着就要掉下井去。甘祖昌大喊一声，三步并作两步冲进院子，一把将小卫国揽到怀里。

披头散发的马丽芬和凶神恶煞的李保山这才吓得一惊，停止了撕扯，愣愣地盯着在甘祖昌怀里大哭的儿子，完全不知道发生了什么。

甘祖昌怒斥道："我要是晚来一步，小子就掉下去了。你们两口子光顾着打架，都不知道看着点孩子吗？"

马丽芬上前想抱过孩子，小卫国却扭身搂住了甘祖昌。甘祖昌轻轻拍着孩子，哄他去找妈妈，却忽然发现孩子的头有些发烫，便冲马丽芬呵斥道："孩子发烧了你当娘的摸不出来？快送卫生所！"

李保山、马丽芬一听急坏了，争着要抱孩子，两人又扭打起来。

甘祖昌瞪了两人一眼，抱着孩子出了门。马丽芬、李保山赶紧跟了出去。

到了公社卫生所，已是凌晨两点多。大夫给小卫国测了体温，高烧39度多，但不巧的是，所里的退烧药刚好用完了。马丽芬撒起泼来，她狠狠地揪住大夫的衣领，威胁他必须找到药，不然让她哥撤他的职。

李保山连忙过去拉住妻子，结果两人又吵了起来。

甘祖昌忍无可忍，大吼一声："别吵了！我家有。丽芬你先抱孩子回家。老李，你跟我来。"

两人顿时住口，一人抱起孩子，一人随甘祖昌回家取药。

甘祖昌、李保山两人默默地并肩而行。过了一会儿，甘祖昌劝慰道："小娃娃爱发烧，我家那几个不知闹过多少回了。吃上药睡一觉，捂上被子发身汗就没事了。"

李保山点点头："嗯，我不担心。都是丽芬给闹的，我这儿赶材料，她在一旁吵吵闹闹没完没了。"

甘祖昌叹了口气："唉，我大半夜来找你，你知道为啥吧？本来憋了一肚子火来的，这么一折腾，我也发不起来了。老李啊，世上没有不透风的墙。没什么事是摆在台面上讲不得的。你为了全社着想，我也为了全社着想，咱俩出发点一样，意见发生分歧，那就交给社员们决定，怎么想就怎么说，全凭大家真实的看法。很简单的问题，偏偏让你这么一搅和，全都变了味儿。原来你可不这样，那时候你多轴啊，比我还轴，现在怎么学得越来越官僚？"

李保山闷头不语，过了好一会儿才说道："老甘，我也跟你讲句实话，你管事管得太宽。社里的决定，你一个人说推翻就推翻，还要我们这些人干什么使？共产党员不只是你甘祖昌，还有我李保山。"

甘祖昌眼睛一瞪，语气严厉起来："要你们是为了多给社员们挣口饭吃。吃饭比天大，稻种关系到社员们未来一年能不能吃饱饭。你不但没问过大家的意思，还想着拿春肥制造矛盾……我倒想问问李社长，你到底是要干什么？"

李保山悻悻地说："碰到你老甘，我能有什么办法？你上嘴唇一碰下嘴唇，痛快了，到了社里全是麻烦。这样吧，春肥就算了，稻种的事明天会上听社员们的意见，该怎么办就怎么办。”

甘祖昌火冒三丈：“倒好像都是我的罪过！明天只要社员们没意见，我也没意见！”

“你这人就是这样，自认为正确的，听不进去别人一点意见。”

“这话用在你身上才合适！”

两人一边吵一边走。到了家门口，甘祖昌进去拿了药催促李保山赶快回去，二人的争吵才算告一段落。

第二天的社员大会上，没有了春肥的诱惑，大多数人选择了支持甘祖昌的意见。李保山虽心有不甘，却也没办法。

转眼到了金秋时节，莲花县往年黄澄澄的稻田如今一片荒凉。老农们有的蹲在稻田里愁眉苦脸地扒拉着干瘪的稻穗，有的一脸麻木地坐在田头，有的则跪在地上痛哭。

县委会议室里，刘书记正一脸沉重地主持会议，通告上粟、芦溪两个公社严重减产，至于坊楼公社，只是百亩试验田绝收，其余两千亩稻田非但没有遭受损失，还增产了百分之八。

刘书记称赞李保山能够保持清醒的头脑，没有盲目跟风，然后眼含泪水站起身来，给大家深深鞠了一躬，声音哽咽地为县领导班子的失职向大家道歉。

马方生面露尴尬，连忙小声劝道：“刘书记，我是分管本县农业工作的，要说有错也是我的错。您没必要这样……”

刘书记没有理会，过了一会儿才说道：“各社回去针对今年的受灾情况整理出一份详细的报告交上来。老马，到时候你把报告交到市里，请求放粮。没什么问题的话，大家回去吧。”

各社社长陆续离开会议室，县委班子却一动不动。刘越北看到大家这副架势，不解地问道：“怎么？你们还有问题吗？”

马方生开口说道：“刘书记，受灾情况不能往上报。”其他人也纷纷附和。

刘越北把茶缸子往桌上一撂，原本窝在心头的怒火终于爆发："除了坊楼，其余两个公社今年几乎是绝收！情况不上报，市里不放粮，社员们吃什么？啊？"

马方生拿起桌上的一张报纸，心平气和地说道："刘书记，现在全国上下生产狂潮一浪高过一浪，河北徐水县年产12亿斤已经不算啥了。您看看，全国春小麦比去年增产45亿斤。再看看这条，卫星越放越大，玉米亩产15875斤，花生亩产15717斤。北方粮食产量节节拔高，我们南方可不能落人后面啊。尤其我们莲花县还是市重点，开春的表彰大会上市领导对我们之前的工作给予了非常大的肯定，也对今后的工作抱有非常大的期许，所以无论如何都不能在这个时候交上去一份不太满意的答卷。刘书记您好好想想，要真这么做，您这书记位子还没坐热乎，恐怕就得拍屁股走人啊。"

刘书记眉毛一挑："你的意思是，为了屁股底下的座位，要我报喜不报忧？这是打算饿死人吗？"

马方生脸上仍旧挂着淡淡的微笑："饿死人当然不会。这样，县里开仓，您看行不行？"

刘书记一言不发，其他人却纷纷表示同意。最后刘越北只好让马方生马上落实，然后怒气冲冲地走出了会议室。

马方生略作思索，找到等在外面的李保山，低声交代了一通。李保山稍显迟疑，但最后还是点了头。

回到公社，李保山借口秤坏了，粮食分错了，要求大家把粮食都交上来，等新秤到了，重新称好后再发。大家虽心有疑虑，但还是服从组织安排，把分到手的粮食都运回了公社仓库。

几天过去了，发粮的事没有丝毫动静，倒是根据社里的指示，各大队办起了劳力食堂。所谓"劳力食堂"，顾名思义，就是只允许拿满一个工分的壮年劳力来食堂吃饭，而且定时定量，每人每餐只有一个馒头和一碗稀饭。

这个决定一宣布，人们顿时炸开了锅。谁家没个老人、娃娃？又不发粮，家家揭不开锅，这是想饿死人啊！

食堂门口，群情激愤，大伙一齐嚷着必须尽快发粮。李队长见这架势，支支吾吾地推说这是社里的安排，他也没有办法。

正在这时，甘祖昌穿过人群走了过来，二话不说，拎起旁边一只盛着黑泥的铁桶泼向横幅上的“劳力”二字，然后转身对众人大声宣布：“大家看清楚了，这是食堂，不是劳力食堂，沿背大队不管男女老幼，人人都可以进去吃饭。”说完便甩开步子离去，留下一脸尴尬的李队长和喜忧参半的村民们愣在原地。

甘祖昌径直向李保山家走去，却见李家大门紧闭。他站在门口大喊：“李保山，李保山！你在家没有？给我出来说话！”

李保山正在喂失明的老母亲吃饭，听到喊声，知道来者不善，便嘱咐老母亲不要出声，然后轻轻地从里屋出来，将正屋门小心翼翼地掩好，躲在门后屏息静气地等候着。

甘祖昌叫了几声，见里面没人答应，只好愤愤地转身离开。

李保山透过门缝见甘祖昌走了，这才轻轻舒了一口气。

十　保山娘负罪殒命

甘家大院里，几个小一点儿的孩子饿得哇哇大哭，大点儿的则一个个蔫头耷脑地坐在地上，嘴里嚼着草根。

张淑芬抱着自己的小孙子根娃心疼地哄着。米已经吃完了，只剩下点儿红薯干、南瓜条，那可是一大家子的救命粮，不敢随便吃。

甘祖昌看着娃娃们，心里不是滋味，拿着烟杆子一口接一口地抽着烟。寄希望于甘祖昌的张淑芬见他始终没有什么动静，不禁问道："大哥，你是毛主席封的将军，你就不能想想办法？对了，山上的柑橘和枣子也快熟了，要不摘点回来？"

甘祖昌正言厉色地说道："我说过，山上的果子是队里的。我们家的人一律不准先动。我已经叫队里的人分批上山摘了。别家摘完才轮到我们家。"

张淑芬顿时哭喊起来："这是什么道理？树苗是你出的钱，这一年也是咱家出的力，到头来连个枣核都落不着！大哥，你怎么就这么狠心！你看看这帮孩子，哪个不是咱甘家的亲骨肉啊！娃娃们要真饿出个好歹来，你亲弟饶不了你，你亲儿饶不了你，你心里头也饶不了你自己哟！"

甘祖昌没说什么，转过身去，脚步沉重地上了楼。昏暗的房间里，他如雕像般坐在床上默默地抽着烟，听着外面大人孩子哭成一团，一滴眼泪从眼眶里缓缓滑落。

夜里，狭小漆黑的房间里，三张行军床上躺满了孩子。饥饿使得孩子们睡不安稳，一个孩子饿醒了，其余的也跟着一个个醒来。新新翻身下床，给饿得直掉眼泪的根娃倒了碗水，安慰道："大口大口喝，喝完就不饿了。"

根娃端着碗喝了几口，肚子里咕噜噜直响。"新叔，我还是饿，饿得更厉害了。"根娃仰起挂着泪珠的小脸对新新说。其他孩子也眼巴巴地望着新新。

新新想了想，嘱咐大家等着，然后独自悄悄翻墙出去了。

走到山上，望着挂满枝头的橘子，新新咽了下口水，没敢摘。忽然，他发现山崖边上盘踞着一棵不知名的老树，上面竟结着一树红果子。

饿得头昏眼花的新新勉强爬到树上，摘了些果子，用衣服兜回了家。

此时孩子们正躺在床上翻来覆去急不可耐，见新新抱着一大包东西回来了，全都爬起来，围住了新新。

建建将油灯点亮，又调暗。昏黄的灯光下，红艳艳的果子显得格外诱人。孩子们迫不及待地抓起果子送到嘴里。新新看大家吃得这么香，便笑着拿起最后一个准备自己吃，却看见根娃正可怜巴巴地望着自己。他犹豫了一下，把果子递给了根娃。

深夜，甘祖昌隐约听见一阵阵细微的呻吟声，急忙披衣起身下楼查看。龚全珍听见动静，也穿上衣服跟了下去。

孩子们的屋里亮着灯，张淑芬和甘森昌已经赶到了。只见孩子们一个个要么捂着肚子满床打滚，要么哇哇直吐。只有新新没有异常，而是一脸惊慌地望着眼前的一切。

张淑芬搂着中毒最深、几乎陷入昏迷的根娃，眼泪啪嗒啪嗒直掉。

"快，送医院啊！"甘祖昌见状，大喊一声，然后抱起一个孩子就往外跑。大家这才如梦初醒，带着孩子们赶忙跟了出去，只剩下新新一个人愣在那里，眼睛呆呆地看着床底下的一颗颗果核。

医院里，经过紧急救治，孩子们很快脱离了危险。得知是新新摘了有毒的果子才弄成这样，而他自己却没事，气得张淑芬将所有责任推到了新新身上，还认为新新毕竟不是甘家人，趁早送回山东他亲爹那儿去，免得以后惹出大事。

虽然心急之下口不择言，但大家对此反感至极，正要劝解，忽听病房门口传来搪瓷痰盂倒地的声音，新新的身影飞快地从门口闪过。甘祖昌愣了愣神，赶紧追了出去，边追边喊，新新却头也不回，很快转过拐角处不见了。

委屈的新新大哭着往山上狂奔不止。太阳就要落山了，血红的余晖映在大地上。甘祖昌一边找一边焦急地大喊："新新！新新！"空旷的山间传来一声声无助的回音。

夜色渐浓，远处隐约传来一声狼嚎。正没头没脑往前跑的新新猛然停住脚步，惊恐地抬头四望。

听到狼嚎，甘祖昌的脸上也满是惊惶与担忧。他想了想，马上从地上捡起几根长长的树枝，把外衣脱下来，撕下一根布条，将树枝捆成一捆，然后用外衣包住树枝的一端，从布袋里掏出打火机点燃了树枝。举着这个简易火把，甘祖昌赶紧加快了脚步。

惊慌失措的新新在灌木丛里飞奔。鞋子被藤蔓缠住了，他便甩下鞋子。脚和小腿被刺得鲜血直流，他也没有察觉。突然，前方小树林里冒出一双双绿莹莹的眼睛。新新吓得大叫一声，不小心滚下了山坡。

甘祖昌听到新新的惨叫声，连忙循着声音跑了过去。

新新的脚扭伤了，坐在地上动弹不得，正一脸惊恐地望着山坡上三头饿狼龇着白森森的尖牙渐渐逼近。

就在这时，突然传来一声大吼，只见甘祖昌高举火把从山坡上滑了下来。三头饿狼一见火光，有些畏怯，往后退了几步。甘祖昌趁势挡到新新面前，凶神恶煞地朝饿狼挥舞着火把。对峙片刻后，三头饿狼转身跑了。

新新好不容易从惊吓中回过神来，“哇”的一声大哭起来。甘祖昌二话不说，蹲下身背起他，快步向山下走去。

回到家里，已经出院的孩子们和龚全珍、甘锦荣等人连忙围了上来。看见新新狼狈的模样，龚全珍心疼地埋怨道：“怎么搞的这是？爷俩打狼去了？”

甘祖昌冲新新使了个眼色，嘿嘿一笑，然后回答道：“还别说，我们爷俩真的打狼去了。咱甘家人就是厉害，一口气打跑了三头。新新，是不是？”

新新使劲儿点点头：“妈，您不知道刚才可悬了，要不是……要不是我爸跑过来添乱，我一个人就能把那头狼宰了，给咱家添条狼皮褥子！”

大家都被新新逗得哈哈大笑起来。张淑芬却听出了甘祖昌的言外之意，蔫蔫地转身回了屋。

持续的饥荒折磨着人们，有的干着活晕倒在地里，有的绝望得要跳河，妇女和小孩们更是一个个面黄肌瘦，靠在门框上直不起腰来。然而，村头大喇叭里却不断播放着全国各地大放卫星的喜报。动辄上万斤的亩产，就像观音娘娘吹口仙气变出来的一样。面对如此惨淡的光景，甘祖昌的心情万分沉重。

守着坊楼公社满满几仓库粮食的李保山，却真巴不得像观音娘娘吹口仙气就能凑够当初他承诺上交的百万斤粮食。虽经强行收粮，仓库里的粮食比往年多得多，但仔细过秤后也才只有 22 万斤。

保山娘听到儿子长吁短叹，问清楚事情缘由，急得抹着眼泪让儿子把家里的米全部上交，说家里还有甘祖昌送的南瓜条和红薯干能对付。

马丽芬一听顿时不干了，嚷嚷着孩子小，自己胃又不好，没有粮食不行。李保山哪里肯听她的，跨进厨房扛起粮袋子就走。马丽芬追上来伸手就抢，却被李保山推倒在地。这时小卫国哇哇大哭着从屋子里走出来，马丽芬连忙起身去抱孩子，李保山趁机大步走出门外。

马丽芬抱着孩子怒气冲冲地朝屋里走，忽然踢到了什么东西。捡起来一看，原来是一串钥匙。马丽芬的脸上顿时露出欣喜的笑容。

夜色深沉。马丽芬穿着一件肥大的外衣和一条阔腿裤，悄悄向公社仓库走去。待值班人员睡熟后，她拿出那串钥匙打开仓库大门溜了进去，不一会儿又溜出来，迅速消失在夜色中。

回到家里，马丽芬将衣服里塞得满满当当的粮食倒进一只破旧的水桶里，又用绳子将水桶吊进一口枯井里。

东挪西凑也完不成交粮指标的李保山找到马方生诉苦，才明白这些粮食并不是交给国家的，而是为了不让刘越北上报灾情，给县里其他公社凑的口粮，对刘越北只说是县仓库里储备的粮食。

顶着压力收粮，却是将自己的口粮拱手让给他人，这让李保山有些恼火。但禁不住马方生再三劝说，最终他答应交一半的粮。

回来后，李保山一咬牙，指挥李队长和另外几个人趁着夜色打开村里的种粮仓库，将一袋袋种粮装上了平板车。装完后正要出发，村口突然火光通明。

原来沿背大队的社员们不知怎么听说了这个消息，一个个高举火把怒气冲冲地赶了过来。

李队长硬着头皮上前解释道："乡亲们，大家听我说，这个种粮啊，社里面需要重新分配，过两天，也就两天，我以大队长的身份向大家保证，种粮一定会重新入库……"

人们再也不肯相信这些鬼话，愤怒的声音纷纷响起："拦下！把拉粮车拦下！今天让他们走了，就是肉包子打狗有去无回！"

一名身材魁梧的公社干事上前大声威胁道："你们这是妨碍公务！再不让开，把你们全绑起来！"

群众的怒吼声如沸水般翻腾起来。大家一边喊着"打他！打他！"一边一窝蜂地涌了上去。

双方顿时陷入混战。

最终拦下粮车的人们将种粮重新入库，并派了村里的年轻人拿着锄头、铁锨等农具把守粮仓。还有十来位七八十岁的老人坐在仓门前，一副誓死守粮的架势。

不出大家所料，天刚一亮，李保山便带着公社里一群精壮的小伙子推着板车又来到种粮仓库前。

李保山看到眼前这阵势，口气强硬地说道："我知道种粮对庄户人意味着什么，但现在是特殊时期，一切要以国家利益为重。你们这样用武力对抗组织是犯了大罪的，就凭昨晚发生的暴动事件，我现在就能下令把你们全都抓起来！不过，念在大家是同宗同乡的份上，我李保山也要讲一讲情面，只要你们立即撤离，我保证不再追究！"

乡亲们并没有被李保山吓倒，反而更加怒不可遏。毛崽从人群中走出来，厉声喝道："保山，你说你知道种粮对庄户人意味着什么，可我看你根本不知道！每家每户都把口粮交了，大人们一个个饿得去后山刨野菜、嚼树根，小娃娃们饿得整宿整宿地哭。就算是这样，我们也没动过种粮的念头。因为庄户人都知道，种粮就是我们的命根子，没了种粮，这挨饿就没了边，更没了盼头。国家利益？你这幌子扯得好大哟！我就不信，毛主席会眼睁睁看着人民饿肚子，还会下令收种粮！"

一番话驳得李保山脸色红一阵白一阵，但他依旧态度强硬坚持收粮。

双方对峙了一上午，李保山的耐心被彻底耗尽，最后他竟然真的下令抓人。村民们抄起家伙一脸戒备。混战一触即发。

龚全珍慌了神，正要上前阻拦，毛崽与那十来位年逾古稀的老人一同走到前面。毛崽从容地说道："李社长，年轻后生手里掂不出轻重，真要闹出人命，事可就大了。还是我们这帮半截身子入土的老骨头跟你走一趟吧。"

李保山打量了毛崽等人一番，又看了看他们身后一个个横眉怒目的后生，顿时恼羞成怒："好好好，我看今天种粮是收不走了，但总不能白来一趟。都押走！"

村民们急了，正要上前救人。老牛筋冲他们摆摆手，笑嘻嘻地对李保山说："社里有吃又有喝，起码不用饿肚子了。李社长啊，养你娘也没养我们这群人上心吧？"

李保山气得脸色发白，挥手命人赶紧带走这些老汉。龚全珍上前阻拦，却被推倒在地，旁边的人连忙将她扶起来。望着李保山一干人远去的背影，大家不禁为老人们的安危担忧。

此时，甘祖昌恰好去县里找刘书记想办法解决村民饿肚子的问题。刘越北听了实情后惊讶至极，这才知道他这个从外地调来的县委书记已被原班人马架空了。两人商量后，决定由甘祖昌直接上报省里求援。

等事情终于有了些眉目，甘祖昌才返程回家。快进村子时，他望见龚全珍和本村十来名青壮年正站在村口朝这边张望。见到甘祖昌，龚全珍简单讲了事件的经过，然后拉着丈夫直接去了公社。

见到李保山，甘祖昌怒骂他简直跟土匪、强盗、军阀无异，要求他必须立即放人。李保山自然不肯，两人一时僵持不下。

就在这时，突然有人抬着一位老汉从里面跑出来，边跑边喊："上吊了！有人在厕所上吊了！"

甘祖昌一怔，连忙命人放下老汉。老汉两眼翻白，咳嗽了几声，慢慢缓了过来。

见人没事，甘祖昌放下心来，对李保山说道："人，你们就继续关着吧。都是些七老八十、身上带病的，还有想不开的，就像刚才那样。你们就继续关着吧，啊。"说完转身就要走。

李保山这才从刚才的惊吓中缓过神来。他朝身旁的干事一使眼色，干事转身要去放人。

甘祖昌厉声喝道："你去干什么？谁抓的，谁放！"

李保山被震住了，一把抓过钥匙，亲自去放人。

第二天，甘祖昌收到一封电报。读完电报，他立即穿上军装，揣好电报，和龚全珍一起，领着各大队百十口的人，推着板车，扛着麻袋，朝公社赶去。

李保山带领着干事迎出来，面对一身戎装的甘祖昌，皱着眉头说道：“你又带人来干什么？这次看着是有备而来嘛！”

甘祖昌从口袋里掏出那封电报递给李保山：“没错。昨天找你要人，今天找你要粮！”

看过电报，李保山沉默良久，将心头的怒火压了又压，最终闭上了眼睛，一挥手：“开仓！”

分到粮食的甘锦荣和同村几个小伙子推着粮车，说说笑笑地朝村里走去，脸上都洋溢着难以掩盖的喜悦。

突然，从山坡上滚下一个人来。甘锦荣等人先是一惊，然后连忙把人扶起来，仔细一看竟然是马丽芬。她神色有些慌张，目光躲闪着说了两句“我没事”，抬腿就要走。结果摇摇晃晃还没迈出几步，就一下子摔倒在了地上，从裤腿里撒出来一地粮食。

众人愕然。

公社门口，甘祖昌正指挥着各大队排队分粮。忽然，龚全珍急急忙忙跑过来，告诉他锦荣和村里几个小伙子发现李保山的老婆藏粮食，现在大家已经赶去了李家，非要讨个说法。甘祖昌不禁担心起来，急忙赶了过去。

李家大门被众人围得严严实实，大家吵嚷着要李家人出来说清楚。李保山不在，马丽芬抱着孩子如热锅上的蚂蚁在屋里急得团团转。

保山娘得知媳妇竟偷窃公粮，想着家家户户都在挨饿，儿子这个当领导的家里偏偏藏了粮食，这让儿子以后如何做人，不禁唉声叹气地抹起了眼泪。

心慌意乱的马丽芬忽然想起后院的墙可以翻出去，急忙嘱咐保山娘待在屋子里别出声，自己抱着孩子翻墙躲出去了。

保山娘听着外面的叫嚷声，无奈地抹着眼泪，叹了口气，颤颤巍巍地走到天井里，步履蹒跚地摸到水井边上，声音嘶哑地冲着大门口说道：“外面的乡亲们，听我说句话吧！这件事真与我儿没什么关系，是我，是我这个老不死的瞎眼婆子饿坏了，瞒着儿子，逼着儿媳妇上山偷偷藏了几袋米，每顿给我熬稀粥喝。都是我的一张馋嘴啊，害了我儿两口子！闹到这个地步，我实在没脸见乡亲们了。只求大家别找他们两个的麻烦，我在这儿给你们磕头了。”说着，保山娘跪在地上，“嘭嘭嘭”磕了几个响头，然后哆哆嗦嗦地站起身，一条腿跨上井沿，朝门外继续哀求：“求求你们千万不要找我儿的麻烦啊，我瞎老婆子下了地狱也会念着大家的好……”

甘锦荣等人越听越觉得不对劲，赶紧合力撞开大门。在开门的一刹那，却看见保山娘的整个身子坠到了水井里。此时甘祖昌正好赶到，眼睁睁看着这一幕，却什么都做不了。

十一　战友怨恨日深

李保山得到消息后，失魂落魄地从公社往家赶。到了家门口，他用力拨开围观的人群，踉踉跄跄地跑到天井里。

闻讯赶来的李队长和医生正在给保山娘做最后的检查。李保山一步步走上前，望着浑身湿漉漉的老娘，用颤抖的声音喊道："妈……"

李队长扭过头来，叹息道："社长，节哀啊，老太太……救不过来了。料理后事需要人手，不用您说，这个忙大家也会帮。这样吧，今晚您给老太太守夜。明天，明天一早我带人过来。"

李保山死死地盯着躺在地上的母亲，眼睛通红却没流一滴泪，最后声嘶力竭地吼了一声："走！"

李队长一愣，赶紧闪身出门，并驱散了大门口围观的群众。

李保山跪在母亲的尸体前，一边为母亲拭去脸上的泥水，一边轻轻地说道："妈，地上凉，咱起来，啊。"然后背起母亲，摇摇晃晃地进了屋子。

回到家里，甘祖昌命令甘锦荣跪在天井里，然后拿起荆条狠狠地抽在他的背上。甘锦荣咬紧牙关，一声不吭。旁边的李凤低着头，轻轻啜泣。

龚全珍实在看不下去了，站出来阻止，甘锦荣却大喝一声："妈，让他打！”龚全珍有些犹豫，但看到锦荣背上那一条条红印子开始渗出血来，终于还是上前一把抢过丈夫手里的荆条，劝道：“老甘，事情已经发生了，你就是把他打死也没用啊！老甘！”

甘祖昌看着妻子，又愤怒地瞥了儿子一眼，丢下荆条，背着手出门去了。

李凤赶紧上前，打算搀扶丈夫起来，锦荣却是执意不肯起来。

“让他跪着吧。这事儿，他该跪。”龚全珍说完，也出了大门。

保山娘衣衫周整、面容安详地躺在床上，像睡着了一样。李保山坐在床边翻找衣服，当看到那件崭新的从新疆带回来的毛衣时，他的眼泪终于掉了下来。他看着母亲，静静地说道：“娘，这么好一件衣裳，纯羊毛的，您一次都没上过身，净放着压箱底了。前年冬天多冷啊，让您穿，您不穿，您说您放着干啥？不会享福啊……”

甘祖昌和龚全珍定做了棺材，买了白蜡烛，来到李保山家，想帮着料理后事。李保山脸上带着泪，冷冷地望着他俩，眼神里充满愤恨：“好，你们过来，离近了看！我娘确实咽气了，死透了，活不过来了！你们好好看看，看清楚了吗！等不及来送棺材了啊！给我滚！”李保山边吼边用力将两人推出了屋子，顺手把他俩带来的白蜡烛也扔了出去，然后“啪”的一声关上了房门。

两人叹了口气，无奈地离开了。

回到家里，见锦荣仍跪在天井里没动，甘祖昌摆摆手说道：“起来吧，你跪这儿也没用。唉，因为你的冒失，一条人命就这么没了。这么大人了，办事从来不长脑子！”

甘锦荣低下头，声音低沉地说：“爸，平时我啥事都喜欢跟您犟，但这回，您打我骂我，我都认。还有，出殡那天，我想去抬棺。”

甘祖昌十分诧异：“你保山叔现在恨不得让你偿命啊，怎么还敢去惹他生气？”

甘锦荣闷声道：“我去解疙瘩！”

甘祖昌心里咯噔一下，顿时明白了。

夜色如水，保山娘屋里已经布置好了灵堂。李保山头系白布带，跪在母亲身旁，一动不动。

马丽芬这时才回来。她轻轻推开里屋门，小声唤道："妈，保山没回来呢？我让卫国先睡了。外面的人啥时候走的……"话没说完，猛然看到屋里的灵堂，顿时吓得尖叫起来。

李保山上前一把将马丽芬拽进屋里，"啪啪啪"打了她三个大耳光，厉声喝道："闭嘴，不要吵着娘。"

马丽芬被打蒙了，捂着脸，愣愣地看着李保山，嘴巴一张一合却说不出话来。过了好久她才将目光移向停尸床，颤抖着手指着保山娘问："妈……怎么……"

李保山面如死灰，抬手又给了她一巴掌，喝道："你去哪儿了？粮是你藏的？"

马丽芬木然地点点头。李保山死死盯着马丽芬，然后一把将她摁倒在母亲的停尸床前，双手卡住她的脖子，从牙缝里挤出几个字："我要你给娘偿命！"

惊恐至极的马丽芬拼命挣扎，尖声惨叫。这时，隔壁屋里被吵醒的小卫国大声哭喊着要妈妈。听到孩子的哭声，李保山终于恢复了理智，慢慢松开手，瘫坐在地上，却又突然用双手狠命揪住自己的头发，脑袋埋在膝盖间，发出野兽般的哀号。

第二天，送葬队伍正向沿背大队的后坡缓缓行进。甘锦荣突然出现，挡在前方。只见他穿着一身黑衣，背着一只布口袋，身后撒了满满一地的钉子，直通后坡。

李保山愤恨地盯着甘锦荣。锦荣二话不说，跪倒叩头，大吼道："我，甘锦荣，对不起您老人家！"然后从布袋里掏出铁钉撒向身后。他一步一叩首，在离棺材三步远的位置站定，一脸平静地说，"按照老规矩，死者生前与谁结下怨气，出殡当天，那人要全身着黑，光着双脚，为死者抬棺送满一里铺满钉子的路，之前的梁子也就算解开了。叔，把棺材给我。”甘锦荣边说边脱下鞋袜。

李保山无动于衷，冷冷地问道：“你一个人怎么抬这个棺？”

这时，甘祖昌从人群中走出来，大声说道：“还有我！保山，这个错我和我儿一块儿担，你看行不行？婶子已经走了，说啥也是白费。咱两家的怨要不要就此了结，你点头或摇头都行。”

甘锦荣和大伙纷纷阻拦，甘祖昌却只定定地看着李保山。良久，李保山终于把抬棺杠往前一送。

甘祖昌示意锦荣接过来，然后自己绕到后面，扛起一头儿，大喊一声：“走！”于是，父子俩光着双脚，抬着棺材，一步一步走在铺满铁钉的路上，虽然疼得满头大汗，脚底扎得血肉模糊，但父子俩都咬紧牙关，一步不停。两条颜色越来越深的血印向着后坡蜿蜒而去。

龚全珍骇然地看着这一幕，紧紧捂住嘴巴不让自己哭出声来，眼泪却无法抑制地奔涌而出。跟在后面的李保山依然是一副无动于衷的样子，似乎心已经麻木了。

甘祖昌的那封电报不仅解决了村民的挨饿问题，也给李保山招来了市里的调查组。李保山极力辩解他只是听命于马副书记，为了不给组织增加额外负担才这么做的，绝对没有想饿死人。最后，他装出一副有口难言的样子举报甘祖昌有藏粮的嫌疑。

两位调查员按照李保山所说，来到村头那口废弃的地窖旁，果然在里面找到了几只大南瓜和一些红薯。两人背上东西去找甘祖昌。村民们闻讯，纷纷围拢到甘祖昌家门外。

面对调查组的询问，甘祖昌坦坦荡荡，爽快地承认是自己藏的，以备关键时刻救大伙一命。

这时，人群中响起不满的声音：“我们怎么不知道啊，甘将军？”“当初大伙饿成那样，您怎么没拿出来？”调查员也有同样的疑问。

就在大伙议论纷纷时，曾饿得要跳河的甘寡妇突然从人群中挤出来说道："我知道！"

山草也站出来："我也知道！"

一对九十多岁、满头华发的老夫妻相互搀扶着赶来，齐声喊道："我们也知道。"

甘祖昌一看，连忙让锦荣拿过两把藤椅请老两口坐下。老婆婆哆嗦着说道："祖昌，我们听说这事就来了，不能叫你为我们受委屈哟。要不是你看我们这些孤儿寡母、老弱病残的实在挺不过去这道坎儿，省出一口吃的偷偷接济我们，我们早就饿死了。"甘寡妇和山草也在一旁不断点头。

大家知道这几家确实要比自己家困窘得多，便不再说什么。调查员也表示对这件事已经了解清楚了。但还是有人提出异议，说甘将军一家平日里比较富裕，在这种困难时期，家里可能还藏有精米细面，有侵吞公产的嫌疑，所以要进去搜查。

甘祖昌没有发怒，反而大笑道："有！何止是精米细面？我屋里还藏着金山银山呐！你们快进去搜吧！晚会儿啊，它们该自个儿长腿跑了！"

张淑芬却一下子紧张起来，亦步亦趋地跟在调查员身后。检查到她的屋子，她一会儿说这个柜门坏了不能开，一会儿说那个箱子要轻拿轻放。两位调查员不耐烦地看了一圈刚想走，突然发现床底下放着一只编织筐，拉出来一看，里面赫然放着一篮鸡蛋和一袋大米。

看到这些东西，甘祖昌脸色大变，严厉地瞪着弟弟质问："这是怎么回事？甘森昌！"

甘森昌涨红了脸，低下头不言语。张淑芬嗫嚅着："大哥……我……"

"你别说话。甘森昌，我问你呢！怎么回事？"甘祖昌怒视着弟弟。

"唉！大哥，我认，我都认下。这就是我们藏的！"甘森昌说着看了看调查员，"同志，东西是我们两口子藏的，和我家大哥没关系！"

"好好好，你们两口子好样的……"甘祖昌气得声音发抖，突然身子一晃，直直地向后倒去。

龚全珍、甘锦荣等人赶紧上前扶住甘祖昌，让他坐在椅子上。过了好久，甘祖昌才缓过气来，接着又询问那些东西到底是怎么来的。

原来，前天中午张淑芬在河边洗衣服时碰见了马丽芬。马丽芬执意把东西塞给她。她推让了几次，但想到可怜的孩子们，就收下了。现在看来，明显是被人下了套。

甘锦荣埋怨张淑芬怎么不当面和调查员说清楚，张淑芬支吾着说当时太紧张了，她这就去告诉调查员。

甘祖昌却叹了口气制止了。因为他想起了新疆军区的王司令。有一次部队在村里驻扎，不小心弄坏了一位老乡家的石碾子，结果王司令不但掏钱给人家买了一台新的，还愣是推了整整一个月的磨当补偿，膀子都磨肿了也不让警卫员替一下。共产党人对群众犯了错，就应该认罚，虽然为了不加剧与李保山之间的矛盾，这件事的内情不便跟大家解释，但结果摆在那儿，甘祖昌觉得必须给乡亲们一个交代。

第二天他便召集大伙来到村头，为藏粮一事做公开检讨，并表示张淑芬私藏的那一篮鸡蛋和一袋大米记在自己的账上，将十倍奉还以示处罚。众人一愣，纷纷表示这处罚也太严重了；再说，甘将军自从回乡务农之后，一直未记过工分、分过粮食，大家都不信处处为别人着想、领着大家开荒种树的甘将军会藏粮，这事一定有隐情，就算了吧。甘祖昌却执意坚持。在场的所有人都竖起了大拇指，赞叹甘将军的军装没白穿，对得起自己这身门面！

将军自然不是白当的。这不，为了多打些粮食，甘祖昌又琢磨起冬水田的问题来。“一年四季水汪汪，下场大雨赛海洋，天旱时节水刺骨，地下泉水是龙王。”这指的就是沿背大队的冬水田，虽说有几百亩，但一亩地只能收一百来斤稻谷，好年景最多也不过二百斤，连个鸡婆都喂不饱。就算在三伏天，田里的水也冰冷刺骨，人若下田，保准冻得第二天下不来床。所以说，这冬水田似乎是个比虎形岭还棘手的难题。但甘祖昌偏偏要和它较量较量。他收拾好了东西，搬到田边一间荒废很久、又潮又冷的小木屋去住，以便每天观察、思考与试验。龚全珍见阻拦不住，只好随他。

连续多日，村民们路过冬水田时，都能远远望见甘祖昌在水田那头独自转悠，偶尔还蹲下身子在水里抓捞着什么。人们实在猜不透甘将军又在搞什么名堂，只觉得这将军的脑袋瓜就是与众不同，什么天大的事都敢想、敢做。

一段日子之后，甘祖昌召集乡亲们来到水田边，兴致勃勃地宣布沿背大队治理冬水田计划正式启动。大家先是一愣，随即窃窃私语，丝毫提不起兴趣。

老牛筋站出来说道："虎落平阳容易伏，龙沉深潭不易擒。这冬水田泥土稀烂，能种啥？再说了，人在里面泡久了，粮还没吃到嘴，身子先垮了，你谈啥不也白瞎吗？"

有个年轻的村民立刻附和道："牛筋叔说得有理！祖昌叔，就这年月，大家连饭都吃不饱，谁还有力气干这个啊？"

甘祖昌默默地听完大家的陈述，然后不慌不忙地说道："我不否认，大家讲的都是实情，改造冬水田难度很大，比前些年'上山伏虎'更棘手。不过，我想说的还是那句话，人定胜天，最重要的是看我们有没有这个决心克服困难。当年蒋介石的飞机大炮和几百万军队，不也没干过我们这些穿草鞋、喝凉水、耍大刀、端破枪的红军战士吗？这段日子我仔仔细细地把咱村 60 多块冬水田的土质、成因和泉水流向勘察了一遍，心里差不多有数了。我们可以采用阴沟排水的方法放干田里的水，再加以改造。我算过一笔细账，改造好的冬水田如果每亩能增产 200 斤，一年就能增产 12 万多斤粮食。"

说到这儿，甘祖昌活动了一下四肢，接着说道："你们看看，我这腿、我这腰，这些天我几乎每天都要下田蹚几个时辰，这不都还好好的？实话跟你们讲，只要每天晚上回去烧盆火，烤一烤，把身体里的寒气逼出来就行了。当然，这法子也不是百分百有效，时间长了关节肯定受罪，但我觉得只要能把冬水田改造好，受这点小罪也值了。你们说呢？"

大家纷纷点头，显然已经被说动了。

刚才那个年轻人又开口说道："祖昌叔，关键是大家伙肚子里没食，手软脚也软，下不起田啊。”

“所以说，这是件一举两得的美差事。”甘祖昌笑着转身进了小木屋，不一会儿端出来一大锅热气腾腾的肉汤。

人们一下子围上来，连声惊叹道：“好香啊！甘将军炖的这是什么啊？”

甘祖昌笑而不语，给每人盛了一碗。饿极了的人们捧着热汤，大口地喝着，脸上露出幸福的笑容。

喝了几口，老牛筋忍不住说道：“一碗热汤鲜又美，喝到肚里赛神仙。祖昌老庚，你快别卖关子了，告诉我们这到底是什么肉啊？”

这时甘祖昌在冬水田里随手一捞，竟然抓上来一条浑身带着泥、不停扭动的泥鳅。众人惊呆了。

“就是这个，大锅煮泥鳅。你们就说好不好吃吧？”甘祖昌笑着说。

大家回过神来，纷纷表示味道不错。

甘祖昌接着说道：“这不就结了？大家伙放心，这玩意儿没毒，我连着喝了三天的泥鳅汤，反倒觉得身子越来越舒坦了。以后来跟我下田的人每天收工后捞三条泥鳅回家，这样的美差事，上哪找去？”

众人一听，纷纷举手报名。只想先开几亩试验田的甘祖昌连连摆手：“一说到吃，精神头都上来了。要不了那么多人哟……”

这时，龚全珍背着一大床棉被，拎着一只包袱走过来，见丈夫正忙着，没有打扰，径直进了小木屋。她将带来的厚被褥铺到床上，又从包袱里取出一套干净的冬衣裤整整齐齐地放到床头，然后拿起墙角的笤帚开始打扫卫生。

村民们散去后，甘祖昌走进小屋，见龚全珍正弓着腰抹桌子，桌上摆着自己在家用惯了的茶壶。他高兴地望着焕然一新的小木屋，坐到桌前，拿起茶壶，对着壶嘴喝了一口，感叹道：“还是老婆知道疼人啊，知道我想啥，把这个都带来了。”

本来还在生丈夫气的龚全珍扑哧一笑，然后认真地说道：“行了，别闹了，我有事跟你商量。我去县教育局问了，县中学恰巧缺一名老师，我准备去……”

没等龚全珍说完，甘祖昌便收敛起笑容问道：“什么时候的事？”

“就前两天，学校让这两天就去。”龚全珍答道。

甘祖昌顿时火了：“不行！龚全珍呀龚全珍，你这叫跟我商量吗？你这完完全全是自作主张！我刚刚跟大伙说了治理冬水田的事，这么多人，又冷又累，本打算让你和凤儿过来给大家做饭，让乡亲们干完活能吃上口热乎的……可你现在……反正你哪儿都不许去，就来这儿做饭！”

龚全珍的眼里满含委屈的泪水。每天在家做饭照顾孩子本就不是她所愿，感觉自己的思想与才华都被慢慢消磨掉了。况且丈夫干活不记工分不分粮，每月只靠他那点工资维持一大家子的生活，还经常帮别人，算下来根本不够花，所以她才着急找一份工作，不但能实现自己的愿望，也能为家里减轻负担。可没想到丈夫竟然如此不讲道理。

想到这儿，龚全珍声音颤抖却语气坚定地说道：“你既然这么强硬固执，我也无话可说。嫁给你这么多年，你从来不肯稍稍体谅我一下。让我成天跟一群目不识丁的农民打交道，你知道我的痛苦吗？反正这次我已下定决心，谁也拦不住我。老甘，希望你能理解……”

甘祖昌冷笑道：“总算说实话了，嫌我们山里人没文化，个个都是土鳖大老粗是吧？但是龚全珍，你别忘了，就是我们这群庄稼汉，养活了全中国！待不了是吧？我不留你，走！”

龚全珍的眼圈一下子红了，抹着眼泪跑了出去。

黎明时分的沿背大队一片黑暗。新新提着油灯出去撒尿，却看到楼上母亲的房间透着光亮。他好奇地走上楼，透过门缝看到妈妈正在床边收拾包袱，似乎准备出远门。

新新推门进去，问道：“妈，您干吗呢？要去哪儿啊？”

龚全珍见儿子进来了，说道：“我正想下去喊你呢，你倒醒了。去，小声点，收拾收拾东西，跟妈去县里读书。在村里越待越野，脑子里的几本书早就丢干净了吧？这样下去哪儿行？早该在正规学校学学规矩了。”

一听是去上学，疯惯了的新新自然不愿意。他忽然又想起了什么，问妈妈："您走我爸知道不？他同意您去？"

龚全珍拧着眉头回答："他不同意我还不能去了？你这小叛徒，白养你了。快去，听妈话，收拾东西跟我走。"

"我不去。还是留在山里好玩。"新新坚决地说道。

"不长出息，我打你！"龚全珍刚要起身，新新已经一溜烟跑远了。龚全珍怕惊动别人，只好小声地喊了几句，但无济于事，只得作罢。

天刚蒙蒙亮，她一个人踏上了通往县城的小路。

十二　想良方治理冬水田

新新跑回屋里，越想越觉得不对劲，连忙敲开甘锦荣的房门，对着睡眼惺忪的甘锦荣嚷道：“哥！哥！不好了，我妈离家出走了！”

甘锦荣顿时被惊得睡意全无，急急火火地系上衣服扣子准备去追，李凤却拉住了他：“妈是去县里当老师，不是离家出走。妈前两天跟我说过，她在县里找了份工作，想去教书，又怕咱爸不同意。昨儿个下午不是生了一肚子气回来吗？两人绝对是因为这事……”

新新连连点头：“对，她还想把我带到县里上学呢。”

甘锦荣看着妻子，有些糊涂了：“不管怎样，总得先把人追回来啊。”

“妈是去县里教书，又不是想不开跳河，你追什么追啊？再说了，要追也轮不上你啊。”李凤白了丈夫一眼。

新新虽然年纪还小，但也听出了李凤的意思，坏笑道：“嫂子说得对，这该是爸的任务。唉，虚惊一场，大哥大嫂，对不住了，我这就去田里找爸。”

李凤想了想，拦住新新：“我觉得这事啊，还得抻一抻。我们女人家的心思，你们不懂。你看咱爸平时在这个家里说一是一，说二是二，冲谁服过软没？没有吧？这次就是要让他先服软、先低头，熬不住了，亲自去县里把咱妈接回来，那时候一准啥事都没有了。要是现在去啊，俩人心里都有气，说不了几句话，还得饿起来。”

甘锦荣点点头，新新也摇头晃脑地说道：“有道理。”逗得李凤扑哧一声笑了。

新新却像模像样地解释：“你们别笑，我长大以后也是要讨婆娘的，这就叫提前学习……不对，兵书里有一句话叫‘知己知彼，百战不殆’，意思就是说充分了解敌我双方的强弱利害，便能在每次斗争中占得上风……”

甘锦荣夫妇看着这个人小鬼大的弟弟，都哈哈大笑起来。

天光大亮，新新和李凤拿着龚全珍留下的一封信来到水田边。甘祖昌看完信，气得将信揉成一团扔在地上。“哼，我算看透她了，说什么教书育人是她一生为之奋斗的事业！漂亮话！根本就是怕吃苦！她这在部队上就是无组织、无纪律，要狠狠地挨处分的！哼，关键时刻，还得靠自己！我就让她看看，什么叫家里家外一把抓！”然后嘴里嘟囔着下了田。李凤冲新新抿嘴一笑，拽着他走了。

气头上的甘祖昌开始了田里家里两头跑的日子。田里的事不说，只说家里，光是每天一帮孩子吵吵嚷嚷、你追我打、哭闹不休就让甘祖昌手忙脚乱、头疼不已，尤其吃饭和睡觉的时候，简直要将房顶吵翻。没几天，他就开始想念妻子在家的日子，嘴上却什么都不说。

田里进展也不顺利。怎么才能把冬水田里的水给排出去，大家商量来商量去，也没找到满意的办法。

李凤和山草在田边给大伙做饭，孩子们也跟着到田里玩。小平荣带着小仁荣、小公荣、小吉荣，这儿走走那儿瞧瞧，发现还是下田捉泥鳅好玩，她就挽起裤腿走进田里，弯下腰在湿泥里摸来摸去。咿呀学语的小吉荣觉得有趣，也一边叫着“姐姐”一边迈入泥田里。爱干净的小公荣皱着眉头站在田埂上，不住地喊着“田里脏”，要姐妹俩快上来。

一条条泥鳅眼看已经抓到手了，却又屡屡滑走。小平荣不甘心，追着泥鳅一步步往前走去，然而越走泥越深，渐渐从小腿没到大腿。后面的小吉荣更是几乎被淹没了下半身。忽然，小吉荣脚下一滑，整个身子陷到泥地里。田埂上的小公荣和小仁荣吓得大哭着叫爸爸。

水田另一头的甘祖昌这才发觉孩子们出了危险，急忙飞奔过来，一把将小女儿从田里捞起来。小吉荣满脸满嘴都是泥，呼哧呼哧地喘着，哭又哭不出来，小脸憋得通红。甘祖昌连忙用手把孩子嘴里的泥抠出来。小吉荣呕了一阵，这才哇哇大哭起来。

将孩子们送回家换洗了衣服，甘祖昌训斥小平荣当姐姐的怎么不知道照顾好妹妹。小平荣低着头噘着嘴，好半天才吐出一句："那我妈还不管我们呢。"

一提龚全珍，甘祖昌火气更大了："现在不说你妈，就说你的问题！姑娘家家的，成天像野小子似的到处疯……"

没想到小平荣竟然敢顶嘴："您别总是姑娘、小子的，还将军呢，思想真封建。我妈说了，新社会男女都一样，妇女能顶半边天。行了，爸，我知道您是因为我妈出去工作了心里不舒坦，拿我当撒气筒呢……"

甘祖昌火冒三丈："噢，原来你妈在家一天到晚就教你这个啊！对，我不光拿你撒气，我还想打你呢。"说着走进堂屋从桌子上抄起烟杆就要追出来打小平荣。

这时，把小吉荣哄睡了的李凤从屋里出来，连忙拦住劝道："爸，平荣是个女娃娃，打不得。她才八九岁，正是贪玩的时候，说两句就行了！"

刚进门的新新一看也喊起来："爸！我妈说了，男人不能打女人！爹打闺女也不行！"边说边护住躲到自己身后喊救命的妹妹。

"嘿，你们今天这一个个的都来气我是吧？甘新荣，我还没找你算账呢！你不看着点弟弟妹妹，这一天跑哪去了？"恼羞成怒的甘祖昌把矛头转向新新。

新新摆出一副小大人的模样说道："爸，别一提我妈就跟踩着您尾巴似的。行了，我错了，明天开始我不瞎跑了，留家里好好带带这帮'兵'，这态度够诚恳吧？您消消气。平荣，你也快跟爸认个错。"

小平荣连忙小声说："爸，我错了，再也不捣蛋惹您生气了。"

没等甘祖昌开口，李凤抢先说道："这不就没事了？你俩回屋去吧。"

新新和小平荣趁机溜回屋里。

安顿好孩子，甘祖昌又回到冬水田里。沿背大队新任队长、毛崽的儿子甘金生想出一个办法，在试验田的四个角上分别挖一个大约半米宽的缺口，每个缺口插上一排松毛，外面是挖好的水沟。这样，田里多余的水就会慢慢流出来。

甘祖昌和大伙站在缺口处观察着，却发现松毛挡不住稀泥的冲击力，泥混着水一块儿下来了。要是养分流光了，这田就没法种了。

正当大家讨论着别的办法时，老牛筋抽着旱烟从田边走过来，看到这情形，忍不住说道："我说什么来着？生就的眉毛长成的相，祖昌老庚你还别不信，这水龙王八辈子也治不好。听说过武松打虎，没听说过有人擒龙。除非你是那花果山上的孙猴子，敢翻江倒海闯龙宫！"

甘祖昌呵呵笑道："不怕手粗，就怕心粗；不怕气短，就怕志短。老牛筋你敢不敢跟我打个赌？我要是能把这片冬水田改造好，我一年的旱烟叶子你给解决！"

老牛筋嘿嘿一笑："没问题啊，你祖昌老庚真行的话，我出这几十斤旱烟叶子也不亏！"说完优哉游哉地走了。

甘祖昌等人继续在田里忙活。

甘锦荣见父亲每天忙得废寝忘食，既心疼又无奈，只好尽量多替父亲分担一些，并特意上山砍了木头，烧成木炭，让凤儿每天晚上给父亲驱寒。

这天晚上，甘祖昌用热水烫完脚，李凤从厨房端来炭盆让他驱寒。甘祖昌忽然问道："你妈来信了吗？"

李凤摇了摇头，心里暗笑。

甘祖昌神情有些落寞，自言自语道："走了这些天，真就不记挂家里？"

连续多日，大家想了各种办法，但冬水田的治理还是没有丝毫进展。看着愁眉不展的父亲，甘锦荣忽然想到自己曾在县里结识过一位农业技术专家，也许能帮到父亲，于是他赶紧去把专家找来，介绍给父亲认识。

看着身板瘦弱、面皮白净、戴着眼镜、一脸娃娃相的胡心平，甘祖昌心里很是怀疑他的能力，态度上就有些不冷不热。又听说他只是在试验田里搞研究，根本没下过地，甘祖昌更加不相信他了。

小胡早就听说过甘将军的事迹，也了解他的脾气，所以并不介意他的态度，只是让甘锦荣从队里挑几个年轻力壮的帮手，并多准备一些木桩和细竹梢，明天另开一块试验田。

小胡领着大家很快忙碌了起来。他们先在田里挖开一条沟，沿着沟的两侧打下木桩，再在木桩外面像编篱笆一样编上细竹梢，把两边的稀泥挡住，然后拿着竹筒或木勺，站在圳道里将湿泥舀出去。

望着在小胡的试验田里干得起劲儿的人们，甘祖昌有些不服气。可是自己这边又实在想不出什么好办法来，大家都一副愁眉苦脸又心有不甘的样子。绞尽脑汁的甘祖昌突然想到可以用坚硬的木板代替松毛。

甘金生皱着眉头指出这个成本太高，哪里去找那么多木板。甘祖昌却大手一挥："不怕，大不了上我家卸门板去。对了，还有桌板也能用，谁家有，全都贡献出来。"

说干就干，甘祖昌立即跑回家，蹲在屋门口，"叮叮咣咣"地卸起了门板。张淑芬懵了，愣怔了一会儿连忙往大门口跑去，心里嘀咕着："我得去门口守着，不能让他把院门卸了！不吉利！"

很快，试验田的四个角都插上了门板或桌板。这下，稀泥倒是给挡住了，但水也流不出来了。甘祖昌和大家站在一旁观察着，心里十分焦急。这时，旁边小胡的试验田的水沟里却正缓缓地流着水。

甘祖昌好奇地走过去，目瞪口呆地望着眼前的"大工程"，不禁自言自语地感叹道："好小子，看上去弱了吧唧的，还真有一套好本事啊。"

这时，甘锦荣和小胡走过来。

"您就说，这回服气不服气吧。"甘锦荣故意跟父亲叫板。

甘祖昌笑眯眯地看着小胡："服气，这次真服气了。小胡同志，你是我师傅啊，本事比我大！"

小胡不好意思地笑了："甘大叔说笑了，我这叫术业有专攻。这个法子叫开圳砌沟，具体实施办法您也看到了，最大的好处是省时又省力。说起来挺有意思的，当年我在农业大学上学的时候曾写过一篇论文，就是讲如何治理冬水田的，为此我查阅了大量的资料，做了很深入的研究，最后写得不错，院长还把我这篇论文登报了呢。没想到那时候做的功课，今天居然派上用场了。"

甘祖昌哈哈大笑："好，你小子简直就是老天派来的救星啊！小胡，从今天起，你就是咱沿背大队冬水田治理小组的组长，我给你当副手。还有，第一次见面叔说话重了，给你赔个不是，别往心里去啊。"

小胡迟疑道："叔，这怎么行啊？您给我当副手……"

甘祖昌嘿嘿一笑："怎么不行？谁有本事谁上，不该谦虚的时候就别谦虚，这叫人尽其才，物尽其用！就这么定了！中午你上我家来，陪你甘大叔喝两盅！"

一个月后，按照小胡的法子，一大片冬水田里的水排得差不多了。甘祖昌、小胡等人一致认为豌豆能肥田养地，头茬该种豌豆。与队长甘金生说起豆种的事时，甘祖昌询问队里的预算够不够，甘金生似乎有些迟疑，但马上又无比干脆地答道："够！绝对够！"

甘祖昌马上察觉出问题，说道："你把经费和预算表拿过来我核对核对。"

甘金生有些慌了，支支吾吾地说道："今年除了买种子，还有一批肥料和农具要进，资金是有点紧张，不过凑合凑合也能应付……"

甘祖昌显然不相信，盯着甘金生一针见血地问道："有困难为什么不告诉我？"

甘金生终于实话实说了："我和大伙商量了，我们意见一致，这笔钱队里想办法凑。就怕跟您说了，您又不顾家里，先拿钱给队里解决困难。几个月来您供着我们十来个人的伙食，这笔开销已经够大了。"

甘祖昌眼睛一瞪："不该操的心别操！队里的事大，以后谁都不准瞒我！就这么定了，豆种问题我来解决。"

眼看家里又快断粮了，饭桌上张淑芬试探着问甘祖昌工资还剩下多少。甘祖昌掏出 10 块钱给张淑芬，要她别买米，多换点南瓜、红薯，并强调部队上的军医说了，其实粗粮比细粮好，有营养。

张淑芬收起钱，看着孩子们一张张蜡黄的小脸，无奈地叹了口气。甘祖昌心虚地大口大口喝着汤，极力掩饰心中的痛苦。

这时，李凤默默起身离开，不一会儿从屋里拿出一个牛皮信封，递给甘祖昌："爸，这是妈这月寄来的工资，她让我交给你。"

甘祖昌瞄了一眼信封，假装不屑地哼了一声："你收着吧！"

张淑芬迫不及待地拆开信封，抽出里面的 30 块钱，兴奋地说道："哟，30 块钱，原来嫂子当老师还挺能挣的嘛，这下粮钱出来了！大哥，我觉得嫂子在县里当老师挺好的，只要每月能往家寄个二十三十的，我和凤受点累也没啥！"

甘祖昌一言不发，眼睛的余光却顺着碗边瞟到了信封上的"莲花县中"字样，片刻后他说道："明儿一早我进城买豆种，待几天才回来。"

锦荣夫妻听了，相视一笑。

第二天一早，甘祖昌腰上系着龚全珍给自己缝的那个罗布麻包，肩上斜挎着一个布包，手里拿着烟杆出发了。

走到门口，小吉荣跟了出来。甘祖昌满脸慈爱地将小吉荣一把抱在怀里："爸爸要进城办事，吉荣在家听哥哥嫂子的话，回来爸爸给你买糖吃。"

"不要爸爸走，爸爸抱。"小吉荣扭着身子抗议。

刚要哄小吉荣下来，甘祖昌忽然想起了什么，问道："吉荣想不想妈妈啊？"

小吉荣认真地点点头。

"好，那爸爸带吉荣去找妈妈。"于是甘祖昌抱着女儿踏上了去县城的路。

到了县中学大门口，甘祖昌正要进去，却被门卫拦住了。听说这个老农模样的人是龚全珍老师的家属，门卫虽然有些怀疑，但还是让他进去了。

跟人打听到了龚全珍的宿舍地址后，甘祖昌抱着孩子来到宿舍门口。他一身农村人的打扮看起来与干净整齐的砖房小院格格不入。来来往往的老师们都有些好奇，对这个衣着破旧、又瘦又老，竟然自称是龚全珍丈夫的人指指点点、议论纷纷。

龚全珍下课后回到办公室，听说有人找她，一直在宿舍门口等着呢，于是她连忙赶回宿舍。甘祖昌望着妻子，咧嘴直笑。龚全珍强压着内心的喜悦，脸上仍摆出一副冷淡的表情问道："你怎么带孩子来了？"

"我来县里办点事，吉荣说想妈妈了，就顺道带她过来看看。"甘祖昌笑吟吟地回答。

龚全珍满眼怜爱地抱过孩子。小吉荣高兴地搂着妈妈的脖子，在妈妈的脸上狠狠亲了一口，咯咯笑起来。龚全珍把脸贴到女儿的脸上，心疼地说："瘦喽，小心肝又瘦了。"母女俩亲昵了一会儿，龚全珍掏出钥匙开了门，甘祖昌乐呵呵地跟着进了宿舍。

"妈妈，我饿了，爸爸说要等妈妈一起吃饭。"刚进屋，小吉荣便奶声奶气地说道。

龚全珍把孩子放到床上，从抽屉里拿出一只拨浪鼓，安慰道："乖，吉荣自己玩一会儿，妈妈去食堂打饭。"小吉荣接过拨浪鼓，乖巧地点点头。

去食堂的路上，甘祖昌紧跟着妻子，龚全珍却故意不理他。这一老一少、衣着迥异的夫妻俩走在学校里引起了不少人的注意。人们都远远地观察着、议论着。

从食堂出来，龚全珍忍不住开口了："甘将军此行是押我回家的？"

甘祖昌叹了口气："我哪敢哟？我说了，吉荣想妈妈了，我就带她顺路过来看看。家里平荣、仁荣、公荣也都整天哭着喊着找妈妈，可四个孩子不能全带来啊，我就把最小的一个抱来了。俗话说得好，有妈的孩子像个宝，没妈的孩子像根草，苦啊。"

龚全珍自然听出了丈夫的意思，装作不耐烦的样子说道："行了行了，你说这些不就是想让我回家吗？"

甘祖昌看了妻子一眼："我不逼你，你自己看着办。"

龚全珍当即站定，扭头质问道："你这什么态度！"

甘祖昌的火气也上来了："我看你态度才有问题！连声招呼都不打就跑出来，你心里有我吗？有孩子们吗？有这个家吗？"

"对，对，是我自私，我狠心，我不顾家。可老甘你想过没有？你的理想是在农村，而我的理想却是在学校！你可以一门心思地扎到田里务农，我为什么就要放弃我几十年来辛辛苦苦积累的知识？我明明可以在教育工作中奉献自己，却偏偏在家务中消磨时光，这对我来说公平吗？我知道我没有尽到一个做妻子和做母亲的义务，但我只能默默地背负起这份愧疚，因为相对于家庭，我觉得这里的孩子更需要我……"龚全珍又生气又委屈，说着说着不禁有些哽咽，她赶紧调整好情绪，擦了擦眼角，把饭盒塞给丈夫，"对不起，我情绪有些激动。你和吉荣吃饭吧，我下午还有课。"说完便匆匆走了。

甘祖昌望着妻子离开的背影，叹了口气，暗暗自责：我这个人呀，不是来求和的吗？怎么又给办砸了？

吃过午饭，甘祖昌把小吉荣哄睡之后，悄悄来到教室外看妻子上课。望着妻子在讲台上认真讲课的样子，甘祖昌不禁想起在新疆军区八一子弟学校第一次看到龚全珍上课的情景。

放学了，龚全珍往宿舍走去，迎面看到丈夫正抱着小吉荣站在一棵树下等自己。龚全珍有些不耐烦，径直从父女俩身边走过，甘祖昌却满脸堆笑地跟了上去。到了门口，龚全珍抱过孩子转身进屋，甘祖昌本想跟着进去，却被龚全珍一把推出来，随后便听见里面的插门声。甘祖昌唤了几声没人应，只得讪讪的离开了。

第二天，龚全珍被叫到校长办公室。校长以担心她个人生活影响整个学校的风气为由，决定开除她。龚全珍一时惊得目瞪口呆，感到又羞又气，泪水一下溢出了眼眶。愣了片刻后，她愤愤地摔门而去。

十三　龚全珍回乡办学

经过再三考虑，甘祖昌决定支持妻子的想法，自己带孩子回去。他刚走到教学楼前，恰好看见龚全珍红着眼圈出来了，刚要询问，只听龚全珍气呼呼地说道："都是因为你，我被学校开除了，这下你满意了吧？"说着径直向宿舍跑去。

甘祖昌一头雾水，冲着妻子的背影大喊："到底怎么回事？你说清楚啊！"龚全珍没有回头，将丈夫远远甩在身后。

甘祖昌想了想，直接来到校长办公室。校长见是传闻中与龚全珍相好的那个老农，脸上不禁露出几分冷淡与嫌弃，虽然没有将甘祖昌直接轰出去，但也没理他，只是将他晾在旁边，自己继续写着手里的报告。

甘祖昌忍住火气，皱着眉头看校长写完最后一个字。校长终于不耐烦地说道："具体原因我已经跟她解释过了。现在她已经不属于我们县中了，我也没有义务再跟你解释什么。有什么问题，你可以直接去问她。好了，我要去开会了，请你让开。"

甘祖昌非但没有让开，反倒走近一步，用力敲了敲桌子，怒斥道："你什么态度！今天不说清楚不许走！从我进门到现在，你一直摆着张臭脸，搞得和阶级敌人一样。凡事都得讲个一二三四五六，你就是校长也不能说开除谁就开除谁。我好声好气问你，你却爱答不理的。毛主席见了我们工农阶级，也是又握手又问话的，你摆什么领导架子啊？”

校长被诘问得哑口无言，好一会儿才回过神来，一边不耐烦地挥手赶甘祖昌出去，一边站起来就要向外走。

“你给我坐下！”甘祖昌气势如虹的一声吼吓得校长一抖，跌坐在座位上。

这时，校长室外围满了看热闹的老师。校长见状连忙授意两名年轻的男老师驱赶甘祖昌。那两人硬生生架起甘祖昌就往外走。

走廊上，一位老师正带着马方生往校长办公室走来。两人走到校长办公室门口，见这里聚集着一群老师，不禁感到困惑。这时，甘祖昌被人架到了门口。马方生一眼看到甘祖昌，吓得赶紧上前阻拦：“放手！都放手！你们知道这位是谁？甘祖昌，甘将军！甘将军，您没伤着哪儿吧？”甘祖昌脸色阴沉地摆摆手。众人顿时目瞪口呆。

马方生一脸讨好地将甘祖昌重新请进校长办公室，冲还未缓过神来的校长使了个眼色，又挥挥手示意门口的老师们散去。校长手忙脚乱地倒了杯水，放在甘祖昌面前：“甘将军，我，我有眼无珠，不识泰山，冒犯了您老，我跟您道歉。您大人有大量，别跟我计较。我真不知道龚老师就是……她来县中隐瞒了身份，只是通过普通的教师招聘考试进来的。当然，责任都在我，事先没调查清楚……误会了您两口子，说了些不着边际的话，都是我不好。您先坐这儿歇歇，我亲自去请龚老师来，郑重地向她道歉。开除什么的，当然不能作数。马副书记，劳烦您陪甘老将军说说话，我……”

见校长要走，甘祖昌说道：“你回来，站这儿。老将军、老农民，在你校长眼里，一个天上一个地下啊。”

校长一脸尴尬，接着奉承道：“当然……不是嘛！您是老红军、老革命，为国家做了大半辈子的贡献，如今您解甲归田、告老还乡，却还为家乡的发展继续贡献着自己的力量，我等晚辈由衷地钦佩与敬重您这样的革命老同志……”

“这话我听着怎么这么耳熟？马副书记你是不是也说过啊？”甘祖昌

看了一眼马方生，又继续对校长说，“校长同志，你张口革命闭口革命的，你知道什么才叫革命吗？照你那意思，打仗是革命，种地就不是革命了？肩章戴星的是英雄，挑粪插秧的都是狗熊？连衣食父母都瞧不上，你算什么东西！”

面对甘祖昌一连串的质问，校长脸上的笑容再也挂不住了，支支吾吾地不知道说什么好，额头上渐渐布满了汗珠。

宿舍里，龚全珍正在打包行李，小吉荣安静地坐在床上翻着小人书。甘祖昌走进来，抱起床上的小吉荣，对龚全珍说道：“我去跟校长谈过了，你可以继续留下教课。全珍，我带孩子回去了，入夏的衣服尽量别在县里买，贵，过阵子我给你送来。”

龚全珍十分奇怪：“你不是一直反对吗？怎么突然……”

甘祖昌由衷地说道：“教书育人，为祖国培养栋梁，我打心眼里佩服，怎么可能反对呢？只是先前我忙地里的活，孩子们又小，家里需要帮手，本想等过两年再让你出来，可我这急脾气总控制不住，说了些不中听的话，你别在意啊。”

听丈夫这样说，龚全珍心里一暖：“老甘，这次我也有做得不对的地方，没跟你打招呼就……”

甘祖昌笑道：“全珍，其实你想教书的心情和我想带领家乡父老过上好日子的心情是一样的。这两天只要有你的课，我就在教室外面听。你站在讲台上讲得那么生动，孩子们听得那么认真，你天生就是教书的料子。这么好的一位老师要是让我带回家去做饭、洗衣服、带孩子，岂不是大材小用了？就算你现在愿意留在家，我也不同意了，我还怕你以后后悔了会怪我、怨我呢。”

龚全珍被丈夫这番温暖而幽默的话逗笑了，温柔地说道：“再住一晚上吧，正好明天上午我没课，能送送你们爷俩。”

“行！那我不用去外边住招待所了吧？”甘祖昌说着就大大咧咧地往床上一坐。

“想去就去，我不拦你。哎，你给我起来，这是我贴身睡的，衣服多脏啊就往上坐。”龚全珍笑着去拧丈夫的胳膊。

第二天一早，龚全珍把一份辞职信放到了校长办公桌上。校长满脸堆笑，又是道歉，又是许诺让她当学科组长，总之是极力挽留。面对校长谄媚的态度，龚全珍辞职的决心越发坚定，表明这次回乡是想办所农村小学，为山里的孩子们创造一个更好的学习环境，请校长尽快办理离职手续。最后，校长不安地看了龚全珍一眼，只好点头同意了。

甘祖昌抱着孩子在学校门口等得有些着急，抱怨妻子怎么这么慢，早知道就不让送了。爷俩正望眼欲穿之际，却看见龚全珍提着包袱走了出来。

甘祖昌一怔：“你收拾东西干吗？”

龚全珍笑盈盈地说：“我辞职了，跟你回乡。”

甘祖昌好半天才反应过来，顿时又惊又喜：“不是，全珍，咱都说好了……”

“我想好了，回去也不闲着，说不定比在县中还忙。走吧，路上说。”龚全珍扯着丈夫上了一辆板车。

龚全珍一走进家门，孩子们都欢快地叫着围了过来。只有新新有些心虚地嘿嘿笑着，一转眼就箭一般跑得无影无踪。

回来后还没顾上休息，龚全珍便立刻赶往公社。公社负责人带她来到山坡上一座由两间废旧草屋临时改造的学校前。望着眼前如此简陋、只有三个学生和一个老师的农村小学，龚全珍心里很不是滋味，可是年仅十九岁的小何老师却让龚全珍看到了希望。虽然学校条件简陋，还常常领不到薪水，但为了给山里的孩子们打开一扇通往新世界的大门，这位清秀瘦弱的女孩一直坚守在这里。龚全珍的到来令小何老师喜出望外：有了将军夫人的参与，建立一所正规的农村小学，让更多大山里的孩子接受教育，这个梦想也许很快就会实现了。

跑了一整天，晚上龚全珍风尘仆仆地回到家里。甘祖昌正坐在油灯下，眯着眼睛穿针引线，准备缝补衣服。

龚全珍把外套脱掉挂起来，说道："你放那儿吧，一会儿我给你缝。"

"不用。以后龚老师比我还忙，我要自力更生、丰衣足食，尽快适应这种你不在家的生活。"

甘祖昌酸溜溜的话让龚全珍扑哧一笑，脸上的疲惫瞬间一扫而光："文化程度见长啊。"

甘祖昌嘿嘿一笑："龚老师熏陶得好。说正事，今天考察得怎么样啊？"

龚全珍叹了口气，描述了一番那所学校的境况：建在半山腰，门板当黑板，木墩当桌椅，甚至梁柱都朽了，随时都会被一场大雨冲垮。随后龚全珍说道："我得先向你借点钱，把校舍修补修补。雨季快到了，我总不放心。你现在手头还有钱吗？"

"有。"甘祖昌说着，站起身，从柜子上放着的铁盒里拿出一个牛皮信封，递给龚全珍，"我这个月刚发的工资，全给你。你说的这是大事。我算了算，最近没啥花钱的地方，队里的种子我买回来了，咱家这月就靠你上回寄来的 30 块钱了。勒紧裤腰带，再凑合凑合，下个月应该能松快一点，到时候给娃娃们买点好吃的补补。"

龚全珍犹豫着接过信封："原先我背地里还埋怨过你几次，结果现在到我这儿，我比你还能花钱。对了，你把药钱留下了吗？"

甘祖昌干脆地说道："这种事，花再多钱也应该。药我还有两瓶，最近在'赤脚仙'那儿抓了几服草药。别看这家伙平时疯疯癫癫的，开的药还挺管用。"

龚全珍有些担心，刚想劝丈夫别为了省钱随便乱吃药，甘祖昌又开口了："农村小学学费收得低，你们那儿地方有限，咱把名额让给山里的孩子吧。平荣、甘林成绩不错，年龄也不算小了，我建议把他俩送到远一点的公社小学。建建今年十五了，这娃娃老实厚道，但说句实在的，不是学习的料，你是想把他送县里读中学还是留家里帮忙？"

龚全珍有些惋惜地说道："还是留家里吧。我看他对读书没多大兴趣，农活倒挺上心的，也好帮你分把力。新新呢，他才是叫人愁呢，小脑袋瓜顶好使，看东西一遍就会，可偏偏不往正道上使，整天在外头又疯又野，你也不知道管管。”

甘祖昌却有不同的看法：“我太了解这小子了。不是我不管，而是这小子不能管，最好让他找到自己的兴趣，到时候说不定真能发挥出大才。”

龚全珍撇撇嘴：“我还没见过玩能玩出大才来的。没文化、不读书就要被社会淘汰。你就惯着他吧。”

甘祖昌嘿嘿一笑，埋头缝补起衣服来。

为庆祝“五一”劳动节，市里下达了一份文件，要求各公社大队排演节目，分为唱歌、舞蹈、戏剧三类，内容要反映当下如火如荼的社会生产运动或歌颂红色老区的革命传统。社里选拔出的节目要在“五一”劳动节当天搬上县文化宫舞台，为全县人民表演。另外，为鼓励各大队积极参加，第一名将获得 1 万斤肥田粉作为奖励。

李保山将通知向大家宣布后，人们顿时兴奋起来，纷纷讨论着该出个什么样的节目才能一举夺魁，赢得那 1 万斤肥田粉。见大家兴致高涨，李保山特意提醒，虽然红色故事能起到激励人心的作用，但更应该放眼当下、展望未来，把对新社会的赞颂与希望融入节目里，获胜的把握才更大。

沿背大队队长甘金生丝毫没理会李保山的提醒。他想到甘将军是老红军、老革命，红色故事那是信手拈来，所以打算编一出歌颂革命传统的大戏，请甘将军做指导，由龚老师负责排戏，一定会拔得这次比赛的头筹！

一群人说干就干。当天晚上，甘金生、毛崽、老牛筋等人一起去了甘祖昌家，说明来意后，甘祖昌欣然同意。他想到了莲花县地方武装的创建者与领导者贺国庆同志，便开始讲述他如何从千方百计保存一支枪开始，发展成一支拥有二百多支枪的地方武装队伍的事迹。众人听完后都非常感动，决定就拿这个故事当素材。

很快，龚全珍按丈夫讲的故事情节编写了剧本。大家将一间牛棚当作临时剧社，热火朝天地排演起来。主角贺国庆由甘金生饰演，父亲贺存茂的扮演者最后定了毛崽，父子演父子，让大家一看就觉得有意思。别看毛崽年岁大了，想当年可是这十里八乡有名的好嗓子，儿子甘金生自然也继承了父亲的这一优点。所以大家都很期待他们的表演。

李保山却不看好这个节目，特意找到甘二美另外组建了一支演出团队，排演了一个展现新时代、新风貌的节目，代表社里去表演。

“五一”那天，县文化宫前人山人海，热闹非凡。临时搭起来的台子上，你方唱罢我登场，一个接一个的精彩节目让观众掌声不断。尤其是沿背大队的《莲花一支枪》赢得了一阵又一阵的喝彩声。当演到最后父亲贺存茂壮烈牺牲，贺国庆悲痛长吼时，观众们一个个眼含泪花，沉浸在演员们营造出来的悲壮氛围中；当大幕缓缓落下，台下爆发出雷鸣般的掌声。

李保山编排的歌舞剧《社会主义好》排在最后。只见一群年轻健硕的小伙子穿红戴绿，画着夸张的妆容，举着红旗，昂首挺胸地登上舞台。人们一下子被逗乐了。整个节目下来，观众说说笑笑、指指点点，倒也热闹。

演出在一片欢声笑语中结束，接着由县领导评选最能代表社会主义时代风貌的节目。在大家的翘首期盼中，报幕员宣布票数最高的节目是《社会主义好》，而《莲花一支枪》只有刘书记一票。台下的观众顿时窃窃私语起来。李保山露出得意的笑容，端起水杯抿了口水。

后台，甘金生等人气愤得要出去揭穿这里面的黑幕。甘祖昌心平气和地劝道：“我们排这个剧本的初衷，是想让群众了解这段历史，铭记这段历史，继承革命先烈的遗志，更好地建设祖国。我们今天的表演可谓超常发挥，收到了很好的效果，我打一百分！我们演得尽兴、大伙看得高兴就好，1 万斤肥田粉嘛，有也好，没有也罢，不算什么遗憾。切记，不管做什么事情，放下功利心，保持平常心，何必自己给自己找不痛快呢？”

一番话打开了众人的心结，一个个皱着的眉头舒展开来。这时，甘锦荣拎着一条大猪腿回来了。甘祖昌笑着说道：“我把家里喂养的两头猪上交给了食品公司，他们返给我二十斤肉票，我特意让锦荣去切了条猪腿回来，好好犒劳犒劳大家伙。走吧，晚上炖肉吃去！”众人顿时眼睛放光，高高兴兴地回去了。

在甘祖昌、小胡和大家的努力下，沿背大队的冬水田已经治理得差不多了，但那片茂水塘里的冬水田跑水跑得厉害，虽说治理好了，底子却很薄，必须垫好底肥。小胡听说县里奖给坊楼公社 1 万斤肥田粉，建议调过来用，把这冬水田好好养养，肥力绝对能上来；况且其他大队的冬水田才刚刚开始治理，还用不到肥田粉，正好给沿背大队救急。

甘祖昌本来有些犹豫，但得知若用干粪代替，不仅费时长、不卫生，效果也远比不上肥田粉时，只得让小胡去公社试试能不能要来。

果然不出所料，无论小胡怎么讲道理，李保山都以肥田粉为三个大队共有，不能单给了一家为由，拒绝了小胡的请求。即使先拨给沿背大队自己应得的那份也不行，理由是社里要先做入库登记，然后平均分配，过些日子才能弄好。

小胡只得无奈地回去了。之后，甘金生又以生产队长的名义跑了好几趟，也被李保山以各种理由打发了。眼看着没有肥田粉，茂水塘那块冬水田插不了秧苗，就得白白撂一年，大伙儿一个个义愤填膺。

甘祖昌手头的钱已经全部花光了，填补不上买肥料的钱，无奈之下只得与小胡商量还是用干粪算了。正当大人们都愁眉不展时，十三岁的新新却说他有办法。大家自然不信。新新狡黠地一笑，说出了自己的主意。众人听了，纷纷笑着点头。

十四　平荣负气出走

一大早，以甘祖昌为首的沿背大队村民每人担着一扁担粪正走在通往公社办事处的路上。一路上，人们都好奇地望着沿背大队的“统一行动”，不知发生了何事。甘祖昌笑呵呵地跟大家打着招呼，只说要找一个宽敞、通风的地方晒粪。听说走这么远就是为了晒粪，人们都觉得莫名其妙。

一行人到了坊楼公社后面的一大块平地上，放下担子，将粪铺开，接受阳光的曝晒。

坐在办公室里的李保山拿起手边的杯子正想喝水，突然嗅到空气中有一股臭味飘来。他纳闷地走到窗边向外张望，然而院子里并没有任何异常。

这时一名干事掩着鼻子经过，李保山连忙叫住他询问。干事一脸无奈地说：“沿背大队在后边晒粪呢，是甘将军带头来的。我劝过了，人家不听，说我们公社后面那块地方面积大、通风好，全村的粪能一块儿晒开，以后还要天天来。”

李保山的眉头拧成了一个疙瘩，走出院子去查看。只见地上已经铺满了粪，人们还在忙碌着。不知是有意还是无意，甘寡妇一不留神恰好将一桶粪泼在李保山的旁边，溅得他满裤腿都是。甘寡妇惊呼一声，急忙向李保山赔罪。李保山气得面色铁青，径直向甘祖昌走去。

见李保山跑来质问，甘祖昌并没有停下手上的活儿，一边摊粪一边回答："你也是农户出身，不会不清楚吧？粪晒干了好往冬水田里施肥，施完了肥等着种庄稼呢。"

李保山气呼呼地问道："家门口不能晒吗？偏偏跑到我这公社后头。今天正好刮东风，全吹我那儿去了。"

没等甘祖昌说话，小胡在一旁开口了："李社长，您就多担待担待吧。我之前跟您说过，冬水田肥力太差，必须要多施肥。肥田粉一时半会儿分不到队里，可节气不等人啊，我们也只能用这土法子了。沿背大队的晒场不够大，看来看去也就这块地方合适。都是为队里增产着想，您当公社领导的肯定能担待啦。"

李保山被堵得无话可说，又见甘祖昌依旧忙着摊粪，对自己视若无睹，只好转身走了。

转眼到了中午，李保山拿着饭盒走进公社食堂。原本吃饭的点儿竟然一个人也没有。一打听，才知道社里许多干事都是从县城来的，受不了这弥漫的臭味，根本吃不下饭。

接连几天，公社办事处的院子里都臭气熏天，蚊蝇乱飞。干事们一个个怨声载道，不明白他们的社长为什么一直扣着肥田粉不肯发。一个挺着大肚子的女干事更是呕吐连连，忍无可忍地说一定要申请调离坊楼这个破地方。听到这话，李保山心里非常不满，但经人提醒才知道这位怀孕的女干事竟是市委副书记的亲孙女，于是勉强压下心中的不快，吩咐尽快将肥田粉发下去，并盯着沿背大队立刻将粪全部清理走。有了肥田粉，甘祖昌鸣金收兵，带着乡亲们去地里忙活了。

在龚全珍的努力下，农村小学加紧修缮、招生，很快迎来了开学的日子。李保山的儿子也该上小学了。马丽芬想把儿子送去条件较好的县中附小上学，李保山却让卫国去公社小学。自母亲过世后，夫妻二人的矛盾始终没有解开，不是冷眼相对就是争吵不休。说到儿子上学，两人又争执起来。这时小卫国却走过来说想去农村小学读书，因为新新哥哥的妈妈在那儿当老师。李保山一听，脸色立刻阴沉下来，明令禁止儿子跟甘家那野小子玩儿。曾在新新帮助下抢回玩具，喜欢跟在新新屁股后面跑的小卫国自然不肯听。拗不过儿子，马丽芬只得送他去了农村小学上学。

龚全珍担任农村小学的校长，同时教孩子们语文和地理。望着讲台下三十多名孩子天真无邪又渴望知识的大眼睛，龚全珍的脸上不禁露出了欣慰的笑容。

甘平荣和侄子甘林被送到了远一点的公社小学上学。一段时间后，聪明好学、成绩优异的平荣让老师和同学们刮目相看，但她天天穿的那一身补丁衣服却招来一些调皮男生的嘲笑，更有人说她撒谎，她不可能有个将军爸爸，不然怎么会穿得像个讨饭的。一次考试后，老师要求同学们通知家长来学校开家长会。有两个男生立刻挤眉弄眼地让平荣一定叫她的将军爸爸来，让他们见识见识跟别人的爸爸有什么不同。平荣凶巴巴地回敬了他们，同时心里也特别希望爸爸能来学校参加家长会，好堵住那几个男生的嘴。

放学后，平荣径直来到冬水田边。田里正是一派秋忙的景象。一群人聚集在田头，正在用一台地秤称新收的粮食。甘祖昌眯着眼盯着秤上的指针，最终脸上笑成了一朵花："我宣布，冬水田今年的亩产是 327 斤，比去年增收 113 斤！"

众人一阵兴奋。毛崽激动得脸都红了："一亩多收 113 斤，今年种了 200 亩，那就是多收 2 万多斤啊。祖昌，2 万多斤啊！"

这时小胡笑吟吟地从另一片田里走过来："叔，豌豆田里也称出来了，亩产 300 斤！"众人又是一阵欢呼雀跃。

甘祖昌望着一脸认真、掰着手指头算数的老牛筋，打趣道："今年才是第一年，以后还得更多呢。怎么样，老牛筋？这回你服气了吧？"

老牛筋逞强道："祖昌老庚，当初你可是说一亩至少增产 200 斤的，这才不过 100 来斤，你神气什么啊？"

小胡笑道："老牛筋叔，第一年肥力不强，100 来斤已经很不错了，明年肯定还要多。”

众人说说笑笑，完全没有注意到平荣。平荣心里不满，大声叫道：“爸！”甘祖昌回头一看，这才发现女儿，便问道：“平荣回来啦？怎么不回家？上这儿来干吗？”这时小胡递过去一个本子：“叔，这是我安排的明年春种的计划表和计划图，您帮我看看。”甘祖昌接过本子认真翻阅起来。见父亲不理自己，平荣又喊了一声，甘祖昌抬头问女儿怎么还没走。接着，甘金生凑上前来询问收获的粮食是否派人装仓，甘祖昌连忙嘱咐先把种粮留出来。

平荣见父亲完全顾不上自己，不禁撅着嘴大喊起来：“爸！星期天学校开家长会，上午十点。”周围乱糟糟的，再加上甘祖昌一心扑在田里，平荣喊了两遍，甘祖昌才勉强听清女儿在说什么，但也只是应付道：“家长会我哪能去啊？田里这么多事，叫你妈去，不行，你妈也得教书。叫你嫂子去吧。”说完，又立即转向小胡，“小胡啊，我看这一片不种豌豆了，种油菜和蚕豆也行，都是肥田的嘛。”

甘平荣见父亲一直敷衍自己，气得一跺脚，转身走了。

家长会这天，其他家长都到齐了，只有甘平荣一个人落寞地坐在座位上，完全不知道班主任在讲台上讲什么。

班主任忽然提到甘平荣的名字，她条件反射般地站起来，答了一声“到”，引得哄堂大笑。原来老师是在向各位家长介绍年级排名第一的甘平荣同学，并宣布她将代表第一批加入少先队的学生在入队仪式上讲话。众位家长羡慕地夸赞平荣“学习真好”“是个好孩子”云云，平荣脸上却没有一丝笑意，只是深深地低着头，盯着自己打着补丁的裤子。

家长会终于结束了。平荣背起书包匆匆逃出教室，却被那几个坏小子盯上了，笑话她爸爸肯定不是将军，撒了谎，所以不敢让爸爸来。甘平荣狠狠地瞪了他们一眼，捂住耳朵，撒腿跑出了学校。

每天放学都跟平荣一起回家的甘林好不容易才追上她，兴奋地说道：“小姑真厉害！考试得第一，入少先队也是第一批的，还要上台发言。爷爷知道了一定很高兴。”

平荣拉着脸说道：“别，别告诉他。”

甘林发现平荣不高兴，想了想说道：“是因为爷爷不关心我们的成绩和学校里的事，所以你才不让说，是吧？也是，他忙起来什么都顾不上。我爸说，爷爷的脑袋就是颗铁豌豆，油盐不进。”

听到这个比喻，平荣扑哧一声笑了，心情好了不少。

吃过晚饭，心里早已打好算盘的平荣站到甘祖昌面前，有些赌气地说道：“爸，我要一条花裙子，蓝底红碎花的，我们班好多同学都有。”

甘祖昌看了女儿一眼，皱着眉头问道：“你身上的衣服不好吗？为什么要买花裙子？你知道做一条花裙子得多少钱吗？起码 5 块。5 块钱能买多少粮油、鸡蛋、猪板肉……”

没等父亲说完，平荣就委屈地大声争辩起来：“这件衣服我都穿三年了，破一处我妈就补一处。您看，各种颜色的补丁都有，全都是破布头拼起来的，穿到学校里多丢人。”

“胡说！老话讲：新三年，旧三年，缝缝补补又三年。你这才穿了几年啊？小小年纪，讲吃讲穿，长大了还得了？”甘祖昌训斥道。

“这本来就是捡我嫂子穿剩下的衣服改的，早不止十年了吧！我不管，我就是要条花裙子，这破衣服我再也不想穿了！”平荣说着，把宽大的外套脱下来扔在了地上。

甘祖昌厉声道：“捡起来！穿上！”

平荣毫不示弱：“我不捡！我要穿花裙子！”

甘祖昌气得浑身发抖，捡起地上的衣服，捋成长长一条，抡起来就要打平荣：“好好好，越来越长本事了，看我不打你！”

见父亲真要动手，平荣飞快地跑出门去。

举行入队仪式的日子很快到了。少先队员们个个身穿崭新的衣服，脖子上系着鲜艳的红领巾，站在主席台上。站在最前面、手拿宣誓稿的甘平荣却仍旧穿着那身宽大且补丁摞补丁的衣裤。她的小脸紧绷着，看不出是紧张还是不高兴，只是机械地举起拳头宣誓：“我是中国少年先锋队队员，我在队旗下宣誓……”她念一句，台上的少先队员们就跟着念一句。

台下，有两名男同学心不在焉，只顾小声嘲笑甘平荣打着补丁的衣服和已露出脚趾的鞋子。

宣誓完毕，甘平荣走下主席台，经过那两名男生身旁时，只见他们扮着鬼脸小声唱道：“甘平荣撒谎精，身上穿着麻袋衣，脚上踩着鳄嘴鱼。有个父亲是将军，其实田头出大力。甘平荣不知羞，一身补丁充金枝……”

甘平荣一下子火了，狠狠推了他俩一把：“你们给我闭嘴！”现场顿时一阵骚乱。

两个男生恶人先告状：“老师，甘平荣刚当上少先队员就打人！”“她平时在班里就特别霸道，经常用椅子晃我的桌子。”

甘平荣鄙夷地看了两个男生一眼，骂道：“放屁！”

话一出口，正从台上走下来的班主任和校长都皱起了眉头。班主任语气严厉地批评道：“一个女孩子怎么随便说脏话？把红领巾摘下来！”

甘平荣倔强地昂着头，不说话，也不摘红领巾，委屈的泪水在眼眶里打转。

这时，甘林站出来大声维护姑姑：“老师，是他们编排歌谣笑话我姑。”

两个男生自然不肯承认，于是双方吵了起来。班主任怒喝一声，制止了他们的争吵。校长黑着脸将四人都叫到了办公室。

从办公室出来，甘林和被没收了红领巾的平荣都垂头丧气，一脸委屈。放学的路上，两人越想越生气。平荣骂完那两个坏小子，又抱怨起父亲来。甘林也抱怨爷爷早就答应过年给买新书包却一直没买。

两人正无精打采地走着，迎面碰上刚踢完足球的新新和他的小伙伴们。听甘林说了学校的情况，新新义愤填膺，立刻带着小伙伴们直奔学校，去堵截那两个男生。放学后就一直跟着新新的卫国心里害怕，但还是跟着去了。

学校外的小路上，那两个男生正说说笑笑地走着。忽然一群人拥过来，将他们团团围住，两人顿时懵了。新新也不多说，上前就打。看着眼前拳脚飞舞的场面，卫国感到既害怕，又有点兴奋。

有的学生见这边打得不可开交，吓得赶紧跑回学校叫来老师。卫国见老师来了，忙喊新新快跑，但双方正撕扯在一起，新新并没有听到。眼看老师越走越近，焦急的卫国不顾一切地上前去拉新新，一个男生趁机挥过来一拳，新新下意识地侧过脑袋，结果拳头不偏不倚地落在卫国脸上。卫国惨叫一声，捂住左眼，孩子们这才停止打斗。看见卫国蹲在地上，捂着眼睛，疼得说不出话来，新新顿时慌了，连忙背起卫国向医院跑去。

经过医生仔细检查，幸好小卫国只是左眼内侧壁轻微骨裂，眼球、视力等都没受到影响。被甘林叫来的李凤和新新等人这才松了口气。

听到消息的马丽芬疯了一般跑到医院，紧张地抱住儿子问东问西，又连声谩骂新新没教养，野性不改。

卫国见妈妈怒火中烧的样子，忙说是自己不小心磕着了，跟新新没有关系。马丽芬哪里肯信，越说越气，最后竟撸起袖子要打新新。正在这时，李保山也赶到了医院，拉起马丽芬和卫国就走，对李凤等人视若无睹。

甘祖昌一听说这件事，顿时黑了脸，命新新和甘林趴在木凳上，抄起荆条抽打起来。锦荣两口子和平荣站在一旁，心里焦急，却不敢求情。新新倒没什么，一脸倔强地咬着嘴唇不出声。甘林却有些忍不住了，嘴里不住呻吟着。李凤心疼得直闪泪花，只得背过脸去不忍再看。

打了好半天，甘祖昌将荆条扔在地上，接着罚两人去天井站着，不许吃饭。新新满不在乎，甘林却委屈地小声抽噎起来。

旁边的平荣再也看不下去了，对甘祖昌大声抗议道："您不能不让新新哥哥和林子吃饭！今天的事都是爸爸您的错，凭什么罚他们？"

甘祖昌怒视着平荣："你说什么？你是个姑娘家，我不愿打你。你的问题还没算清，跟我过来！"

平荣站在原地不动，用挑衅的眼神望着父亲："要不是您舍不得花钱给我买花裙子，我就不会让同学欺负；同学不欺负我，新新哥哥和林子也不会去学校打架；新新哥哥不去学校打架，卫国眼睛就不会受伤。说来说去，就是因为您小气！"

甘祖昌气得浑身发抖，用烟杆指着平荣训斥道："混账东西！你再说一遍！"

平荣梗着脖子毫不畏惧："都是爸您的错，谁让您那么小气！"

"啪"，甘祖昌一巴掌落在了平荣的脸上。父女两人顿时都愣住了。平荣冷冷地望着父亲，硬是没有流下一滴眼泪。甘祖昌有些后悔，但仍强硬地说道："你也站着去，晚上不许吃饭！"说完转身走出院子。

甘祖昌到"赤脚仙"那里买了两服草药，然后向李保山家走去。到了门口，隐约听到里面传出李保山的声音："老子跟你讲，以后不许跟甘家人玩！听清楚了没有？"听到这儿，甘祖昌一下子愣住了。

屋子里，马丽芬抱着哭泣的小卫国坐在床上，李保山则烦躁地转来转去。见儿子不吭声，李保山又骂道："你聋了还是哑巴了？给老子出声！"

马丽芬忙哄儿子应一声，免得惹爸爸生气。小卫国却始终不肯开口。马丽芬转而劝丈夫看在孩子刚伤了眼睛的份上，就别训斥他了。

李保山越发恼怒，咬牙切齿地说道："不争气的玩意儿，成天就知道跟在人家屁股后头跑！你给你老子长点脸行不行？你忘了你奶奶就是叫甘家人给逼死的！"

站在外面的甘祖昌再也听不下去了，抬脚走了进去。见甘祖昌突然出现，李保山有些措手不及，一时不知该说些什么。

甘祖昌开门见山："这些年，我知道你心里一直都有个疙瘩。老李，今天我有话明说不藏着。咱两家这个结，还能不能解开了？你给我句痛快话。"

李保山神情淡漠地看着甘祖昌。甘祖昌的眼睛里仿佛燃烧着一团火，定定地与之对视。过了许久，李保山终于开口了："老甘，如果这事咱俩倒个个儿，你怎么想？"

甘祖昌正色道："凡事没有那么多如果，凡事有因才有果！"

李保山冷笑道："你说我娘是遭报应，活该啦？"

"婶子走得憋屈啊，我们两家的结和老人家一点关系都没有，也和你老婆关系不大。不偏不袒地说，锦荣和乡亲们行为虽然过火，但也只是个导火线。根子到底在哪儿，你自己想清楚！"甘祖昌冷静地说完，上前检查了一番小卫国脸上的伤势，然后把两包草药放在床边，"我从'赤脚仙'那儿抓了几服治骨伤的药。一包草药加两碗水煎一个小时，给不给孩子喝，你们两口子说了算。我先走了。"说完快步走出了李保山家。

夜已深，平荣躺在床上翻来覆去睡不着，看到对面行军床上的甘林把被子紧紧蒙在脑袋上，她来到甘林的床边掀起他的被子问道："你还没睡呢，背上还疼吗？"

甘林带着哭腔说道："小姑，我背上不疼了，我，我就是想哭！"

平荣摸了摸他的脸："我也睡不着，我脸还疼着呢。"

"小姑，爷爷太凶了，还是奶奶好。奶奶为什么不常回家啊？我可想她了。"甘林说着，眼睛里闪起泪花。

听甘林提到妈妈，平荣心里也激动起来："林子，明天我不去学校了，我要去农村小学找我妈。"

"啊！你要逃课啊，爷爷知道又该打你了。"

"嘘，你小点声。哼，我怕他呀？反正这个家我是待不下去了！"

甘林想了想，轻声说道："小姑，我想跟你一块儿去。"

"行！"平荣爽快地答应下来，"快睡觉吧，明儿咱早点起。"

夜里竟不知何时下起了大雨，但平荣和甘林并没有改变计划。一大早，两人手拉手走在泥泞的小路上。大雨冲刷着地上的泥土，几乎汇成了一条小溪奔腾而下。他们没有雨伞，也没有雨衣，被雨水淋得睁不开眼睛，单薄的衣服更是早已湿透，但这两个瘦弱的孩子依然坚持前行。

农村小学的孩子们正在教室里上自习，持续的暴雨开始渗入墙体，泥水顺着墙面流下来。教室里的小何老师见情况危险，急忙打起伞去找在宿舍备课的龚全珍。

得知刚修缮过的教室还是禁不住雨水的冲刷，龚全珍愣了一下，然后急忙从床铺底下翻出一大块油毡，跟着小何去了教室。她们都没注意到，这间宿舍的墙壁上也开始有泥水淌下来。

刚刚走进农村小学的甘林和平荣正好看见龚全珍和小何匆匆赶往教室。两个孩子想了想，没有上前打扰，而是先去宿舍等着。

龚全珍冒着大雨，沿梯子爬上房顶，然后把小何递过来的油毡铺上。风雨很大，龚全珍狠命按住油毡，喊道："小何，去我宿舍床底下拿尼龙绳！"小何答应一声，向宿舍跑去。

一道闪电划过，雨势更大了。暴雨疯狂地肆虐着半山坡上这座简陋的学校。

甘林坐在宿舍的门槛上，翘首期盼着奶奶快点回来。屋里，平荣脱下衣服，在火盆上烤着。

轰隆隆，一声炸雷响起。甘林噌地一下子站起来："我，我害怕，我要找奶奶。"接着他仿佛一只受惊的兔子，撒腿就往外跑。

"林子！"平荣边喊边拿着衣服追到门口，见甘林已经跑远了，急忙穿上衣服准备去追。

在雨中奔跑的甘林正好撞上从教室回来的小何老师。小何认出了怀里瑟瑟发抖的孩子竟是龚老师的孙子甘林，忙问怎么回事。两人刚说了两句，又是一声霹雳在宿舍上空炸响。瞬间，宿舍轰然倒塌，两人惊恐地睁大了眼睛。

十五　担责任接手煤矿厂

“平荣……平荣……”龚全珍听闻噩耗，发疯般地跑回倒塌的宿舍前，一边哭喊一边用双手在泥里猛挖。她全身颤抖，脸上流淌的不知是雨水还是泪水。极度的恐惧紧紧地攫住了她的心。

小何拿来两把铁锨，递给龚全珍一把，龚全珍全然不顾，继续用手挖着。她的手指已经磨破，丝丝鲜血随着雨水混入泥土中。此时，谁也顾不上坐在雨中低声哭泣的甘林。

雨渐渐小了些。学生们刚刚明白发生了什么，便自发地围上来，一起帮龚校长挖着泥土。突然，泥土下面传来细微的哭声：“妈，妈……”

龚全珍哭肿的眼睛里一下子有了光，双手更加拼命地挖起来。她边挖边喊：“平荣，平荣，你怎么样了？”

“妈，我腿压着了。”平荣的声音听起来十分微弱。

“平荣你等着，妈救你出来！”龚全珍的喉咙已经嘶哑，泪水又一次涌出眼眶。

终于，当龚全珍奋力搬开一块沉重的泥土，一个“小泥人”露了出来。龚全珍小心地将女儿抱出来。母女二人相拥着号啕大哭起来。

哭了一会儿，龚全珍心疼地抚摸着女儿流血的左腿说道：“上来，妈背你回家。”

“我不回……我不回家！”倔强的平荣挣扎着，哭得越发厉害了。

一大早，发现平荣和甘林不见了，甘家人一个个急得团团转。找遍了附近各处后，甘锦荣琢磨着也许俩孩子赌气，没吃饭就去上学了，便马上披着蓑衣冒雨赶到学校，却被告知他俩根本没来上学。

甘祖昌、李凤等人望着外面的大雨，心急如焚。最后甘祖昌决定还是上山去找找看。甘祖昌爷俩刚要出门，却见龚全珍背着平荣气喘吁吁地走了进来。跟在后面的甘林一下子扑进李凤怀里，呜咽不止。

听龚全珍简单讲了事情的经过，大家都震惊不已，十分后怕。甘祖昌想从龚全珍背上接过平荣，平荣却不肯让爸爸抱。见鲜血顺着女儿的裤腿流下来，甘祖昌急了，大吼一声“别乱动”，强行抱起平荣进了屋子。

雨渐渐停了，乌云散去，阳光普照着大地。平荣坐在床上，李凤细心地给她涂着药。

甘祖昌在院里煎好了药。龚全珍把药倒在一个搪瓷碗里正要端进屋去，甘祖昌从包里掏出一把糖，示意妻子拿给平荣吃。

龚全珍不满地瞪了丈夫一眼：“觉得愧得慌了？想拿几块糖打发她？不过你忘啦，去年过年平荣吃冰糖不小心卡住了嗓子眼，现在她是见糖就躲。”

“有这事？”甘祖昌赔笑道，“嘿嘿，我事儿多，一忙就忘了。”

龚全珍嗔道：“家里的事你都记不住。”

甘祖昌想了想说道：“那就给她做条花裙子吧。我们结婚时，王司令不是送给你一块红碎花布吗？那料子、花色，咱这儿就找不着那么好的。你拿出来，给平荣做一条裙子。”

龚全珍笑道：“你倒挺会借花献佛嘛。”

甘祖昌一听，又较起真儿来：“用词不当！还真把这个小妮子当祖宗一样供起来啊！我是……我是怕她再跟我闹。行了，你赶紧把药送进去吧，待会儿凉了。”

平荣皱着眉头喝下药汤，然后撒娇地搂住妈妈不放。龚全珍转身拿起刚刚找出来的油纸包，塞给平荣。平荣打开纸包一看，欣喜地大叫起来："妈，这不是您柜子里那块红花布吗？真好看！"

"对啊，你爸让我拿出来给你做条花裙子。"龚全珍的话一出口，平荣的兴致顿时一落千丈。"我不要！"她赌气地将红花布丢在一旁，愤愤地说，"他要是一早给我不就啥事都没有了吗？我就想穿着花裙子，漂漂亮亮地上台宣誓，入少先队。可是现在全搞砸了！同学们议论我，红领巾让校长没收了，我……我不是少先队员了……妈，您去跟校长说，让他把红领巾还给我。我……我考了年级第一，是第一批入队的，凭什么没收我的红领巾啊……班里就我一个人穿的衣服上这么多补丁……他们都不信我是将军的女儿……后桌两个男生合起伙来欺负我，编故事笑话我……从小到大，人家的爸是有好的往家拿，我爸是有钱也舍不得买点好的。做他的闺女，我怎么觉得委屈得慌啊……"平荣越说越伤心，最后呜呜地哭着倒在妈妈的怀里。龚全珍心疼地搂着女儿，眼睛里泪光闪烁，却不知道该怎么安慰她才好。甘祖昌站在窗边，听了女儿对自己的"控诉"，愧疚地深深叹了口气。

冬水田治理成功，粮食增产丰收，终于让沿背大队摘掉了吃返销粮的帽子，从此可以自给自足了。乡亲们都格外高兴，甘祖昌也寻思着该把大伙聚在一起热闹热闹，以示庆祝。

这天，甘祖昌把乡亲们召集到一座临时搭建的大木棚里，先请队长甘金生向大家宣布粮食增产的好消息，然后端上来好几大盆热气腾腾的白米饭。大家顿时兴奋起来。

甘祖昌笑容满面地说道："乡亲们，这都是咱通过辛苦劳动收获的富余粮，虽说也没富余多少，但往后的光景肯定越来越好。紧紧巴巴了好几年，大鱼大肉咱暂时吃不起，但起码也得摆桌'白米宴'啊！大家都打起精神来，能吃多少吃多少，把这几大盆都给我消灭掉！不够还有！"众人听了一个个摩拳擦掌，再也顾不上说话，比赛似的一碗接一碗吃着大米饭。

平日里，张淑芬总嫌大哥不顾家，害得大人孩子都吃不饱饭。今天终于逮到机会，她仿佛跟谁置气一般，一碗还没吃完，就紧接着又盛了一碗，一转眼的工夫，已经吃了五大碗饭。旁边的人不禁揶揄起她来。

张淑芬想也不想就辩解道："我家出钱买的种，打出来的粮食都是我家的，我爱吃多少吃多少，谁也管不着！"

人们一听，立刻炸开了锅。其中一人高声喊道："大家伙可都听见了，张淑芬说她家出钱买的种，全队粮食都该是她家的！好家伙，全队人给你甘家打长工，真风光啊，快赶上以前的地主老财了！"

甘森昌连忙拉住老婆，不让她再说话，张淑芬却一把甩开丈夫，冲着那人喊道："我家出了钱出了力，却不让多吃饭，还有没有天理了？你看着眼馋吧？我就多吃了，气死你！"

这时，甘祖昌正好从外面走进来，听到这话不禁皱起了眉头，大声喝道："甘森昌，把你老婆拉回去！"

回到家里，甘森昌疾言厉色地训斥老婆说话太不走脑子。张淑芬见一向老实巴交的丈夫这个态度，顿时也火了，眼一瞪，腰一叉，理直气壮地说："这么多年，大哥把自己的钱拿出来给队里用，咱家有个啥？闹饥荒三年，甘寡妇家的娃娃都比咱家几个娃娃长得壮实，更别提大人了。我肚里没食，空得慌！好不容易能吃顿饱的了，别说五碗，再给我十碗我也吃得下去！大哥，你给评评理，今天这事到底怨不怨我？"

坐在椅子上一直闷头抽烟的甘祖昌缓缓开口了："老二家的，你就直说，今天当着全队那么多人，演这出究竟为了啥？"

张淑芬一愣，犹豫了一下，接着说道："大哥，这可是你让我说的，那我就说了。分家！不然这日子没法儿过了。"话一出口，众人皆惊。

李凤刚想上前劝说，张淑芬抢先说道："凤，你别说话，听婶子说。大哥，当年咱家被白狗子烧了四次，是森昌他们一砖一瓦重新垒起来的。你拍拍屁股当红军走了，留下一对孤儿寡母，是谁帮你照顾来着？是我们家森昌和他大伯们！自打你复员回来，我们一大家子都想着跟你沾沾光。大将军，说出去多风光，每月工资能顶上平常农户几年的花销。我没想那出门坐轿、进门人扶的活法，但起码不用再缺嘴了吧。你在部队这些年不知道，咱老甘家当初是怎么一天天、一年年熬过来的。为蒸大年三十的一锅糕，全村找人家借粮。借不着，年过不了；借着了，更愁人，一家老小往后一年都甭想吃顿饱的。就这么着，熬呀熬呀，熬到赶跑了鬼子，熬到中华人民共和国成立了，熬到大哥你衣锦还乡，总算有了盼头。可这日子我咋觉得越过越不像那么回事，还活倒退了呢？人家当官家里跟着好起来，大哥你当官反倒要往外倒贴，这是个什么道理，我想这么多年也没想明白。唉，共产共产，干脆把家分了，一了百了，你拿你那点家当爱怎么共产就怎么共产，别弄得这几十口子人跟你一块儿遭罪。”

张淑芬说完，一家人的目光全都投向甘祖昌。甘祖昌没说话，一脸落寞地起身进了屋，仿佛一只苍老的、迷失了方向的雄狮。

龚全珍跟进屋来。甘祖昌定定地看着妻子，突然长叹一声：“全珍，我……真失败啊！”

“失败？你是指在部队还是回家以后？在部队，后勤部部长甘祖昌打击敌特分子、稳定新疆经济、维持新疆秩序，样样做得出色。老甘是一员虎将，这是王司令亲口对你说的。回家以后，农民将军甘祖昌开垦虎形岭，治理冬水田，短短几年使沿背大队摘掉了吃返销粮的帽子。当然，我知道你的心思远不止于此，以后还要做更多的事情。所以，我不知道，你说的失败究竟是指什么。”龚全珍故意不提刚才的事，说些别的来安慰丈夫。

甘祖昌苍凉一笑：“你不用安慰我，全珍。原先我管理一个军区几万人的后勤都觉得绰绰有余，可如今只一家子人竟成了这样。这就好比前方打仗，后院塌窝，这让我怎么静得下心来往前冲啊！”

龚全珍想了想，继续说道：“既然到了这一步，干脆把家分了吧，省得一家人各怀各的心思，表面和和气气，实际上磕磕绊绊少不了埋怨。好好一家人到头来成了仇人，何必呢？说到底其实就是观念出了问题。就拿咱这一家人说吧，你甘祖昌是共产党员，她张淑芬是人民群众。你可以用共产党的情怀去感化群众，但绝不能用共产党的思维去要求群众。”

甘祖昌皱着眉思索了一会儿：“你这话说得挺在理。观念……观念，唉！你说一家人管他什么党员不党员，群众不群众的，一块儿过日子，统一个想法咋就这么难呢？”

“这有什么想不通的。咱两口子还经常有想法不统一的时候呢，更何况兄弟子女？他们都长大了，不像小时候那样需要你当大哥、当父亲的时时保护，他们已经过上了自己的生活，所以也有权利选择他们想要的生活。你不要总是太强势，把自认为好的全部强加给别人。就你这一套，真没几个人能受得了。我去农村小学当老师，不还是我多次争取的结果？”龚全珍说着说着便扯到了自己身上。

甘祖昌忙打断她的话：“扯跑题了啊，咱俩的问题暂时搁置。眼下分家的问题你有什么打算？”

龚全珍略一沉吟，果断地说道：“分！要分就分得彻底，把锦荣一家也分出去。当然，这要看锦荣的意思。不过我觉得人家求之不得呢。”

甘祖昌一时沉默不语。

既然决定了，也不再拖拉。第二天，甘祖昌特地准备了些酒菜，举杯宣布：一家人喝了这杯酒，吃了这顿饭，家就算分了。

一大桌子人出奇地安静。甘森昌有些不忍，刚想说什么，甘祖昌又开口了：“跟我过了这么些年，委屈你们了。当初我回来，也是几句话就把三个小家合成了一个大家。如今要分家了，更不必搞得过于麻烦。老二，这家是分定了！锦荣，你咋想的？”

甘锦荣点头表示也愿意分出去单过。甘祖昌听罢，端起酒杯一饮而尽。“好，地球少了哪个都照样转，谁离了谁不能活？分吧！”说完，甘祖昌从口袋里摸出两个信封，分别放在锦荣和弟弟面前，“你们两家盖个新居，这间老房我先住着，你们看行不行？”

“哥，要盖房也是我自家出钱，这钱你拿回去。还有，老屋房子太旧，一过晌午，阳光都照不进来，一年到头又冷又潮。你下冬水田那会儿落下了病，要盖也该是你盖间新的……”没等甘森昌说完，张淑芬一把抓起信封，喜滋滋地说道："行，大哥，我没意见，赶明我就让森昌寻摸家宅基地，尽快动工，尽快搬家，不会在你家赖太久的。"

甘锦荣和李凤却把钱推了回去，提出老屋条件太差，先用这钱把老屋翻修翻修，住着也放心。甘祖昌却摆摆手表示不用大家操心。

李凤说道："爸，咱分家不分心，以后不管谁家遇到难处，还是要相互扶持的。钱不凑手了我们肯定在您这儿拿，不过现在我箱底还压着一份嫁妆呢，您这钱暂时也用不上，还是先翻修老屋要紧。"

甘祖昌却执意把钱推给锦荣："拿着拿着，少跟老子装客气！还有，家里的东西，你们两家先挑，需要什么拿什么。"

这时，张淑芬忍不住从桌底下拽了拽李凤，小声说道："你拿着呀！你不拿，婶子面子上不好看。"

甘祖昌不再多说什么，一家人埋头吃完了最后一顿大锅饭。

很快，甘家祖屋只剩下了甘祖昌一家。望着空落落的院子，甘祖昌脸上的落寞久久难以消散。

也许是老天专门要跟沿背大队作对，粮食刚刚能够自给自足，这转过年来就是大旱。说来也奇怪，每次天空阴云密布，眼看着就要下雨了，但几声闷雷过后，不一会儿乌云又散开了。

甘祖昌望着天边慢慢消散的乌云，心里盘算着：北边 700 多亩地喝不饱水，全队三分之一的田面临着歉收，就算靠 800 来亩水田和冬水田，那也差了一大截。这地好像一半得了肺结核，一半得了肠胃炎。冬水田就是得了肠胃炎，可以用排水的法子治，现在已经初见成效。肺结核嘛，大伙管它叫火病，太阳一晒，发高烧，就旱死了……

甘祖昌想着想着，忽然眼睛一亮：可以修水库啊，保准能"治病救人"！

很快，甘祖昌将修建水库的计划上报给县里，县里又上报到市里。然而市领导批复说投资 50 多万元建一座水库，只灌溉几百亩田，使用价值不大，不予支持。这令甘祖昌很是郁闷，不过他并不灰心。思来想去，他把村里的大小干部召集到一起，商量办法。

大家七嘴八舌地讨论了一会儿，甘金生忽然想到一件事，站起来说道：“叔，我有个表弟在峙垅煤矿上工作。这座煤矿本来效益不错，但因为前不久出了一起恶性事故，现在变得一团糟，听说投资的几家公社也已经撤了资。如果我们能把这煤矿救活，用挖煤挣来的钱修水库，那问题不就都解决了？”

大家一听，都兴奋起来。甘祖昌琢磨了一下，说道：“等我去打听打听投资一座煤矿需要多少钱。”

“这个我知道，两三万元差不多就够了。”甘金生说道。

甘祖昌慎重地考虑了许久，终于下定了决心：“就这么办，我去找公社要钱！”

赶到坊楼公社，甘祖昌恰好看见李保山下班出来，便连忙迎上去。李保山显然没想到会遇见甘祖昌，眼角眉梢立刻挂上了一丝不悦。

甘祖昌坦然地邀李保山来到公社食堂。一杯酒下肚，甘祖昌开门见山：“沿背大队想修水库，浇灌旱田，但是市里不给拨钱。我想请公社拿出3万元来投资峙垅煤矿，赚来的钱给队里修水库。”

李保山一怔，耳边立刻回想起上午峙垅煤矿的经理欧阳奋的话：“老弟我跟你撂个底，只要投3万元，煤矿立马就能活。黑金子哗哗往外流，能成江，能成河，也能沿路滋润滋润咱这些小花小草……现在的问题是，你还要给我多加2万元，好让老弟我堵住死者家属的嘴，息事宁人啊。”

一天之内竟然有两拨人来找他要钱投资煤矿，李保山不禁皱紧了眉头思索着。片刻后他开口说道：“3万元，拿是能拿。但是你觉得社里会拿各大队的钱来给你一家做投资吗？”

甘祖昌对此早有准备，不紧不慢地说道：“水库虽然建在沿背，但实际上小岗和甘家也能受益。来之前我特意去这两个大队走了一趟，说了自己的想法，他们都没意见。”

李保山不冷不热地说道：“但你是从公社拿钱，最后做决定的还是公社。现在公社账面上总共有 7 万元，一下子叫我拿出来将近一半投资那个峙垅煤矿，我李保山没那么大的胆子。峙垅我知道，已经半死不活了，就算再投钱进去，放眼全坊楼也找不出哪个能耐人有这个本事救活它。老甘，我劝你一句，死了这条心吧。”

“什么！不就小小一个煤矿吗？我要连这个本事都没有，就白当那么多年后勤部部长了。”甘祖昌斩钉截铁地说道。

“是，你老甘自然有这个本事，但话不敢说得太满啊，万一搞砸了，我找谁要钱去？上面办的是我，不是你甘祖昌！对了，我给你出个法子，你也别在我这穷鬼手里讨钱了，直接写封信，去中央，找王司令、找周总理伸手，别说区区 3 万元，没准修水库的几十万元也一并拨给你了。你甘祖昌将军多大面子啊，主席、总理跟前都挂了号的！”李保山阴阳怪气的一席话气得甘祖昌一把掀翻了桌子。

“放屁！放臭屁！行，行，后果我不让你担，我担！”甘祖昌说完，一阵风似的离开了食堂。

第二天一早，甘祖昌风风火火地来到坊楼公社办事处，从口袋里掏出一张字条，用拇指蘸了蘸桌子上的红泥印，按在字条上，气势汹汹地说道：“这是欠条，白纸黑字，写得清清楚楚，3 万块钱你立马给我拨。什么时候赚来钱，这欠条我什么时候来拿。对，得有个期限，一年之内你看行不行？万一要赔进去，不用你李保山顶罪，我自己上县里坐班房。”说着，还把自己的一套军服拍在李保山的办公桌上，“我甘祖昌如果说话不算话，就不配再穿这身军装！”

李保山神情复杂地盯着甘祖昌看了一会儿，挥手叫来了财务室的会计。随后，他拨通了欧阳奋的电话。

回到家里，甘祖昌一宣布这个消息，甘家人立刻炸开了锅。甘锦荣、甘森昌两家都聚到了甘家祖屋，你一言我一语地埋怨甘祖昌不顾年纪、不顾身体瞎折腾，坚决反对他去矿上。

刚刚从医院回来的龚全珍本就脸色不佳，听说了这件事更是一脸煞白。她颤抖着从包里拿出检查单和拍的片子，劝道：“老甘，你就别逞强了。医生说你头部的瘀血又扩大了，建议住院治疗。收拾收拾东西，明天我带你去省医院进一步确诊。”

甘祖昌看着手里的诊断结果，若无其事地晃了晃脑袋：“会不会是误诊啊？我没感觉啊。全珍，现在我不能去，钱已经拿来了。上了弦的箭，哪有不发的道理？”

“老甘，行啊，你真英雄啊。这个家没人管得了你了，我找个能管你的去！”龚全珍说着，怒气冲冲地向外走去。

甘祖昌连忙阻拦：“全珍，全珍，你干什么去啊？咱家的事不要惊动司令员！”

龚全珍用力挣脱了甘祖昌的手，红着眼圈跑出了院子。新新从后面追上来：“妈！妈！爸的脾气您不知道？别拧着他来。”

龚全珍轻轻啜泣着：“这回真不能再依他胡来了。医生说，他脑袋里的瘀血就是一颗深埋的定时炸弹，再不去医院接受治疗，随时都有爆炸的危险……”

新新眨眨眼睛：“只有火星溅上才能引爆炸弹，我爸的脾气就是把烈火啊！”龚全珍一怔，不由得放慢了脚步。

遭到全家尤其是妻子的强烈反对，甘祖昌心中无比烦乱。他信步走上山坡，望着天边的夕阳，眼神中满是落寞。

“海生啊，你说我是不是真老了，没用了，和零件一样生锈坏死，动不了了？六十岁怎么了？我咋觉得我这人生才刚开始呢？小伤小病就要退缩？不行，这不像我！当年冒着枪林弹雨和白狗子拼刺刀，老子眼睛眨都不眨。不就是脑袋里长了个血蚕豆吗？多大点事啊？是我老婆小题大做。她叫老子去医院，老子偏要去煤矿！谁能拦得住咱啊？”烦闷的甘祖昌喃喃地向天上的老战友诉着苦。

突然，背后传来一阵笑声。甘祖昌一回身，见新新从后面走过来，便呵斥道：“臭小子，敢偷听老子说话！”

新新笑嘻嘻地说道："没有没有，我是来替我妈传个话，顺便送个保镖。我妈说了，既然您把军装都押上了，那就证明您是铁了心了，拦也拦不住；不过您得把我带上给您当保镖，您一个人去她不放心。"

甘祖昌顿时笑了起来，高兴地一把搂过新新。

天刚蒙蒙亮，甘祖昌和新新便上路了。因为想先了解一下煤矿的事故，甘祖昌带着新新来到了县委办事处找刘书记。

刘书记拿出峙垅煤矿三位经理上交的事故报告，说这场安全事故因五人多次私自下井偷煤，后来碰上设备老化，这五人全部遇难。采煤设备年久失修酿成事故，厂长有不可推卸的责任，即便当时偷煤工人没有遇难，那么对其他工人来说也是极大的隐患，所以当时的厂长引咎辞职了。

甘祖昌听完，觉得这么轻易结案太过草率，而且这只是煤矿负责人的一面之词。他决定先着手调查一下这起事故，等一切理清楚了才好开展生产。

早已收到李保山指示的欧阳奋，召集了另外两名负责人张超和秦书人，商议如何将甘祖昌带来的钱留下而将人赶走。要是能赶走甘祖昌，他们还会得到坊楼公社许诺追加的 2 万块，用于平息遇难家属的不满情绪。只要他们闭嘴，再安抚安抚工人们，这件事自然就悄无声息地过去了。

听说甘祖昌马上就要到任了，欧阳奋特意把财务科老赵、后勤科老张、人事科小王等几人全都拿钱打发走了，并特意透露甘祖昌来的日期，鼓动工人们找他讨要工资，给他来个下马威。欧阳奋、张超和秦书人自认为一切已安排妥当，就等着看这位甘将军的笑话了。

这天，工人们纷纷聚集到煤矿门口，一双双眼睛齐刷刷地盯着前面不远处的主干道，等候着到任的厂长。

当看到乌泱泱的人群，以及十来个披麻戴孝、哭哭啼啼、跪在地上手举"苍天有眼，昭雪申冤"横幅的妇女、老人和孩子，甘祖昌和新新顿时惊得目瞪口呆。

此时，欧阳奋、张超和秦书人正躲在厂区里，满脸奸笑地望着大门口发生的一切。看了一会儿，三人便去喝酒庆祝了。

十六　反贪腐智斗贪官

然而，甘祖昌和新新的出现并没有引起大家的注意，人们仍翘首张望着。甘祖昌紧皱眉头，走向那群披麻戴孝、跪地长哭的妇女、老人和孩子。

经过打听，甘祖昌才知道他们就是半年前那场矿难中死者的家属。自从出了事，先是接连暴雨，矿上推说无法派人下井救援，后来厂长辞职了，欧阳奋等人更是坚持认为几人是半夜下井偷煤，出了事本与厂里无关。所以直到现在，遇难者仍在底下埋着没人管。但是家属们一致觉得这件事一定有蹊跷，她们知道自家男人都是老实本分的人，勤勤恳恳在煤矿里干了大半辈子，怎么可能突然做出偷煤这样的事啊？她们也曾想去县里告状，但欧阳奋专门派了几个五大三粗的汉子在路上围追堵截，再加上恐吓威胁，她们孤儿寡母的惹不起，只好作罢。所以一听说今天有大领导来接管煤矿，她们特地赶来诉苦申冤。

甘祖昌越听眉头皱得越深，怒火在胸中缓缓燃烧起来。又问其他工人来这里的目的，才知道出了事后厂里停产，工人们半年没领到一分钱，他们听说新来的甘将军手里有钱，就都来这儿等着讨工资了。

时间很快过去，工人们渐渐不耐烦起来。一个工人愁容满面地对甘祖昌说道：“老伯，你也别打听了，你无非就是听个有趣，哪里晓得我们的苦哟！话说这甘将军不是十二点前到吗？怎么到现在还不来？”

听到这儿，甘祖昌心里一惊：这么准确的消息工人们怎么会知晓？明显是有人故意怂恿大家的啊！

甘祖昌心中明了，提高嗓门对大家说道：“我就是你们等的甘祖昌。我帮你们申冤来了！实话实说，我包里确实有一笔钱，但是这钱不能给你们发工资，因为峙垅煤矿恢复正常运转需要这笔钱。不过，听大家说了这么多，我认为我来这里的第一件事不是搞运营、抓生产，而是查明矿难事故真相，还大家一个公道。如果大家信得过我甘祖昌，觉得我说这番话还有些分量，现在就解散吧。全都围在这儿也解决不了什么问题。矿难发生的具体情况，我会找厂里各级领导进行详细调查。你们回去等我的消息，好吧？”

众人听了，先是惊讶地看着这个不起眼的老头，然后半信半疑地慢慢散开了。

看着众人渐渐散去，怒火中烧的甘祖昌快步走进厂内。办公室里只有一名年轻的助手小陈恭候着。“把欧阳奋、张超、秦书人叫到我办公室来，快去！”甘祖昌命令道。小陈应声跑了出去。

甘祖昌脊背挺得直直地坐在桌子后面，一双虎目眨也不眨地望着门口，然而过了很久，一点动静也没有。新新扒着窗沿往外看，厂区内空无一人。甘祖昌想了想对新新说道：“新新，给你派个任务，把他们仨给我揪过来。”新新行了个标准的军礼：“是，保证完成任务！”然后一溜烟地跑了出去。

新新找到了欧阳奋的办公室，却见门锁着，窗帘也拉得死死的，里面什么都看不见。他想了想，打开窗户翻了进去。办公室里空荡荡的，只有墙角散乱地堆着几只酒瓶。新新把酒瓶凑在鼻子前闻了闻，一股刺鼻的酒味熏得他赶紧扭头捏住了鼻子。这几个人肯定爱喝酒，哪里有酒馆呢？新新思索着，走出了办公室，在厂区内四处转悠着。好不容易碰到一名工人，上前一打听，得知不远处的山下就有一家酒馆，于是新新掉头朝大门外走去。

来到这家装修简易的酒馆外，新新一眼看到大堂中间的那张桌上，有三个肥头大耳的家伙正喝得红光满面、兴致盎然。新新悄悄走过去，从他们的谈话中隐约听到“甘将军”“下马威”等字眼。望着他们一个个得意忘形的模样，新新已心中有数，急忙回去报信。

甘祖昌的办公室里，小陈正一脸委屈地向甘祖昌汇报：“我跑遍了厂区，也没找到各位经理。听说财务科、人事科、后勤科今天集体请假，我也不知道其中的缘由。”

甘祖昌冷冷地哼了一声，黑着脸把烟杆狠狠地拍在桌子上，吓得小陈一哆嗦。这时，新新走了进来：“爸，找着了！那几个家伙在酒馆喝酒呢。”甘祖昌冷笑着站起来：“好会享受啊，那我也去讨两杯酒喝。”

酒馆里，胆子较小的张超思来想去，心里还是不踏实，担心矿难家属会因为没得到赔偿而不依不饶；再者，甘将军一旦发现当时没下井救人，并追查到发不出工资的原因，到时候他们该如何应对才好？

自视聪明的欧阳奋却觉得一切尽在他的掌握之中：下井偷煤，出了事自然不用赔偿，否则倒显得他们心虚。而且事故发生当天厂区放假，一天之后他们得到消息时正赶上天降大雨，煤矿坍塌，给救援工作增加了难度，整整拖了一个星期。这么多天过去了，人早就在里头憋死了，挖不挖又有什么区别？老天爷都帮忙，别人还有什么话说？而且他早就通过马方生弄来了几台七成新的机器，上上油保养保养，就说账上的钱都用来更新设备了，钱花光了，工人们又不肯下井，自然没钱发工资了。

打着如意算盘的欧阳奋越喝越兴奋，全然没有在意推门而入的甘祖昌。待甘祖昌大步流星地走到他们跟前，眼神犀利地瞪着他们三人时，还算清醒的秦书人立刻小心翼翼地问道：“老同志，请问您是哪一位啊？”喝得晕晕乎乎的欧阳奋却嗤笑道：“从哪里出来一老倌子，还‘哪一位’呢……老板，老板，给你家送菜的来了，快出来啊！”张超见欧阳奋满口胡言乱语，连忙拽住他的袖子阻止。

甘祖昌望着气焰嚣张的欧阳奋，端起邻桌的一壶茶泼在他脸上，冷笑道：“清醒了再跟我说话！”欧阳奋顿时呆住了，其余两人也吓傻了。

这时新新嬉笑着进了门大声问道：“甘将军，这几个家伙怎么处置啊？”

“先给他们醒醒酒，等酒醒了再说！”甘祖昌说完，便命令欧阳奋三人跟着他出去。

弄清楚了来人身份，三个人又惊又怕，心里虽然不愿意，却也不得不跟着甘祖昌出去。甘祖昌带他们来到一条河边站定，摆出一副教官的架势，站在他们面前喝道：“立正！”欧阳奋等人连忙挺直了身板，腆着大肚子站好。

“脱衣服！”甘祖昌命令道。

三个人顿时愣住了，面面相觑又不敢开口询问。旁边的新新看着三人滑稽的样子，不禁乐开了花。

见他们愣着不动，甘祖昌又开口了：“听不明白吗？我叫你们把衣服脱了。”

三人又互相看了一眼，只好哭丧着脸照做。不一会儿，每人身上只剩一条裤衩，哆哆嗦嗦地站在那儿。

“向后转！跳下去！”甘祖昌继续命令。

听到要跳河，三人赶紧回头求饶，有的说不识水性，有的说入秋江水凉，下去恐怕腿脚抽筋溺水。

“没我的命令，不准回头！少给我讨价还价！下去！看你们一个个喝得天王老子都敢喊，我是帮你们醒醒酒！”甘祖昌怒吼道，吓得三人立刻乖乖地“扑通”一声跳下河去，像旱鸭子一样扑腾着，狼狈至极。

从河里上来后，三人头发还滴着水，又被甘祖昌赶到厂区跑步。养尊处优惯了的他们跑起来浑身的肥肉一颠一颠的，累得气喘吁吁。甘祖昌坐在厂区正中央的地上抽烟，新新则跟在他们旁边监督。

不知跑了多久，欧阳奋、张超、秦书人喘着粗气规规矩矩站在甘祖昌面前。甘祖昌一脸严肃地问道：“酒醒了？”

欧阳奋赔笑道：“醒了，醒了！”

甘祖昌脸色依旧冷峻：“不许笑！你小子最会装蒜！去，把财务科、人事科、后勤科的人全都给我叫来。”

欧阳奋小心地解释道：“因为这段时间厂里停工，没什么安排，他们集体请假……”

“就是集体奔丧，天亮之前也必须全都给我找回来！”甘祖昌一声怒吼吓得三人掉头就跑。新新看着他们的背影咯咯直笑，甘祖昌仍一脸严肃，仿佛面临着一场即将到来的大战。

夜色已深，清冽的月光静静地洒满空旷的厂区。甘祖昌的办公室里依然亮着一盏油灯。昏黄的灯光下，甘祖昌专心致志地翻阅着手里的文件资料。困倦的新新正坐在一个小马扎上支着脑袋打瞌睡。

忽然响起一阵小心翼翼的敲门声，新新一个激灵赶忙站起来。欧阳奋把门推开一条缝，谄笑着说道：“甘将军？”甘祖昌抬手示意他们进来，于是欧阳奋、张超、秦书人、老赵、老张、小王等人进了屋，将原本不大的办公室挤得满满当当。

欧阳奋指着几个生面孔说道：“甘将军，我给您介绍一下。这是财务科老赵、后勤科老张、人事科小王，几个科室主要由他们负责，有什么问题您尽管问。”

老赵恭恭敬敬地把手里的账簿放到甘祖昌面前：“我把峙垅煤矿的收支账目带来了，请甘将军过目。”

甘祖昌一页一页地翻着，问道：“3 月份厂里新进了三台采煤机、五台掘进机和两台皮带运输机？”

“对，您可以去矿务局核对。谁也不能未卜先知。哪知道刚进完机器就出事了，钱全投进去了，保护设备没办法更新，工人们不下井，厂里没收入，这些机器跟废铁疙瘩一样在仓库里放着呢。”欧阳奋连忙答道。

甘祖昌继续翻看着，又问道：“出事之前，煤矿年收入平均达到 20.8

万元？”

欧阳奋叹息道：“唉，这只是表面上的数字。实际上为了支持国家大炼钢铁运动，我们峙垅每年上交的那就没数了，不赔钱就算好的了。”

甘祖昌眉毛一拧：“为什么账上没有显示？”

欧阳奋支吾着：“这……这就和供养老人一个道理，给亲娘老子买吃买喝哪还分那么清啊！”

甘祖昌用锐利的目光扫了欧阳奋一眼，又盯着财务科老赵，语气严厉地问道：“你是管财务的，不知道所有的物资进出都该入账吗？”

老赵眼神躲闪，不住地往欧阳奋身上瞟。甘祖昌“砰”的一声把账簿摔在桌子上，走到他跟前：“我问你呢，看他干什么！”

“这……账，是我管，但我也只是个管账的，说了不算……”老赵有些慌乱无措。他突然意识到不该说这些，立即闭了嘴。

甘祖昌哼了一声，回到座位上继续翻看账目。老赵吓得不敢抬头，一个劲儿地用袖口抹脑门上的汗。其他几人同样直挺挺站在原地，吓得大气都不敢出一下。此刻的办公室里寂静极了，只有纸张翻动的声音。

甘祖昌看完把账目放到一边，目光巡睃一周，最后落到小王身上：“你是管人事的？全厂一共多少名工人？”

小王立刻回答道：“不包括各个科室、后勤人员和遇难的 5 人，下井工人总共 153 人。”

甘祖昌又问老赵：“每人每月工资多少钱？”

老赵想了想说道：“区长、班长和普通工人的工资不一样，而且还要看出勤状况……”

“给我个总数。”甘祖昌打断了老赵的话。

老赵却是支支吾吾。

“不要考虑，立即报数！”甘祖昌紧紧盯着老赵。

“五……五千多吧。”老赵吞吞吐吐。

“为什么你们的回答和账上出入这么大？账上的工人人数是 211 人，工资每月总支出 8229 块！”甘祖昌语气不善。

欧阳奋连忙解释：“这两年人员出入比较混乱，来了一些，又走了一些。所以这只是一个大概的数字。”

“大概？里外里差了将近3000块，一年就是3万块！回去再把账目详详细细、清清楚楚理一遍，三天之后我再找你们！都出去吧。”甘祖昌烦躁地挥了挥手。

众人一听顿时如释重负，赶忙离开了办公室。

走出厂区，六神无主的几人悔不当初，老赵更是脸色煞白，急得快要哭出来了：“完了完了，这下全完了……欧阳经理呀，这账我不管了，我管不了，你拿走吧，快拿走，别来找我了。”

欧阳奋瞪了他一眼：“哼，出了事就想赖？赵立兴，当初拿钱的时候你可是比谁都积极啊。现在说什么也晚了，你是财务科科长，他不找你找谁？”然后对其他人说道，“我警告你们，越是这个时候，越要稳得住神。眼下甘祖昌只是起了疑心，对厂区的混乱状况和我们的工作态度不满，别的他应该还没发现什么。老赵，你给我振作起来，想想你老婆孩子，要是你完了，你老婆孩子也跟着倒霉。回去以后，按照他说的，把账目过一遍，实在补不上的窟窿，就说支援国家了。反正他也没处查。听见没有？”

老赵木然地点点头：“我，先回去了……”张超望着老赵离开的身影，一脸担忧。

一身疲惫、满面愁容地进了家门，老赵没有惊动熟睡的妻子，一个人绝望地仰面靠在椅子上。突然，响起一阵轻轻的敲门声。

老赵一下子坐起来：“谁？”没人回答，敲门声却依然继续着。老赵起身开门，惊讶地发现竟然是甘祖昌站在门外。

甘祖昌一言不发，径直走进屋里，然后盯着老赵问道：“是欧阳奋叫你做假账？”

老赵顿时慌了：“假账？没……没有啊。”

“你不会撒谎！我一眼就看出来了！”在甘祖昌的逼视下，老赵慢慢垂下头来。

甘祖昌盯着老赵继续说道：“我当兵这么多年，早就练出一双钩子眼，你瞒不了我。你以为不说话这事就能过去？我告诉你，当初在后勤部，我经手的账本没有一千也有八百，你们那点小伎俩根本骗不了我！解放军审问奸细的方法有一种，不打不骂，就是跟你耗，耗到你说为止！我找你是给你个机会。你不张嘴这段时间好好想想老婆孩子。坦白从宽，争取组织宽大处理。如果继续隐瞒，那最后就只能落得和欧阳奋一样的下场！”

终于，老赵再也忍受不了这种压迫感。“甘将军，我说，我全说。欧阳奋、张超、秦书人三个经理合伙偷煤倒煤，平时也给我点好处，我就跟他们一块儿干了……其实我真是越干越害怕，毕竟钱不是正路来的，心里总不踏实。尤其是煤矿出事之后，我……我也想过调走，但欧阳奋因为账目方面要用我，一直不批准调令。”老赵说着，打开一个上着锁的抽屉，从里面拿出一本账本，“甘将军，这是真账，我上交。”

“下井的五名工人是怎么回事？”甘祖昌一边翻着账本一边问。

“他们下井偷煤是真的，不过是受欧阳奋指使，应该说是胁迫吧。欧阳奋挑的这几个人性格比较老实，家里都有困难，虽说一开始讲好了有钱可赚，但大家也不情愿，最后欧阳奋直接威胁大家，如果谁不听话就开除谁。工人们都指着这份工作养家糊口呢，自然反抗不得，只能乖乖顺从欧阳奋的意思。出事那天正赶上厂区放假，人不多，但欧阳奋绝对是第一个得到出事消息的。他怕把人救上来会露馅，硬是压着不肯救人。说来可气，连老天爷竟也帮着他作孽，暴雨连着下了三天三夜，事故现场大面积塌方，就算真想救也救不上来了。”老赵一五一十地说出了事情真相。

甘祖昌紧皱眉头，又详细询问了他们什么时候开始、具体怎么做，等等，老赵一一回答。

原来领头的欧阳奋精于算计，早在一九五八年大炼钢铁时就开始胁迫几人下井偷煤。他做事小心谨慎，专挑半夜挖煤拉煤。再加上县里对峙垅煤矿管理疏忽，对每年的出煤量并未作过详细核实，所以几年来一直风平浪静，他们光偷煤就已经捞了十多万元。

老赵说完从抽屉里拿出一张纸递给甘祖昌，愧疚地低下了头："甘将军，说出来我心里好受多了。这些年我从他们手里分得的红利一笔一笔全都记在这里了。我什么都交代了，请求组织宽大处理，如果组织上对我的罪行实在无法原谅，那就处理我一个人吧，与我的老婆和两个儿子无关。我要说的就这些。"

甘祖昌面色严肃地说道："你的问题需要交给组织上审查，我无权向你保证什么。但有一点，与此案无关的人——你的老婆和孩子绝不会受到波及。还有一个问题，五名遇难者家属知不知道他们家男人的情况？"

老赵想了想："看她们又哭又闹不像是装出来的，我也说不准。甘将军，天亮就去抓欧阳奋？"

"不，他贪污、偷煤的证据有了，但是五条人命单凭你说，证据还不充分。后面的事你别管了，只需配合我的工作。这三天你在家里做账，哪儿也不要去，也不要表现出任何异常，明白吗？"甘祖昌嘱咐道。老赵连忙答应。

第二天，甘祖昌将五名遇难者的家属召集到办公室，宣布：经调查这五个人确实是因为下井偷煤才遭遇了这起恶性事故，事实清楚明白，结论报告已经递交上级；出于同情，家属可以领100元的抚恤金，以后就不要再到处喊冤叫屈了；考虑到每家孤儿寡母生活不易，厂区宿舍可以暂不收回，但并不能享受矿难家属待遇，还需自己想办法另谋生计。

家属们顿时悲愤不已。一个个赌咒发誓自家男人绝不会下井偷煤，哭天抢地地说原本盼着甘将军来了能够沉冤昭雪，到头来却坐实了罪名，真是自古官官相护、难寻天理……众人情绪激动，一时间哭闹不止。

甘祖昌用威严的目光扫视着众人，忽然发现最后一排有一个不起眼的瘦弱女人，虽然耷拉着脑袋一直抹眼泪，但还算平静，似乎对这个结果毫不意外。甘祖昌盯着她仔细观察，站在墙角的新新顺着父亲的目光也注意到了这个人，同样满是疑惑。

哭闹了好久，众人无奈地领了钱陆续回家。瘦弱女人是遇难者张六子的老婆，新新在父亲的授意下，悄悄地跟在了她后面。女人回家后一直等到天黑下来才提了只篮子向供销社走去。她似乎怕被人认出来，头上严严实实地裹着一块蓝围巾。藏在门外的新新立刻跟了上去。

供销社正准备关门，营业员好奇地看着这位匆匆进来的顾客，询问她要买些什么。张六子的老婆一口气买了烟、酒、猪肝等许多东西，然后匆忙离去。躲在暗处观察的新新见她买了烟酒，很是诧异，更加深了对这个女人的怀疑。

深夜，在张六子家门外暗中蹲守的新新正打着盹，忽然被一阵碎石落地的声音惊醒。新新猛然睁开眼，正好看见一道黑影翻墙进了张六子家。新新连忙贴在墙边仔细听着。随着一声轻轻的敲门声，屋门“吱扭”一声打开了，来人似乎进了屋，周围又安静下来。新新焦急万分，好不容易才找到一块石头垫在脚下，轻手轻脚地翻进院子。他飞速瞄了一眼屋内，然后躬身躲在窗下偷听。

屋内灯光昏暗，桌子上摆满酒菜，两人坐在桌边，其中一人狼吞虎咽地吃着。忽然传出女人嘤嘤的哭泣声和断断续续的说话声：“回来吧，蹲班房也比天天在外面东躲西藏强……现在厂里早已不是欧阳奋管事了，来了一个甘将军，你直接找他，说不定……”

“啪”，筷子摔在地上，紧接着是一个男人气急败坏的声音：“不回！老子不回！亏得我那天下井晚了，没和那几个倒霉鬼一样被埋在底下，白捡一条命。我要是回来，事儿全露了，欧阳奋能饶得了我？就他那股子狠劲，不杀了我才怪！好死不如赖活着，老子现在谁也不信！”听到这儿，新新一惊，顿时明白了。

张六子的老婆突然急了：“你个天杀的为我想过没有？光养你不算，我以后吃啥穿啥，咋活嘛！”

“你小点声，别让人听见！”过了片刻，张六子似乎下了很大的决心，“厂里最不缺光棍，你再找一个就是，我不拦着。吃完这顿，我以后不来了。”

听到这话，张六子的老婆哭得更厉害了。窗外，新新悄悄离开。

晨光熹微，新新领着甘祖昌及三名煤矿工人匆匆往张六子家赶来。正从家里出来的张六子见势不妙，掉头就跑。

“站住！”甘祖昌大喝一声，几名工人同时追了上去。没跑几步，张六子就被三名工人扑倒在地。

甘祖昌走上前去，居高临下地逼视着张六子。得知眼前这人就是甘将军，又想到老婆的话，张六子无奈地闭上了眼睛，叹息一声：“我说！是欧阳奋逼我的……一切都是他指使的！”

听说甘祖昌果然什么都没查出来，心情大好的欧阳奋一大早便去河边钓鱼了。他拿着渔具正走着，忽然见到甘祖昌一行人押着张六子往厂里去了，顿时吓得脸色大变，呆愣片刻后丢下渔具转身就跑。

欧阳奋如惊弓之鸟般跑回了家，浑身颤抖着打开一个个抽屉和柜子，疯狂地将值钱的东西悉数往袋子里装。欧阳奋正紧张地收拾着，张超突然匆匆闯进来：“老欧啊，出大事了！不承想那个张六子还活着，叫甘祖昌给抓住了……”话还没说完，他猛然见到屋子里到处飘落着纸张文件，抽屉和柜门也大开着，一片狼藉，张超不禁愣住了，“你早就知道了？”

欧阳奋顾不得抬头，急躁地说道：“快，你回家收拾东西赶紧走人，没时间了！”

张超焦急地说道：“回不去啦！我刚从家里出来，正撞见甘祖昌把张六子押回来，估摸着这会儿已经有人去我家逮我了。你家离厂区远，我就来找你了。老欧，看在共事这么多年的份上，你把钱分我一份，咱俩各自跑路吧！”

欧阳奋一愣：“好吧，你去门后拿我那只旧皮箱。”

张超依言转身去门后，接着问：“哪有……”话音未落，欧阳奋一板凳将其砸晕在地上。放下板凳，欧阳奋立即换上一套宽大的下井工人的衣服，把包袱往身上一揣，绕过倒在地上的张超，开门逃走了。

他们二人所料不错，甘祖昌将张六子押到厂里，立即吩咐几名工人分头去抓秦书人和张超，自己和新新则带人直奔欧阳奋家。还在被窝里睡觉的秦书人，迷迷糊糊地就被突然破门而入的两名工人绑了起来。前往张超家里的两名工人却是搜遍了整个屋子、院子也没有发现张超。

欧阳奋家门外，甘祖昌一声令下，工人们一脚踹开房门，门却明显停滞了一下，只开了一半，同时一声惨叫声传来。大家侧身进了屋，一眼看见地上晕晕乎乎哀号着的张超以及凌乱不堪的房间。“不好！欧阳奋跑了！”甘祖昌叫了一声，命两人留下押送张超，自己及其他人转身追了出去，然而哪里还有欧阳奋的一丝影子？

东躲西藏到深夜，欧阳奋手里拎着包袱，低头匆匆走向汽车站。快到车站时，他突然发现车站门口站着两名“红臂章”，对进门的旅客一一进行检查，其中一人手里拿着相片挨个对照。欧阳奋心里一惊，掉头就走。

他慌慌张张地走到一座桥下，气喘吁吁地倚着柱子坐下，将包袱放在身边，用一只手不住地抹着额头上的汗珠。就在这时，一个疯乞丐突然蹿出来，抢过包袱就跑。欧阳奋大叫了一声，又怕暴露行踪，立刻闭上了嘴，起身追了上去。

疯乞丐步履飞快，一边在前面跑一边回过头来冲欧阳奋傻笑。一直跑到河边，疯乞丐望着后面气喘吁吁、不断追赶的欧阳奋，傻笑着跳脚拍手：“好玩儿！好玩儿！肉包子追人，好玩儿！”

大口喘着粗气的欧阳奋终于追到疯乞丐跟前，听到疯乞丐的话，灵机一动说道：“你……你把包袱给我，我给你买斤肉包子。”

疯乞丐突然安静下来，直勾勾地盯着欧阳奋。欧阳奋缓缓伸出手去：“听话，对，给我，肉包子凉了就不好吃了。”

疯乞丐慢慢地将包袱递了出去，却突然停住，转身将包袱扔进河里。只听“扑通”一声，包袱沉入水里。欧阳奋脸色大变，刚要下水去捞，却被疯乞丐死死拉住。两人纠缠之际，包袱被湍急的水流冲得不见了踪影。

欧阳奋气急败坏，却也毫无办法。

几天后，几百名工人被召集到峙垅煤矿宽阔的厂区开会。甘祖昌站在前方一个小土丘上，看了看众人，开口说道："经过这段时间的调查，峙垅煤矿塌方事故真相已经水落石出。压在煤井下面的四人以及逃生的一人，总共五名厂工，当晚确实是下井偷煤而非正常作业。引发事故的直接原因是长期偷煤使得该煤井年开采吨数超过了其核定的年生产能力，用老话讲，那就是个空鸡蛋壳，稍微一捏就碎了；再加上保护设施的老化和不齐全，几人失去了本来可能的自救机会，从而导致了悲剧的发生。但这场悲剧的主导者并不是这五名工人，而是本厂的三位经理——欧阳奋、张超和秦书人。据我掌握的情况，欧阳奋不仅通过利益共同化将本厂财务科、人事科、后勤科的主管人员拉下水，还用威胁的方式逼迫五名工人下井挖煤。所以，在这里我要宣布两件事。第一，管理层大换血。几个科室凡是与欧阳奋等三人贪污、倒煤相关联的统统交给组织审查。空出来的位置将在厂内选拔德才兼备者继任。事先声明，我只看能力，不看资历。第二，四名遇难工人的家属不符合领取抚恤金的资格，但因为情况特殊，可以顶替自家男人的名额在煤矿上班，住房暂不收回。"此言一出，遇难者家属们的脸上终于露出了一丝欣慰的笑容。

"欧阳奋目前仍在潜逃，组织上已经派出大量警力全力追捕，相信不久就会将此败类抓捕归案。我和大家共同期盼着那一天的到来。"说到这儿，甘祖昌停顿了一下，望着台下精神振奋的工人们，面露微笑，"最后，我宣布，峙垅煤矿今天下午正式恢复运营！"台下顿时掌声一片。

下井采煤，安全自然是最重要的。甘祖昌除了仔细检修设备，还第一时间凑钱购买了绳索、手套、筒靴、提灯、防尘面罩、带矿灯的安全帽等劳保用品发放给工人们。同时，他考虑到工人们还需要学习一些系统的专业知识，又专门请来老师给大家讲课，然后将定期测试的书面成绩与井下实际作业成绩相结合，选拔出优秀人才来担任每个矿点的管理者。大家对这个方法举双手赞成，下井之余都积极主动地参加学习、考试。

这天，在峙垅煤矿的教室里，工人们正埋头考试。突然一声闷响，只见坐在窗边的一名工人倒在了地上。旁边的工友赶紧上前查看，正在巡视的甘祖昌也连忙跑过去询问情况。

大家猜测着那名工人是饿晕的。因为这段时间大家又下井又学习，实在太辛苦了，但厂里经济拮据，伙食全部定量，一个青年劳动力一顿午饭平均分不到一个馒头，晚饭只能喝点稀粥，根本填不饱肚子。从入冬开始，矿上就陆陆续续有这样的情况发生，但大家为了不给甘将军添麻烦，并没有汇报，想着忍忍就过去了。鉴于此，有人从自己的袋子里掏出一小块干粮，用水泡软了给他喂了下去。过了一会儿，昏迷的工人果然慢慢睁开了眼睛。

甘祖昌得知了事情的缘由，眉头拧成了一个疙瘩，吩咐人把这位工人送回家后，埋怨大家糊涂，万一在井下晕过去了可是要出人命的，同时检讨自己也是个老糊涂了，这么大的事情竟然没能及时发现并解决。思来想去，甘祖昌几个月来第一次踏上了回家的路。

龚全珍得到消息，特意从农村小学赶回家。一进门，只见孩子们兴高采烈地围在一起，甘祖昌笑嘻嘻地坐在中间让孩子们猜哪只手里有糖。孩子们七嘴八舌地说：“右手！”“左手！”正猜着，哪知甘祖昌一下子从腰间摸出一把糖来，孩子们嬉笑着一哄而上。

龚全珍看着热闹的场面笑着揶揄道：“哦，还认识家门，没走到别人家里去呀？”

甘祖昌嘿嘿笑着：“我知道，你这是批评我呢，埋怨我不回家。”

这时李凤从厨房里出来喊大家吃饭，甘祖昌却一摆手，说道：“锅里扣着吧，先去田头，我有事跟大家伙商量。”

坐在院子一角抽烟的甘锦荣闷声开了口：“我咋觉得又没好事呢。”李凤连忙瞪了丈夫一眼。

到了田里，趁大家还没收工，甘祖昌把大家都叫到一起，先讲了讲煤矿的大概状况，然后说道：“虽然尽了最大努力，让煤矿一步一步慢慢地活过来了，但先前的亏损太大，现在只能勉强达到收支平衡，也就是说，是在压缩工人吃穿用度的情况下达到的。别的好说，但吃饭这事绝不能马虎，那可是个下力气的工种啊，肚子吃不饱怎么下井？下不了井怎么采煤？采不了煤怎么赚钱？赚不了钱咱拿啥修水库？说到底，在场的乡亲们都是煤矿的东家，希望大家拿出部分粮食支援矿上，这不是为了别人，而是为了咱们自己。”众人听完一时无人响应，都默默地思考着。

过了一会儿，甘金生说道：“如果粮食多得盛不下，那给就给了。叔，可咱队里的情况您最清楚呀，刚刚把吃返销粮的帽子给摘了，自己吃饭都舍不得张大嘴巴呢，还要拿出一部分来支援矿上，这……”

老牛筋也开口了：“拆了东墙补西墙，不见得有何高明。”

“你这话说错了，咱这面东墙和别的墙可不一样，拆了过后自己能长出来。”甘祖昌幽默形象的一句话说得老牛筋不言语了，蹲在那儿“吧嗒吧嗒”吸烟。

甘祖昌笑呵呵地说道：“认死理的老牛筋都不开口了，你们谁还牛得过他？”

众人都笑了，你看看我，我看看你，不由得都点了点头。

消息很快传到李保山耳朵里，他皱着眉头想了一会儿，脸上现出怪异的笑容。第二天一大早，各村头的大喇叭响了起来：“下面播放一条紧急消息……据中共中央气象局最新发来的气象预报显示，我省下月将迎来一场持续性大范围降雨，县里要求各公社大队提前做好防范措施……”

田里的人们直起身子仔细听着，脸色一片惨淡。站在粮仓门口准备筹粮的甘金生也皱起了眉头。已经到了月底，还有十来天地里就要收稻谷了，如果真赶上大雨，那可是防不胜防。万一全浇在地里了，明年还得靠着仓库里那点存粮过日子，谁还敢冒着饿肚子的风险支援矿上啊！

果然，中午时分甘祖昌推着空板车回来了。一早回了趟学校的龚全珍刚刚到家，并不清楚发生了什么事，奇怪地看着愁眉不展的丈夫。甘祖昌叹着气解释了一下情况，龚全珍纳闷地说道："不对啊，气象局啥时候能预报下个月的天气了？"

"社里说粤闽赣交界处的几个县、市连着下了三天三夜的暴雨，庄稼泡了一片。按照以往的规律，头顶上这片云彩有可能继续往西北移动，下月上旬到达吉安、萍乡。"听着甘祖昌的解释，龚全珍也无奈地叹了口气。

这时，甘锦荣背着一个布包裹进来了，一见面就打趣道："怎么着？白跑一趟吧？这回黔驴技穷了吧？难不成真当自己是孙悟空，随便拔根猴毛一吹，就凭空变出个大粮仓来？"

"去去去，少来看老子笑话，这条道走不通，老子不会再想别的法？你怎么跟那个老牛筋一模一样，专给老子吹凉风！"甘祖昌瞪着眼训斥道。

"这是教您客观地认识问题，哼，就不该管您！"锦荣说着把身上的包袱扔在板车上转身走了。

甘祖昌急忙说道："拿走拿走，什么玩意儿啊！"

龚全珍打开包袱，只见里面装着一堆杂粮糕。甘祖昌瞟了一眼，心里高兴，嘴上却不松口："这点能够几个人吃的？你一会儿给他送回去。"

"唉，爷俩一样的臭脾气。拿着吧，一共这点你还想给谁啊？自己留着路上垫饥用吧。"龚全珍摇摇头，将包袱收了起来。

甘锦荣原来干过一段时间篾匠，手艺还不错，只是已经好多年不做了。如今看到父亲为难，他想了想，特意去城里走了一趟，看了看行情，回来后找出那套篾匠工具，专门挑在半夜，点上一盏昏暗的油灯，耐心地、不眠不休地忙碌着。

以后每隔几天，甘锦荣就背上竹筐，上面装些杂草杂物，悄悄将成品送去城里。这天，锦荣又去送货，路上正巧遇上甘二美。甘二美看锦荣隔三岔五进城，而且每次都背着个盖着杂草的筐子，心里不禁犯了嘀咕。她先是热络地邀锦荣同行，遭到拒绝后就悄悄跟在了锦荣身后，见锦荣在县城的巷子里神神秘秘、左转右拐，最后进了一家大门，开门的老妇人手里攥着一叠钱塞给锦荣，锦荣则把筐子里整齐光滑的篾席拿出来交给了老妇人。

鬼鬼祟祟趴在拐角处看着这一幕的甘二美似乎发现了什么重大秘密，很是兴奋。这时正巧有两名戴着红袖章的民兵从旁边经过，甘二美立刻指着那户敞开的大门叫道：“同志！我举报！有人投机倒把！”

十七　锦荣救父负伤

甘锦荣被民兵押到纠察室问话。听说是坊楼公社沿背大队的，一个民兵不禁教训道："你竟然和甘祖昌将军是一个大队的。甘将军堂堂一介老革命，你怎么不知道多学习学习老同志身上的优良品质？做下这种丑事，我都替你感到丢脸。"

听到对方提起父亲，甘锦荣脸色一变："你长几个脸丢不完的，老子用得着你瞎操心？还有，你说这是啥丑事？老子是偷鸡摸狗了，还是杀人放火了？"

民兵一听顿时急了，拍着桌子吼道："你犯了投机倒把罪，不光要交罚款，还要蹲号子！"

甘锦荣没好气地说道："要钱没有，要命一条，直接把我带号子里去吧。"

"你要横也没用，到时候有你小子苦头吃的，来人啊！"这名民兵说着就要叫人，另一个民兵赶紧拦住同伴，提醒他不要意气用事，要按章办事。稍稍平复了下情绪，这名民兵拨通了坊楼公社的电话。

公社一位干事接了电话，听了事情经过，请示旁边的李保山。李保山想了想，特意接过电话，说明了甘锦荣的身份，让他们直接去联系甘祖昌。放下话筒，李保山望着电话机，脸上露出了得意的笑容。

峙垅煤矿里，甘祖昌正与工人们商量如何解决吃不饱饭的问题。开工已经四个月了，每人的工资只能领到原来的一半，事故之后欠下的半年工资也没能兑现。甘祖昌本想回家筹集点粮食，却又两手空空地回来了。他一时没了办法，决定如果实在不行，就先停产，不然工人饿着肚子下井实在太危险了。

大家七嘴八舌讨论了一会儿，小陈忽然说道："我有个主意，你们看这么着行不行。下井工人是两班倒嘛，就先让下井这班人吃饱，不下井的将就将就。这样起码能保证到井下不会因为饿晕了出事故。"众人听了纷纷点头。

见大家都同意，甘祖昌充满歉意地说道："那就委屈你们喽！坚持坚持，顶多再过俩月……"

这时，桌上的电话响了。甘祖昌拿起电话，脸色顿时变了，然后对大家说道："对不住了，家里出了点事，我得过去一趟。小陈，你把剩余的粮食统计一下，做个初步的定量分配，回来我再看。"说完大步离开。

纠察室里，甘锦荣正靠着墙打瞌睡，迷迷糊糊中忽然被一脚踹醒。锦荣一激灵睁开眼，却见满面怒容的父亲站在眼前。

甘祖昌指着儿子的鼻子大骂："人活一张脸，树要一层皮，就这样你还能睡得着觉？甘锦荣啊甘锦荣，你是真不知道愁人呀！"

两个民兵连忙上前劝阻，其中一个递过来一本簿子说道："麻烦您大老远跑过来一趟。事情已经在电话里解释清楚了。在这儿签个字，把人领走吧。"

甘祖昌接过本子问："对于这类情况，你们一般怎么处理？"

"拘留半个月或者是交罚金 20 元，队里来领人。不过甘将军您直接把锦荣兄弟领回去就行了……"一个民兵说道。

"你让我搞特殊化？哼！我口袋里没装钱，人，我今天也不领走，就按你们的章程办事，关这小子半个月，看他还长不长记性！"甘祖昌严肃地说。

“不是这个意思，您老为国家做了多少贡献啊，我们还能罚您的款？再说锦荣兄弟只是初犯，不过卖了几条篾席而已，这事也不大，批评教育几句得了。”一个民兵连忙解释。

“行，话都说到这份上了，你们不关他，那关我。来吧，号子房怎么走？你带我去。快点。”甘祖昌说着站起身就要走。

两个民兵傻眼了，赶紧上前拦住：“甘将军，您这是干什么呀？”

旁边的甘锦荣突然“砰”的一脚把地上的竹筐狠狠踢倒，篾席散了一地。他泄愤似的使劲踩上去，吼道：“走！这就是我亲爹！”

两个民兵不知所措地望着这父子俩，最后只好带走了甘锦荣。

天色已晚，锦荣迟迟不归让李凤焦急万分。龚全珍一边陪李凤站在家门口等待一边安慰她别着急，兴许有什么事耽搁了。这时，忽见甘祖昌从路那头走来，两人连忙迎上去。龚全珍十分意外，问道：“老甘，你怎么回来了？”李凤也开口问道：“爸，你在路上没遇着锦荣？他早晨去县里，到现在还没回，急死我了。”

“我就是从县里赶回来告诉你们一声，这小子偷卖篾席叫纠察队给抓了，他们喊我去领人。这小子越来越不像话了，放着队里的地不种，一颗脑袋整天钻营着怎么赚钱，我看是掉钱眼里了，关他半个月让他长长记性！”甘祖昌气愤地说了一通，忽然又想到什么，问李凤，“家里有困难？”

李凤眼圈红红地摇了摇头，一副欲言又止的样子。

“你个老糊涂，锦荣卖篾席全都是为了你呀！”龚全珍忍不住说道。李凤一听，连忙拉住龚全珍示意她不要说。

“这事必须讲清楚。上次你回队里筹粮，一颗米粒没拿走，锦荣还不是想着帮帮你。下了一天的地回来晚上不睡觉，编些篾席和篾篓拿到城里去卖，本想着攒点钱给你送过去。你倒好，儿子叫人抓了，说句话就能领回来，非得关孩子半个月，你心咋长的？你甘祖昌的组织原则比天高、比水深、比情浓。可让人看着怎么这么寒心啊！”龚全珍不顾李凤阻拦，一口气说完。

甘祖昌默然不语地听着妻子的训斥，眼睛里渐渐闪现出了泪光，喃喃道：“这号子，真应该我替他蹲啊……”说完，他强忍住泪水，脚步沉重地转身走了。

半个月终于熬过去了，走出纠察队的大铁门，甘锦荣站在原地停留片刻，伸展伸展身体，一吐胸中浊气。衣服上散发的酸臭味引得他皱起了眉头。这时，甘森昌从街道的另一头走过来，笑眯眯地和他打招呼：“在里面受罪了吧？出来了就好，家里人都很担心你。”

甘锦荣有些局促，傻站着没有动。

“走吧，李凤在家里把饭都烧好了。”甘森昌催促道。

“叔，怎么是您来接我？我爸呢？”锦荣一脸疑惑。

“你爸那人你还不了解啊，每天不是在地里就是在田里干活，忙得很。今天他本来是要来接你的，临时有点事来不了，这不，就让我来了嘛。走吧，回家先洗个澡换身衣服，好好吃一顿饱的。”甘森昌说着，亲切地搂住锦荣的肩膀就走。

趁锦荣不注意，甘森昌望了一眼远处的拐角，笑着点了点头。原来甘祖昌正藏在那里偷偷看着他们。他早算好了儿子今天出来，却不好意思去接。思来想去，他让甘森昌来接锦荣，自己则远远地看着没有露面。看着甘森昌和锦荣远去的背影，甘祖昌舒了一口气，这才离开。

甘锦荣回到家里，李凤正张罗着饭菜，见丈夫回来了，很是高兴，一边忙着盛饭端菜一边嘱咐丈夫已经准备好了洗澡水，洗个澡换身衣服再过来吃饭。

吃饭的时候，李凤感叹道：“你被关起来的这些天，咱爸可没少为你这事操心。”

“别跟我提他，要不是这老倌子，我还犯不着在号子里受这份洋罪！”锦荣余怒未消。

李凤连忙劝道："少说两句吧！当初我不让你去你偏去，出了事怨得着谁啊？私自买卖违反政策，我去社里问过了，这事让人逮住了，不是交罚款就得蹲号子，你就认了吧。"

"是，我活该，谁都怨不着，就怨我自个儿摊上这个好爹……"锦荣不满地咕哝着。

"大老爷们家，别没完没了。过两天农村小学放假，妈说想带几个孩子去矿上看看，给爸送点药。她问咱去不。"李凤说。

"不去不去，那老倌子踹人的力气大得很，一点不像有事的样子。有这闲工夫不如在家睡大觉。"锦荣说着，往床上侧身朝里一躺，蒙起被子睡起觉来。

李凤犹豫了一下："我那天好像看见咱爸哭了……你出事那天，爸回来报信，妈一时没忍住和他吵了几句，就把你的事说了。爸听着听着眼圈就红了。"

甘锦荣没说话，却睁开了眼睛，有些动容。

"看你们爷俩回回见面都拧着一股子劲儿，别提多别扭了。倒也真不愧是亲爹亲儿，说话都快变成一个味儿了。"李凤说着，悄悄向床里探身瞧了瞧锦荣。锦荣赶紧闭上眼。李凤忍着笑："行啦，我不吵你了，先歇会吧！夫妻这么多年，我还不了解你！"说着收拾了碗筷出去了。

丢了钱财的欧阳奋既不敢回家，也不敢明目张胆地出现在大街上，只好混在乞丐群里。夜里睡在桥下，白天则捡些或偷些吃的，勉强度日。几个月下来，他身上的蓝色制服已经辨不清颜色，肥胖的身躯也瘦了一大圈，一副灰头土脸、憔悴不堪的模样。

这天，欧阳奋蜷缩在桥下刚刚睡醒。他睁开眼睛愣了一会儿，起身从河里掬了一捧清水洗洗脸、漱漱口，然后掏出一块脏兮兮的毛巾擦了擦，又坐回原处，伸手从口袋里拿出半块饼子。还没等他张口，突然脑后伸过一只黑手飞快地夺走了饼子。欧阳奋急忙回头，只见一个蓬头垢面的疯乞丐正将饼子狼吞虎咽地塞进嘴里。

欧阳奋气急败坏地将那人扑倒在地，一把扼住他的脖子："吐出来，你给我吐出来！"疯乞丐挣扎着，"啊啊"地叫唤着，饼渣喷得到处都是。

想起害自己丢了包袱的那个疯子，欧阳奋顿时怒火中烧，一边打一边恶狠狠地咆哮："你们害得老子活得跟条狗一样，都该死！我杀了你……"疯乞丐的脸色渐渐变得青紫，眼球几乎要爆裂出来，声音逐渐微弱下来，奋力挣扎拉扯的两只黑手也终于松开了，绵软地垂到地上。

欧阳奋趺趺撞撞地站了起来，直愣愣地望着地上的尸体，脸上的表情很快由惊惧变为漠然、阴森，嘴里狠狠吐出几个字："甘祖昌，你等着！"

不远处的草丛后面，一个花白头发的乞丐惊恐地目睹了这一幕，吓得浑身发抖，不敢动弹。

打定了主意的欧阳奋故意抹了一脸黑灰扮成乞丐的模样，来到峙垅煤矿大门对面的街边坐下，用一双阴狠的眼睛注视着进进出出的工人们，伺机行动。晃悠了几天后，他偶然从工人们的聊天中得知矿区要检修设备，甘祖昌会和工人们一起下井巡视。

趁着夜色，欧阳奋偷偷潜入矿区，溜到煤井边上，将提拉设备上钩住铁吊篮的一根钢缆锯断了一半。正想对另一根下手时，突然一道手电光闪过，欧阳奋赶紧趴进升降机的铁吊篮里。待巡查人员转身离去，手电照向另一边时，欧阳奋慌忙爬出来溜走了。

第二天一早，甘祖昌正站在镜子前戴安全帽，新新也戴着一顶安全帽挤了过来，学着甘祖昌的样子系好。

"去去去，别在这儿瞎凑热闹，你是小孩不能下井。"甘祖昌试图将新新赶走。

新新开始耍赖："爸，我今年虚岁十五，不是小孩了，按你们这儿原来的规矩，都能说上媳妇了。"

"哟嗬，你小子整天琢磨这事呢，看我下次不跟你妈说。"甘祖昌借机逗新新。

“别啊爸，我就是打个比方。我跟您来矿上是想积累些工作经验，可这几个月您除了让我背书还是让我背书，作业区一次都没让我进去过，不好玩，不好玩。”新新装作可怜的样子。

“你小子能这么老实？偷着翻进去好几回了，别以为我不知道。”甘祖昌一语点破。新新笑着搔了搔头。

甘祖昌把新新的安全帽摘下来：“这是你妈下的令，绝对不能让你下井。不好意思，我只负责执行。”

新新故意激他：“爸，拿出点男子汉气概来，她一个乡村教师能指挥得了您？”

甘祖昌嘿嘿笑着，看着新新问：“不听她的？”

“不听！”

“好，不听就不听！”甘祖昌笑着又把帽子扣到新新头上。

爷俩正谋划着“大事”，小陈忽然进来报告：“甘将军，婶子和大哥大嫂带着孩子们来看你了，现在在大门口呢。”

新新吐了吐舌头：“坏了，我妈来了！”

甘祖昌豪气地挥挥手：“你去井边等着，我给你打掩护。”

龚全珍和锦荣两口子提着包袱，领着孩子，站在峙垅煤矿大门口。甘祖昌一边快步走过来一边说：“全珍，你们来也不提前说一声。”

龚全珍笑道：“农村小学放假，我这几天有空，又不是山高水远隔着十万八千里，我带孩子们来看看你，不欢迎啊？”

“欢迎欢迎，热烈欢迎，领导突击视察都这么着，还省了电报费呢！”甘祖昌呵呵笑着走到近前。

孩子们立刻亲热地扑上去。甘祖昌满心欢喜地捏捏这个的脸蛋，摸摸那个的脑袋，然后接过龚全珍手里的包袱，顺手递给小陈：“走吧，我一会儿还有事，让小陈先领你们去宿舍。”大家边说边走。

“新新在宿舍吗？怎么没看见他？”龚全珍问道。

“他哪闲得住啊！一早就跑出去了！”甘祖昌说道。

这时，一名工人独自拉着两辆装满煤块的独轮小车晃晃悠悠地走过来，煤块撒了一地。甘祖昌帮着把煤拾到车上。就在他想接过其中一辆车时，甘锦荣却先他一步推起了车子，看也不看父亲一眼，就直接问工人推去哪儿。甘祖昌不说话，推起另外一辆车就走。甘锦荣愣了片刻，赶紧跟上。龚全珍、李凤望着爷俩一前一后地走了，不禁相视一笑。

父子俩分别把一车煤块倒在一座“煤山”上。旁边的工人不断地将煤块扔进搅拌机里搅碎。甘锦荣觉得新奇，左看看、右看看，见父亲又往前走去，连忙四处张望着跟了上去。

到了矿井边，等在旁边的新新见锦荣来了，咧嘴笑着扑上去：“大哥，我想死你了！”

甘锦荣拍着弟弟的肩膀：“臭小子，黑了不少，又长个儿了。”

新新嘿嘿笑着把手里的安全帽递给父亲，又嘱咐锦荣：“哥，我今天下井，你别跟我妈说啊。”甘锦荣笑着点点头。

甘祖昌和井边的工人交谈了几句，站到升降机的铁篮子里，新新也蹦蹦跳跳地上去了。

两名工人握住提拉设备上那根长长的摇柄，使劲儿摇动。钢缆上下滑动，铁篮子慢慢向井口沉去。

昨晚被欧阳奋锯断了一半的钢缆在重力作用下慢慢断开。甘祖昌无意中抬头一看，正看到即将断裂的钢缆，急忙大呼一声：“不好，快下去！”猛地一把将还沉浸在兴奋中的新新抱起来扔了下去，随即自己也跳了下去，然而就在一刹那间，钢缆骤然断开，铁吊篮一下子侧翻下来，将甘祖昌掀翻在地上，几千斤的铁吊篮像钟摆一样来回直晃，眼看就要撞到甘祖昌的背上。甘锦荣在旁边看得真切，情急之下突然扑到父亲身上，自己的肩头却被撞过来的铁吊篮重重地一击，血顿时喷涌而出。

附近的工人们见情况危急，连忙上前合力控制住吊篮。被扑倒的甘祖昌一脸惊惧地翻身查看儿子的伤势，见儿子昏迷不醒，急得声音都变了：“锦荣，锦荣啊！”边叫边颤抖着捂住儿子血流不止的伤口。

从地上爬起来的新新立刻从旁边推过来一辆装煤的小车，上面铺了层帆布，急忙喊道："快把我哥送医院！"

甘祖昌这才如梦初醒，和众人一起将锦荣抬到车上，推着车向厂外飞奔而去。

坐在街边伪装成乞丐的欧阳奋看到甘祖昌推着满身是血的甘锦荣跑出来，顿时一惊，起身想跟上去看看情况。就在这时，街角处走过来两名"红臂章"和那个目睹欧阳奋杀人的白发乞丐。白发乞丐作为目击者边走边描述当时杀人的情况："那人穿着一身蓝色衣服，像是煤矿上的工人……"正说着，白发乞丐突然看到刚刚站起来的欧阳奋，连忙大声喊道，"对，就是他！"

欧阳奋见势不妙，撒腿就跑。"红臂章"一边喊一边追了上去。没跑多远，欧阳奋便被两名"红臂章"扑倒在地上，只好束手就擒。

到了医院，甘锦荣立刻被送进了手术室。甘祖昌想跟进去，却被拦在外面，只能伸长了脖子，两眼一眨不眨地望着里面躺在手术台上的儿子。门关上那一刻，终于阻隔了他的视线。红灯亮起，他仿佛一座雕像站在那里一动不动。

不一会儿，龚全珍、李凤哭喊着赶来了。甘祖昌却仿佛没有意识到她们的到来，仍旧保持着原来的姿势，僵化了般一动不动。

护士推门走出来，说了些什么，甘祖昌仍旧没有反应。护士伸手推了推他，说道："甘将军，甘将军，病人失血过多，需要输血，我们医院血库里没有 O 型血了……"

甘祖昌这才缓过神来，急切地挽起袖子："输我的，我是 O 型！"

护士带着甘祖昌走了，龚全珍担忧地望着丈夫的背影，想说什么，但终究没有开口。

手术室里，甘祖昌躺在与儿子相邻的病床上，看着玻璃胶管里鲜红的血液从自己的小臂上流出来，慢慢地流向那边的儿子。

过了一段时间，护士问道："抽血已经超过 200cc 了，还要继续吗？"

医生有些为难："病人失血太多，还需要至少200cc……可是甘将军的身体……"

甘祖昌听了，果断地说："我儿要多少，就抽多少！"

手术室内一时安静下来。过了许久，医生的声音再次响起："继续。"甘祖昌安下心来，缓缓地闭上了眼睛。

几天后，脸色苍白的甘锦荣终于慢慢睁开了眼睛。肩膀上厚厚的纱布让他觉得有些别扭，他微微转头看了一眼，却看到父亲一双布满血丝的眼睛正直直地盯着自己。

"爸！"锦荣叫了一声。

甘祖昌喉结动了动，眼神中终于有了些神采，话还未出口，两行清泪滑了下来，好半天才挤出几个字，声音却生涩低哑："锦荣……"然后紧紧攥住儿子的手，"醒了好，醒了好啊！"从未见过父亲如此模样的锦荣有些不知所措。

这时李凤端着水走进来，见丈夫醒了，急忙奔到床边："锦荣，你可醒了，整整躺了四天三夜啊。怎么样了？哪儿还疼啊？"甘锦荣摇摇头。

甘祖昌这才想起来跑到门口大声喊来医生。医生检查后说道："能醒过来就没多大问题了。但左肩骨折要好好休养至少仨月，不能干重活、不能用力，长不好就麻烦了。"

李凤喜极而泣："大夫你放心，我啥活都不让他沾手。"

"我出去抽锅烟。锦荣，你先躺着，我让你妈给送点饭来。"同样激动万分的甘祖昌找个借口出去了。

听说为了救自己，父亲给他输了两大袋血，甘锦荣埋怨道："这老倌子，不要命了！"

李凤轻叹一声："我说啥来着？你们爷俩说话一个腔调。抽完血爸昏睡了几个小时，躺在那儿嘴里一个劲儿地念叨着，'锦荣你不要命了，锦荣你不要命了'。"

甘锦荣鼻子一酸，眼泪掉了下来，他连忙用左手捂住眼睛，小声抽泣了好一阵，才平复了下来。

听说锦荣醒过来了，龚全珍煲了锅鸡汤，又烧了点猪血，送到医院来，让李凤多喂他喝点鸡汤，又嘱咐丈夫多吃点猪血。甘祖昌皱起眉头：“我不爱吃猪血，锦荣该多吃。”

龚全珍没好气地笑道：“你也得吃，补血养血的，抽了那么多血呢。”

几个人互相看着，浓浓的暖意在这间小小的病房里弥漫开来。

在甘祖昌的带领下，峙垅煤矿的效益越来越好。这天，小陈手里拿着账簿，面带喜色地向甘祖昌汇报：“上半年及事故以后所欠的工人工资已经结清，除去11月和12月预计支出费用，今年我厂总共盈利10万元左右。”

甘祖昌也是一脸喜气：“我以为今年怎么也得落个‘白板’呢，不赔钱就算不孬了，没想到还有10万元入账。不错不错，这都是大家的功劳啊！”

小陈又想到了什么，面露难色：“甘将军，还有件事，厂里原先那伙人刚刚又来了，这月已经是第三回了，烦得人不行……这次老张态度出奇地强硬，说您再不给他们个说法，就要闹到市里去。”

甘祖昌冷笑道：“好啊，让他们闹，我看他们是嫌影响不够大！不占理的事儿别说闹到市里，闹到省里我也不怕。哼，蛀虫！败类！就这种人还指望着国家养他们？简直做梦！”

小陈一脸无奈：“不光后勤科老张，还有人事科和财务科的那几个，因为跟县里或市里的领导沾亲带故，当初都是托关系安排进来的。虽说欧阳奋事件与他们牵扯不大，但您一口气把他们全都除了名……我知道您老不怕，但这几个人就跟块狗皮膏药一样黏住人不放，真要揪扯起来，我怕耽误您的工作。”

甘祖昌严肃地道：“平时他们在厂区外怎么闹我不管，但如果想进厂闹，影响了工人的生产进度，我肯定不答应。这样吧，最近这段时间，你多安排两个工人守大门，以后不是咱们厂的人一律不许进。”

等老张一伙儿人再来厂里时，门口有人守着，他们根本进不了门。一开始他们还在厂门外闹，一闹腾一整天，吸引了一些不明情况的乡亲围观，但甘祖昌却一直采取不理睬、不回应的态度。时间一长，看热闹的人少了，他们也知道这样闹下去不会有什么成效，便都散了。

老张见闹事不成，就和市财政局的叔叔打了招呼。很快，马方生接到电话，让他想办法把老张再安排进矿里。曾经的老领导开口了，马方生不好拒绝，可是一想到甘祖昌，他就头疼。正愁眉苦脸无计可施之际，李保山过来交工作报告。得知此事，李保山想了想说道："我听说峙垅煤矿的情况已经有所好转，今年已经开始盈利了，县里应该趁这个时机收回来。"

马方生摊着手说道："我也这么想，可他刚找老刘续签了五年的合同，你们坊楼这回赚大发了。"

"不是坊楼，是他甘祖昌个人……"李保山笑着，眼里闪烁着诡异的光，接着他压低了声音说道，"我们可以这么……"

几天后，老张等人带着一群记者出现在峙垅煤矿门口。老张指着里面，对记者大声控诉："甘祖昌一直心虚不敢出来见我们，之前我们来找过他多次，可他连工厂门都不让我们进，我们是有理没处讲，有冤无处伸。记者同志，你们一定要帮帮我们呀。"说着指向门口的两名门卫继续道，"你们看，就是这两人一直在门口挡着不让进！"

路过此处的小陈见状，赶紧示意其中一名门卫去通知甘祖昌。

老张继续声泪俱下地控诉："甘祖昌去年来到厂里，借着查明矿难事故真相、惩治煤矿经理贪污倒煤的名义，将我们后勤科、财务科、人事科的员工全部裁撤，堂而皇之地换上他自己的心腹。现在峙垅煤矿已经不姓'公'，而姓'甘'了。甘祖昌倚仗自己是个将军，全然凌驾于县领导之上，逼迫刘书记和他续签了五年的合同，五年啊！记者同志们，我给你们算笔账，假设煤矿每年入账 20 万元，这只是保守估计啊，五年就是 100 万元！至少 100 万元落到他甘祖昌自己的腰包里，这在我们社会主义国家是多么恶劣的行径啊……”

记者们有的拍照，有的记录，围观的人越来越多。小陈又急又怒，赶忙回去报告。

甘祖昌听小陈说完，不慌不忙地开口了：“我知道了，带他们去会议室。”

小陈一惊：“把他们放进来？”

写完最后一个字的甘祖昌“啪”的一声扣上笔帽：“苍蝇在屋里乱嗡嗡，不如放进帐子里，一打一个准。”

小陈一愣，旋即笑了：“是，我明白了！”

煤矿门口，老张还在和记者们絮叨：“记者同志们，这里的情形你们都看到了，仅这大门口就让甘祖昌搞得和旧社会警察署一样，更别提里面了。”

这话却正说中记者们的心思。其中一位女记者提出想进去采访，老张急忙拉住她：“同志，你想进可根本进不去啊！我希望大家回去以后能将甘祖昌解甲归田后的真实面目揭发出来，不要让党组织和广大人民群众继续受他的蒙骗……”

正在这时，小陈赶到大门口：“记者同志们，都进来吧！甘将军很高兴邀请大家来厂里参观，并愿意接受大家的采访。”老张的脸色一下子僵住了，那位女记者看了他一眼，然后随其他记者向厂里走去。老张等人只得硬着头皮跟了进去。

众人跟着小陈来到会议室。老张等人还妄图作最后的挣扎，趁甘祖昌没到之际，仍继续颠倒黑白、混淆视听。见甘祖昌来了，大家立刻安静下来，眼睛齐刷刷地望着他。

甘祖昌笑呵呵地拉过他们对面的一张椅子坐下，不慌不忙地点着了旱烟，说道：“刚才听你们说得挺热闹的，继续啊，我进来是想离近了听仔细些。老张，说啊，别停下。”

老张见甘祖昌若无其事地抽着烟，目光从容地盯着自己，不禁有些胆怯，但还是强装镇定地说道："甘祖昌，别以为你是个将军就能在这莲花县无法无天了！这可是革命先贤辈出之地，由不得你为所欲为。领导们不敢治你，就让群众来评评理。说！你到底长了几个胆子，敢随便开除我们，把峙垅煤矿变为你个人的私有财产！"

甘祖昌淡然地笑道："往我头上扣了好大一顶帽子哟！记者同志们，作为专业的新闻工作者，你们觉得他这番话有几分可信度啊？"

刚才那位女记者不卑不亢地说道："甘将军，作为一名认真负责的新闻工作者，我的任务是用客观真实的视角如实报道我所认为的真相。我想纠正您的一点是，一方当事人说的任何一番话在得到有力证实或强力驳斥前，我都不便发表任何看法。"

甘祖昌略带欣赏地看着这名女记者："同志，我很赞同你的观点。有一句话叫'群众的眼睛是雪亮的'。作为另一方当事人，我只能简述一下我代表公社接手峙垅煤矿的初衷，至于我在厂里是不是搞独裁，这个问题，我觉得还是交给群众回答才更有说服力。"

听甘祖昌介绍了接手煤矿的原因，记者们都感到很意外。不过那位女记者想了想又问道："既然是社里出钱投资峙垅煤矿，为什么您能一人做主给自家大队修水库呢？"

甘祖昌解释道："这座水库建好以后惠及的范围很广，不仅我们沿背大队，周围的小岗大队、甘家大队都在它的灌溉范围之内。"

"甘将军，我知道您回乡以后为家乡的父老乡亲做了不少实事，可您不觉得以将军的身份带头会削弱公社领导的威信吗？"女记者的问题很犀利。

甘祖昌淡淡一笑，回答道："在我看来，一个富有惠民精神的公社，与我的目的应当是一致的，就是带领乡亲们过上好日子。既然大家目的相同，又何必把那套腐朽的官僚主义考虑进去呢？"

女记者露出心悦诚服的微笑："是我想法落后了。您的这番解释已经说服了我，但我现在还没看到您所说的一双双雪亮的眼睛啊。"

话音刚落，十来名刚从井下上来的工人闻讯赶了过来。他们怒视着老张等人，其中一个人冲动地上前叫道：“你们还敢来！带着一帮记者了不起啊？滚，都滚出去！”

甘祖昌连忙劝阻那位情绪激动的工人。女记者也说道：“这位同志，你讲话客气一点，我们只是过来了解情况。”

“好，了解情况是吧？”这名工人指着老张几人说道，“你们怎么不了解了解这几块臭肉当初是怎么合起伙来压我们工钱、延我们工时、扣我们劳保的？”

记者们的目光瞬间都转向老张等人。老张一副如坐针毡的模样：“你！那是欧阳奋，不是我。”

工人们盯着老张，一脸不屑：“砸吧砸吧是一锅！就这‘二把刀’大字识不得几个，连自己名字都不会写，凭啥当后勤科科长？有个亲戚领导真管用啊。甘将军撤了你的职，全厂没一个不叫好的，你还有啥脸一次次过来找？”

老张等人被诘问得哑口无言，指着那个工人对女记者说道：“记者同志，这人是甘祖昌的同伙，他们一个鼻孔出气，一条裤子取暖啊，你不要轻信他说的话。”

女记者笑着望了望门口越来越多的工人们，说道：“甘将军，您的同伙真不少啊。”

甘祖昌响亮地回答：“是啊，全厂工人都是我的同伙！”

不久后的一天，新新兴高采烈地拿着一张《人民日报》放在甘祖昌面前。报纸显眼的位置上赫然写着大标题“农民将军甘祖昌”。

新新兴奋地说道：“爸，您快看，这是上次那个来煤矿的记者姐姐写的。妈说她在咱家住了半个多月，四处采访您的事迹呢。”

甘祖昌拿过报纸看了看：“开垦虎形岭，治理冬水田，盘活煤矿厂，挣钱修水库。嚯！这女娃看着挺文静，写文章玄玄乎乎，都是些小事，叫她这么一说，我真不得了了。”

“我妈说这《人民日报》是全中国发行量最大的报纸。这就是说全国人民差不多都知道有您这号人物了！”不管父亲怎么说，新新仍沉浸在兴奋中。

甘祖昌“哼”了一声把报纸拍在桌上：“徒有虚名！”

新新忽然变戏法似的从背后拿出一张汇款单：“爸，您别这么说嘛，不光有虚名，还有实惠呢。”

甘祖昌惊讶地看着汇款单上的数字：“30 万元？哪来这么多钱？”

“省里拨的。《人民日报》的报道引起了省里领导的关注，听说省里在详细了解咱们煤矿的情况之后，非常认可您办厂的初衷，为支持您接下来的工作，走程序拨了款。就这样，省里三天不到就把钱打过来了。”新新把自己听到的话说给父亲听。

甘祖昌出神地看着手里的汇款单，过了片刻，高兴地说道：“这笔钱就当我向省里借的，水库提前开工！小子，收拾收拾东西回家！”

新新不乐意了：“哎，等等。爸，钱给都给了，怎么又成借的了？”

甘祖昌看了新新一眼，语重心长地说道：“省里也不富裕，我不能把司令员的一句话当成万金油。煤矿已经开始盈利了，30 万元最多两年就能还上。我自己能想办法的事，就不指望别人。”

得知王司令亲自往省里打电话关照甘将军的生活，处事圆滑的马方生立刻想到甘祖昌回来十年了，一直住着破旧的祖屋，不如县里出资为他在县城建一处新宅，以示对老将军的关怀。想到这里，马方生很快物色好了地址，并找人画了图纸，然后报给刘书记签字。

刘越北自然了解甘祖昌的性格，不禁皱起了眉头：“甘将军知道这件事吗？还是和他先商量一下吧。”

马方生立刻解释：“甘将军自然不知道，也不能让他知道，否则这事就干不成了。是，甘将军思想境界之高不是寻常人比得了的，但眼看着他一天比一天岁数大了，身体状况时好时坏，尤其头上的毛病，万一哪天突然发病了，我是说万一，从沿背大队跑一趟县医院几十里山路，不就耽误了？刘书记，您就直接拿个主意吧，签了字，我立马找施工队开工，俩月完工。”

刘越北想了想，最终还是在图纸上签了字。马方生收起图纸，急着要走。刘越北拦住他：“水利局派到沿背大队指导水库修建的技术员定下来没有？”

马方生脑子里闪过表弟秦奋的身影，于是回答：“定下来了，明天就过去。是一个姓秦的，听说以前在南京河海大学念过两年，技术绝对没问题。”

刘越北点点头放下心来。

甘祖昌和新新回到家，立刻向大家宣布了提前修建水库的好消息，并亲自挑选了几十名强壮健硕的小伙子参与水库修建。一切准备就绪，这天，沿背大队的全体村民聚集在田边，就连肩头缠着纱布的锦荣也到场了。那些参与修建的小伙子们精神抖擞地站在了前排。

甘祖昌、李保山站在众人前面。甘祖昌望着大家，提高嗓门郑重地说道：“乡亲们，在省委的支持下，我们修建水库的50万元资金提前到位了。所以，我向大家宣布，将原定于明年的计划提前至今年，沿背大队修建水库工程正式开工了！”现场顿时响起一片热烈的掌声。

甘祖昌又对前面的小伙子们说道：“你们每一个都是我从队里精挑细选出来的汉子。施工期间，我对大家的要求只有两句话，不怕吃苦不怕受累，一切行动听从指挥！”

小伙子们齐声应道：“不怕吃苦不怕受累，一切行动听从指挥！”甘祖昌满意地点点头。

老牛筋高声问道：“祖昌老庚，我有个问题！听从指挥，听从谁的指挥啊？要是打仗嘛，大家听你指挥，可修水库这种专业技术活你也指挥得了？”

甘祖昌笑了：“我当然不行了，所以我从县水利局请来了一位专家，施工期间，你们都要听这位专家的指挥。”说到这里，甘祖昌转过头看了一圈，却没见到人，不禁皱起眉头小声问李保山，“那个秦专家呢？你不是说他昨天下午就来了吗？”

李保山淡淡地说道：“是来了，又走了，人家是你请的专家，我还以为到沿背找你去了。”

甘祖昌被气得一时哑口无言，看了看手腕上的表：“这都 12 点了，还有没有点时间观念……”

十八 用愚才水坝被毁

一片幽静茂密的小树林里，秦奋与小岗大队的寡妇李宝莲正在依依惜别。眼看时间不早了，与李宝莲厮混了一夜的秦奋怕被表哥责骂，便不敢再耽搁，打发走李宝莲，自己匆匆赶往沿背大队。

工地上一片繁忙。没有技术指导，小伙子们就抬钢筋、搬水泥，先进行一些基础性的工作。甘祖昌也光着双脚，穿着一身破旧的衣服，背着水泥袋子与他们一起干。

秦奋大摇大摆地走过来，截住甘祖昌的去路："喂，老倌子，我是县水利局的秦技术员，来指导你们修水库的。我住哪儿啊？社里直接把住处安排在工地了？"

甘祖昌看了他一眼，把水泥袋子放在地上："你就是秦奋？"

"是啊。"秦奋诧异地打量着甘祖昌，"你是……"

"走吧，我带你去。"甘祖昌没有回答他，直接将他带到早已收拾好的帐篷里。

秦奋皱着眉头进了帐篷，看到里面只有一张床和一套桌椅，桌脚边放着一只水壶，立刻露出了嫌弃的表情。他用手指在桌面上一抹，手指便沾上一层灰，又拿起水壶晃了晃，发现里面没有水。于是他随手将水壶递给甘祖昌："去，灌壶热水。还有，找块抹布把桌子好好擦一擦。还有这床，枕头、褥子、被单呢？都没有，我怎么睡觉啊？”

一直在一旁静静看着秦奋指手画脚的甘祖昌问：“还有什么？”

秦奋挥挥手：“先把这些给我解决了吧。”

甘祖昌没说话，提着水壶出了帐篷。

一会儿甘祖昌便回来了，怀里抱着被褥，手里提着一只水壶，水壶盖上顶着一块抹布。他把水壶放到桌脚边，又把被褥摆在床头，接着拿起抹布擦桌子，边擦边问秦奋：“秦技术员，照你的吩咐都弄好了。你还有什么需要吗？”

秦奋一摆手：“行了，这儿没你什么事了。你把甘将军请过来，我有事跟他商量。”

甘祖昌微微一笑：“你说吧。”

“我找甘将军商量，你……”秦奋不耐烦地说道，但话刚说了一半，他忽然明白过来，脸色一下子变了，声音也有些发颤，“甘……甘将军？”

“是我，我就是甘祖昌。秦技术员，你架子不小嘛。”甘祖昌一脸严肃地说道。

秦奋几乎要哭出来了：“甘将军，我……我错了！我真不知道是您啊！当然，不能说不知者无罪，我自身的问题也很严重，比如说我年纪不大、态度不好、懒散骄惰、行为失检，我……”

甘祖昌冷笑着打断他的话：“不错不错，成语张口就来，是个念了一肚子书的人。”

秦奋连忙恭维道：“要论大知识分子，您家就有一个，我算什么啊？”

甘祖昌厉声喝道：“少乱拍马屁！你要能把水库修好，我给你倒马桶都行。说，为什么来晚了？”

秦奋顿时慌了神，语无伦次地编了一个借口：“我，那个……昨天走到半路啊，碰见个朋友，他家老人过世了，临时拉我帮忙，我不去也不好……就这么耽误了一宿。”

甘祖昌怀疑地盯着秦奋看了片刻，最终语气缓和下来：“碰见这事也没办法。耽误一天就耽误一天吧，抓紧工作，争取把进度赶上来。水库设计图画好没有？”

秦奋擦了擦额角的汗，答道：“差不多了，还有几处不细致的地方，我今天晚上加班完善。”

甘祖昌点点头：“好，那我就不打扰秦技术员工作了。晚饭我安排人送进来，你安心修图。”

“哎！您放心吧，甘将军慢走啊！”送走了甘祖昌，秦奋这才松了一口气。

还没在工地踏实待几天呢，秦奋又不安分起来，时常偷偷去那片小树林里与李宝莲幽会，所以往往一早上甚至整个上午都见不到他的身影。日子长了，甘金生难免向甘祖昌抱怨。但见水库正按计划处于稳步建造中，甘祖昌敬秦奋懂技术，因此并未苛责。渐渐地，秦奋愈加有恃无恐起来。

日子一天天过去，水坝已初见雏形。这天，消失了几日的秦奋终于出现在嘈杂喧闹的工地上。然而他一到工地，就下令把刚建成的大坝拆掉。甘金生和正忙得热火朝天的小伙子们顿时不干了，纷纷责问秦奋：“你连着好几天不露面，一来就让我们把坝拆了。大家伙辛辛苦苦干了这么多天，钢筋水泥用的都是钱啊，凭啥你一句话说拆就得拆啊？”

秦奋趾高气扬地说道：“就凭我是这次工程的总指挥，我让你们怎么干你们就得怎么干！”

甘金生怒火上涌，随手从地上捡起一块卵石，骂道：“狗屁逻辑！你今天要讲不出个道理来，老子跟你没完！”

秦奋有些害怕地退后两步，但嘴上仍然强硬：“你想干吗？你甘大队长只管种地养猪，这里面的门道我说了你能懂？”

甘金生一把揪住秦奋的衣领，把石头举到他眼前，威胁道：“你小子不挨顿打心里就不舒坦！”

正在这时，甘祖昌赶到跟前，厉声喝道：“住手！把石头扔了！”

甘金生一脸不甘地放开秦奋，丢了手里的石头，不服气地说道：“叔，这混蛋让我们把坝拆了，说垒得不行！”

甘祖昌似乎没听到甘金生的话，只逼视着秦奋质问："这几天你干什么去了？"

秦奋不慌不忙地从包里掏出工作记录本说："甘将军，之前我就跟你们说，不要垒太快，不要垒太快，这下出问题了吧？这两天我特意去河上游做了勘察，发现各项数据与之前你们给我的很多都不一样，就马上赶回来叫停工程。可是他们不但不听，还想动手打人，尤其是这个甘队长态度嚣张得很啊，简直不把我这个总指挥放在眼里！"

甘祖昌忙问："等会儿，你说数据有出入？"

秦奋翻开记录本，指给甘祖昌看："是啊，您看，我重新测了一下，发现在这里垒坝太不安全，至少要往上游推进 500 米……"

听到这里，甘祖昌立刻命令大家暂时停工，一脸严肃地让秦奋进帐篷跟他详细说明情况。秦奋一边朝帐篷里走，一边露出一丝得意的微笑。

晚上，秦奋又来到小树林幽会李宝莲。一直催秦奋赶快去开介绍信结婚的李宝莲见他一直拖延，于是一边躲避着他的亲热，一边埋怨他心里根本没有自己。

秦奋急了："我如果心里没你，不在乎你，能冒着那么大风险把这片对咱俩来说意义非凡的小树林留下？本来沿背建水库，河流改道，这儿是要被淹的。我撒了个弥天大谎，迫使他们把快垒好的水坝拆了重建。我不怕遭人骂、遭人恨，这一切还不都是为了你？"

李宝莲捂着脸哭道："那你为啥一直不娶我？你就是嫌弃我是个寡妇！我都等你两年了！我不管！秦奋你给我听好了，我李宝莲最多再等你一个月。介绍信再开不来，我直接找你那当县委副书记的表哥闹去！"

秦奋只管甜言蜜语地哄着，自然不把李宝莲的话放在心上。

这天，甘祖昌正在嘈杂的工地上忙碌，新新忽然跑过来说刘书记有重要的事跟他讲，让他马上去公社一趟。甘祖昌放下手中的活计，赶紧来到公社。只见公社门口刘越北正与龚全珍说着话，旁边还站着甘森昌两口子和锦荣两口子。甘祖昌心中纳闷，正待询问，刘越北满面笑容地走到路边停着的一辆车前，打开车门说道：“甘将军，上车吧！”

“干什么啊，就让我上车？”甘祖昌疑惑不解地问。

刘书记笑道：“好事，但我现在不能讲，到了您就明白了。来，都上车，我们马上出发。”

汽车驶到一座红砖绿瓦的二层小楼前。楼的前方右侧矗立着一块蒙着红布的石碑，前面空地上聚集着莲花县城有头有脸的人物。

马方生低头看了下表，随即吩咐手下人再确认一遍流程，看有没有纰漏，特意叮嘱要把握好每个环节的时间，在中午之前完成整个活动，但也不能太提前，然后直接把人们拉到县里吃饭，席面不要太铺张，要粗粮细做。他把能想到的都交代了一遍，一抬头看见汽车驶了过来，连忙小跑着过去迎接。

甘祖昌从车上下来，望着眼前热闹的场景，不禁皱起眉头，转头问刘越北：“怎么回事？县委的人都不上班，跑这儿来干吗呢？”

这时，马方生和几名干事满脸堆笑地迎了上来：“甘将军、甘夫人，两位主角终于驾到了，快请吧。”然后不由分说将甘祖昌和龚全珍拥到楼前。嘈杂的人群一下子安静下来。

马方生站在前面大声说道：“我宣布，将军楼揭幕仪式正式开始。首先请甘将军参观新居。”

龚全珍一脸的困惑。甘祖昌已经有点明白过来了，严肃地看着身旁的刘书记。

刘越北连忙解释：“沿背条件不好，出于对您身体状况的考虑，县委特意选了这块离县医院比较近的空地建造将军楼。您放心，这座将军楼是我们严格按照您的军衔级别建造的，绝对没有超标。”

甘祖昌围着将军楼转了一圈，冷笑道：“将军楼？挺气派的啊，红砖绿瓦，还带个小院。可我怎么看着这么眼熟呢？对喽，‘新疆王’盛世才败逃台湾的时候，把能卷跑的东西全都卷跑了，卷不跑的，像房子啊、车子啊，都留下了。就这种二层小楼，迪化城到处都是。不错，真不错啊，你们造得真像那么回事。”一番话说得县委众人脸色尴尬。

甘祖昌指着蒙着红布的石碑问道："这是什么啊？"刘越北也是一脸迷茫地望着马方生。甘祖昌一把揭开红布，只见石碑上刻着一排大字——农民将军甘祖昌之生平简介，后面密密麻麻刻满了小字。甘祖昌指着石碑，笑着对县委班子的人说："这就开始给我树碑立传啊。"

听出话外之音的刘越北有些羞愧地低下了头，马方生却似乎没有听懂，仍旧笑呵呵地拿着钥匙开门："甘将军，您进来看看……"

甘祖昌严肃地说道："给我把锤子。"马方生一愣，没明白甘将军是什么意思，但还是对一名干事小声吩咐了一句。不一会儿，这名干事提着一把大锤子呼哧呼哧地跑到甘祖昌跟前。甘祖昌接过锤子，抡起来狠狠砸向石碑。一下、两下、三下……石碑表面出现一道道裂纹。众人都惊得目瞪口呆。砸完，甘祖昌把锤子扔在地上，冷若冰霜地对马方生说道："全部给我铲了！"然后扭头就走。龚全珍紧走几步追上丈夫。

人群里，李凤戳了戳丈夫，示意他一起走。甘锦荣小声说道："哼，这伙人的脑袋都是摆设，连老刘也算上。"说着抬腿就要走。这时，马方生尴尬地笑着来到锦荣跟前，把钥匙递给他："今天挺高兴的事，不知道哪又惹你爸生气了。锦荣兄弟，这钥匙你先拿着，有空你们一家人就过来。"

甘锦荣没接钥匙，板着脸说："马副书记，谁叫你们盖这房的？连个招呼都不打，他能不生气？要真想住将军楼，当初在新疆、北京、南昌都能安排上，还用等到现在让你们莲花县党委掏这个钱？你跟我爸打了这么多年交道，难道不了解他这辈子最恨劳民伤财吗？还树什么碑、立什么传，我爸还没死呢！你搞这套不是找不自在吗？这个你别给我，我们已经分家了。凤，走。"说着，拉上李凤也走了。

这时，张淑芬不顾丈夫的阻拦走过来说道："马副书记，你把钥匙给我，我先帮忙收着。都是一家子，谁拿不一样啊？回头我让我们家森昌劝劝。他大哥就这脾气，过后就会想明白的，盖都盖了，总不能叫它空着啊。"马方生听了，只好把钥匙递到张淑芬手里。

工地上人声嘈杂。秦奋手里拿着图纸，一边指着不远处建造中的水库，一边对甘祖昌说着什么。老牛筋闲来无事，走过来说道："祖昌老庚，恭喜啦，乔迁新居这么大的喜事也不和我们这帮老弟兄说说。怎么？还怕我们问你讨喜酒喝啊？我们可都听说了，那二层将军楼可敞亮气派啦。我就说，你这只金凤凰在咱这草鸡棚里窝不住。什么时候搬啊？带我们也去开开眼，见识见识那楼上楼下、电灯电话。"

甘祖昌头也不抬："你听谁说的？没有的事！"

"老二家里头那位每天腰上挂着串亮闪闪的铜钥匙，全队挨家挨户地串门，早都传遍了，这我还能编瞎话？"老牛筋一脸认真。

甘祖昌这才抬头看了看老牛筋，蹙起眉头大步离开。

张淑芬正站在家门口，手里拿着鸳鸯绣花样子，跟邻居吹嘘她儿子找了甘家大队出了名的一朵花做媳妇，要邻居参谋参谋她绣的这新婚枕面。邻居大嫂夸完了她绣的鸳鸯活灵活现，又夸那个闺女有福气，嫁过来就能住上县城里的二层小楼。张淑芬听了笑得合不拢嘴。

偏巧这时候甘祖昌黑着脸走过来，向她要那串新房的钥匙。刚吹嘘完的张淑芬面子上挂不住了："大哥！人家上赶着给你为啥不要？再说钥匙给你了，我儿娶媳妇咋办？"

甘祖昌纳闷地问道："锦华娶媳妇和这有啥关系？你记住了，那房子不是咱家的，以后不要再在村里瞎传舌。"

张淑芬情急之下脱口而出："要不是这座将军楼，甘家大队那俏姑娘能同意嫁过来？"

甘祖昌一愣，随即质问道："锦华的婚事你到底是怎么跟人家说的？是不是把那小楼也许给人家了？你这就是骗婚！"

张淑芬支支吾吾说不清楚，见围观的人越来越多，急得索性大声嚷嚷起来："又不是让你全给，就给他们两口子留一间。你当大伯的不为自己亲侄儿的婚事着想，到时候丢的也是你甘家的脸！"

甘祖昌彻底火了："结婚完全看双方感情，和房子扯一块儿干吗？这和旧社会花钱买媳妇有什么区别？享乐主义，金钱至上，什么玩意儿啊！”

“要不是你当了个大官，就你这岁数一大把，还带了一身的病，龚全珍会情愿嫁给你？”张淑芬越发口无遮拦起来。

龚全珍刚刚挤进人群，正好听到这话，一下子愣住了。扛着锄头从地里回来的甘森昌看到这一幕，快步上前狠狠甩了妻子一巴掌，然后从她腰里一把拽下钥匙，递给甘祖昌。张淑芬又羞又恼，扯着嗓子大哭起来。甘森昌吼道：“进屋去，还不嫌丢人！”然后又推又拉地把妻子赶进了屋。

回到家里，甘祖昌将那串钥匙扔在桌子上，一边烦躁地走来走去一边发着牢骚：“一座楼房惹出这么多破事！那天我不该只把碑砸了，房子也该一块儿拆了！”

龚全珍想了想，劝道：“行了，你再着急上火也没用。盖都盖了，总不能真拆了。你要不知道怎么办啊，我给你出个主意。那边离县中不远，可以办个图书馆。我大学同学里有不少在全国各地当老师的，我让他们给我寄一些书过来。还有，省图书馆每年都会有一批淘汰下来的破损书籍，修补一下也还能看。”

甘祖昌的眉头一下子舒展开来，连连点头：“这个主意好，将军楼改图书馆！我也找我新疆的老战友帮帮忙，能搜罗多少是多少，全都给我寄过来。还有啊，老二家的你劝劝去，这两口子别真闹出什么事来。”

龚全珍微笑道：“这还用你说啊？我正想吃完饭就去呢。对了，趁天还没黑，我还是先去甘家大队跑一趟，问问人家闺女的意思。”

甘祖昌又是连连点头：“对，我跟你一块儿去，锦华的婚事不能耽误了。”

张淑芬哭着嚷着进了屋，一把鼻涕一把泪地对丈夫不依不饶。刚才在气头上打了妻子的甘森昌现在又蔫了下来。张淑芬一边哭喊着这日子没法儿过了，一边将桌上和床上的所有东西都扔在了地上。突然，她看到从针线笸箩里掉出来一把剪刀，便弯腰捡起来，对着那块绣着鸳鸯的红布乱剪一通。

站在墙角一脸无奈的甘森昌赶紧上前攥住她的手腕劝道：“哎呀呀，儿子的枕面，剪了不吉利！张淑芬你疯啦！”

张淑芬声嘶力竭地喊道：“婚都结不了了，剪了好，省得碍眼！”

“剪了好，再重新赶时间绣，就没空又哭又闹摔东西了！”龚全珍说着走了进来，望着屋里一片狼藉，轻轻叹了口气。

甘森昌两口子一时没明白龚全珍话里的意思，顿时都安静下来。

“我刚从甘家大队回来，问过人家闺女的意思了。人家压根儿就没看上县里的将军楼，只是相中了锦华老实能干，想嫁过来安安分分过日子。喜事定下啥时候办了，咱这边抓紧。”龚全珍说着，从口袋里掏出一沓钱，“老甘说了，新时代结婚不兴铺张浪费，给女方的彩礼钱100块蛮够了，剩下的凑几桌席面，请一请两家亲戚，没必要满大队里张罗了。”

一番话让两人又惊又喜。张淑芬双手颤抖着接住龚全珍递过来的钱，激动得一句话也说不出来。甘森昌回过神来，赶忙扶起一把椅子：“嫂子，坐……”

“我走了，这屋子下不去脚，你们俩赶紧拾掇拾掇吧。”龚全珍说着，转身出去了。

甘森昌幽幽地叹了口气，张淑芬则羞愧难当，紧紧攥着手里的钱，泪水溢出了眼眶。

水库已经修建了一段时间，这天省里的陈书记下来视察，首先让李保山陪着到了沿背大队。

李保山及坊楼公社的干事们簇拥着陈书记边走边谈。看到甘家祖屋简陋老旧的样子，陈书记很是感慨。

李保山赶紧介绍：“甘将军一大家人，包括弟弟、弟媳，大儿子、大儿媳，二十几口原来都住在甘家祖屋，前年分家了，现在只有他和夫人带着几个男娃和女娃住在这儿。甘将军年纪一天比一天大了，县里为了照顾他的生活，特意在县郊建了一座将军楼。”

陈书记点点头说道："应该的。大队里住房条件太差，甘将军头上有伤，气管也不好，一直住在这儿，就医是个大问题。不过我听说甘将军是个犟脾气，当年执意回乡种田，拒绝了部队上的一切安排，这些年吃穿用度都和当地村民无异，是老一辈革命家的楷模啊。你们是怎么说服甘将军的？"

李保山不紧不慢地说道："人嘛，岁数大了思想上总会发生转变。现在甘将军也和以往不太一样了，可能是疾病缠身的缘故吧。听说他最近特别迷信，在风水方面很讲究。县里选址造将军楼，他还从山里请了风水先生去瞧了瞧，对房屋的建材、朝向都做了详细要求。不过这也只是流言，很多事情我们也不敢深究。"

陈书记皱起眉头呵斥道："不像话，共产党人只信仰共产主义，宣扬无神论，他怎么反其道而行之，搞起这一套来了？老同志哪能犯这样原则性的错误！"

李保山不再说什么，静静地听着陈书记发牢骚。

回去后，陈书记立即向上级做了汇报，随即开展了全面调查。

经过一段时间的休养，甘锦荣肩头上的绷带终于拆下来了，虽然可以活动了，但还不敢太用力。这天，甘祖昌琢磨着李凤不在家，特地从工地回来给儿子送饭，还顺路去"赤脚仙"那儿抓了两服草药。

锦荣看着桌子上的饭菜和父亲忙碌的身影，既心疼又感动。经过那件事后，父子俩似乎都不再隐藏对彼此的关爱，交流起来顺畅了许多。锦荣笑称下辈子爷俩一定得调换角色，让老子也受受这当儿子的气。甘祖昌笑着嗔怪儿子没大没小，同时一个劲儿地把好吃的往儿子碗里拨。

刚回到工地，甘祖昌就接到了王震司令员的电报，内容是询问关于将军楼的事，要他速去县委通过电话汇报。甘祖昌交代了一下工作，然后匆匆赶往县里。

甘祖昌在电话里向王震汇报了事情的始末，并解释之所以暂时没有归还钥匙，是因为自己另有安排。王震自然非常了解并信得过这个老部下，而且他早已听说甘祖昌到处搜罗旧书的事，于是催他别再卖关子，赶快去跟省里解释清楚，免得惹些不必要的麻烦。

经过一系列调查，陈书记已经大概清楚了事情的真相。尤其是刘越北竟情绪激动地保证甘将军事先绝不知情，让陈书记彻底认识到自己不该轻信谣言。

宽敞明亮的将军楼里，甘祖昌带着陈书记和刘越北正在参观。只见一排排书架，有的摆满了书，有的还空着。书虽然比较旧，但都已经过细心修补。

陈书记面带愧色地说道："甘将军，现在我明白了。我承认在这件事情上我处理得不太妥当，轻信谣言，给你添了不少麻烦。在这里，我真诚地向你道歉，希望你能接受。"

甘祖昌大大咧咧地一笑，指着两排空书架说道："老陈，少玩这套虚的。你看，那边还空着两排，你是不是也该贡献贡献？"

陈书记一愣，旋即大笑道："这事儿好说，我家里有不少闲置的书，正好可以搬过来，就当我也为这个图书馆'增砖添瓦'献一份力。"

甘祖昌笑着看看刘越北："越北，你说我这算不算趁火打劫啊？"

陈书记接过话茬："孔乙己说过窃书不算偷书，那劫书也不算打劫！"

三人大笑起来。

"这个李保山完全是诽谤诬陷嘛，不过我看过他的履历，你们好像还是同乡的战友。"笑过之后，陈书记略带疑惑地说。

甘祖昌微微眯起眼睛，似乎陷入了对往事的回忆，然后说道："我们不光同乡，还同村呢。之前在部队，他对待工作认真热情，我们也是几十年的老搭档了……算啦，这事就让它过去吧。"

送走了陈书记，甘祖昌对刘越北语重心长地说："身为一县书记的你，所做的任何一项决定都关系着全县人民的生存和发展，对就是对，错就是错，丝毫打不得折扣。我知道盖将军楼是马方生的主意，可你呢，缺乏分辨对错的能力，太容易妥协，被马方生一干人揉来捏去，自己拿不定主意，这怎么行呢？要在心里划条红杠，坚决不能去碰。国家培养一个县级干部不容易。越北啊，赶快成长起来吧。”

刘越北被说得心服口服：“是，您批评得对，我一定谨记，关键问题上绝不让步！”

重新修建的水坝已经成形。人们顾不上抱怨劳累，只一心期待它早日完工。这天，天刚蒙蒙亮，忽然一声霹雳在空中炸响，大雨毫无预兆地倾盆而下。已经睡下的甘祖昌一下子被惊醒了。他一骨碌爬起来，望着窗外的大雨，不禁皱起了眉头。雨越下越大，甘祖昌心里不踏实，转身下了楼，披上蓑衣冲了出去。

河水漫泄而下，将要完工的水坝受到水流的强力冲击。甘金生从帐篷里出来，顾不上衣服已经被雨水淋湿，愣愣地望着狂怒的河水拍打着上游的水坝。身后，雨水已漫到帐篷里。

甘祖昌赶到工地，见水流越来越急，而且有石块从两岸的山上纷纷落进河里，于是大声喊道：“金生！快！跑啊！”

甘金生这才反应过来，掉头就跑。还没跑多远，只听“轰隆”一声，河水夹杂着从山上落下来的石块冲垮了水坝，水势顿时疯涨。

甘祖昌突然想起什么，大喊：“金生！甘金生！”在暴雨与水流的轰鸣声中，甘金生什么都没有听到。情急之下，甘祖昌脱下蓑衣，跳到河里，顶着湍急的水流，躲避着不时冲过来的石块和钢筋，艰难地向对岸游去。

甘金生猛然回头，见甘祖昌竟然想渡河过来，急忙停下来大喊：“叔！你下河干吗？”

甘祖昌自然也听不清甘金生在说什么，于是拼命朝他挥手，然后指着摇摇欲坠的帐篷。不料一分心，一条腿正好被一根顺流而下的钢筋刺中，一股鲜血顿时涌上河面。

甘金生一惊，急忙往回跑去，将已靠近岸边的甘祖昌用力拉上了岸。甘祖昌不顾腿上鲜血直涌，指着帐篷喊道：“快，把图纸和工作笔记全拿出来！”

甘金生这才明白过来，冲向帐篷，从水里捞起图纸和笔记本。两人刚想离开，河水汹涌而来，冲上河岸，瞬间将两人卷到河里。危急关头，甘祖昌忙乱中抓到一棵大树，同时拽住了快要被冲走的甘金生，两人如浮萍般漂在水中。

这时，新新和锦荣赶到了岸边。见情况危急，又担心锦荣的胳膊，新新便自告奋勇，将一根绳子拴在腰间，另一端让大哥绑到旁边的一棵树上，然后下了河。到了两人跟前，新新拉住甘金生的手，甘金生则紧紧攥住甘祖昌的手，三人一起奋力游向岸边。

眼看到了岸边，突然一大截树冠顺水急速冲来，正好砸中甘祖昌。河岸上的甘锦荣猛地瞪大了眼睛，眼睁睁地看着父亲被河水卷走了。他们几个人疯了一般向下游追去。幸运的是，不放心大哥的甘森昌带着几个人赶来工地，恰好在下游截住了甘祖昌。

雨过天晴，施工现场一片狼藉，水泥、钢筋、石块、树枝凌乱地躺在河岸上。

而另一边，为了避开步步紧逼的李宝莲，秦奋找了个借口回家躲了几天。这天，他正望着外面刚停歇的狂风暴雨发呆，突然表哥派人传来消息，说大雨冲毁了水坝，让他赶快去县委商量对策。秦奋顿时傻眼了，急急忙忙出了门。

险些遇难的甘祖昌头上、胳膊上、小腿上裹满了纱布。龚全珍边抹眼泪边埋怨丈夫不要命了，伤养好前不许他再去工地。

甘祖昌呵呵笑着，伸手给妻子擦了擦眼泪，保证一定服从命令听指挥，好好待在家里养伤。龚全珍渐渐止住眼泪，起身去给丈夫做饭。心急如焚的甘祖昌哪里在床上待得住，看妻子一离开，立马从床上下来，拄着靠在床边的一根木棍来到窗边。知道甘祖昌被迫留在家里休养，甘金生特意等在甘家窗外墙根下，见甘祖昌一出现，立即小声喊道："叔，水利局的老江来了。"

"好，我这就下去。"甘祖昌说完，趁妻子在厨房做饭，一瘸一拐地悄悄离开了家。等龚全珍端着精心准备的饭菜来到卧室，哪里还有丈夫的影子。

此时，甘祖昌正拄着木棍陪老江查看施工现场。老江观察了一下说道："坝怎么能拦在这个位置呢？简单地说吧，这里水位落差大，但两岸地质结构不稳定，坝基不够牢固，山体容易滑坡，一下暴雨，山坡上的石块全下来了，所以这次仅仅几个小时的暴雨就冲垮了快要竣工的十几米坝体。不过，我怀疑坝体的构造和材料也有问题。甘将军，你们的工程记录有保留吗？我想看看。"

甘祖昌看看自己浑身的伤，说道："水泡湿了，还没晒干。"

老江又好奇地问："这个秦奋就是个'二把刀'，整天在局里混日子，你怎么把他找来了？"

甘祖昌一脸困惑地说道："不是我找的，是县里派过来的啊！说这个秦技术员是河海大学毕业，专业技术在你们局里是拔尖的。"

老江不屑道："这话听了真让人笑掉大牙！还河海大学毕业的呢。就他，草包一个，仗着自己表哥在县里当副书记，上班不好好上，三天打鱼两天晒网，连年终报告每次都是叫别人代写！听说他还和你们社里一个小寡妇勾搭着，作风也很有问题！"

甘祖昌一愣："他表哥是谁？"

老江惊讶地看着甘祖昌："马方生啊！你不知道？"

县委马方生的办公室里，秦奋哭丧着脸，急得在屋里团团转。马方生则阴沉着脸，坐在桌子后面不住地数落："现在知道怕了？早干什么去了！我好不容易给你争取到这个机会，水库修好了算你今年的业绩，到时候往市里一报，升副主任那还不妥妥的？多好的事啊。好嘛，你竟然给我作了这么一出！"

"表哥！我知道错了。甘祖昌不好惹啊，求你帮我挡挡吧。我要真进去了，我娘她老人家还能活得了？"秦奋说着，竟一把鼻涕一把泪地哭了起来。

见秦奋可怜兮兮的模样，马方生不禁有些心软了，却也想不出什么好主意来。正在这时，李保山从外面走进来，压低声音说道："我有个主意，既然脱不了干系，那就把甘祖昌也咬进来……"两人像捞到了一根救命稻草，忙凑上前去听李保山细说。

三人正低语着，忽听门外一声怒吼："秦奋、马方生！你们两个混账东西，都给我滚出来！"秦奋顿时吓得六神无主。李保山连忙给他打气："别慌，就按我教你的那么说。"说完他躲到了里间。

甘祖昌拄着木棍，缠着一身绷带，气势汹汹地在院子里大喊。干事们纷纷上前劝解："甘将军消消气，甘将军别着急，有话好好说。"甘祖昌气愤地抡起木棍，吼道："都上一边去！"

这时，马方生开门迎出来："甘将军来啦，快请进啊，你们拦着干什么？"

甘祖昌冷冷地看了一眼马方生，走进屋去。还没等甘祖昌发问，紧张的秦奋抢先说道："是，大坝冲垮了，不能说我一点责任也没有，但充其量我就是学艺不精，好心办了坏事。本想着选址在那儿不但能灌溉庄稼，以后还能建水电厂发电，哪知道坝还没建成呢，一场暴雨全完了。可你们呢，根本没有严格按照我的选材施工，我怀疑施工队里有人偷工减料！"

甘祖昌怒极反笑："好一个反咬一口啊。你以为我没证据？"

秦奋想到刚才李保山给他分析的情况：大坝冲垮主要是选址和材料的问题，现在只要抓住材料做文章，死死咬住有人偷工减料或偷换了材料，就能把监工甘金生和甘祖昌两人扯进来。而这场大暴雨把一切都冲毁了，甘祖昌还去哪里找证据？想到这里，秦奋挺起胸膛："有证据你拿出来，我不怕当场对质！怎么样？拿不出来吧？"

秦奋正得意着，甘祖昌突然从怀里掏出已经晾干的工程记录本摔在桌子上："要不是为了这个，我就不用拄拐了！你以为你能推得一干二净，跟我在这儿耍无赖？哼，我问过老江了，你选的材料里面起码有一半不合格！"秦奋一下子傻眼了。

马方生连忙过来和稀泥："甘将军，我这表弟年轻，空有一肚子理论知识却只会纸上谈兵，第一次单独指挥工建就犯了这么大的错误。但无论如何也该给年轻人一个改正错误的机会，您说呢？"

甘祖昌怒吼道："建一个大坝，前前后后投入了20多万元，这个钱，你马方生来出？"

马方生无话可说，只能尴尬地笑笑。

正在这时，门外突然传来女人的哭喊声："在场的大伙给我这寡妇家的评评理啊！你们马副书记的表弟秦奋白睡了我两年还不娶我，这是不是耍流氓啊！"

秦奋的脸色一下子变得煞白，赶紧冲了出去。

一个多月找不到秦奋的李宝莲再也没有了耐心，索性不再顾忌什么，闹到了县委大院。只见她披头散发坐在地上哭诉着："秦奋他就是个彻头彻尾的两面派！平时一副正人君子的模样，在外人面前对我爱答不理的，可每次到小树林幽会都贴我贴得热乎。还说什么为了保留这片见证我们爱情的圣地，不惜跟甘将军扯谎，更改了水库选址……"

急着冲出来的秦奋还是慢了一步，没能拦住李宝莲的话，他气急败坏地一个箭步冲上去，抡起巴掌就狠狠扇了下去："骚娘们，住嘴！"转身见甘祖昌已经跟了出来，急忙辩解，"甘将军，您……您别信她的，她是胡扯的，她就是为了报复我！"

这时，挨了打的李宝莲哭喊着扑到甘祖昌面前："甘将军啊，我是小岗大队的李宝莲，您要为我做主啊。"

"你刚才说更改水库选址就为了保住一片小树林？"甘祖昌不理会秦奋，转而询问李宝莲。

满心愤恨的李宝莲斩钉截铁地说道："千真万确，他亲口对我说的！"

甘祖昌转向秦奋，冰冷暴怒的眼神犹如一柄利刃，直逼秦奋。秦奋彻底吓呆了，颤抖着不住后退，嘴唇翕动着，却说不出一句话。甘祖昌走近两步，猛地一拐杖砸向秦奋的双腿。秦奋惨叫一声，跪倒在地。

甘祖昌用拐杖指着他，咬牙切齿："我要是有把枪，当场就崩了你！

马方生！”

马方生赶紧走到甘祖昌身边，装模作样地说：“我刚才给派出所打过电话了，警察同志马上就到。”

不一会儿，两名警察就将一脸绝望的秦奋带走了。

十九　唯才是举

甘祖昌坐在河岸边的一块石头上，望着被冲得凌乱不堪的河滩，默默地抽着烟，神色沉重、悲凉。不远处，甘锦荣望着父亲这副样子，心里也不好受。过了一会儿，他默默地走开了。

不久，锦荣、金生和新新带着一群人来到河滩，开始清理现场。甘祖昌惊讶地走上前去。锦荣手中的活儿没停，闷声闷气地说道："我看您真是老了，为这点事至于吗？水坝冲垮了怕啥？咱有人呢，收拾收拾明天开工再建！"

"雄关漫道真如铁，而今迈步从头越。爸，您身为一名走过长征路的老红军，这次表现消极了啊。"新新也开口说道。

"公社通知，峙垅煤矿刚把去年的盈利寄过来了，我们手头上又有了20多万元的现款。"甘金生跟着报告好消息。

甘祖昌望着大家，感动得热泪盈眶："谢谢大家没有被困难击垮，反倒给了我无限的动力。好！咱们继续干起来！"

甘祖昌吸取了上次的教训，第二天亲自跑了一趟水利局，想挑个靠谱的技术员。可是不巧，老江被派去省里学习了，剩下的技术员没一个可心的。于是，甘祖昌回来后，召集大家商量去哪儿才能找到一个懂业务、肯吃苦、负责任的技术员。甘金生忽然想起山那头的水岭大队曾经有一个出了名的文秀才，名叫王文博，大学毕业后在水利局当技术员，为人老实，肯吃苦，不过因为出身地主家庭，被开除回家好些年了，便问甘祖昌敢不敢用。甘祖昌眼睛一亮，立刻表示只要技术过硬，不在乎出身。

回到家里，甘祖昌派锦荣去水岭大队请王文博。听说此人是地主出身，锦荣有些犹豫，现在阶级斗争激烈，担心到时候说不清楚，但见父亲坚持，只得答应下来。

到了水岭大队，甘锦荣先去找王支书说明来意，王支书便带着锦荣来到田里。只见王文博瘦高的个子，戴着一副坏了一条腿用线绑着的眼镜，头发又长又乱，身穿一套破旧的、堆满补丁的蓝色咔叽布中山装，看起来与周围村民们的汗衫长裤格格不入。他低着头，沉默而机械地听从任何一个人的指挥和吆喝，一会儿锄地，一会儿又去担粪，任人戏弄嘲笑，却一声不吭。

王支书招招手将王文博叫了过来。王文博木讷地走到二人跟前，一听说要他去修水库，惊惧地连连摇头："不去！不去！"然后转身就跑。

"哎，你干什么去？"甘锦荣愣了一下，赶紧追了上去。

王文博慌张地窜进自家茅草屋里，将门闩一插，用背抵着木门，微微喘息着。不一会儿，门外传来脚步声，继而是敲门声和呼喊声："王文博！王文博！"

屋内王文博保持着原来的姿势，没有一点反应。

匆匆赶来的王支书拦住了甘锦荣，然后指指脑袋说道："他啊，这儿不好，找他没用。"

门外安静下来。王文博透过门缝看到甘锦荣和王支书已经离开了，这才微微舒了口气，然后转身走到桌案前，拿起抹布仔仔细细地擦拭桌上供奉的一个土坛子。

回到家里，甘锦荣向父亲介绍了王文博的情况：当年他和他爸一块儿被拉上台挨批斗；后来他爸死了，家里几处宅子也全被分了，他一个人孤零零地搬到村头的茅草屋里过日子，也许是打击太大，渐渐地，脑子就出了问题；平常他除了按时挣工分，其余时间就是自己蹲在屋后玩泥巴、弄沙土，村里人跟他打招呼，他也不理；邻居看他可怜，有饭就分他一口，就这么将就着过了好些年。

甘祖昌皱起眉头想了想，问道："他是做起事来疯疯癫癫的，还是不愿说话，不和人交流？"

"听王支书说，这人平时干活没问题，叫干啥就干啥。只是我一提请他来修水库，他就跑了，怎么敲门也不开。"

"那他八成不是疯，而是有心病！这回我这老将亲自出马，会会这个王文博！"

甘锦荣莫名其妙地看了父亲一眼，摇摇头，心里嘀咕："我看您的脑子也不好了。"

甘祖昌带着新新一起来到王文博家。甘祖昌边敲门边喊："王文博！我是沿背大队的甘祖昌，你把门打开，我想向你请教请教修水库的事情。"然而屋里一点反应也没有。甘祖昌朝新新使了个眼色，新新便绕到屋后的窗户底下，踮起脚尖往屋里看。但新新的身高不够，于是他低头想找个东西垫在脚下，不料竟发现墙角有一座用沙土和泥块垒成的沙盘，高山、河流、水库、桥梁一应俱全，十分精巧逼真。

新新惊讶极了，朝父亲招招手："爸，快来！"

甘祖昌走过来一瞧，也是十分惊讶："我的天，这小子真是个天才啊！"接着又朝里面喊，"王文博，你有什么困难尽管跟我提，我一定想办法帮你解决！你听见没有？把门打开。"

新新眼珠一转："爸，我来试试——王文博，你给我听着，你要是再不开门，我一脚把你的沙盘踹了。我数三下，一、二、三——真可惜，做这个得花多少工夫啊，踹散了倒是一脚的事，我踹啦……"

这时屋里响起了拉门闩的声音，接着王文博慌慌张张地跑到屋后，张开胳膊护住自己的宝贝沙盘："别，求求你们了！"

甘祖昌嘿嘿笑道："你小子终于露面了。"

王文博不情愿地将甘祖昌和新新领到屋里。茅草屋内光线昏暗，仅仅放着一张床、一套破旧的桌椅和一张供奉着土坛子的桌案。王文博指着仅有的一把椅子请他们坐下，说要去隔壁借点热水给他们喝。

甘祖昌连忙摆摆手，拿出那天在水里捞出来的大坝图纸："不用麻烦，我来就是想请教你一个问题。你看，这个大坝建在这里合适不合适？"

王文博只瞟了一眼便说道："瞎胡闹。"

"你还没仔细看呢。"甘祖昌有些不满。

"这周围的地形我早考察过了，没有我不知道的。这条河谷位于沿背大队往西约 5.5 公里处，背靠虎形岭，面向小岗大队。建坝的位置正好是河上游与中游水位落差最大的地方。"王文博一口气说完。

甘祖昌顿时来了兴趣，催王文博接着说下去。

王文博把图纸铺在桌上，用手指点着："河两岸土质太松，首先坝基就打不牢。再者，两边山上光秃秃的，缺乏植被覆盖，下大暴雨很容易把石头冲下来堵塞河道。还有就是坝的类型不对，U 形谷上应该建重力坝，而这里建的是拱坝。拱坝虽然省时省料，但对河谷的形状和地基要求很高，我已经说了，两岸土质不好，这坝从根上就建不牢靠，遇见暴雨涨水，一冲就垮。"

甘祖昌连连点头，哈哈大笑着拍了拍王文博的肩膀："真都让你说着了。我看不用找了，就是你了！你跟我走吧。"

王文博愣住了，突然抹起泪来："不去！我哪儿也不去！"

甘祖昌不明所以，只好劝道："大男人哭哭啼啼成什么样子！我又没逼你上刀山下火海。我打听过了，县水利局每人每月 50 块，我给你一般多的钱，管吃管住，干不干？"

王文博哭得更伤心了："给我 100 块我也不去。我就在这屋里守着我爹，哪也不去！"此言一出，甘祖昌和新新都愣住了。

原来王文博的父亲在批斗中因过度惊恐而死，却因生前做了太多恶事，受过欺凌的村民坚决不肯让他入土为安。最后，绝望的王文博只好号啕大哭着将父亲的尸体火化，亲手把骨灰一撮一撮装到土坛子里，安置在屋里的桌案上。

从王支书那儿了解了事情的缘由，甘祖昌深深地叹了口气："王书记，你看这样行不行，找块地，让王文博把他爹下葬。中国人最讲究入土为安，再大的冤仇，冲个死人也找不回来了。共产党的队伍一向优待俘虏，连投降的日本鬼子我们都能遣送回国，何必为难一个死人和一个为父守孝的孝子呢？你看他现在这样，并不是脑子不清醒，只不过是心头那个疙瘩解不开啊！"

王支书痛快地答应下来："行。其实王文博为人还是不错的，知书达理，待人和气，就是被他老子连累惨了。现在这么多年过去了，大家各过各的日子，原先那些陈芝麻烂谷子的事早没那么计较了。甘将军，地的事我来安排，今天就让他爹下葬吧。"

准备好了一切所需用品，甘祖昌、新新和王支书来到王文博家。王支书把一套孝衣递给王文博："文博，来，穿上，抱你爹下葬吧。"

王文博看着眼前的孝衣，迟迟不肯伸手接过来。

"甘将军去说了情，大家都点头了。墓地也安排好了，让你爹入土为安吧。"王支书又解释道。

王文博眼含热泪地望着甘祖昌，张了张嘴，却说不出一个字，最后伸手接过孝衣。他披上孝衣，小心翼翼地将盛着父亲骨灰的土坛子抱在怀里，一步一步走出门。

安葬了父亲，王文博跟甘祖昌回了沿背大队。不过，一想到他这个受管制的四类分子要指挥贫下中农，王文博还是有些惶恐不安。甘祖昌见他一副心神不宁的样子，于是耐心地劝导安慰，嘱咐他要胆大心细，什么事只管放手去做，他甘祖昌会全力支持。

村头，甘祖昌将王文博介绍给大家："王技术员是我从水岭挖来的专家，沿背大队的水库修建工程将由他负责全面指挥。文博，你跟大家讲两句吧。”

王文博畏畏缩缩地站出来，声音细若蚊蚋：“大家好，我叫王文博。我来指挥大家……哦，不是，是我来帮助大家修建水库。我哪里做得不对，你们提出来，我一定改。”听着他磕磕巴巴的一番话，甘祖昌不禁皱起了眉头。

老牛筋把王文博上下打量了半天，问道：“王技术员，我有个问题，你是不是脖子冷啊？”

王文博不明白他什么意思，但依旧老实回答：“我不冷。”

“你不冷干吗留这么长的头发做围脖啊？”老牛筋揶揄道。众人哄堂大笑，王文博则窘迫地低下了头。

“祖昌，你从哪儿挖来这么个专家啊？话都讲不利索，还不如叫个娘们来指挥呢。”老牛筋对甘祖昌说。

听到这话，王文博仿佛宣誓一般脱口而出：“大家放心，我一定认真工作，绝不辜负甘将军对我的期望！”众人又笑了。王文博怯怯地看了甘祖昌一眼。甘祖昌叹了口气，没说什么。

大家散去后，王文博立即开始了工作。他来到南陂的河岸边上这儿瞧瞧那儿看看，时而蹲下身子捏捏石头，时而用拇指对着大河比量一番，时而脱鞋下河，在浅滩上摸索着什么。

甘祖昌和甘锦荣站在远处看着王文博一系列奇怪的举动，很是不解。看了一会儿，甘锦荣摇摇头说道：“我就说他脑子不好吧，您非把他请来，您看他在那儿干什么呢？说是考察环境，可他手里什么工具都没有，咱下地还得拿把锄头呢！”

甘祖昌瞪了儿子一眼，没说什么，但心里也不免有些担忧。

暮色深沉，甘祖昌、龚全珍和孩子们正在桌上吃饭，王文博忽然手里握着一张图纸兴冲冲地跑进来：“甘将军！找着了！我找着修建水库的最佳位置了。”龚全珍见状，连忙端着碗把孩子们叫到屋里去吃，将桌子腾出来给他们谈正事。

王文博兴奋地将手里的图纸铺在桌上，用一支笔在上面圈画着："南陂这个位置好，是个 V 形谷，基岩狭窄、完整、牢靠，水位落差大，因为这一块是岩溶区，我们就把坝拦在这儿，有隔水层的横谷，陡倾岩层倾向上游的河段。从这儿到这儿，这一片是库区，地质环境我考察过了，正好符合强透水层底部有隔水岩且两岸地下分水岭较高的纵谷的条件基础。"

一通专业术语说下来，甘祖昌脑子糊涂了："你说的这些我听不明白，反正一句话，在南陂拦坝建库就对了，是吧？"

王文博眼睛里闪烁着自信的光芒："对，就是在这儿。不过现在已经是 10 月份了，这块地本来就硬，天越冷越难挖。"

甘祖昌笑道："出力气的活不怕，只要选准了就行。"

王文博点点头："我这就回去把水坝设计图画出来！"说完一溜烟儿地跑出了甘家。

甘祖昌望着王文博的背影，叹息道："平常跟人说话有这个劲儿多好。"

这时，龚全珍端着一大盆热水和剃刀走出来："这么快就走啦？看他头发跟鸡窝似的，想给他理理头呢。"

甘祖昌笑道："走啦，一谈到修水库，嘴皮子可溜了。"

很快，南陂工地上，百十来个壮汉热火朝天地干了起来。为了不耽误干活儿，甘金生特意请来了手脚麻利的外乡女翠玲，专门负责为大伙做饭。除了嘱咐每天早中晚按时开饭外，甘金生还特别交代翠玲按甘将军交代的，炒菜不要不舍得放肉。

翠玲爽利地一笑："我知道，修坝是个力气活，吃不饱吃不好，哪来的力气干活？"

甘金生点头笑道："对，你这话和甘将军原话差不多。"

看看时间，翠玲套上围裙，开始忙碌起来。

王文博从对面帐篷里走出来，目光一下子落在大灶前翠玲洁白圆润的脸蛋上。她正仔细地削着手里的土豆，一缕乌黑的头发飘在额前，随着她的动作微微颤动。

王文博一时看得出了神，直到翠玲有所发觉，抬头望向这边的时候，他才慌忙移开视线，低头匆匆离开。

中午，翠玲守在锅前，手持长勺，为工人们挨个打饭。王文博端着饭盒，低着脑袋，在自己的帐篷前一圈圈转悠，偶尔抬头偷看一眼正在打饭的翠玲。终于，最后一个打饭的人离开了，王文博这才鼓起勇气走上前。

翠玲把锅里剩下的最后一点菜盛到自己碗里，却忽然看到王文博端着饭盒不知所措地出现在面前："你还没打饭呢？"

王文博点点头，又摇摇头。

翠玲扑哧一声笑了："你到底是打了还是没有打啊？"

王文博磕磕巴巴地说道："我……那个，我不饿，剩下的不多了，你吃吧。"说完转身要走，翠玲连忙喊住他，把自己饭碗里的菜扣到王文博碗里："第一回做这么多人的饭，手上没准儿，下回多做点。"

王文博的脸一下子红了，推让道："不，我不吃了，给你。"然后不由分说地把菜倒回翠玲碗里，从旁边的干粮筐里拿了一个馒头就走。

看他腼腆的样子，翠玲忍不住笑着逗他："喂，看你瘦了吧唧的，不像是修坝的大老爷们儿，你不会是来蹭饭的吧？"

王文博又羞又急，脸涨得更红了："我，我叫王文博，是技术员。"

翠玲咯咯笑了："哦，原来是王技术员，咱工地的总指挥呢。你下回早点来，我给你多盛肉。"

王文博再也不敢多看翠玲一眼，低头匆匆走进自己的帐篷里，身后传来翠玲银铃般的笑声。

河滩上，人们用力地挥舞着锄头，坚硬如石的地面与锄头碰撞，发出刺耳的声音。突然，一个小伙子用力过猛，手里的锄刃被磕飞了。他气急败坏地扔下锄柄，大骂道："在这铁板地上修坝，这不是玩儿人嘛！呸，老子不干了！"旁边的人见了，也一脸怨气地扔下锄头，狠狠盯着不远处走过来的王文博："我早就憋着一肚子怨气，凭啥叫他个地主疯子折腾我们这些贫下中农，老子也不干了！”

两人的举动引得大伙纷纷发着牢骚停下了手里的活。

这时王文博走到跟前，目光怯懦地望着大家，声音一如既往的小：“你们怎么不干了？耽误了工期，甘将军该骂人了。”

锄刀被磕飞的小伙子突然一把揪住王文博的衣领子：“你小子一脸的蔫土匪样，老子早就看不顺眼了。说！你是不是故意发孬？这地能修坝吗？你每天拿着个破本子在工地转悠几圈动动嘴皮子就完事了，老子们一个个在这儿累死累活。这跟原来拄着文明杖站在田头看佃农下苦力的地主老财有啥不一样啊？”

这话引起了大家的共鸣，一片“打他！打他！”的吵嚷声响起。那个小伙子狠狠地将王文博掼倒在地，挥拳要打，这时翠玲突然扒开人群冲了进来：“住手！一帮人欺负一个人，真不要脸！”说着将王文博从地上扶起来，检查他有没有受伤。

小伙子瞅瞅王文博，又瞅瞅翠玲，坏笑起来：“哟，我说呢，这小子不干活，每次打饭还都冒尖的一大碗，原来有人偷着给啊。我说翠玲，你肥肥实实的一个人，怎么就瞅上这么根豆芽菜啊？”众人一阵哄笑。

翠玲气急了，撸起袖子就要上前干仗。这时甘祖昌走过来，语气严肃地问大伙为什么都围在这儿不干活。刚才闹腾得正欢的几个人纷纷低下头，不敢说话了。

“甘将军，他们这帮人瞧不起王技术员，骂他是地主，不干活，享清闲。”翠玲愤愤不平地说。

挑头的那个小伙子连忙辩解道：“地主领导我们，我们接受不了。”

甘祖昌看了看他：“看来我小瞧了你的本事，行，以后这坝怎么修，你说了算。”

小伙子低下了头：“我……不懂。”

甘祖昌冷笑道：“我看你很懂嘛，地主贫农分得清，就快要举着红旗飘上天了。”

小伙子不说话了。

甘祖昌正言厉色地对众人说道："如果这是打仗，王文博就是你们的指挥官，'令行禁止'，知道什么意思吗？就是命令一出，必须照办！先前我们已经在一个草包'二把刀'手里白白耽误了两个月，接下来的时间必须争分夺秒，赶在春汛之前完工！在修建水库的战场上没有地主和贫农，只有上级和下级。以后谁再敢把阶级成分搬到这儿来，立即收拾东西滚蛋！工分一个没有！"

大家被甘祖昌的一番话镇住了，纷纷捡起锄头继续干活去了。

晚上甘祖昌叹着气和龚全珍讲起王文博的问题："作为整个工程的总指挥，始终低眉顺眼，强硬不起来，大家不服他怎么行？"

龚全珍考虑了一下说道："王文博头上压了一顶地主帽子，孤零零生活了那么多年，原来在队里饱受冷眼，做事小心翼翼，生怕被上纲上线，养成了现在自卑懦弱的性格。所以，现在的关键问题是帮助他树立信心。我觉得可以让他来咱家住，感受一下家庭的温暖，说不定情况能有所转变。"

甘祖昌连连点头："你说得对，我明天就让他搬过来。"

王文博本不想去甘家住，奈何甘将军热情相邀，他不好推辞，只好局促地提着包袱，跟着甘祖昌回了家。

一进门，正忙活着往饭桌上端饭的龚全珍亲切地招呼他赶快放下东西过来吃饭，孩子们也呼啦啦围上来热情地叫着"王叔好"。热闹温馨的气氛立刻感染了王文博，他冰封已久的心渐渐充满了暖意。

一开始，王文博还是有些拘谨，小口小口地扒拉着饭粒，也不伸筷子夹菜。甘祖昌干脆舀了一大勺肉皮豆腐扣在他碗里："在家吃饭别张不开嘴，大口吃！"

新新笑嘻嘻地说道："王叔，照你这么个吃法，在外面坐席可亏了。好菜一上来全叫人家抢光了，你连碗沿都沾不上。"孩子们都被逗笑了。王文博当然知道新新是在开玩笑，扯了扯嘴角，也露出一丝笑容。

新新很快吃完了饭，从厨房端了盆热水放到天井里，对王文博喊道："王叔，你吃完了过来一下，我给你理个头！"王文博答应着，手不由得握紧了筷子，眼眶里盈满了感动的泪花。

吃完饭，理了头发，甘祖昌带王文博来到客房。新新抱着被褥跟了过来，笑着说道："王叔，我和你住一屋，晚上没事你教教我咋修水库呗！"

王文博讷讷地答道："来吧，你愿意学，我就教。"

"嗬，你小子难得在做学问上这么积极啊。"甘祖昌很是意外地看着新新。新新则扮了个鬼脸吐吐舌头，摆出一副被冤枉的模样，逗得王文博抿嘴笑起来。

为了锻炼王文博与人打交道的能力，甘祖昌忽然想到今年的南瓜可以让他去给各家各户分发，这样接触的陌生人多了，没准儿能管用呢。主意已定，这天早晨，甘祖昌指着院子里一大推车的南瓜对正准备去工地的王文博说道："这些南瓜得赶紧挨家挨户分下去，别人都没空，你今天就别去工地了，帮我个忙。按人头算，大人 5 斤，娃娃 3 斤，一个分不了就劈开。车上有刀有秤。秤要拿稳了，别分得张家多李家少的，弄不好打起来。"

王文博一听，急忙拒绝："我……我干不了！"

"去年这活是新新带着平荣干的。俩娃娃都干得了，你这么个大人咋干不了？快去吧，今天的工资我照样发你。"甘祖昌说完，大步离开。

王文博一脸希冀地看着刚出来的新新，可新新借口要上工，拿起锄头就跑了。看着那一车南瓜，王文博愁眉苦脸的，过了好一会儿，还是不得不推起车出门去了。

黄昏时分，甘祖昌从工地回来，没有看到王文博，便询问正在洗菜的妻子。龚全珍埋怨丈夫："你想的好办法！他那么怕跟生人接触，一紧张，话都说不利索，你偏叫他去分南瓜。看看，中午都没回来吃饭，到现在还没回来呢，也不知道出了什么事。"

甘祖昌一笑："能出什么事啊？中医上讲缺啥补啥。我这是对症下药，保准儿有效。"

两人正说着，王文博推着车进了院子。

甘祖昌笑呵呵地望着空空如也的板车："哟，都分出去了，看来任务完成得很圆满啊。"

王文博羞涩地笑着说："开始不会看秤，分错了几户。到了毛崽叔家，他教我怎么拿怎么看，我又回去把少了的补上，多了的人家也没为难我，又退给我了。这一折腾，就弄得晚了。"

龚全珍与甘祖昌相视一笑，放下心来。

"对了，"王文博拿起板车上的包袱说，"村东头的李婶蒸了锅年糕，让我给你们带来。还有，嫂子，村西头甘寡妇家的小儿子到念书的年纪了，她托我问问你农村小学还招生吗？"

"招！明天我上她家去跟她说。文博，这一天辛苦你了，回屋歇会儿吧，吃饭时我叫你。"龚全珍说。

"其实我也会做饭，当年在水利局宿舍住的时候，我经常给自己开小灶。甘将军，嫂子，白在你们家住着，我挺不好意思的，要不以后晚饭我来做吧。"王文博难得话多起来。

龚全珍连忙推辞，甘祖昌却说："毛病好了，赶紧给我回工地，我发工资不是请厨子来的。"

王文博不好意思地笑了笑，进屋去了。龚全珍望着他的背影，不敢相信地感叹："简直脱胎换骨变了一个人啊，话多了也不磕巴了，连走路腰板都直起来了！"

甘祖昌哈哈大笑："我说什么来着，对症下药，效果绝了！"

今年是个涝年，大雨小雨不断，对修建水库十分不利。几天前的一场大雨，5 米多高的大坝被冲跑了 2 米，底下的基石却纹丝不动。看着经得起"天灾"的大坝，甘祖昌和参加修建的众人对王文博都更加信服了。

为了赶上被大雨延误的工期，保证明年春汛前顺利完工，王文博宣布雨过天晴后加班加点，每天早开工一个小时，大家都欣然同意。看着王文博愈加开朗自信，指挥若定，甘祖昌不禁赞许有加。

新新似乎找到了真正感兴趣的事，整天和王文博待在一起，听他讲修水库的知识，有时听得入了迷，连饭都忘了吃。甘祖昌看着新新的变化很是欣慰，和龚全珍商量着干脆叫新新拜王文博为师学水利，将来绝对有大用处。

整天围着王文博转的新新近来总觉得哪里不对，似乎王叔有心事，还经常愣神，要他将破了的衣服拿给妈妈去补，他也借口自己会缝拒绝了。

这天晚上，工地上的工人都走光了，新新等着王文博完成最后的巡检然后一起回家。王文博放心地夹着工作本往回走，还没到帐篷，翠玲突然出现在他面前，将缝好的衣服塞给了他。

王文博低头接过衣服，与原来一样不敢正眼瞧翠玲，只是低头磕磕巴巴地说道："谢……谢谢。你以后不用……我……配不上你！"

翠玲目光热切，挺着胸脯步步紧逼，王文博则垂着脑袋往后退缩。突然，翠玲一把抱住王文博。等在帐篷里的新新正好看到这一幕，不禁目瞪口呆，但立刻又觉得不妥，连忙捂住眼睛溜到帐篷后面跑了。

新新一路跑回家，一进门就气喘吁吁地嚷道："不……不好了！"

饭桌前的龚全珍瞪了新新一眼："什么事大呼小叫的？你王叔呢？"

新新神秘兮兮地指着工地的方向："呸！不是不好了，是好了……哦，是我侦察到一条重要情报，王叔和工地做饭的翠婶……"一向伶牙俐齿的新新此时竟然也结巴起来。龚全珍和甘祖昌一齐看向新新。稳了稳神儿，新新便绘声绘色地描述起当时他看到的情形。正说到他看见翠玲抱住王文博时，大门一响，竟是翠玲拉着王文博走了进来。

"甘将军，我翠玲无父无母无兄无弟，请你为我的婚事做主！我下半辈子跟定这个男人了。"翠玲一脸坚定地扯着身旁的王文博说道。王文博则满脸通红，一副局促不安的模样。

屋里的人都惊讶地看着这俩人。还没等大家开口，王文博赶紧解释："不是，我俩，就是……哎哟！甘将军，对不起，我，我这就把她领走。"

边说边用力拽着翠玲往门外走。

甘祖昌开口了："王文博，站住！不说清楚不许走。"

趁王文博愣神的时候，翠玲一把挣开他的手，干脆地说道："他喜欢我，我也喜欢他，就这么回事。但他说他是地主阶级，怕连累我，所以不能娶我。"

王文博越发窘迫，手足无措地站在那里，不知如何是好。

甘祖昌看了一眼王文博，语气严肃却眼含笑意地问："翠玲，你怕不怕？"

"不怕！是牛是马我跟定他了！"翠玲清脆有力的声音在屋子里响起。

甘祖昌笑了："好，王文博，人家翠玲都这么说了，你要是个男人就给个痛快话。"

王文博第一次抬起眼睛，深情地注视着翠玲："玲，我要再不答应，我就不配做人啊。"同时紧紧地拉住翠玲的手。两人互相凝视着，脸上洋溢着幸福的微笑。

甘祖昌哈哈大笑："好，这事就定了！你们俩尽早摆酒。文博、翠玲，我放你们一天假，明天都回队里开证明。"

"啧啧，我也等不及想娶媳妇了。"新新羡慕地说道。龚全珍掐了新新一把，嗔道："去，拿双碗筷来，留你翠婶在家吃饭。"新新龇牙咧嘴地转身去了厨房。

由于赶工期，时间紧，王文博和翠玲两人只领了证，没有办喜酒。

江山水库终于顺利建成，所花费用比预算少了一半，灌溉面积却从三个大队扩大到八个大队，这个成果王文博功不可没。甘祖昌高兴地提议帮王文博和翠玲按乡里的风俗好好操办一场婚礼，既是婚宴也是庆功宴，大伙凑到一起图个喜庆热闹。鉴于王文博是水岭大队的，翠玲是小岗大队的，两人上面又都没老人，亲戚也不多，而工地上的众人是都要来参加的，征得两人的同意后，决定就在甘家办这场婚宴。

龚全珍马上忙碌起来，收拾院子、打扫堂屋、准备喜字……忙得不亦乐乎。大婚前一天，龚全珍、李凤等人陪着翠玲回到了小岗大队，王文博则买了些糖在村子里四处散发。大伙都高高兴兴接了喜糖说着恭喜，只有李保山态度冷淡，他缓缓接过糖，用阴沉的目光久久地注视着王文博的背影，眼睛里不时闪过一丝怨毒。他立刻给马方生打电话，说王文博这个黑五类一定是甘祖昌拉来侵蚀革命队伍的，希望立刻调查这两个人。马方生想了想，专门从县革委会派了一个副主任去坊楼协助李保山，以王文博为突破口，抓住甘祖昌的把柄。

二十　护水坝勇斗奸佞

王文博穿着一身干净的蓝衣蓝裤，胸口别着一朵小红花，鼻梁上架着一副崭新的黑边眼镜，身上收拾得清清爽爽，整个人显得格外精神。新新、锦荣和队里的一帮小伙子簇拥着这位满脸幸福与羞涩的新郎官，挤在村口，翘首盼望着新娘的到来。

新新打趣道："王叔，娶媳妇啥心情？是不是特别激动？"

王文博抿嘴一笑，有些紧张地低头整了下衣角，回答道："还……还好。大……大家高兴。"

"你娶媳妇咋还叫大家高兴啊？看你王叔这样，激动得舌头打结，都说不成话了。"锦荣故意逗新郎官。

有人跟着打趣："说什么大家高兴啊！他媳妇一搂，巴不得我们这伙子人赶紧闪人呢！"众人哄笑。

说笑间，新娘子没到，倒是李保山带着县革委会的孙建民和十几名背枪的红卫兵气势汹汹地来了。搞不清状况的众人一见这架势，脸色顿时变了。

李保山指着王文博，对孙建民低语一番。孙建民直接怒气冲冲地走到王文博跟前，一把扯下他胸口的红花喊道："红色是属于革命造反派的颜色，你这个剥削阶级的大地主没有资格戴！来啊，把这个混在无产阶级队伍里的黑五类给我抓起来！”

甘锦荣等人立即拥上前来喝道：“别动，都别动！”

孙建民凶神恶煞地看着大家：“你们想干什么！无产阶级的立场何在？阶级斗争不顾了，反投敌人的阵营吗？”

甘锦荣指着孙建民的鼻子怒斥道：“你干什么的？说人话！”

李保山上前回答道：“这位是县革委会的孙建民孙副主任，组织上要找王文博了解一些情况。你们难道想把问题扩大化吗？”

甘锦荣怒火中烧：“放屁！是谁上来先动手的？”

众人也纷纷帮腔：“对，老王今天大喜，说啥也不能叫你们带走。”

孙建民指着甘锦荣气呼呼地说道：“好好好，都和地主阶级穿起一条裤子来了。把你的家庭成分报上来！”

李保山连忙低声说道：“他是甘祖昌的大儿子。”

孙建民冷笑道：“我说呢。”

甘锦荣义愤填膺：“别说没用的，我就想问问你，自古以来抓人问罪，问罪抓人，王文博到底犯什么罪了？是，他是地主出身，但现在已经牢牢地与我们贫下中农站到了一条战线上，建设江山水库，浇灌了全公社几千亩土地，这么大功劳你们都不算了？”

孙建民冷冷地哼了一声：“宁要社会主义的草，不要封建主义的苗。你千方百计为地主阶级开脱，果然和你爹一样走上了修正主义的道路！”

甘锦荣揶揄道：“你一会儿这个主义，一会儿那个主义的，我就搞不懂了，主义是能当饭煮还是能当肉炖啊？咋给你这么大劲乱放臭屁呢？”

孙建民恼羞成怒：“你，你……竟敢说出这种极端反动的言论，是对我们无产阶级造反派彻头彻尾的污蔑！来啊，把他给我抓起来！”

“行了！你们不就是要抓我吗？我跟你们走。”王文博跨步上前，然后回头冲着锦荣苦笑了一下，“冲我来的，别把你搅和进来。婚今天是结不成了，代我跟翠玲解释解释，她那个脾气啊……唉！”

孙建民还要将甘锦荣一并带走，李保山低声制止了他。孙建民狠狠瞪了甘锦荣一眼，命令红卫兵押着王文博走了。

吵吵闹闹中，大家都没有留意到新新早已不见了人影。

众人垂头丧气地或蹲或坐。甘锦荣点起一锅烟慢慢抽着，凝望着远方。身着大红上衣的翠玲在龚全珍、李凤等人的陪伴下终于出现在小路上。满面春风的翠玲看了一圈却没有发现王文博，而且见大伙一个个都愁眉苦脸的模样，脸上的笑容一下子凝固了，急急忙忙跑过来问："老王呢？你们全都咋了？说话呀！"龚全珍、李凤等人也都紧跟着走过来，疑惑地看着众人。

甘锦荣闷声说道："刚才县革委会来人，把老王带走审查了。"

翠玲顿时急了："啥？说抓人就抓人啊，我家老王脑袋上一顶大帽子扣了十来年，这辈子摘不掉了是吧？由着他们折腾呀？今天这婚都不让结了，革委会这帮人咋专干缺德事呢？"

龚全珍连忙劝道："翠玲，别乱说话。你先跟我回去，让老甘上革委会打听打听。说不定就是问问话，走个过场，没事就把人放回来了。再说他刚帮公社修了水库，身上贴着护身符呢。"

甘锦荣撇撇嘴："哼，人家说了宁要社会主义的草，不要封建主义的苗，看那架势，老王有他倒霉的了。"李凤立刻瞪了丈夫一眼，锦荣赶紧噤声。

翠玲一听急坏了，从地上抄起一把锄头就要去找他们评理。龚全珍和李凤急忙拉住她，翠玲拼命地挣脱，转身跑了。甘锦荣等人正要去追，老牛筋忽然跑过来喊道："不好了，红卫兵朝坝上去了！看样子是要去毁坝啊！"众人皆惊，再也顾不上翠玲，纷纷赶往大坝。

大坝前，红卫兵小队长挥舞着一把锄头，正在煽动手下人："同志们，这是一座出自地主阶级之手的大坝！大地主的儿子王文博企图用这堆钢筋水泥，将我们坊楼公社无产阶级革命造反派掀起的滔天巨浪阻挡回去！我们能叫他的阴谋得逞吗？"

"不能！砸了！"红卫兵们一边喊一边举起手里的锄头和铁锹，就要下河砸坝。

这时，甘锦荣领着修建大坝的工人们赶到了，他大喝一声："我看谁有这个胆！"工人们迅速将几名已经下河的红卫兵揪上来，然后手持农具挡在大坝前。

红卫兵小队长呵斥道："甘锦荣，你最好想清楚了，在这场阶级斗争的大风暴中，你若是倒向敌人的一方，就算你是甘祖昌的儿子，我们造反派也绝不饶你！"

甘锦荣拿着铁锨就要动手："就怕你不来！老子是被吓唬大的？我把话撂这儿，今天谁敢砸坝，我就先把他砸了！"

小队长吓得连连后退。红卫兵们见状一拥而上，工人们也纷纷上前。小队长在后面鼓动红卫兵们赶紧动手，工人们却是寸步不让。终于，小队长恼羞成怒，从后面蹿出来，一拉枪栓，嘶吼道："都让开！"

甘锦荣见状，也上前一步，将手里的铁锨狠狠插进土里，脱下褂子，把枪口一抬，对着自己赤裸的胸口："你小子有种冲老子开枪，来啊！"小队长被逼急了，红着眼睛瞪着甘锦荣，手指慢慢扣上了扳机。

此时甘祖昌正在回乡的路上，赶着去参加王文博的婚礼。只见新新慌慌张张地跑过来，跟他讲了刚刚发生的事。爷俩正要直接去社里，却突然被一声枪响惊呆了。听声音是来自大坝的方向，甘祖昌脸色骤变，两人急忙朝坝上跑去。

原来小队长最终还是抬高了枪口，向天开了一枪。他歇斯底里地喊道："让开，让开，都给我让开！"癫狂的样子让人恐惧。拦在大坝前的人群开始有些混乱了。

甘锦荣拾起铁锨，重新挡在红卫兵们面前，对大家语重心长地说道："不能让！大家伙都想想当初建坝的时候有多难！来年庄稼喝不上水，收成又得减一半！"一番话重新激起了大家的斗志。

小队长命令红卫兵们把枪都拿出来，但看着眼前的村民们，红卫兵们都有些犹豫不决。小队长吼道："孙副主任的指示，今天必须把这座封建主义大坝彻底摧垮！怕什么！全都拿出来啊！”

“我看谁敢！”背后突然传来甘祖昌惊雷般的声音，随后他迈着大步走过来，“刚才谁开的枪？”

红卫兵小队长慑于甘祖昌的威势，但又强装不屑地一昂头：“我开的！”

甘祖昌打量着小队长，伸出手来说道：“好！拿来。”

小队长梗着脖子回答：“造反派绝不向‘老保’缴枪！”

甘祖昌并不生气，反倒不慌不忙地从裤带上解下烟杆：“想当年，有一回我进城为军工厂筹铜，在回去的路上遇见一个‘白狗子’想搜我的身。他身上挎着枪，我手里只有烟杆，你知道我怎么做的吗？”小队长听得有些糊涂了。

甘祖昌凑近一步，绘声绘色地讲道：“我跟他说，老总，我是进城卖烟的，这包里是上好的水烟丝，您先瞧瞧？”说着，将小布包打开。小队长下意识地低头看去，甘祖昌突然用烟杆狠狠砸向他的脑袋。小队长被打了个措手不及，顿时摔倒在地上，甘祖昌趁机将他肩膀上的长枪扯了过来。

甘祖昌对红卫兵们冷笑道：“就这么着，我轻而易举下了敌人的枪。”

小队长狼狈地爬起来，气急败坏地指着甘祖昌呵斥道：“你……你竟敢把我们无产阶级革命造反派比成国民党反动派！”

“我不管你是哪个派，用枪指向人民的，统统都是敌人。”甘祖昌一面说一面飞快地将子弹退了膛，然后一把揪住小队长，“走！我倒要看看是哪个孬种领导着你们这群混账东西！”

坊楼公社外，翠玲正扛着锄头与门口的红卫兵对峙，嚷嚷着让他们把王文博放了。这时，李保山从里面走出来，见是发疯般的翠玲，便让红卫兵将她绑起来。

红卫兵们试探着上前，翠玲一锄头夯过去，将其中一个红卫兵的手砸出血来，然后大叫着就要冲向李保山。另外两个拿枪的红卫兵见状急忙上前将翠玲制服。

翠玲挣扎着大骂：“呸，李保山你真不是个东西！革委会的全不是东西！王文博帮咱坊楼修了水库，到头来你们还要审查他，没天理了，没天理了！”

李保山铁青着脸让红卫兵把翠玲押进屋里。

王文博被捆着双手站在一间审讯室里，脸上没了当初畏缩恐惧的模样，反倒有一派安之若素的风度。

孙建民正坐在桌前审问：“老实交代，你是怎么一步一步混进人民队伍里的？”

王文博淡然一笑：“孙副主任，你这话讲不通啊。我王文博是中华人民共和国的合法公民，属于人民的一分子，打出生起就生活在人民的中间，人民吃饭我吃饭，人民睡觉我睡觉。我王文博虽然是地主出身，但也免不了和人打交道、交朋友。和人打交道，就是和人民打交道。群居是人类的一种生存本能，而不是像你说的怀揣着某种不可告人的目的混进来，那不成特务了吗？我自认为这辈子没做过什么对不住人民的事，在水利局上班时勤勤勉勉，回乡上工也没偷过懒，所以啊，你对我的定性，我不能认。”

孙建民“啪”的一声拍在了桌子上：“王文博，你这是狡辩！人民的队伍是一支又红又专的队伍，完全不包括你们这些封建主义剥削阶级！你们是造反派的对立面！你们是被广大人民唾弃的对象！大地主睡的是金屋银屋，吃的是山珍海味，这些都是用贫下中农的血汗铺就的，都是撬开他们的嘴巴，从里面一点一点抠出来的！你还有脸说出无愧于人民这种话吗？”

王文博叹息道：“唉，你要真这么说，那我也无话可说，你想怎么样就怎么样吧。一顶大帽子压了我这么多年，早就不嫌沉了，大不了再把原来的日子过一遍。”

孙建民怒道：“你这是什么态度！放任自流、自甘堕落，你在思想上根本没有意识到问题的严重性！”

王文博满脸无奈：“我认也不是，不认也不是，你到底想让我怎么样？”

孙建民在王文博跟前转来转去，最后阴森森地盯着他逼问：“一根地主阶级的毒苗本来已经扼死在泥土里了，是谁又重新给了你阳光、养分，让你死而复生的？”

王文博顿时明白了他的真正意图，吓得不寒而栗。

孙建民指着桌上的纸和笔说道：“只要你写一封检举信，彻底将甘祖昌的封建主义、保皇派作风揭发出来，组织上会考虑对你从轻处理。”

王文博眼神清明：“信我可以写，但不是什么检举揭发，而是歌颂赞扬。甘将军回乡这些年，为人做事有口皆碑。如果带领大家搞生产、促发展也能被打成封建主义、保皇派，那你们造反派口口声声所谓的无产阶级立场才是最大的笑话！”

孙建民恼羞成怒：“阶级敌人王文博！你这是在公然向无产阶级革命造反派开炮！我告诉你，甘祖昌用生产压革命，他才是坊楼公社最大的保皇派！”

王文博嗤之以鼻：“不生产，你们造反派吃什么、喝什么！你孙副主任哪来这么大力气教训我呢！”

这时，门外传来翠玲的叫嚷声：“王文博，我来陪你了！今天是咱俩的大喜日子，你别想甩开我，你上哪儿我跟你到哪儿！”

王文博一听，连忙喊起来：“翠玲！”

孙建民挡在王文博身前，眼珠一转，露出一脸奸笑，打开门命令道：“把她带进来。”

翠玲一进审讯室，便不顾一切地挣脱红卫兵的阻拦扑上前唤道：“老王！”然后一边紧张地查看丈夫的身体，一边问，“他们没怎么着你吧？”

王文博宽慰道：“我没事，孙副主任只是找我谈谈话。你怎么来了？快回去吧。”

李保山阴沉着脸说道：“想来就来，想走就走，你们真把这儿当自家田头了？”

王文博担心翠玲的安危，连忙求情：“李主任，她一个乡下女人没见过世面，求你们别难为她。”

“哼！”李保山冷冷地说道，“这女人厉害得很啊，把一个红卫兵的手都打出血了。”

王文博满脸焦急：“翠玲啊，你咋这么莽撞呢！”

“你是我男人，谁敢抓你，我就找谁拼命！”翠玲虽然泼辣，话里却满含深情。

旁边的孙建民眼睛一瞪，命令红卫兵：“把这地主婆子给我带下去关起来！”

王文博急忙上前护住翠玲。孙建民奸笑道：“要想保住你老婆，很简单，只要按我说的写完这封检举信，我立马放了她。检举封建主义、保皇派甘祖昌，你也算是为革命立了一大功。”

翠玲一听顿时急了：“呸！今天我们两口子就是死在这儿，也绝不干这缺德事！莫说甘将军对我们有恩，你去坊楼几个大队问问，只要是个人念着甘将军好的，都不可能干这事。”

“说得好！翠玲。”王文博不禁赞叹道，但因为心疼妻子，语气中带着一丝哽咽，“只是委屈你跟我受苦了。”

“我虽然读书不多，但也明白两个道理。第一，做人但求问心无愧。所以这封信哪怕是你要写，我也不依。第二，夫妻本就应一条心。从今天起，你王文博受的罪，我翠玲跟你一块儿受。你王文博以后若是享福了，也别想抛下我独自吃香的喝辣的。”翠玲一脸坚定地望着丈夫说。

“好啊，看来不给点苦头吃，你们是不死心了。带下去，给我打，打到服气了为止！”孙建民吩咐红卫兵。

翠玲突然大叫起来，抓起桌上的一只茶杯狠狠扔过去，溅了孙建民一身水，然后见什么砸什么，办公室里一片狼藉。“你上我老家打听打听，我从小打架没怕过谁！只有我打人的份，没有人打我的份！我管你什么主任不主任，混账就该打！”翠玲边砸边大骂不止。李保山、孙建民和红卫兵们一个个吓得都站到门口不敢靠近。

这时，甘祖昌赶来了，看到这一幕，一下子乐了：“行了，闹也闹够了。翠玲，你们两口子快跟我回吧，全队人都等着吃你俩的酒席呢。文博，你真找了个泼辣媳妇儿啊，遇事不含糊。”甘祖昌完全无视孙建民等人，笑呵呵地领着王文博夫妇走到院子里。

孙建民愣怔了片刻，这才反应过来：“甘祖昌，你给我站住！谁给你的权力擅自带走黑五类及其家属的？还有，既然来了，也一并把你的问题交代清楚。说！你置阶级斗争于不顾，将大地主王文博拉到人民的队伍里究竟想干什么？”

甘祖昌转过身来问道：“你是孙建民啊？”

孙建民气哼哼地回答：“我是莲花县革命委员会副主任孙建民。”

“哦，原来是孙副主任，失敬失敬。你问我想干什么？我想干什么？我想干的事情很多啊。把王文博请来修水利，治理好公社受旱的田地就是我的初衷。你的问题我回答了，我正好也有一个问题想问问孙副主任。”甘祖昌说完朝门口喊了一声，“进来！”

锦荣等人神气十足地一人挎着一把枪，将几名被缴了械、一脸丧气的红卫兵推进来。

甘祖昌指着红卫兵们问孙建民：“这些人是不是你带来的？”

红卫兵小队长抢先告状：“孙副主任，一帮‘老保’缴了我们的枪！”

孙建民顿时怒火冲天：“甘祖昌，你连我们莲花县专打地富反坏右的群众专政队都敢抓！简直猖狂到家！”

“群众专政队到了你孙建民手里怎么就成了一帮乌合之众！我知道土匪拿枪指过群众，‘白狗子’拿枪指过群众，日本鬼子拿枪指过群众，就是不知道群众拿枪指过群众！手握钢枪，保家卫国。你们这些人根本没资格佩枪！”甘祖昌说完，锦荣等人狠狠地将肩上的枪扔到地上。

孙建民见这副架势，气得嘴唇直打哆嗦，却不敢再多说什么。

“孙副主任，带着你的人、你的枪赶紧给我滚蛋！下次再让我见到一群人模狗样的东西拿着枪晃来晃去，我一封电报直接发给周总理！”甘祖昌说完，威风凛凛地带着王文博、翠玲以及工人们出了公社。孙建民恨恨地望着众人离开，却毫无办法。旁边的李保山更是一脸阴沉。

回村的路上，甘祖昌说道："文博，本来我是这么打算的，你修完了江山水库，我推荐你到县水利局上班。但看眼下形势不对，你还是别太出风头了。我的建议是你带着翠玲回乡，种几年地，等这阵风吹走了，我再想办法解决你的工作问题。"

王文博紧紧挽着翠玲的手，说道："甘将军，说实话，今天的事情，太让我寒心了。"

甘祖昌安慰道："现在全国上下受委屈的不只你一个。你不要有负担，也不要有情绪，回家安安分分地过好自己的日子。有我在，他们不敢再对你怎样。"

"我倒没什么，就怕他们针对您。那个孙建民话里话外骂您是顽固派、老保，还逼我写信检举您。"王文博担忧地说。

甘祖昌挺直了脊梁："身正不怕影子斜，小鬼小妖的只会趁黑作乱，永远登不得厅堂。"

翠玲插话道："对，甘将军说得对。有啥大不了的！出事了一块儿扛！我和老王绝对坚定地站在您这边。"

说着话，大家已到村口。王文博忽然感觉踩到什么东西，拾起来一看，正是被孙建民扯下来的红花。王文博有些心酸地吹了吹上面的灰，重新戴到胸前。

大家发现前方一片灯火通明，原来是村子土路两旁的树上亮起了一盏盏红灯笼。

这时新新跑过来招呼大家："爸，你们真慢啊。王叔、翠婶，快，大伙都在席上等着呢。"

王文博诧异地说道："我刚才一去，都不知道能不能回来，你们怎么还准备上了？"

新新笑了："我爸一出马，哪有救不回人的道理？快点吧，等了你俩大半宿，肚子都饿了。"说着拉起王文博和翠玲的胳膊就走。甘祖昌、锦荣等人都笑呵呵地连忙跟上。

大家兴高采烈地喝酒嬉闹。眼看天已蒙蒙亮，众人才尽兴而归。王文博、翠玲两人手牵着手，满脸幸福地穿过两旁挂满红灯笼的小路，与乡亲们挥手告别。

而另一边，孙建民、李保山算计不成，一脸丧气地相对而坐，商量下一步该怎么办。李保山提出对付这种顽固派要讲究策略，可以从甘祖昌身边的人下手，比如在公社农村小学当校长的龚全珍。孙建民一听，顿时来了精神，打算按照李保山的提议，污蔑龚全珍不认真教学，把那座将军楼改造成专门收藏反动书籍的图书馆，对学生们造成了极大的负面影响，然后把她抓起来批斗，把图书馆也烧掉。

这天，龚全珍带着农小的几个学生来图书馆借书。忽然，一群县中的学生破门而入。领头的正是马方生的儿子牛子。龚全珍嘱咐孩子们老老实实待在楼上，不管听到什么，都不要出去。

龚全珍走下楼，劝县中的同学们赶快回去上课，不要在这儿白白浪费时间。牛子却不依不饶，认定龚全珍就是藏在人民队伍中的特务，要她立刻交出反动书籍。其他学生则呐喊助威。僵持了一段时间，一个学生突然上前将书架上的书一股脑儿扒到地上，其他学生也如法炮制，还嚷嚷着要把这些书全部烧掉。

龚全珍哪里阻止得了这群疯狂的孩子，她面如死灰地盯着眼前的书堆，抿紧嘴唇不再出声。卫国挤在学生队伍里，难过地看着龚全珍，却不敢说什么。

牛子等人越发放肆，连拉带拽想让龚全珍跪下低头认错，龚全珍却站得笔直。牛子见状抓起一根木棍，就要朝龚全珍腿上打。

卫国突然从人群里蹿出来，死死地抓住棍子："牛子哥哥，别打龚老师！"

牛子恶狠狠地瞪着卫国，想把棍子拽回来，但卫国紧紧抓着就是不松手。

"李卫国！你也要站到特务的阵营里去吗？"气恼的牛子大吼着一巴掌打了过去。

李保山、孙建民和马方生乘着一辆小汽车正好从不远处经过。看到这一幕，李保山赶紧下车走了过来。

挨打的卫国大哭起来。龚全珍连忙搂住卫国，一边给他擦眼泪，一边小声安慰："卫国，别哭了。听龚老师说，以后这样的活动千万不要参加了，学校不上课就在家里学，明白吗？回家吧，别待在这儿了。"卫国抹着眼泪点了点头。

这时李保山冲了进来，拽着卫国就走。卫国见是爸爸，拧着身子不肯走，大叫着让爸爸救救龚老师。李保山二话不说，一把扛起卫国走出门去。到了门外，李保山将哭喊不止的儿子放下，强行塞进车里。

孙建民不悦地盯着卫国说道："李保山，你儿子还是个小顽固派啊。"

马方生连忙解释："孩子小，不懂事。保山，先把卫国送回去吧。"

图书馆里，楼上农村小学的孩子们都被赶了下来。牛子手拿火把，趾高气扬地望着瑟瑟发抖的学生们，煞有介事地喝道："你们说说，你们的校长平时是怎么拉拢腐蚀你们的？"

学生们默不作声。

"不说话？我把你们一块儿关牛棚里！"牛子凶巴巴地吼起来。

被几个中学生押着的龚全珍奋力挣扎，想过去保护自己的学生，却无可奈何。一个孩子终于忍不住了，哭着说道："龚校长看我鞋坏了，送过我一双新鞋。"其他孩子也抽抽噎噎地说："我家里断粮了，在学校里龚校长每天管我的饭。""有一回我病了，缺了一个多月的课。我病好以后，龚校长每天晚上去我家给我补课。"……

牛子听了半天，装模作样地总结道："你们说的这些足以证明特务分子龚全珍包裹在糖衣下的险恶用心！她就是用这种方法拉拢腐蚀以致消灭无产阶级革命造反派的后备力量……"

这时，人群外面传来一声断喝："无理、曲解、歪说！"只见刘书记挤过人群，指着县中的学生们训斥道，"看看你们在学校学了些什么！尊师重道、爱护书本，这是学生最基本的道德规范！把书放回书架，全都给我回去上课！”

牛子愣了一下，随后毫不示弱地说道：“刘越北！你个大走资派！你还敢露面，不怕我们革命造反派掀起的滔天巨浪把你给淹死！”

刘越北面色冷峻地答道：“只要上面的命令没下，我就还是莲花县的县委书记。别的地方怎么样我不管，但莲花县绝不能有罢课、批斗的情况发生。”

牛子听了转而鼓动学生们打倒这个在大家头上撒野的走资派。几名男生冲上来，对着刘越北就是一顿拳打脚踢。龚全珍挣扎着想要阻拦，却被牢牢摁在地上。混乱中，牛子冷笑着将手里的火把投到书堆上。火焰迅速吞噬了纸张，熊熊烈火在书堆上燃烧起来。龚全珍无力地望着被焚毁的书籍，泪流满面。

卫国哭喊了一路，一进家门便被李保山锁进了屋子里。不明所以的马丽芬上前阻拦，李保山不耐烦地推开她说道：“这小子都是叫你给惯上天了！再不管他，真要惹出大事来！现在什么风头？牛子领着学生批斗龚全珍，这小子竟敢站出来帮龚全珍说话！这要放别人身上，早完啦！你不许开门，也不许给他吃饭，饿他几顿就老实了。”

马丽芬望望丈夫，又望望屋里，急得不知如何是好。等李保山走后，她凑在门板上小声说道：“卫国，等你爸晚上睡了，妈给你送饭啊。”

夜里，马丽芬假装躺在床上睡觉，直到听见李保山轻轻的鼾声，才蹑手蹑脚地下了床。她从厨房里端出来一碗红薯，走到卫国房间的窗户下面，小声叫道：“卫国！卫国！睡了没有？”

蜷缩在墙角的卫国脸上还挂着泪痕。听见妈妈的叫声，他迷迷糊糊地睁开眼，慢慢地爬到窗台上。马丽芬将窗外为防止卫国逃跑放的一排瓶子小心地移开，打开窗户，将红薯递了进去。卫国立刻狼吞虎咽地吃了起来，似乎是因为吃得太急，猛地发出一阵急促的咳嗽声。

“慢点吃，我给你倒碗水去。”马丽芬说着，转身去了厨房。

卫国见妈妈走了，竟不咳了，他迅速放下红薯，从窗户翻了出去。

端着水回来的马丽芬见儿子的身影一闪而逝，连忙压低声音叫道："卫国，你回来！"

"我找新新哥哥去！"卫国回头轻声说了一句，脚步不停地跑出了院门。马丽芬还想再叫，但回头看了一眼屋里，担心把丈夫惊醒，只好作罢。

卫国火急火燎地跑到甘家，跟新新讲了白天发生的事。新新一听，立刻急了眼，急忙跑去告诉甘祖昌。

天一亮，甘祖昌和新新便匆匆赶往县城。大街上，龚全珍和其他几名老师被绳子拴成一串，头上戴着高帽子，脖子上挂着木牌。木牌上分别写着"反动特务""反动学术权威""黑帮分子"等字眼。牛子神气活现地在前面一边走一边高喊："打倒一切牛鬼蛇神！扫清一切四旧分子！打倒特务龚全珍！"后面的学生们也跟着纷纷应和。

新新气得就要冲上前去打人，甘祖昌一把拉住他。随后，二人向县革委会办事处走去，到了门口正好撞见脸上带伤、衣衫不整的刘越北被几名红卫兵推搡着上了一辆牛车。甘祖昌无言地看着眼前的一切，面色凝重。思索了片刻，甘祖昌拉着新新转身回家，郑重地换上军装，然后再次赶往莲花县革委会办事处。

一身军装的甘祖昌神情庄严、身姿挺拔地走进莲花县革委会办事处。满院子的红卫兵愣愣地看着甘祖昌，无人敢上前阻拦。马方生从里面迎出来，却不再是原来那副谨慎恭维的模样。他笑眯眯地望着甘祖昌，阴阳怪气地说道："哟，哪阵风把您吹来了？"

甘祖昌严肃地说道："马方生，我以我这身军装命令你，立即停止莲花县一切造反运动，恢复正常生产。"

马方生一脸奸笑："甘将军，您这不是为难我吗？我现在作为莲花县革委会主任，主要职责就是领导无产阶级革命造反派斗争一切、打倒一切。现在您叫我不造反、搞生产，这种反动的话传到中央也是要挨批斗的啊。”

“好啊，你叫他们来斗我！谁先来？喊一个‘打倒老保甘祖昌’！把我也捆起来游街！给我戴顶高帽子，胸前挂块木牌，写上‘大特务’‘大叛徒’‘三反分子’‘走资派’！想到啥罪名统统都给我写上！”甘祖昌怒斥道。

马方生依旧笑眯眯地说道：“关于您的问题呢，还没有定性。我们造反派定罪，也是有理有据的。您毕竟是一位革命老同志了，特务、叛徒、三反不至于，顶多是思想上有些右倾，走了修正主义路线，还是可以矫正过来的嘛。”

“是啊，我今天要是打了造反派，你们该给我安个什么罪名呢？”甘祖昌说着，一把揪住马方生的衣领，将他拽下台阶。马方生吓得额头上直冒汗。红卫兵们见状，连忙拥上来将甘祖昌和马方生拉开。

双方剑拔弩张地对峙了好一会儿，马方生却始终不肯释放龚全珍。

已近黄昏，天空中乌云密布。一道闪电划过，雷声隆隆，顷刻间大雨落下。街上的行人纷纷躲避，只有新新直挺挺地站在街角，呆呆地望着对面的县革委会大门口。

甘祖昌终于出来了，新新满怀希望地跑过去，却见父亲幽幽地叹了口气，任由雨水冲刷在身上。随后，父子俩的身影一前一后没入风雨中，看起来是那么凄凉和无助。

龚全珍等人被安排到田里劳动改造。牛子等学生四散在田间各处，耀武扬威地监督老师们的劳改情况。有的老师动作稍慢了一些，这些学生就立即冲上去大加训斥。

本就瘦弱的龚全珍，加上屈辱和劳累，很快就病倒了，但她依旧咬牙坚持。这天，龚全珍脸色苍白，头上直冒虚汗，正有气无力地挥着锄头。突然，一阵眩晕袭来，她一头栽倒在地上。牛子冲上前去，用脚踢了踢，喝道：“特务分子龚全珍，起来干活！不要装病！起来！”见迟迟没有反应，牛子蹲下身摸了摸龚全珍的额头，随后连忙叫了两个学生将她送去医院。

高烧的龚全珍躺在病床上，含糊不清地喃喃着要喝水。站在病床前的牛子示意身边一个学生去倒水，随后态度恶劣地要求龚全珍自己坐起来喝。龚全珍挣扎着想坐起来，但因为太过虚弱，试了几次都没有成功。

牛子不耐烦了："你个大特务还指望造反派伺候你吗！"说完，将一杯水泼在龚全珍脸上。龚全珍痛苦地闭上了眼睛。

这时，听到消息的甘祖昌、新新、锦荣和张淑芬匆匆赶来，恰好看到这一幕。新新扑上去抓住牛子就打。很快，牛子敌不过拼命的新新，被他压在身下狠揍。新新一拳接一拳把牛子的嘴角、鼻子都打出血来。

牛子好不容易挣扎着起来，狼狈地抹着嘴角的血，命令两名学生："把他抓起来！"

"我看谁敢！"甘祖昌一声怒喝，吓得学生们纷纷向后退去。

此时，龚全珍一脸呆滞地躺在床上，眼睛微微睁开，一滴泪水顺着眼角流了下来。甘祖昌坐到床边，怜惜地望着妻子，用手绢轻轻地给她擦着脸，另一只手紧紧握住她的手。龚全珍眼神空洞地望着丈夫，眼泪不停地流淌。

牛子捂着流血的嘴不甘心地冲到床边，指着龚全珍吼道："龚全珍，你给我起来，休息时间结束了，立即下地接受劳改！"

新新还想上前，被锦荣死死拉住。甘祖昌转过身来，冷冷地盯着牛子说："龚老师还在生病，我替她下地，行不行？"牛子被甘祖昌盯得心里发毛，一时不知道如何开口。

这时，张淑芬一手提着篮子，一手提着暖壶从外面进来。经过牛子身边时，提暖壶的手故意一松，一壶热水全部洒在牛子的脚上。

牛子"嗷"的一声坐在地上，捧着脚惨叫不止。

张淑芬傻呵呵地睁大眼睛："哎哟，这怎么弄的！烫着了吧？小同志啊，你可别怨我，人这一上岁数了眼神不好，手脚也不利索了。哎哟，别愣着了，快给医生瞅瞅去，上点药。"

明知道张淑芬是故意的，却没有证据，两个学生只好扶着牛子出了病房去找医生。张淑芬冲着三人的背影轻轻啐了一口，骂道：“小畜生，跟老娘斗，嫩着呢！”

病床上的龚全珍却对眼前的一切没有丝毫反应，只是默默地流泪。

一直到晚上，龚全珍始终不吃不喝也不说话，一脸的呆滞，让大家忧心忡忡。夜深了，甘祖昌打发大家先回去，张淑芬和甘锦荣却坚持留下来照应，两人分别到隔壁找了个空床休息。甘祖昌望着昏睡的龚全珍，心里五味杂陈：革命了一辈子，“三反”“五反”经历过，“大跃进”也经历过，现在又来了一个“文化大革命”，全国上下武斗成风。大家放着好好的工作不去做，不去搞经济建设，反倒天天在人民内部斗来斗去，这究竟是为什么？特别是这农民不种地，地荒了，人吃啥？这个国家，缺啥也不能缺粮食啊！不过全珍，无论如何，你都要坚强，不能被困难打倒，我相信再大的困难总能跨过去……

第二天清晨，龚全珍望了一眼还未醒来的丈夫，慢慢从床上爬起来走出病房。睡在隔壁的张淑芬正好开门出来，看见龚全珍的背影，赶紧跟上去。

龚全珍走到湖边，凝望着湖水伫立片刻，然后闭上眼睛，绝望地一步一步朝水里走去，冰冷的湖水渐渐淹没了她的脚踝、膝盖……突然，张淑芬从后面猛地冲上来，死死地拉着龚全珍往岸上拖。

龚全珍在水里哀号着：“你让我死了算了，别管我！”

张淑芬喊道：“遇上点破事就想不开，枉你读了一辈子书，全都读到狗肚子里去了？老话讲，好死不如赖活着，断了脑袋的蟑螂还能爬好几天呢，你为啥想死啊？你有男人有娃娃的，你死了，他们咋办？一群不相干的小畜生批斗几句就批斗几句，权当叫臭虫咬了一口。劳改挥几下锄头就受不了了？你原来又不是没下过地！”

龚全珍哭喊着：“这些我都不怕，我受不了的是精神上的侮辱、人格上的摧残！”

“别动不动精神、人格的，归根究底就是你们知识分子太矫情。你没听说阎罗殿里都不收那些自杀的？连阎王爷都瞧不起。你这是跟谁赌气啊？你一死，还不是遂了那帮小畜生的心愿？最后跪在你棺材前哭得死去活来的是你的几个小子闺女！”张淑芬的话一针见血，直戳龚全珍的心。

终于，龚全珍不再挣扎了，被张淑芬拖到岸上后，蹲在地上捂着脸大哭起来。

张淑芬喘着粗气一屁股坐在地上：“行了，哭出来就没事了！我这一早晨叫你给折腾坏了！听我的，回去该吃吃该喝喝，人啊，有时候就得脸皮厚点，不吃亏！”

二十一　利民生建水电站

龚全珍的高烧终于退了，精神状态也好了很多。甘祖昌守在旁边，满是欣慰地看着妻子。

张淑芬从家里拿来一个布包袱，里面有她给龚全珍做的一件新衣服和几件换洗的旧衣服，袜子、鞋子也都是新的，还有米糕等吃食。想着夜里蚊子多，甘祖昌从怀里摸出一小瓶风油精，放进包袱里。龚全珍见二人用心地为自己张罗着，心里不禁暖烘烘的。

牛子被烫伤的脚上缠满了绷带。在一个红卫兵的搀扶下，他趾高气扬地又来催促龚全珍赶快回去参加劳动。张淑芬想上前理论几句，被龚全珍拉住了："我走了，家里家外老甘一个人转不过来，你和凤多帮衬着点。"

"行啦，平常你在学校教书，不也没顾上家吗？"张淑芬还是那个快人快语的性子。

龚全珍转过头望着丈夫："老甘，你多注意身体……夏天日头毒，别在地里一待一整天。晚上记得吃药。有活喊建建和新新干。孩子们大了，你也老了，有些事不用太操心……"

"说这干啥，家里的事你别管，自个儿照顾好自个儿，听见没有？"

甘祖昌皱着眉头，显然有些不放心。

龚全珍淡淡一笑：“你放心，我想通了，不会再做傻事了。”

“好！”甘祖昌装出高兴的样子，鼓励道，“一年还不好熬？咬咬牙就过去了。回来该干啥干啥。前两天小何老师还找我打听你，说孩子们都想龚老师了，盼着你回去呢。”

龚全珍微笑着点点头，拿起包袱要走，牛子却挑衅地从腰上解下一根麻绳，交给身边的红卫兵，示意绑住龚全珍的手。

甘祖昌皱起眉头呵斥道：“龚老师又不是敌人，你们这是做什么？”

“保皇派甘祖昌！别以为现在没人揭发你的问题，你就有权对我们造反派指手画脚！我问你，反动派不是敌人是什么？龚全珍不是特务是什么？”牛子叫嚣着。

龚全珍怕丈夫激动，急忙说道：“对，我是反动派，我是特务，你们说我是什么就是什么。我接受造反派对我的一切批判。”

牛子打量着这夫妻俩，存心找碴：“现在问题变复杂了。甘祖昌，我给你个机会，当着人民群众的面批斗这个反动派婆娘，坚决与她划清界限，站定立场，怎么样？”牛子的声音很大，吵得各病房、各科室的人都出来看热闹。

甘祖昌不说话，一双眼睛严肃而坚毅地盯着牛子：“我问你，一个人要是被劈成两半会怎么样？”

牛子一脸的不解：“那不就死了？你什么意思啊？”

甘祖昌大声说道：“是啊，要不说你还是个孩子！既然这道理你懂，我就再教你一个。夫妻实际上就是两个合成一个，如果硬生生劈开，哪边也活不了。你让我批斗我老婆，我可以明确地告诉你，不可能！”

龚全珍被丈夫的话深深地感动了，眼含泪花望着丈夫。牛子却愤怒不已：“甘祖昌！你这是公然地拥护敌人，反对人民，纵容走资派，蔑视造反派，你……你应该和龚全珍一起接受改造！把他也给我绑起来！”

旁边的红卫兵踯躅着，怯怯地望着甘祖昌，然后将求助的眼神投向牛子。“混蛋！没用！”牛子一把夺过绳子就要动手。

张淑芬再也忍不住了，撸起袖子冲上去，一把扯过绳子往牛子身上抽打起来：“嗬，今天不好好教训教训你个小畜生，那叫对不起你爹娘。你问问在场的大伙，甘祖昌，甘将军是啥人！说出来没一个不竖大拇指的。革委会那帮家伙都不敢在我大哥面前作怪，你才两天不穿开裆裤就敢在这儿称王称霸的？咳，你瘸着个腿往哪儿跑？站住！你不挺能耐的吗？”

牛子一边忙不迭地往后躲，一边伸长脖子嚷嚷：“哼，我爹说了，甘祖昌是莲花县最大的老保！”

张淑芬不屑地问道：“你爹是谁啊？”

牛子胸脯一挺：“我爹是马方生！莲花县革委会的马主任！”

张淑芬一愣。牛子得意地说道：“怎么？怕了吧？张淑芬，你要为你的话负责任！小心我把你一家子都抓进去！”

张淑芬顿时急了：“你敢！你个小王八蛋，我先把你腿打折了！”两人在走廊里你追我赶，场面一片混乱。牛子边跑边让傻愣在一旁的红卫兵赶紧去找马方生，又回头恶狠狠地对张淑芬说：“你等着！我爸来了就把你抓起来！甘祖昌他也蹦跶不了几天了！”

牛子正嚷嚷着，冷不丁被人撞翻在地：“哎哟！哪个不长眼……爸！”他刚开口要骂，却看见马方生提着礼物，一脸怒气地瞪着自己。

马方生骂了牛子两句，一转身换上一副笑脸对甘祖昌和龚全珍说道：“甘将军，龚老师，不要生气。小孩儿不懂事，革命激情高涨，整天嘴里喊着造反造反，可实际上不了解情况，热情用错了地方，对龚老师做了些过火的事。我回家一定好好批评他。我今天来就是为了看望龚老师。龚老师受委屈了。我代表革委会宣布，解除对龚老师的劳动改造。您啊，赶快回家休养身体。养好了身体，继续到小学主持工作。”然后推了儿子一下，“快道歉。”

牛子一脸不服气地反驳：“爸，你们革委会没这个权力！怎么能不讲革命原则呢？”

马方生瞪了儿子一眼：“闭嘴！甘将军长征的时候你还在你娘肚子里转筋呢！没有甘将军这样的老革命家，哪来的革命原则！”

张淑芬嘲讽道："马主任嘴皮子真厉害，正说也是你，反说也是你。一会儿骂我大哥是老保，一会儿又敬我大哥是老革命，都把我搞糊涂了。你们爷俩这是唱哪出啊？"

马方生装傻充愣："甘将军，这，这话我可没说过啊。"

懵懂的牛子脱口而出："爸，你在家不经常……"

马方生怒气冲冲地一巴掌扇了过去："这儿没你说话的份儿，滚出去！"牛子被打疼了，捂着脸气呼呼地跑了出去。

这时，龚全珍开口了："马主任，我想问一句，对我实行劳改也好，对我解除劳改也好，你们的凭据是什么？"

马方生谄笑道："这个，当然是政治问题搞清了，龚老师绝对清白。"

龚全珍板着脸追问："我的问题搞清了，那其他老师呢？"

"每个人情况不一样，有的简单，有的复杂，不能一概而论。龚老师，您先安安心心回家。要文斗不要武斗，这个道理啊，我一定给小子们认真灌输。"马方生说着指了指旁边的红卫兵。

张淑芬拎起包袱说道："既然这么着，那就回家吧。"甘祖昌却猜到马方生之所以态度大变，一定另有所求，因此对龚全珍和张淑芬嘱咐了几句，让她们先回去。

其他人都走了，马方生凑到甘祖昌面前，故作谦恭地说道："甘将军，县里有件大事，想跟您商量商量。"甘祖昌心中了然，跟着马方生来到县革委会办事处。

原来莲花县与周围其他几个县相比，虽然在农业上遥遥领先，但工业产值却是全省倒数，上个月省委领导来视察，对这一问题提出了意见。由于发展现代工业离不开电，所以县革委会想在坊楼公社的江山水库修建一座水电站，对县里几家工厂加大电力供应。但是建水电站是个大工程，又计划在秋汛前完成，时间紧、任务重、经费有限、施工条件艰苦，考虑到大家可能会有怨言，所以想请甘祖昌出面主持工作。

甘祖昌一听说是利国利民的大好事，二话不说就答应了下来，而且承诺经费不足自己来添，条件是县革委会不能干涉他的用人。马方生大喜过望，向甘祖昌保证，只要江山水电站一建成，沿背大队肯定第一个通电。一切商量妥当，甘祖昌连忙回去开始准备。

望着甘祖昌离去的身影，马方生脸上划过一抹奸诈的笑容。旁边不明就里的孙建民喃喃道："我就不明白了，修建江山水电站，是搞革命事业，县里一声令下就行了，用得着请甘祖昌出面主持吗？甘祖昌是保皇派，他老婆有特务嫌疑。你把龚全珍放了，变着法子讨好他们，这是助长敌人的威风、削弱群众力量啊！"

马方生一脸狡诈地说道："孙副主任，不要这么激进，在必要的时候也应当缓和一下。利用敌人达成目的也是革命的一种手段嘛。我刚得到消息，今年全国各省都要选一个革命、生产两头抓的先进县，作为代表去北京接受毛主席的接见……"

孙建民一听，眼睛亮了，随即露出一副阴险的嘴脸："哼，最好能选上，万一选不上，这锅甘祖昌背定了！"

马方生点点头，两人心照不宣地哈哈大笑起来。

回到家里，甘祖昌马不停蹄地找来王文博商量水电站的修建计划。听说只有三个月的时间，再加上前不久的"审问"事件，王文博有些犹豫，但看到甘祖昌充满期待的眼神，王文博终于下定决心："给我半个月，图纸一完成，就能开工。集中沿背大队全部男劳力，每天十个小时的工，估计可以完成。"

甘祖昌兴奋得一拍大腿："好，有你这话我就放心了。文博，别回家了，里屋我给你拾掇出来，你安心画图。"

王文博有点发懵。刚进屋的龚全珍不知道发生了什么事，一脸关切地询问甘祖昌。甘祖昌简单讲了修水电站的事，然后说道："对了，全珍，你把汇款单给我，三张都拿来吧。这两天我把钱取出来，大工程怎么着也得贴补点。"

龚全珍叹了口气："我就说咱家存不住钱吧。不过你答应得这么痛快，县里那帮人靠谱不靠谱啊？最近整人批斗闹得这么凶，万一……”

王文博安慰道：“嫂子，建水电站和建水库一样，都是我的拿手强项，有我在呢，您还不放心啊？说到这儿，其实水库的作用很大，依托水库不但可以建水电站，还能建水泥厂，水泥是好东西，城里盖房子离不了这个。虽然村里人不认，可销路还是有的。”

甘祖昌听了，眼睛一亮：“水泥厂，水泥厂……如果建个水泥厂，一年能出多少水泥？”

王文博想了想：“这也和规模、设备有关，具体我也不太清楚，上千吨应该没问题。”

甘祖昌有些兴奋地嘟囔着：“得空我去县里打听打听水泥行情怎么样。这要是真把厂子给办起来，能挣不少钱呢……”

龚全珍嗔笑道：“行啦，先别管水泥厂了，水电站这事还没影呢。”

甘祖昌不好意思地笑起来：“对，踏踏实实的，一样一样来。”

“说真的，要是山里能供上电，你也得给农村小学牵根线。孩子们成年累月点着油灯做功课，才多大点啊眼睛全熬坏了。”龚全珍认真地说。

甘祖昌打趣道：“是，请龚校长放心，组织上一定优先考虑。”

龚全珍笑了：“优先不行，必须得保证。”

接下来的日子里，整个沿背大队一派忙碌的景象。大家各司其职，不怕苦不怕累，埋头奋斗了三个月，一切顺利，水电站已基本建成，只等发电机组一装好就能发电了。大家望着眼前的劳动成果都有些激动。

马方生在甘祖昌的带领下在工地上转悠，他看着刚刚建成的水电站满意地对甘祖昌说道：“省里的专家考察过了，说江山水电站结实耐用，至少三十年不用翻修，是个难得的好工程啊！”

甘祖昌并不在意他的夸奖：“这不过是钢筋水泥堆起来的框架子，发电机组才是一个水电站的心脏，选就要选好的，不能图便宜。”

马方生点点头：“是，发电机组是我特意到省军工厂进的，质量绝对没问题，电流大、电力足，下个星期就来人安装啦。”

甘祖昌看了看马方生，问道：“队里通电……”

马方生干脆地答道：“电机一装好，这事儿立马办！”

这天，一辆大卡车停在江山水电站前面。安装工人们抬着发电机组向水电站走去。

一群人围在旁边好奇地看着。老牛筋眯着眼睛不相信地嘀咕着：“把这大铁疙瘩装上，就能亮？”

毛崽拄着拐杖接过话头：“不懂了吧，这叫水力发电。祖昌说了，等装好了发电机，再在村头架个电线杆子，挨家挨户安上电灯泡，到了晚上灯绳那么一拉，嘿嘿，照得屋里比白天还亮堂呢。人家在新疆就用这个。”

老牛筋吧嗒了一口烟：“楼上楼下，电灯电话。祖昌肩膀头上的担子可不轻哟！”

一名电工踩着梯子在村头电线杆子上架线，但是方向并不是朝向村里，而是通向村外。甘祖昌走上前，发觉不对，便问道：“师傅，这电线是不是架错了？怎么直接连到外面，该向村里也搭一条啊。”

电工摇摇头：“不知道，县里就让我这么弄的。”甘祖昌皱起了眉头。

县城街道两旁已架起了一排排崭新的路灯。马方生、孙建民笑呵呵地边走边聊。明天晚上七点，省革委会新到任的王主任要来莲花县视察，他们正商量着到时候把街道两边的灯全打开，让领导看看莲花县的新面貌，这样去北京的名额十有八九就是莲花县的了。

说到这儿，马方生得意地哈哈大笑：“我说什么来着？利用敌人达成目的也是革命的一种手段。”

孙建民有些不以为然：“哼，我们自己也能搞出来！”

马方生瞧了瞧头脑简单的孙建民，只是笑了笑。

第二天，眼看着通往县城的电线已经架好，通向村里的却丝毫没有动静，众人都待不住了，七嘴八舌地议论着是不是县里要反悔。全大队的爷们儿三个月来连轴转，顾不上庄稼和工分，若落得这样一个结果，谁能接受？大家正议论着，忽然听到有人喊：“县里来人合电闸啦！”众人立刻一窝蜂地向水电站跑去。

当听到来合闸的工人说今天只是开始全城供电，并不知道沿背大队什么情况时，大伙仿佛遭遇了最无情的戏弄，全都愤怒了。他们纷纷挡在机电室门前，不让合闸的工人进去。

合闸的工人急得快要哭出来了，不停地哀求："求求你们了，我就是来合闸的，真管不了那么多，有事你们找马主任说去。晚上省革委会的王主任到县里视察，耽误了大事，我这饭碗砸了不要紧，回头再给我扣上顶反革命的大帽子，我这辈子就翻不了身了啊。"

有个年轻人怒气冲冲地说道："我们不管！用人靠前不用人靠后，我们大队用不上电，你们县里也别想！你哭丧着脸也没用，你知道这水电站是谁带我们修的？甘将军！他老人家不发话，别说县里来人，就是省革委会的主任亲自来，这事也得掂量着办！"

老牛筋一听这话，上前狠狠给了那个年轻人一拳："你这张嘴，真欠！你是要害了你甘大叔哟！"

年轻人摸摸脑袋，还没想明白咋回事。这时，一个声音从背后传来："都让开，让他进去合闸。"众人一回头，见是甘祖昌，纷纷控诉县里的人出尔反尔。

甘祖昌走到工人面前，示意他进去，然后严肃地看着众人："没必要为难这个小同志。倒是你们这些后生崽子，胆敢打着老子的旗号办浑事，我看是吃了熊心豹子胆了！"众人被训得不敢再说什么。

这时，合闸的工人从机电室走出来，却见甘祖昌走到车前打开驾驶室的门坐了上去。合闸的工人赶紧跟上去，有些摸不着头脑。众人也是一脸迷茫。

甘祖昌说道："咱俩一路，我也去县城。上来，我带你。"合闸的工人不敢反驳，只得诚惶诚恐地坐上了副驾驶的位置。众人不明所以，呆呆地看着汽车驶出了村口。

天色渐渐暗下来，公路两侧的路灯依次打开，照耀着灯下列队排开的欢迎队伍。孙建民、马方生站在队伍最前面翘首以盼。

一阵汽车喇叭声响起，王主任乘坐的车子缓缓驶来。马方生手臂一挥，欢迎的队伍立即放声高唱："红太阳照山河……"

王主任坐在车上笑容满面地望着这一幕，随后汽车在马、孙二人跟前停下。马方生上前开门高声说道："欢迎王主任莅临莲花县检查工作！"

王主任指指满街的华灯："小马、小孙，办得不错啊。这满街的路灯，明晃晃的，很能代表我们江西省作为一个红色老省的光辉形象，路越宽，灯越亮，革命激情越高涨嘛！"

马方生立即鼓掌："说得太好了，说得太对了！今后有王主任的指引，我们的道路一定会越走越宽，越走越亮！"王主任哈哈一笑，十分受用。

孙建民激动地上前与王主任握手。王主任亲切地说道："小孙啊，在莲花县工作能适应吗？你要与马主任好好配合啊！"

孙建民挺直腰杆："是！这里的工作一切顺利，请领导放心。我和马主任一定紧跟形势，造反到底！"

就在这时，传来一阵更大的汽车喇叭声，打断了几人的寒暄。众人回头望去，只见一辆吉普车驶过来，开车的竟然是甘祖昌。马方生和孙建民有些不安地互相对视一眼。

王主任一脸迷茫："这位是……"

"我是甘祖昌，你就是省革委会的王主任？"甘祖昌自报家门。

王主任赶紧与甘祖昌握手："甘祖昌，甘将军！哎呀呀，老同志，我还想过两天去坊楼公社拜访您呢，没想到在这见到您，真是太好了！"

甘祖昌默默地看着满街刺眼的灯光："其实我今天本来也没想着和王主任一块儿凑热闹，就是有件事实在想不通想问问马主任。"

马方生拉着甘祖昌低声说道："甘将军呀，我知道，沿背大队通电的事待会儿再说行不行？王主任难得来咱们莲花县视察工作，您就算给我个面子，等送走了领导……"

甘祖昌正色道："那不行！今天这事就是要当着领导的面讲清楚。王主任，我是反映情况来了。你说，现在的造反派还算不算共产党？共产党说话要不要算数？答应人民的事该不该办到？”三个掷地有声的问题把王主任问愣了。孙建民脸色大变，马方生心里也是叫苦不迭。

甘祖昌看了看他们，继续说道：“话我只说到这儿，你们该视察的视察，该陪同的陪同，但我希望一个星期之内，按照当初的承诺，对沿背大队实行供电！”说完，甘祖昌转身大步离开。

几天后，沿背大队村头的电线杆子上，又接了一排通往村里的电线。在一个黄昏，家家户户的屋里亮起了灯光，在夜色中散发出一片片动人的光晕。山坡上，从农村小学校舍的窗户里也透出温暖的灯光。

甘祖昌、龚全珍以及建建和新新笑眯眯地站在灯光下，望着闪闪发光的灯泡直发呆。新新挑剔地咂咂嘴：“太暗了，没有在新疆的时候亮。”

龚全珍略带埋怨地说道：“电站发电功率不够，每家每户都是 15 瓦的标准。队里照顾你爸眼神不好，想让电工给咱家接个 60 瓦的，你爸偏不让。”

甘祖昌严肃地说道：“我自然是不能答应的，人家都是 15 瓦，凭啥我要 60 瓦？这不是搞特殊、搞腐化吗？”

龚全珍指着丈夫笑道：“你看你看，不经逗，一逗就急。”

得知妻子只是开玩笑，甘祖昌不好意思地笑了。

甘祖昌看了一圈，突然发现王文博不在：“哎，你们王叔干吗去了？这个人呀，这么好个日子他不到场，不像话嘛。”

此时的王文博正一路来到水库下游的空地上。他四处望望，远处是座山，旁边有条河，空地也够大，看到这里，他的脸上不禁露出一丝满意的笑容。

为了向大家普及用电安全知识，甘祖昌召集大家齐聚村头的空地上。看大家叽叽喳喳地仍沉浸在用上电灯的兴奋中，甘祖昌清了清嗓子，说道：“我一路走过来看到哪儿哪儿都是明晃晃、亮堂堂的，脑子里啊只有一个想法，人靠衣裳马靠鞍，咱这穷山沟在灯下那么一照，就好比新娘子披上了红衣裳，喜气又好看！”

大伙哈哈大笑。

“我知道大家伙稀罕劲儿正足呢，但我要来给你们泼泼冷水了。这里主要讲两点注意事项：一是节约用电；二是注意安全。尤其这第二点，家里有娃娃的更得注意了。常言道水火无情，电老虎发起威来更不含糊。”甘祖昌说着从身上挎着的布包里抽出一张宣传画，“这上面讲了正确的用电方法，并指出哪些属于错误用电。现在每家每户领一张，回去以后贴到墙上。”

甘祖昌把一摞宣传画全都拿出来，让甘金生和龚全珍发下去。拿到手的人们开始交头接耳议论起来：“呀，这是龚老师画的吧。人家两口子不光大事办得好，小事也细心。”“这个是啥意思啊？”“不知道，我也看不懂……”

“大家先拿好，散会后我负责逐条给大家讲明白。”众人听到龚全珍的话，都安静下来。

甘祖昌接着说道：“我有一件事要征询大家的意见。水电站建好了，我原本计划在队里找块地，盖个水泥厂。水泥能卖钱，挣到的钱可以给大家伙补贴家用，挺好的事。不过后来我又听说，水泥生产过程中产生的废物处理不好的话会对耕地、水源造成污染，这一点让我心里很矛盾。你们说，这个水泥厂它到底该不该建？”

众人听了面面相觑。

过了半晌，毛崽说道：“祖昌，要说这些年你带我们做的这些事，件件让人心服。单就这件，我不赞成。要说为什么，田地是老天爷赏赐的铁饭碗，是咱农民的命根子，不管好孬，祖祖辈辈都是靠着泥里刨出来的东西一代一代活下去。万一把地给污染了，那岂不就断了咱的命根子？”

毛崽一番话说得令人信服。甘祖昌点点头，接着问众人：“你们都是这意思？”

众人交头接耳，都不住点头。甘祖昌又特意问了甘金生和老牛筋，见大家意见统一，于是说道：“好，我尊重大家的意见，水泥厂不盖了！”

这时，王文博来了，边跑边喊："水泥厂盖得！水泥厂盖得！我刚才去水库下游看了看，找到一块适合盖水泥厂的好地方！"

第二天清晨，王文博带着甘祖昌、甘金生、毛崽、老牛筋等一行人来到昨天他考察过的空地上。王文博比画着说道："这里离村庄远，再大的声音也传不过去，同时又远离耕地，还在水库的下游，这样对农田和水源都不会造成污染。另外，这个地方离县城也不是很远，交通还算便利。找了这么多地方，我看就数这里最合适了。"

甘祖昌不由得笑了："真是踏破铁鞋无觅处，得来全不费工夫啊！"

甘金生担忧地问道："好是好，可就怕水泥厂盖起来了，水泥生产出来了，没人买咋办？"

"只要东西好，就不怕没销路。这事交给我了！"甘祖昌拍着胸脯保证。

既然没有了原来所担心的污染问题，又能卖出去赚钱，随行的人你看看我，我看看你，都点点头，表示同意在这儿建水泥厂。

"好！既然大家一致同意盖这个水泥厂，那咱说干就干。"甘祖昌大手一挥，拍了板儿。

跟在大伙后面的甘二美将村里计划建水泥厂的消息悄悄告诉了李保山。李保山思索了一会儿，打发走了甘二美，得意地笑着拿起了电话："喂，我是保山啊，对，就是你上回交代我的要给林副主席选块好地建纪念碑的事，地方我找到了。行，你派人来看看吧，没问题的话我们择期动工。"

很快，李保山带着马方生、孙建民以及县里、社里的随行人员来到甘二美讲的计划修建水泥厂的空地考察。

马方生十分满意："嗯，不错不错，依山傍水，是个清净地儿。"

李保山露出得意的笑容，故意大声对社里的随行人员嘱咐道："把这里围起来，打扫干净，晚上派两个人值班，一只兔子都不能跑进来，听见没有？"随行的人点头答应。正好在附近干活儿的甘森昌和几个村民看到这一幕，不禁犯了愁。

甘森昌回来后就去找甘祖昌，说明了情况，建议大哥最好换个地方建水泥厂，毕竟跟公社和县里争地，以后肯定不会有好日子过。

甘祖昌愤愤地说道：“我盖水泥厂是为队里搞生产，他立块破碑有个屁用！”

甘森昌吓得连忙抬手就要去捂大哥的嘴：“哥，你小点声，之前嫂子遭的那是啥罪你忘了？”

甘祖昌哼了一声，斩钉截铁地说道：“反正地我是坚决不让，有本事就来捆我、游我、斗我！”

“你也别硬气，他们不是干不出来……”甘森昌平静地说。

这时龚全珍听到二人的争论，从屋子里出来。甘祖昌却闷头进屋去了。

甘森昌认真地说道：“嫂子，你回去劝劝我哥。他现在就是一个老百姓，跟以前在部队的时候不一样了。”

龚全珍叹了口气，回头望着丈夫日渐消瘦的背影，心疼地说道：“我知道了。”

水库下游的空地被围上了一圈绳子。两个戴红臂章的工作人员正凑在一块儿抽烟。看到前面走过来几个人，两人赶紧扔下烟头，抄起地上的红缨枪。待几个人走到近前，却发现是甘祖昌、甘金生和村里两个青年。甘祖昌关切地对两人说道：“值了一宿班，辛苦了，我叫人来给你们倒替倒替，回去吧。”

两人颇有些踌躇，其中一人说道：“可李主任交代我们……”话刚说了一半，就见甘祖昌一脸怒气，二人不敢再说什么，灰溜溜地走了。甘祖昌随即大声对同来的两名青年交代：“地是自家的，打起精神来，守住了！”

两名青年一挺胸膛，信心十足地应道：“是！”

李保山听说甘祖昌带人赶走了社里的人，特意去县里找到马方生，添油加醋地说甘祖昌不顾大局，存心与造反派作对。马方生不了解事情真相，一脸怨气地抱怨自己倒霉，怎么每次都能撞上甘祖昌。本来上次甘祖昌害他在省革委会的王主任面前丢脸，他还想要借这次机会挽回形象，并重建莲花县革命积极县的招牌，盼着有朝一日还能高升一步，可是……

李保山似乎早有对策，对马方生说道："名声得靠自己传扬，政绩得靠自己创造。既然你想立碑，我倒有个想法。既然水泥厂还没动工，那咱们就先下手为强，抢先立碑。只要碑立起来了，谅他甘祖昌有十个脑袋，也不敢动！"

马方生一听，激动得直拍脑袋："对，对，急则生乱，我怎么没想起来呢？这事就这么办，你来负责，越快越好，以免夜长梦多。"

李保山得意地一笑："你放心，我保证明天就让你到碑前去剪彩！"

二十二　浓浓乡亲情

夜幕笼罩下，有几个人拉着架子车急急忙忙地往水库下游的空地上赶，其中一人拿着手电筒在前面引路。沿背大队守夜的两名青年发现了人影，刚想上前查看，却被一拥而上的几人打晕在地，拖到了一边。

甘锦荣恰巧从不远处路过。看到空地处的亮光和人影，他立刻停了下来，隐约看到几个人正将一块石碑从架子车上抬下来，还互相催促着动作要快，不然被发现就麻烦了。甘锦荣顿时急了，慌忙赶回去报信。

甘祖昌正坐在床边洗脚，准备睡觉。龚全珍在旁边絮絮叨叨地要丈夫顺应形势，不要太执拗，以免真的被那些脑袋发昏的人乱咬。

甘祖昌坚定地说道："放心，我心里有分寸。他们干的要是正事，是造福百姓的事，就是让我甘祖昌跪下磕一百个响头我也愿意。可现在他们为了升官发财，玩虚招、搞形式，就算要砍我的脑袋，我也要冲上前去阻止。"

龚全珍无奈地点了点甘祖昌的脑袋："你啊，还是那副倔脾气。让我说你什么好呢？"

正在这时，门外传来锦荣焦急的声音："爸，不好了！"

甘祖昌连忙擦干了脚，龚全珍去开门，甘锦荣气喘吁吁地走进来说道："刚才我从凤她娘家回来的路上，看到有几个人把我们守夜的人打晕了，正在村北头的那块空地上偷偷摸摸地立碑呢！我已经告诉了队里人，他们正往那边赶呢。”

甘祖昌的眉头一下子皱起来。龚全珍劝道：“老甘，退一步海阔天空，我看这事就这么算了吧。”甘祖昌没说话，穿上鞋就出了门。龚全珍心里焦急，但也只能无奈地叹气。

水库下游的空地上，那些人合力将石碑立在挖好的坑中，正准备封土，村民们拿着棍棒、铁锹等一拥而上。几人一时不知所措，一个脑瓜灵活点的赶紧解释说他们是公社派来的，并给村民们指了指石碑上刻的林副主席语录。

一个村民上前喝道：“少蒙老子！老子贫下中农，大字不识一个，只认得介绍信上面的红戳戳。要是没有介绍信，抬着你们的东西赶紧给老子滚蛋！”对方还想解释，村民们却一哄而上，将扶着石碑的几人强行拉走。石碑落地，断成了两截。

那几个人一看，顿时急了，其中一人恶狠狠地说道：“我告诉你们，这块石碑是县里让立的，现在石碑断了，你们就等着进监牢吧！走！”说着几个人愤愤地离开。

村民们你望望我，我望望你，一时怔住了。

这时，甘祖昌、甘锦荣匆匆赶来。一个村民连忙向甘祖昌说明了情况，然后担忧地问道：“甘大叔，县里不会真找咱们麻烦吧？”

甘祖昌眉头紧皱：“放心，要是有什么麻烦，我一个人顶着，尽管让他们来找我！”转身看到那两名倒在地上的守夜青年，甘祖昌急忙走了过去，指挥大家先把人给送回去。

龚全珍坐在桌前心神不定地等候着，一见甘祖昌回来，连忙询问情况。听说把人轰走了，龚全珍担忧地说道：“你啊，脑袋里就一根筋。你跟他们作对有什么好处？现在这个时候，能忍则忍……”

甘祖昌赌气地将衣服扔到椅子上：“不是我跟他们作对，是他们要跟人民作对！我甘祖昌这辈子怕过事吗？他们爱怎样怎样，我奉陪到底！睡觉！”

李保山得知了情况，一大早就来到马方生的办公室等他。一见到马方生，李保山赶紧把昨天夜里发生的事告诉了他。马方生听了大怒，但片刻后脸色又舒展开来："虽说碑被砸了，但这未尝不是一件好事。"

李保山旋即明白过来："自从甘祖昌回乡以来，横行了那么多年，正愁找不到什么理由整治他呢，现在我们手里有了他的把柄，可以利用砸碑事件定他的罪。"

马方生思索了一下，颇有深意地看着李保山："直接去找孙副主任吧，该怎么说不用我教你吧？"李保山阴冷地一笑，转身出去了。

孙建民听了李保山的汇报，气得一拍桌子，站起来怒斥："甘祖昌！敢砸林副主席的碑，你长了十个脑袋也不够砍的！今天我跟你老账新账一块清算！集合队伍！"于是，一伙人在孙建民的带领下气势汹汹地赶往沿背大队。

早晨，龚全珍继续劝说丈夫可以晚点或换个别的地方建水泥厂，免得跟造反派针锋相对吃了大亏。甘祖昌却不同意，说队里太穷了，现在既然想到了办法，他就要迈开大步，与时间赛跑，尽快将水泥厂建起来，改善大家的生活。两人正你一言我一语地说着，甘锦荣忽然急匆匆地跑进来说："爸，不好了，孙建民带人来了！"

龚全珍脸色大变："真是怕什么来什么！老甘，赶紧进屋躲一躲吧。"

甘祖昌站起来说道："我光明正大的，躲什么！猫躲耗子的事我就从来没听说过！锦荣，走，出去会会他们！"

龚全珍一把拉住了他，情绪激动地说道："不能去！他们就是冲着你来的，你都这个岁数了，这把老骨头经得起他们折腾吗？我被批斗的事情才过去多久，难道你都忘了吗？你今天要是出了这个门，我，我就……"龚全珍说着，眼泪扑簌簌落了下来。

甘祖昌怜惜地望着妻子，一时也不知该怎么办了。

锦荣忙说："妈说得对，您不该去。革委会那帮人都不是什么好东西，好汉不吃眼前亏。"

这时，甘金生从外面闯进来："叔，革委会一伙人到村口了，队里人正在那儿堵着他们呢。现在咋办呀？”

甘祖昌思索了一会儿：“你去拿几个红本本来。”接着在他耳边低语了几句，甘金生笑着出去了。然后甘祖昌又把儿子叫进屋。龚全珍见爷俩进了屋，连忙抹掉眼泪，来到院子门口向外望了望，关上院门，抵上门杠。

屋子里，甘祖昌将一张字条递给甘锦荣：“你去甘家大队找刻碑的徐师傅，让他照着这个字条上的内容刻一个碑。刻碑需要时间，你让徐师傅直接带着刻碑工具到水泥厂的空地上刻，以防万一。”

甘锦荣答应一声快步走出屋子。甘祖昌拿起烟杆，也优哉游哉地跟了出去。

龚全珍急忙追出来：“今天你哪儿也不能去，就在家待着。什么事都没有你的安全更重要！”

甘祖昌耐心解释：“你以为我在这里就安全了？你把我关在家里，反倒是帮了他们的忙。石碑的事一天不解决，水泥厂就一天不能动工。我出去就是为了解决石碑的事，放心吧，一切都在我的掌握之中。”

龚全珍见丈夫语气笃定，只好由他去，并嘱咐道：“别跟他们硬来！”

“知道了。”甘祖昌应了一声，头也不回地走了出去。

村口，孙建民领着革委会的人和手持棍棒的村民们正在对峙着，剑拔弩张。孙建民以县革委会副主任的名义来调查林副主席的碑被砸一事，要不相干的人都让开。村民们自然不肯，非要他拿出介绍信来，不然谁知道是哪里的地痞流氓还是骗子无赖什么的到这里来招摇撞骗。

孙建民气急败坏地一挥手，准备硬闯。这时，甘金生拿着十几本《毛主席语录》赶来，分发给村民们，大家相互传阅着。孙建民等人莫名其妙地望着众人。

甘金生站在最前面，举起小红本背诵道：“毛主席说过，没有贫农，便没有革命。若否认他们，便是否认革命。若打击他们，便是打击革命。”

孙建民一愣，扭头向一旁的人努努嘴：“快对啊！”好一会儿，有人终于想起一句：“毛主席最高指示：我们都是来自五湖四海，为了一个共同的革命目标走到一起来了……”

“说那么多干吗？对上就好。”孙建民有些不耐烦。

李凤上前说道：“毛主席说过，一切反动派都是纸老虎。”

革委会的人赶紧对：“毛主席还说过，加强纪律性，革命无不胜。”

张淑芬接着说：“毛主席说过，哪里有压迫，哪里就有反抗！”

就这样，两边的人轮番背诵《毛主席语录》。几轮下来，革委会那边实在想不出了，而村民们手拿小红本，不断催促。孙建民怒视身后的众人，众人都低着头不敢吱声。孙建民急了，一脚踹在一个人身上：“废物！《毛主席语录》不认字的也得背！我看你就是个反动派！”

甘金生得意地领着众人高呼：“毛主席万岁！毛主席万岁！”孙建民气得脸都绿了。

这时，一个革委会成员从远处匆匆跑来，伏在孙建民耳边低声说道：“孙副主任，我看到甘祖昌朝着立石碑的地方去了。”孙建民这才发现自己被骗了，连忙招呼众人朝水库的方向赶去。甘金生等人也都紧随而去。

空地上，徐师傅正在一块新石碑上刻字，甘锦荣站在一旁盯着。甘祖昌走过来询问：“还需要多久能刻好？”

徐师傅没有抬头：“差不多一个钟头吧，如果再快，手艺就不精了。”

“没事，没事，慢慢来。”甘祖昌点头说道。

不一会儿，孙建民率领着革委会的人来了。看到甘祖昌，孙建民厉声喝道：“甘祖昌，你认不认罪？”甘祖昌置若罔闻，转过头继续抽烟。

见甘祖昌不理不睬的样子，孙建民更是气血上涌，又喝道：“甘祖昌，我问你，县里准备在这块空地上立的林副主席纪念碑是不是你怂恿人砸坏的？”

甘祖昌这才转过身来看着孙建民：“地是我们沿背大队的，县里要立石碑跟我们说了吗？还有，立碑应该是光明正大的事情，大半夜偷偷摸摸的，不像是立碑，更像是掘坟。”

“甘祖昌，你说话注意点分寸！那块石碑是为我们伟大的林副主席立的！还有，这片土地是归公社和县里管的，什么时候使用以及用它来干什么，不需要向你们大队报告。”孙建民气势汹汹地吼道。

甘祖昌不屑地将烟袋锅在脚底板上磕了磕：“首先我纠正一点，土地归国家所有，也归集体所有。这个‘集体’指的是谁？是他、她，所有人！土地要用来干什么，县革委会说了不算，你说了不算，我说了也不算，要大家说了算！”

孙建民不耐烦地吼道：“话题别扯远了！甘祖昌，别以为你现在是个将军，就没人治得了你。你老实交代，你是怎么从一名革命老同志堕落成反革命的！”

甘祖昌冷笑道：“我反革命，我反了谁的命？你的？还是他们的？是，老子当年确实反过，不过那是在毛主席的带领下反地主老财、反剥削阶级，你是吗？你们是吗？当年老子闹革命的时候你屁股帘儿还漏风呢！”村民们哄笑起来。

孙建民气得脸色铁青，却一时不知该如何反击。这时，他忽然注意到旁边正专心刻碑的徐师傅，转身冲了过去：“停下，给我停下！”

徐师傅顿了一下，迟疑地望着甘祖昌。甘祖昌声音洪亮地说道：“继续刻！”徐师傅低下头，“叮叮当当”的声音再次响起。

孙建民急了，一把夺过徐师傅手里的凿子命令道：“来人，给我砸了！”

甘祖昌厉声喝道：“孙建民，你真是好大的胆子，你先睁开你的狗眼看看这是什么？毛主席的诗碑你都敢乱砸！我看你是反了天了！”

孙建民定睛一看，顿时傻了。石碑上刻的正是毛主席的《清平乐·六盘山》。孙建民转身狠狠地瞪了甘祖昌一眼，灰溜溜地带着人离开了。

村民们鼓掌欢呼，锦荣由衷地赞叹：“爸，您这招真绝了！”

甘祖昌一笑：“小儿科，他们可比战场上的敌人好对付多了！等石碑刻好后，就立在水泥厂的正中央，它可是我们的保护伞呢！”

在县革委会等消息的马方生、李保山看到孙建民一脸晦气地带人回来，心有不甘却又无可奈何，他们知道甘祖昌没那么好对付。想起这么多年来，每次都是甘祖昌的手下败将，马方生不禁叹了口气，要不是

“文化大革命”，他在这小小的莲花县掌权也不知要等到何年何月。

李保山气得咬牙切齿，可心里并不服气。马方生提醒他想要坐上公社革委会主任的位子，还要靠甘祖昌推荐，千万不要轻举妄动。李保山想了想，只好暂时压下火气。

排除了干扰，在甘祖昌的带领下，水泥厂很快建了起来。这天，水泥厂大门口鞭炮齐鸣，鼓乐喧天，写着“前进水泥厂”字样的牌匾挂在大门上方。乡亲们都兴高采烈地围在一旁看热闹。

甘祖昌提高嗓门大声宣布：“乡亲们，咱们的水泥厂今天正式成立了。厂长暂由我来担任，今后不管村里谁家盖房，用水泥尽管来厂里取。”

老牛筋故意问道：“祖昌老庚，要钱不要？”

甘祖昌正色道：“按需索取分文不收，但若被我发现有浪费现象，要加倍罚钱。”

说起盖房，毛崽就想到了甘祖昌家的老宅。自从甘将军回乡，各家各户的小日子一天比一天好起来，甘寡妇和山草更是感触良多。原来沿背村是远近闻名的娶妻困难村，但现在十里八乡的黄花大闺女都争着抢着往这儿跑。所有这些变化都离不开甘将军的奉献和付出，但至今他们一家还住在以前的老房子里。年月久了，每次都是外面下大雨，屋里下小雨。治理冬水田时，甘祖昌的一双腿落下了毛病，房子又不朝阳，一年四季关节都疼得厉害。若是别人家有这样的困难，他甘祖昌早就帮忙解决了，可放他自己身上却无暇顾及。

毛崽这一提，所有人都积极响应。现在水泥厂也开始生产了，现成的东西正好能用上。各家各户有钱的出点钱，没钱的出劳力，大家都盼望着尽快盖好房子让甘将军搬过去。

就在大家七嘴八舌地议论时，甘森昌开口了：“可我大哥的性格你们都了解，他性子倔，公家、集体的便宜一点都不占。上回队里从水库捞鱼，挨家挨户分，多给他两斤还不要呢。房子这么大的事要是被他知道了，还能盖成吗？”

老牛筋说道：“这个好办，事先不让他知道不就行了吗？就说给我家大小子盖新房娶媳妇。”

山草犹豫地说道：“可要是等房子盖好了再告诉他，他不接受该咋办？”

众人脸上的笑容僵住了。片刻后，甘金生站了起来：“先盖起来再说，能瞒一时是一时。我们成立一个盖房小组，我是组长，在场的都是组员。一切行动听我指挥，大伙共同参与，都没意见吧？”众人纷纷点头。

“那这第一步，全体筹钱……”甘金生说到一半，考虑了一下，“李主任家就算了。”

毛崽紧接着补充道：“也瞒着二妹子点，她跟李保山走得近乎。”

大家点头记下，各自散去。

当晚，繁星满天，整个村庄沉浸在如水的夜色中，偶尔几声狗吠在巷子里回荡。

张淑芬手上拿着一只布口袋和甘寡妇悄悄来到一户人家门前，轻轻敲了两下门。门开了，从里面伸出一只攥着角票的手，张淑芬赶紧接过角票塞进布口袋。然后两人绕过甘二美家，迅速走向另一家。待张淑芬和甘寡妇走出老远后，甘二美家的门“吱”的一声打开了，甘二美探出脑袋疑惑地望着两人的背影。

水泥厂车间内机器轰鸣，工人们都在忙碌着，甘祖昌正低头查看加工好的水泥粉。这时，老牛筋以要盖新房子为由来拉水泥。

甘祖昌笑着问道：“大小子有对象了？算算岁数，是不小了。媳妇娘家哪的？”

老牛筋故意咋咋呼呼地说道：“甘家大队的。不是我吹，就我家儿媳妇论模样全坊楼挑不出来第二个。”

甘祖昌笑道：“哟，哟，还不是吹呢？你咋不说你家小子把那天上的嫦娥娶下凡了呢。行了行了，不跟你扯了，我这忙着呢。用多少自己搬去吧。”说着转身继续低头查看水泥粉。老牛筋看看甘祖昌的背影，一脸得意地招呼人去搬水泥。

晚上回到家，甘祖昌和龚全珍吃着饭，说起了老牛筋家的大小子有了对象正忙着盖房子的事。龚全珍这才明白，这几天队里的青壮劳力都往村东头跑原来是去老牛筋家帮忙，于是问甘祖昌是不是也该表示表示。甘祖昌想了想，决定明天自己过去看看能帮上什么忙。

第二天，甘祖昌抽空来到村东头，忙碌着的村民们纷纷跟他打招呼。老牛筋迎面走了过来："祖昌，你怎么来了？我这可不需要监工。"

甘祖昌清清嗓子，背着手，拿出领导的做派："嘿，领导视察工作来了，不知道倒碗水？"

老牛筋朝旁边一只大水缸努了努嘴："想喝自己倒去。"甘祖昌笑呵呵地随手拿起地上的碗，当真舀了一碗水喝起来。

这时，老牛筋的老婆从外面一脸喜气地跑过来："老头子，老头子，老大带回来个闺女，快到家了！"正在喝水的甘祖昌一听，连忙转过头来。

大喜过望的老牛筋一时忘了甘祖昌还在身边，激动地说道："说啥来啥啊，这小子动作蛮快嘛！有他爹我当年的做派。"

老牛筋老婆白了他一眼："你这张嘴就是贫气。赶紧走吧，人家姑娘第一回进门，别让人家干等着。"说着拉起老牛筋就要走。

"等等！"甘祖昌从背后叫住两人。

老牛筋脸色一变，突然想起甘祖昌还在场。而一旁的甘金生、张淑芬、甘森昌等人也都不由得停下手里的活，紧张地朝这边观望。

甘祖昌似乎并未察觉到不对，依旧笑呵呵地问："怎么当公公婆婆的还没见过新媳妇呢？"

老牛筋赶紧大声说道："见过了，照片上早见过了，今天第一回上家来，是吧？"说着冲老婆使了个眼色，他老婆连忙点头。

甘祖昌又问："日子定下了？"

老牛筋夸张地提高嗓门："没呢，快了，反正就在今年把事儿办了。"

"日子没定就先盖房，你们两口子是多急着抱孙子啊。"甘祖昌笑着调侃，"干脆这么着吧，中午留人家姑娘在队里吃饭，我掏钱，在这儿帮忙的叔啊婶的都去，往后都是一个大队的，低头不见抬头见的，就当提前认识认识。”

“不行！”老牛筋一口拒绝，又忙着解释，“这……多不合适啊。”

张淑芬赶紧上前帮腔：“大闺女家脸皮薄，再说哪有结婚前就往一块儿凑的？没这规矩。”

甘祖昌想了想：“也是。你们两口子别杵着了，赶紧去吧。”

老牛筋一下子反应过来，如同得到特赦令般拉着老婆就往家赶。

甘祖昌挽挽袖子，抄起身边一把铁锹，对还在发愣的众人笑了笑：“继续啊，我也搭把手。”

众人暗暗松了口气，又开始忙碌起来。

晚上，龚全珍正在灯下批改作业，甘祖昌一身泥土回来了。

“上哪弄了这么一身的土，脱那儿吧，一会儿我给你洗。”龚全珍指了指旁边的木盆。

甘祖昌边脱衣服边说道：“老牛筋家新房快盖好了，我在那儿忙活了一天。你改吧，我自个儿洗。你有要洗的吗？”

“没有。对了，你说老牛筋的儿媳妇是甘家大队的？”龚全珍停下笔问道。

甘祖昌点点头。

“不对啊，小何有个表姐是甘家大队的，今天来到学校里，我随口一问，她表姐说没有啊，要真有，一个大队的还能不知道？”龚全珍满脸疑惑。

甘祖昌也是一脸的不解，突然想到了什么，把木盆一撂，匆匆往外走去。

白天虚惊一场，晚上大家不约而同又聚到老牛筋家，商量到底该怎么跟甘祖昌说明这事。眼看房子一天天起来了，总这么瞒着也不行，迟早得说。但一提到怎么说、由谁去说，大家就都陷入了沉默中。

过了良久，甘金生提议：“爸，我看还是你和老牛筋叔出面最合适。”

没等毛崽说话，老牛筋连连摇头：“我？我不去，先前编瞎话说是给儿子盖新屋，结果却是这么回事，那老倌子不指着鼻子喷我才怪呢！爱谁去谁去，我不触这霉头。就怕到时候啊你们谁都拧不过他。”

又是一阵沉默，然后有的说先告诉龚全珍，让龚全珍劝劝甘祖昌，有的说让锦荣两口子去劝……出了几个法子却都被大家否决了。最后甘金生望着愁眉苦脸的众人说道：“实在不行，我以组织的名义出面，就说是沿背大队全体捐赠的总行了吧？”

甘森昌幽幽地说道：“前两年县里给我哥盖了个将军楼，他都死活不要……”

“不一样，祖昌叔最恨奢侈浪费，给他将军楼他当然不要，而我们盖的就是间普普通通的民房，这不违背原则吧？再说这些年他给队里拿的钱别说是一间，就是一百间都盖得起啊。”甘金生努力让自己的分析听起来更合理。

这时，老牛筋老婆的声音从外面传来：“祖昌大哥，来了咋不进屋坐坐啊？”众人一下子愣住了。老牛筋连忙去开门，只见他老婆一脸惊慌地站在屋外，望着已经迈步出了大门的甘祖昌，众人一下子慌了。

甘祖昌铁青着脸回到家里，拿起一把铁锤大踏步朝新屋走去。紧随其后的众人也急忙追了过去。到了新房跟前，甘祖昌抡起大锤子就要砸。随后赶到的甘金生等人赶紧上前拦住他。

毛崽劝道：“祖昌，你这是要干啥！好好的房子你扒它干啥！先把锤子放下，有话好好说。”

甘祖昌仍提着锤子：“有什么话扒完再说，这个头不能带！”

老牛筋急得直跺脚：“别拦着，让他扒！大伙又是筹钱又是出力，累死累活忙活一个多月，我看就是吃饱了撑的！闲得慌！人家甘将军才不领情呢。人家是共产党员，只讲原则，不讲人情。是，我们一帮泥腿子啥都不懂，只会招人犯错呢，都是我们不对，你随便把大伙一片好心剁碎了喂狗吧！扒吧，全都扒了，水泥不要钱！砖瓦不要钱！所有材料都不要钱！扒啊！”

老牛筋的一番气话反倒让甘祖昌冷静下来。他把锤子一扔，一声不吭，低着头大步离开了。

第二天一早，甘祖昌仍坐在桌前闷头抽着烟。龚全珍请了假没去学校，站在一边守着丈夫，想劝又不知从何劝起。忽然门口传来敲门声，龚全珍出去开门，只见甘金生领着三位老人走进来。甘金生喊道："叔，你看谁来了？"甘祖昌抬头一看，竟是多年前的老战友，连忙迎了出来。几人见面又激动又亲热。甘祖昌早把闷气抛到了九霄云外，热情招呼三人进屋。龚全珍给大家倒了水退出屋子，乐滋滋地把地方留给几人叙旧。

几人讲了这些年来各自的经历，感慨唏嘘中透着豁达。最后三人一致调侃甘祖昌一个大将军回乡当农民，这农民将军自中华人民共和国成立以来可算是第一个，也可能仅此一个了。说完，几人不禁哈哈大笑。

这时，门外突然传来一位老者爽朗的声音："祖昌！"

甘祖昌急忙起身，正好望见甘育恩和李保山站在院中，顿时愣了。甘育恩嘿嘿笑道："保山说老战友好久不见了，一块儿来叙叙旧。老山、老宋、老路，多长时间不见了！唉，老了！都老了！想当年一个个小伙儿多精神，现在满脸褶子都快认不出来了！"

几人都是惊喜交加，一边喊着"甘主席"一边争相上前去握手。

李保山笑着说道："不请自来，你不会有意见吧？"

"欢迎欢迎，只要你肯进我的屋，随时欢迎。"甘祖昌爽快地说道，将大家都让进了屋。

甘育恩进屋打量了一番，说道："祖昌，我看你这个房子也太破旧了吧？你看你岁数比我小，身子板还没我结实嘛，比上次见你时还瘦。沿背大队现在富裕了，既然有这个条件，住个大点的房子，好好保重身体，别委屈了自己。"

其他三人也频频点头，一个说是该重新翻盖一下了；一个说屋子坐南朝北不向阳，身子太遭罪了；一个说夏天漏雨冬天漏风，这屋子早就没法儿住了……

听着听着，甘祖昌望着大家疑惑地问道："怎么都冲我屋来了？我这屋哪不好了？等会儿，你们不会是来当说客的吧？"

甘育恩呵呵一笑："算你猜着了，就是保山请我们来的。"

甘祖昌不明所以地望着李保山。李保山微笑着说道："我没别的意思，昨晚上的事我听说了，既然已经把房子建起来了，你就去住，你辛苦这么多年这也是应该的。大家一番心意，不要白费了。人待人都是相互的，你老这样，以后谁家有困难还好意思找你张嘴？"

"保山说得在理。祖昌啊……"甘育恩还想再劝几句，没想到愣了一会儿神的甘祖昌忽然笑呵呵地说道："你们都不要说了，房子我住，但钱我掏。就这么定了，不许再说这个了，今天咱们老哥几个好不容易凑到一块，必须得喝一杯。全珍，拿酒！备菜！坐，都坐！"

几天后，噼里啪啦的鞭炮声中，甘祖昌、甘锦荣、甘森昌等人抬着仅有的几件简陋家具——桌子、柜子等，龚全珍、李凤、张淑芬或挽着包裹或端着锅碗瓢盆等轻便物件，一行人高高兴兴地朝新屋方向走去。

老牛筋、毛崽、甘金生、甘寡妇等一众相熟的村民围在新屋前等着迎接乔迁新居的甘祖昌一家。见一行人抬着行李走来，众人纷纷上前恭贺乔迁之喜。

老牛筋开玩笑地问道："这回怎么没拎个锤子来？"

甘祖昌哈哈笑着："你个老牛筋，还记上仇了。"

"甘将军，这就对了，之前你那房子还有法儿住人啊？现在好了，新屋起来了，不光你住着舒服，我们大伙心里头也热乎。"甘寡妇上前说道。

"我知道，我知道，你们的心意我领了，但……"没等甘祖昌说完，毛崽抢先拦住："你敢提钱我跟你急啊！"甘祖昌笑了，没再说话。

这时队里饲养牲口的大奎跑过来："队长！队长！刚才我去饲养室喂牲口，发现牛圈里多了两头小牛娃！"

甘金生纳闷地问道："奇怪了，咱生产队里的母牛最近也没产崽啊。"

老牛筋却瞧见甘祖昌与龚全珍两人含笑对视了一眼，一下子明白过来："祖昌，牛娃子是你买的？"

甘祖昌笑着说道："总不能让大家伙白花钱、白出力给我盖这间房。我知道钱你们肯定不要，所以只能通过等价兑换给队里添点啥。两头小牛娃，一头母的，一头公的，过两年队里又能多添几头牛了。"

老牛筋叹了口气："你这人啊，只兴别人占你的便宜，不兴自己占人家的。你说你是不是傻？"

"傻？对喽，我就是傻。人啊，太精明了才要不得！"甘祖昌的一句话说得大家都笑了起来。

二十三　降人才不拘一格

沿背大队有一座老桥，据说还是清朝年间修的，少说也有一百年了，如今已经是破旧不堪。人们走在桥上，心里都打着鼓，唯恐桥断了或塌了。现在村里的经济状况渐渐好起来了，水泥厂也投入了生产，甘祖昌便想到了这座危桥，召集大家讨论修桥的事。听说要修桥，大家都很积极，纷纷表示愿意在人力、物力上给予支持。甘祖昌高兴之余，立刻想到该找个会画图纸、会修桥的专业技术人员来主持这件事，而他想到的第一个人，自然是王文博。

他找到王文博，先询问了一下新新近来的学习情况，然后便说明了来意。王文博一听说要让他修桥，连忙摆手表示不敢接这个活儿，不过他推荐了他北大的同级同学刘乃基。刘乃基是个难得的造桥人才，前些年还曾参加过武汉长江大桥的施工建造，只是因为以前帮国民党修建过桥梁，现在被抓起来正接受劳动改造。

甘祖昌一向提倡用人要不拘一格，因此二话不说，问清楚了劳改地点，准备亲自去请。王文博想了想，觉得还是自己跑一趟比较好，甘祖昌点头同意。

南湖农场里，十几个劳改分子正弯着腰在水田里插秧。刘乃基跟在后面，明显落了一大截。

刘乃基直起身揉了揉又酸又疼的腰，抬头发现监管员正怒视着自己，连忙捂着腰解释：“我……我腰疼。”

监管员冷冷地说道：“你腰疼，难道他们就不腰疼啊？进了这里，就得好好劳动改造，快干！”刘乃基无奈，只得忍痛再度弯下腰去。

好不容易挨到中午，刘乃基揉着腰回到宿舍，忽然耳边传来了一声呼唤：“老同学！”刘乃基定睛一看，发现竟是王文博，顿时激动得身体都站不稳了。王文博赶紧上前扶住了他。

刘乃基叹了口气，抱怨道：“我一个造桥的，现在却搞起水田来了。怎么说我也是北大的高才生吧？他们竟然这么对我！”

“先消消气，来，老同学，快坐下。”王文博扶着刘乃基坐下来，“我这次来就是想把你从这片苦海当中解救出去。坊楼公社沿背大队有个桥需要重修，我向队里推荐了你。以后你再也不用在农场里受这窝囊气了。”

“你说哪个地方？坊楼？沿背？”刘乃基不敢相信自己的耳朵，“算了，算了，我还是在农场安心待着吧。让我去修一个村里的小破桥？你怎么说得出口？我可是修过武汉长江大桥的人。”

王文博不满地说道：“你这样说我可不爱听了。农村怎么啦？毛主席说过，广阔的农村天地大有作为！再说了，你不也是在农村出生、农村长大的吗？怎么？在大北京待了几年，忘本了？”

“我没说嫌弃农村，我是说区区一座小桥，何必动用我这样的人才！”刘乃基漫不经心地解释。

“人家一个大将军都可以回乡种田，你凭什么就不能去村里修桥？实话告诉你，筹划修桥的就是甘将军。”王文博铁青着脸说。

“他筹划修桥，为什么是你来请我？没诚心！当个将军就了不起了？冲你的面子我可以去，但甘祖昌必须亲自来请我。”刘乃基口无遮拦。

王文博气得站起来：“不管甘将军是什么身份，就说让一个年过花甲的老人亲自来请你，刘乃基，你也太过分了吧！”

刘乃基摆摆手：“反正我话放这儿了，他爱来不来！我腰疼，就不送你了。”

王文博既愤怒又无奈地瞪了刘乃基一眼，只好拂袖而去。

听说王文博去南湖农场请能人，乡亲们想着马上就能动工修桥了，很是兴奋，于是不约而同地来到村口，想看看修桥能人的真容。见王文博回来了，村民们哗啦一下围住他，充满期待地上前询问。

人们七嘴八舌地询问，王文博吞吞吐吐地回答。嘴快性急的张淑芬忍不住了，不满地说道：“到底来不来啊？哪天来啊？能来就给我们个盼头；不能来就给我们个爽快话，也好让我们再另找人啊，大家说是不是？”众人纷纷应和。

这时甘祖昌走了过来：“文博，怎么回事？人没见着？”

王文博结结巴巴地说道：“人我倒是见着了，只是……只是刘乃基这个人脾气有点古怪，恃才傲物。”

甘祖昌琢磨了一下又问道：“恃才傲物？就是说他自己有才气，但他这个高才生从心底里瞧不起我们这些个赤脚农民，是这个意思吗？”

王文博支吾道：“不是瞧不起农民，是他觉得咱们大队的这个工程有点小……其实他也没说不来，只是……”

张淑芬急了：“你怎么总是‘只是、只是’的？把人急个半死！你不能一口气把话全说完啊！”

王文博略显尴尬，于是干脆对甘祖昌明说：“他说需要您去请，他才来。”

大家伙一听，立刻不干了，你一言我一语：“他以为自己是诸葛亮呢，还让甘将军去请！就他这个身份，让他来已经是看得起他了。”“天底下，三条腿的蛤蟆难找，两条腿的人还不到处都是吗？大不了咱们再找！绝不惯这种人的臭毛病！”……

望着愤愤不平的众人，甘祖昌笑着大声说道：“人家的要求不过分嘛，知识分子都注重脸面，其实本来是该我去请的。再说，人家有要求是好事。满足人家的要求了，人家才能安心做事，架好桥，修好路，这样大家走起来才安心。我今天就过去请他。”

龚全珍担心刘乃基的政治问题会牵连丈夫。甘祖昌拍拍妻子的肩头，让她尽管放心，然后收拾好了东西前往南湖农场。

宿舍里，刘乃基正躺在床上望着屋顶发呆。甘祖昌提着两瓶酒敲了敲门：“请问刘乃基刘技术员住这屋吗？”

刘乃基没有回答，依然望着头上的房梁。

甘祖昌推开门，看见刘乃基，便走上前去询问：“同志，请问刘乃基是住这屋吗？我是莲花县坊楼公社沿背大队的，叫甘祖昌，想找刘技术员帮我们大队修一座桥。你能帮我找找他吗？”

“你就是甘祖昌？”刘乃基惊讶地坐起身来，继而摇了摇头，“不像，看着不像是将军。”

“你就是刘乃基刘技术员吧？”甘祖昌说着，把酒放在床上，“你是个懂礼节的知识分子，难道不想让我坐下说话？”

刘乃基连忙把床上的东西挪到一边。甘祖昌在他身旁坐下来问道：“在你眼里，将军该是什么样子？”

“反正不像你这个样子。哪有将军屈尊来请一个劳改犯的道理？我对王文博就那么随口一说，没想到你真来了。”刘乃基眼神飘忽地回答，不知心里到底在想什么。

甘祖昌却严肃地说道：“我现在不是将军，只是个地地道道的农民。我今天也不是以将军的名义来请你，而是作为沿背大队的一个老农民来请你。你们文化人不是经常念叨一句话叫‘君子一言驷马难追’吗？我们当兵的人嘴里也有一句话，叫‘一口唾沫一个坑’。虽然一个说法文雅，一个说法粗糙，但意思都一样，承诺过的事情要做到，这才是真正的君子。我听说你跟我一样，也是从农村走出来的娃。一个从农村走出来的娃娃，成才了理当回报农村嘛！”

听完甘祖昌这番话，刘乃基喉结一颤：“我可以跟你回去，不过我有个条件，等到了建桥施工现场，必须一切听我指挥。”

甘祖昌舒了一口气，微笑着说道：“那是当然，你是专业的技术员，所有人必须听你指挥。”

刘乃基跟随甘祖昌来到沿背大桥，望着千疮百孔的桥面和严重风化的桥墩，不断摇头。甘祖昌满是信任地将修桥大权交给了刘乃基，整修或新建全凭他这个技术员说了算。

刘乃基绕着旧桥转了几圈后，心里已经有了底，但想到修这么个小破桥竟要他亲自出手，实在是杀鸡用牛刀，让人心里憋屈。而且即使修好了又能怎样？还不是要回农场继续做那些毫无意义又折磨人的事儿？他刘乃基一身本领想必就此被埋没了吧！刘乃基越想越生气，越想越没有干活的动力，整日手握酒瓶，借酒浇愁。

甘祖昌交代甘金生等人一定要好好招待刘乃基，一切听从刘乃基的吩咐，然后自己就扎在水泥厂里忙活去了。一晃四五天过去了，见刘乃基丝毫没有动静，反而整天酒气熏天，甘金生等人沉不住气了，找到刘乃基问他为什么不提修桥的事。刘乃基反而理直气壮地说道：“你们在那危桥上走了那么多年都不急，怎么？我一来，你们就急了？而且是甘将军请我来的，不是你们请的。甘将军都没说什么呢，你们多哪门子话啊？”

一番话气得甘锦荣不知该说什么，就想上去打人，被甘金生用力拉住。刘乃基不屑地一笑，扭过头继续喝酒。

见新来的技术员整日喝酒买醉，老牛筋不禁感慨：“祖昌这回看走了眼喽，请了这么个酒鬼来造桥！”乡亲们也都有同感，纷纷议论着，既着急又无奈。

最后实在忍无可忍，甘金生、甘锦荣和几个村民一起来到水泥厂找甘祖昌告状。甘锦荣气呼呼地说道：“我们都快把他当成大神供着了，他也该出来跳跳啊！您看现在太阳都爬到哪儿了，他还在房间里呼呼大睡呢！”甘祖昌一听这话，脸立即拉了下来，扒开人群朝院外走去。

甘祖昌走进给刘乃基安排的临时宿舍里，见他果然躺在床上睡觉，鼾声如雷，桌上和地上散落着空酒瓶。甘祖昌本想发怒，但还是忍住了，走上前轻轻拍了拍刘乃基，唤道："刘技术员？刘技术员？"睡梦中的刘乃基推开甘祖昌的手。甘锦荣怒了，一把掀开被子。刘乃基一下子被惊醒了，腾地坐了起来，接着马上意识到自己几乎赤裸着暴露在众人面前，忙尴尬地拽过被子重新盖在身上，怒气冲冲地问道："怎么啦？"

甘锦荣怒意不减："你还好意思问？你看看现在都几点了！村里所有人都等着你开工呢！"

甘祖昌拦住儿子，然后用不容置疑的语气面无表情地说道："刘技术员，这个点儿是该起床了。接下来的工作还得由你统筹安排呢！"

刘乃基自知理亏，但仍嘴硬："那也得等我穿好衣服吧，你们都出去。"

众人在甘祖昌的示意下退出了工棚。到了外面，甘祖昌故意大声说道："大家都到施工现场去，等着咱们的刘技术员安排任务。"

甘祖昌可谓给足了刘乃基面子，但他仍沉浸在自己的小情绪里，竟丝毫不在意大家的看法，拎着个酒瓶就去了沿背大桥。

甘金生走过来询问："刘技术员，现在我们该干什么？"

刘乃基眼皮子抬都不抬一下："我不是早就告诉过你们吗？拆桥啊！"

甘金生没好气地瞪了刘乃基一眼："拆桥也得有个方法吧？"

"方法自己找，我的工作是建桥，不是拆桥。"刘乃基边说边悠闲地举起酒瓶，似乎眼前的事儿跟他没有一点关系。

这时，甘祖昌背着手走了过来，见刘乃基仍然一副醉生梦死的模样，上前一脚将他手中的酒瓶踢飞："我请你来是建桥的，不是来喝酒的！"

刘乃基却继续强词夺理："桥还没拆，你让我怎么建？"

甘祖昌一听，更是火冒三丈："桥的结构你最熟悉，你不指点着他们，让他们怎么拆？"

刘乃基梗着脖子，指着滚到桥下的酒瓶子："我可以指点他们，但你首先得把酒瓶给我捡回来！"

村民们三三两两地围了过来。听到刘乃基的要求，甘锦荣火气上涌："让我爹给你捡酒瓶？你算老几啊！没有你，这桥照样可以建。离了婆娘，还吃不成热饭了！”乡亲们纷纷附和。

刘乃基脸上挂不住了，起身拍拍屁股上的尘土，抬腿就走：“行，你们自己建，我不奉陪。”

甘祖昌一把拉住了他：“这话可是你说的。要是我把酒瓶给你捡回来，你可得开工了。”

甘锦荣又气又急。

甘祖昌抬手拦住锦荣，见刘乃基点头，又说道：“以后可不许再耍性子了。你平时喝酒我不拦着，但在工作时间喝酒我绝不允许。”说完转身准备去捡酒瓶。

甘锦荣和众人七嘴八舌地试图拦住甘祖昌。甘祖昌摆摆手，示意他们不必再说，然后走下桥去。不一会儿，甘祖昌从桥下上来，将酒瓶递给刘乃基，微笑着问道：“现在总可以了吧？”

刘乃基喉结动了一下：“可以。我现在就指点他们。所有人，跟我走。”大家愤愤地跟着刘乃基下了桥。

甘锦荣走在后面不满地说道：“爸，您到底是图个啥？天底下会修桥的人多了去了！像他这样的活该在劳改场待一辈子！”甘金生附和道：“锦荣说得对，这种人越惯越混蛋！”甘祖昌却是笑而不语。

这件事很快传遍沿背大队。李保山听后皱起了眉头。王文博则气冲冲地找到刘乃基质问：“刘乃基，你到底怎么回事？甘将军和村里人像供菩萨一样供着你，你好意思？还让甘将军给你捡酒瓶，亏你做得出来！别忘了是我推荐你来的，你让别人怎么看我？你不嫌丢人，我还嫌丢人呢！你还想回你的劳改场是吗？”

刘乃基不屑地说道：“我还不如回去呢，在这儿一点也不受人尊重，跟在劳改场有什么区别？”

王文博训斥道：“是你心态不端！你觉得自己有本事，所以看不起山里的小工程，是吗？好，你走，你现在就可以离开，去做你的大工程去！”

刘乃基仍旧慢悠悠地说道：“我是想走呢，可没钱雇车，让甘将军给解决解决。”

“狗屁北大才子，你现在就是个臭盲流！”王文博恼怒至极，骂了一句，愤然离去。

刘乃基一副失魂落魄的样子，大声嚎叫了两声，抓起桌上的一瓶酒猛灌下去。

第二天，甘金生和甘锦荣分别在桥墩下装好炸药，然后扯着导火索来到一片空地上，正要引爆，突然见刘乃基出现在了桥上。两人愣住了，甘锦荣急忙向桥上跑去。

刘乃基醉醺醺地走在桥上，大声嚷嚷：“一个小破桥有什么好建的！我一个北大的高才生干这种事就是大材小用！我就是看不起这个小工程！老子曾经修建过武汉长江大桥，还为国民党修建过大桥。国民党修的大桥也是中国的大桥，凭什么说我是反革命！”

“刘乃基，你干什么呢？马上就要炸桥了，你不要命啦？”甘锦荣跑过去要拉刘乃基。

刘乃基躲开甘锦荣的手，索性坐下：“我的命不值钱，我还要它干吗！你们不是要炸桥吗？好啊，炸吧！炸吧！反正我也活得不耐烦了。就是修好这座桥又能怎样？老子不还是要回农场当我的反革命？老子苟活于世还有什么意义？你滚吧，别管老子！”

甘锦荣一下子火了：“好好好！我们都瞎了眼，白白尊重你、信任你！你想死我不拦着！”说完，转身离开。刘乃基则迷迷糊糊地闭上了眼。

这时，一辆吉普车在不远处停下。南湖农场监管主任和一个监管员从车上走下来，甘锦荣赶忙迎上前去。

监管主任客气地说道：“我是南湖农场的监管主任，姓徐，想找甘将军了解一下劳改犯刘乃基来沿背大队之后的情况。听人反映说刘乃基不光建桥不积极，还经常散布反动言论，是真的吗？”

甘锦荣果断地回答：“没有！没有！最起码我没听他说过！”

监管员抬头发现了不远处的刘乃基，努努嘴说道：“徐主任，那不就是刘乃基吗？”

监管主任看了看，问道：“他坐在那干吗呢？”

甘锦荣一时不知如何回答。于是监管主任和监管员一起朝着刘乃基走去。甘锦荣紧走两步，率先来到刘乃基跟前，压低声音说道：“快醒醒，快醒醒！南湖农场来人了！”

刘乃基眯着眼睛摆摆手：“别以为这样就能吓住我。告诉你，就算是天王老子来了我也不起来！”

监管主任脸色阴沉，朝监管员使了个眼色。监管员会意，伸手去扶刘乃基。刘乃基猛地甩开他的胳膊：“走开！”

监管主任一声厉喝：“反革命分子刘乃基！”

刘乃基听到熟悉的声音，习惯性地喊了一声“到”，随后猛地从地上站起来，但还没站稳，又摔倒在地上。等他看清楚了面前的两个人，脸上不禁露出一丝胆怯，嘴唇颤抖着叫道：“徐……徐主任！”

监管主任冷笑一声：“看来还需要继续接受改造啊！小沈，把他给我带走！”

监管员押着刘乃基上了车，甘锦荣则急忙转身朝村里跑去。他气喘吁吁地跑到家，把情况告诉了父亲。甘祖昌二话不说，赶了一辆马车抄小路紧追而去。追了一会儿，终于将在山路上颠簸的吉普车拦下。刘乃基见甘祖昌赶来，眼神里露出一丝希望。

监管主任从车上下来问道：“甘将军，您这是干什么？”

甘祖昌一脸认真地说道：“徐主任，上次在南湖农场的时候，我说过在沿背大桥修好之前，由我来负责刘乃基的一切。你当时也是同意了的。”

“甘将军，我是听人反映，过来看看情况，可没想到这个反革命分子竟然真是执迷不悟。中国有那么多优秀的建桥技术员，您为什么偏偏非要用他这种人？”监管主任满脸的不解。

甘祖昌语重心长地回答：“在我看来，用一个犯了错误的人做一件有价值的事，这才叫意义非凡。刘乃基修好了石桥就等于是为人民做了一件大好事，我是在给他一个将功补过的机会。同时，我坚信自己能把他改造好。请徐主任再给我一点时间，也给刘乃基一点时间。”

监管主任想了想，说道：“冲着您甘将军的面子，这次我就先饶了他。如果他有任何不端行为，您可以随时给我打电话。”说着冲车内一摆手，监管员便把刘乃基押下车。刘乃基抬头感激地望了一眼甘祖昌，随即又把目光转向别处。

甘祖昌赶着马车把刘乃基送回了宿舍。刘乃基下了车，眼神躲闪着不敢看甘祖昌，嘴上却逞强道：“我没想让你救我！你也别指望我会说感谢的话！与其在这里活受罪，还不如被那些狗崽子抓了去。我在你们这儿一天还白白糟蹋你们一天的粮食。何必呢？”

“第一，我纠正一点，我救你回来不是想让你感谢谁，而是希望从今以后你能用心干事；第二，我希望你平时多务实一点，少考虑那些没用的。”甘祖昌平静地说完后，转身大步离开。刘乃基望着他的背影，心情复杂。

甘锦荣和甘金生正坐在地上等着，见甘祖昌回来了，赶紧起身询问。听说人被截回来了，甘锦荣叹了口气：“可这刘乃基是个酒鬼，再这么下去，石桥什么时候才能修好？即便是修好了，能保证桥的安全吗？”

甘祖昌思索了一会儿说道：“文化人最注重的是个面子，看来不打击打击他的自尊心是不行了。”接着让甘锦荣和甘金生凑过来，对他俩小声嘀咕了几句，然后含笑而去。

下午，一群人围在桥下休息，见刘乃基慢悠悠地走过来，立刻嘁嘁喳喳地议论起来。

甘锦荣神秘兮兮地说道：“你们知道刘乃基为什么迟迟不肯建桥吗？”

立刻有人感兴趣地问道：“为什么呀？”“你知道些什么？”“快说说，快说说。”……

刘乃基在不远处停下脚步，侧耳倾听。

甘锦荣兴致盎然地说道：“因为他就是个草包。你别看他经常在外人面前夸口说自己是北大高才生，其实那些都是蒙人的。我听说他实际上狗屁不会，没准文化水平还赶不上我呢。”众人哄堂大笑。刘乃基气得脸色通红。

老牛筋接着说道："这家伙一来我就看出来了，酒囊饭袋一个！锦荣，要说你爹这回真是看走了眼，怎么请来这么个东西！"

"谁说不是呢！我得求我爸赶紧把他弄走！"甘锦荣话音未落，刘乃基怒气冲冲地来到众人面前，指着锦荣吼道："你……你说什么？我文化水平还赶不上你？笑话！你个泥腿子凭啥跟我比？有辱斯文，简直有辱斯文！"

甘锦荣笑嘻嘻地说道："刘技术员，别以为嘴里蹦几个四个字的词那就叫有文化。四个字的我也会说啊，张三李四、王五赵六。"人们不禁哈哈大笑起来。

甘寡妇嚷嚷道："我也会，我也会。天天睡觉、膀大腰圆。"

男人们若有所思地笑了。张淑芬笑着打了甘寡妇一下："我看你是没皮没脸！"

"不堪入耳！不堪入耳啊！"刘乃基闭着眼睛直摇头。

张淑芬不屑地尖声说道："那你就亮出真本事给我们看啊！否则就是空口白牙！"其他人也跟着起哄。

刘乃基彻底被激怒了："你们……你们……我……这座破桥谁有本事让谁来修，老子不陪你们玩了。"说着愤然离去。众人都傻在了原地。

甘祖昌听儿子说了当时的情况，急忙问道："他真走了？"

"没走，我看过了，他在工棚里睡大觉呢！"锦荣耷拉着脑袋说道。

甘祖昌舒了一口气，慢慢坐下："那就好，那就好。要是真走了，可就好心办成坏事了。暂时别再激他了，先等等看。"

夜已深，刘乃基躺在工棚的床上翻来覆去睡不着，来到沿背大队后的一幕幕涌上他的心头，令他心乱如麻。

一大清早，甘祖昌亲自来监督炸桥。一切准备妥当，倒计时开始时，刘乃基突然冲了过来，大叫道："等等！"所有人的目光顿时都转向了刘乃基。

刘乃基气喘吁吁地说道："这座石桥虽然已经破烂，但完全可以加固使用，只需要翻新桥面和重建损坏的桥墩即可！"

甘锦荣反问道："前几天不是你说的要重新建吗？"

刘乃基态度桀骜："前几天是前几天，我现在改变计划了。怎么？不行吗？"

甘锦荣气得刚要反驳，甘祖昌连忙劝阻："就按刘技术员说的办！"

刘乃基略显得意地指着甘金生："你，去把炸药拆了。"

甘金生望望甘祖昌，甘祖昌笑着朝他点了点头。转身时，甘金生偷偷朝甘祖昌竖起了大拇指。

第二天，天刚蒙蒙亮，刘乃基第一个出现在施工现场，仔细地检查着各种物料。

天光大亮时，修桥的人们已陆续来到现场，有的挑土，有的搬石，有的搅拌水泥。刘乃基认真地查看着各道工序。当他看到浇筑好了的水泥桥墩时，怒气冲冲地叫人返工。负责施工的村民自然不乐意，于是双方吵了起来。甘祖昌听到动静，赶忙走了过来，问明情况，他严肃地说："刘技术员是专家，不管他说什么，你们只需要服从就行了。以后要是还有谁不听指挥，我就对他不客气！"几人见甘将军生气了，忙灰溜溜地开始返工。刘乃基看了甘祖昌一眼，没有说话，转身朝另一处施工地点走去。甘祖昌望着他的背影，开心地笑了。

夜幕降临，施工现场漆黑一片，所有工人都已经下班回家。刘乃基正独自在现场巡视，忽然看到不远处有火星在闪动，他连忙走了过去。

刘乃基走近一看，原来是甘祖昌正坐在石头堆旁抽旱烟。见刘乃基过来了，甘祖昌开口说道："是刘技术员啊，怎么还没睡呢？"

刘乃基淡淡地说："你不是也没睡吗？"

甘祖昌一笑："刘技术员，我得替我们大队好好感谢你啊！这座石桥要是重建的话需要花费 10 万块钱，但经你一调整，现在只需要重建两个石墩、加固四个石墩就可以了，替我们省了整整 7 万块。这 7 万块钱还能办很大的事呢！"

刘乃基沉默片刻，说道："甘将军，你不因为我之前做的糊涂事怪罪我，我就很感激了。"

甘祖昌望着他，脸上的笑容凝固了："我知道这些年你心里有气，一个文文静静、踏踏实实的技术员，一个为国家做过贡献的人，突然被强安上一个反革命的罪名，放谁身上谁都受不了，何况你们这些要面子的读书人。"

甘祖昌的话一下子戳中了刘乃基的心，他的眼泪落了下来："因为我以前帮国民党修过桥，他们就说我是反革命分子，凭什么这么对待我！"

甘祖昌叹了口气："是不该挪到你身上。但这只是暂时的，要相信党，相信人民。你要放开眼界往前看，往长远看。"

刘乃基抹掉眼泪，真诚地说道："甘将军，谢谢你开导我。"

甘祖昌笑呵呵地说道："我看中的是你小子的本事！金子也要磨一磨才会发光，要我说啊，你现在的处境再难，也只是一时的难。只要这座六孔石桥竣工了，你的能力有目共睹，还愁以后没有出路？"

刘乃基不敢相信地问道："您说的是真的？"

甘祖昌豪爽地一笑："我甘祖昌说话，一口唾沫一个坑。"

刘乃基终于看到了希望，高兴地说道："好，我刘乃基'君子一言驷马难追'，要是修不出一座高质量的大桥，我提头来见。"

甘祖昌开心地笑了："我信你。"

二十四　举贤能公私分明

坊楼公社很快就要换届了。马方生听说几个生产队队长联合去找甘祖昌希望他出面主持工作，于是连忙叫来李保山询问情况。

李保山一怔，但很快镇定下来："以我对甘祖昌的了解，他不会答应的。而且前不久借着队里给他盖房的机会，由我牵头，几个老战友在一块儿聚了聚，气氛还不错。"

马方生笑了笑："这就对了，甘祖昌虽说软硬不吃，但却是个讲感情的人。适当地利用他这一点，这叫策略。硬顶硬，顶不过人家的时候，那就得换个思路。"

李保山不吭声，眼睛里似乎流露着不甘。

甘森昌两口子也听说了有人要推举大哥当公社革委会主任的事。张淑芬专门拉着丈夫来到大哥家，问他干吗不答应。

甘祖昌风轻云淡地说道："我当了半辈子的官，早不在乎这些虚名了。现在不在其位了，不是照样能谋其政？当了官反而会受太多的约束。再说我已经到这个岁数了，眼下是年轻人的世界，该由他们放开拳脚大干一场喽。"

三人正说着话，李保山忽然拎着礼物进来了。

张淑芬扫了他一眼，阴阳怪气地说道："哟，什么风把李大主任吹来了？"

甘森昌赶紧拽拽妻子，说道："保山大哥来啦。你和我哥说话，我们先走了。"

两人走后，李保山把礼物放在桌上，有些不自然地回避着甘祖昌的目光，好半天才说道："祖昌，我过来看看你。"

甘祖昌指着桌上的礼物，问道："咱俩都是老头儿，谁看谁啊？怎么个意思？"

李保山尴尬地说道："给你的。"

"不要，不要，拿走，放这儿碍眼。原来在部队的时候，你找我，我找你，哪次不是拎瓶酒、炒个菜就凑一桌吃上了？还用得着整这些虚文？"甘祖昌故意补上一句，"要不……就是你有事求我？"

李保山脸色一僵，忍不住大骂："我呸！有事求你？想得美吧！甘祖昌你少把自个儿当成盘菜！我求你？"

甘祖昌哈哈大笑："这就对了！"

李保山这才明白甘祖昌是故意激自己，为的是消除两人之间的隔阂。这让李保山越发觉得不自在了。

甘祖昌把李保山摁在座位上，给他倒了碗茶："上回育恩大哥、老路他们都在，咱们有些话不好敞开了说。今天你能来找我，我很高兴。"

李保山拿起面前的茶碗："那我以茶代酒，先干了。"说着咕咚咕咚灌了下去。然后把茶碗一撂，抹抹嘴说道，"老甘，原来的事不提了。我打开天窗说亮话，今天我就是有事找你办。"

甘祖昌目光灼灼地看着他。

"坊楼公社革委会主任我想继续当下去。以你在社里的威望，你只要说句话，没人不听你的。你就说，咱老哥俩这么多年，你帮不帮吧？"

甘祖昌的笑容渐渐退去，淡淡地说道："哦，我明白了，你不是来看我，是拉票来了。保山，恕我帮不了你。"

"真不帮？"李保山怒气上涌。

甘祖昌平静而坚定地摇摇头："真不帮。"

李保山怒急反笑："好，好，甘祖昌，我拉下老脸来找你，你真把我当成个屁给放了！”

“保山，我诚心劝你一句，有些事能放则放，别当一辈子官，最后反倒累了自己。”甘祖昌眼神清明地看着李保山说道。

“滚蛋，轮不着你来教训我！甘祖昌我告诉你，没你，地球照样转，这个主任我当定了！”说着李保山拂袖而去。

望着李保山离去的背影，甘祖昌感到一阵悲哀。

这一天，坊楼公社院内人头攒动，很是热闹。主席台上边的墙上贴着一行大字——莲花县坊楼公社换届工作大会。

马方生、甘祖昌、李保山、甘金生等人坐在台上。李保山看起来信心满满。台下坐着各生产队大队长以及各大队的社员们。

马方生站起来主持会议：“党员同志们、乡亲们，五年一届的换届工作又开始了。这一次公社换届要体现透明、公平和公正，各位代表要能真正地代表人民，真正地为人民服务。今年的坊楼公社主任候选人有两位：一位是李保山，老主任，经验丰富，政绩突出；一位是甘金生，年轻有为，思想进步。各位党员同志，若对两位有什么意见或者建议，现在随时可以发表。”

一位公社干部站起来说道：“我来讲两句。李保山同志这些年可谓是兢兢业业、任劳任怨。他认真执行党的方针政策，真真切切做到了为人民服务、为党组织解忧。这些相信大家都有目共睹。我希望在座的党员都能投他一票。”

另一位公社干部看看大家，也站起来说道：“我也同意李保山同志继续当选。作为李主任手下的一名普通干事，与李主任共事这些年，我深切感受到他一心为公、一心为民的热情。由他主持坊楼的工作，我举双手赞同。”

其他党员干部交头接耳地低语着，一片赞同。李保山面色平静、胸有成竹地坐着。沿背大队的人则个个摇头撇嘴。

马方生笑呵呵地说道：“看来李保山同志工作做得不错嘛。不过不要光说老同志，小同志也要有人谈谈嘛。”

又有一名公社干部站起来说道：“论热情、论能力，甘金生同志绝对没什么问题，但就是年轻了点，恐怕担负不起全社的工作。”干部们纷纷点头，表示赞同。

马方生按照流程接着问道：“两位候选人有没有什么要说的？”

李保山声音响亮地说道：“我遵从大家的意见。”甘金生则默默地摇了摇头。

“既然如此，大家就开始投票吧。”马方生话音刚落，甘祖昌站了起来：“我也来说两句。”李保山一脸担忧地望着甘祖昌。

甘祖昌看了看大家，说道：“李保山作为一名老同志，工作上确实有可圈可点之处，对于上级领导安排的工作和任务确实能够做到上传下达。但他做事呆板，没有主见，‘大跃进’的时候，正是由于他只听从领导的意见而没从人民群众的实际情况考虑，差点导致群众饿死。”

李保山恨得咬牙切齿，脸色铁青地瞪着甘祖昌。

甘祖昌继续讲道：“甘金生这个小伙子虽然年轻，但当沿背生产大队队长这些年，经过了实实在在的锻炼，在处理群众的问题上很有一套，有思想、有主见。我希望组织和在座的党员同志能够给年轻同志一个机会。我的话讲完了。”

张淑芬带头鼓起掌来，台下的群众也呼声一片：“好！说得好！”

马方生不满地瞪了张淑芬一眼，张淑芬只好停止鼓掌，冲他说道：“就是嘛，马主任，不能光听党员的意见，群众的意见就不叫意见了？”

马方生面子上有些挂不住：“其他党员同志……和群众还有什么要说的吗？”会场里一片交头接耳，但没人再站起来发言。

“现在开始表决。”马方生宣布。

统计完毕后，马方生站起来：“现在我宣布，坊楼公社革委会下一任主任由甘金生同志当选！”

甘金生有些错愕地站起来。李保山则失魂落魄地起身走出了会场。马方生有些不悦地看了他一眼，但没有阻拦。

“多谢人民群众的信任，多谢党员同志的支持。今后我一定努力做好主任工作，为乡亲们谋取福利……”甘金生的发言响彻会场。

出了会场，李保山一屁股瘫坐在地上，双手用力扯着头发，满脸痛苦。突然，他愤怒地抬起头，目光阴鸷地喃喃自语：“甘祖昌，你就是我这辈子的克星！逼死我娘，断我官路！你就是不想让我好过啊！行，既然你不仁，那我就不义！我对天发誓，不把你甘祖昌整垮，我誓不为人。”说着起身向县城走去。

很快坊楼公社革委会的任命下来了，甘金生为公社革委会主任，李保山则是副主任。李保山不满意这个结果，他快步走进孙建民的办公室，报告了甘祖昌在建桥的时候启用反革命分子刘乃基做技术员的事情，并添油加醋地说刘乃基曾经为国民党修过大桥，肯定是国民党故意遗留下来的特务，甘祖昌找他修桥就等于是与国民党特务串通，置人民群众的生命于不顾。

孙建民一听，立刻就要叫人去沿背大队抓人，李保山却阻止了他，俯在他的耳边低语了几句。孙建民顿时喜笑颜开，连连夸赞李保山的主意好。

转天，孙建民来到坊楼公社传达上级指示：最近反革命分子的活动有所抬头，为了学习上级精神，响应号召，定在后天召开一次揭发大会，揭发身边的反革命分子和与反革命分子亲密接触的人，提高阶级斗争意识；每个大队必须选出五名代表参加。

甘金生立刻表示反对：“孙副主任，我不同意这样做！现在正是抓生产的时候，召开这样的大会，会妨碍生产工作。还有，如果让群众相互揭发，会破坏群众之间的关系，甚至会有人借此机会给有过矛盾的人乱扣帽子，胡乱揭发。”

李保山却针锋相对：“甘主任，你的担心是多余的。根据毛主席指示，抓革命，促生产。难道你要违背吗？”

孙建民摆摆手示意他们不要吵：“你们不要再说了。我现在是来传达上级指示的，不是来跟你们商量的。请通知各大队按时前来参加。”

甘金生皱着眉头，一脸的不乐意。李保山却带着一丝得意看着他。

甘森昌听到外面有人传闲话，担心大哥受牵连，于是苦口婆心地劝他不要再管修桥的事了。

甘祖昌却满不在乎：“你不要替我担心，我不怕。别说刘乃基没有问题，就算是有问题，我也不怕。我是用他来修桥的，不是干坏事的。那些说我不该用他的人，有本事站出来啊！他们懂技术吗？会修桥吗？自己没本事，就知道唱高调，算个啥东西？我告诉你，你也不要怕，要相信我做的是对的！日久见人心，到时候你看吧，王文博也好，刘乃基也好，他们都是我们国家建设社会主义的宝贵人才，党早晚要为他们洗清名声！”

甘金生猜到李保山竭力拥护这次揭发大会肯定另有目的，担心甘祖昌因为刘乃基的事被牵连，特意来通知他。甘祖昌想了想，嘱咐甘金生到了那天一定要维护好现场秩序，以免造成不必要的混乱和伤害。甘金生郑重地点了点头。

揭发大会前一晚，龚全珍坐在桌旁没心情吃饭。因为担心丈夫出事，她不许甘祖昌去公社，让他好好待在家里。甘祖昌却根本不听：“那不行！我这辈子最讨厌那些借着权势打击报复的人。只要他们敢放肆，我就轻饶不了他们。不过你放心，我不会做出格的事的。快吃饭吧，饭菜都凉了！”

清晨，甘祖昌悄悄从柜子里拿出装着战友纪念品的小木匣子，从里面取出一把老旧的驳壳枪。他低头凝视着手里的枪，半晌，又神情复杂地将枪放回了原处。

坊楼公社大院里的会场上挂着“高举毛泽东思想伟大红旗”“无产阶级‘文化大革命’万岁”“积极揭发潜伏在人民队伍中的反革命分子”等标语。台下，站着上百名村民代表。台上，坐着孙建民、李保山、甘金生和其他公社领导。

会议开始，孙建民发表讲话：“虽然我们国家的社会主义建设如火如荼，但大家不要盲目乐观，更不能放松警惕。隐藏在人民群众中的反革命分子时刻都会钻出来搞破坏。越是在这种关键时刻，越要保持清醒，坚持战斗，提防反革命分子，并且要揪出反革命分子。如果发现你身边的人有什么可疑举动，现在就可以大胆揭发！不要怕，有革委会为你们撑腰。”

台下的村民代表有的交头接耳，有的沉默不语。不一会儿，一个女村民代表举手揭发她那个大队有一个反革命分子，每天晚上在公家的地里转悠，肯定是想偷公家的粮食，破坏社会主义建设。另一个村民代表一听，竟是在污蔑她家男人，顿时急眼了，两人连喊带骂地撕扯了起来。

台上，李保山看了一眼紧皱眉头的甘金生，得意地笑起来。

“肃静！肃静！毛主席说过，要文斗不要武斗。都给我住手！”甘金生忍不住开口制止，“没有证据的事有必要拿到会上嚷嚷吗？娘们家耽误正事，把这俩人给我赶出去，少在这儿丢人现眼！”

孙建民站起来：“毛主席教导我们，时刻不忘阶级斗争。甘主任，你难道是想置阶级斗争于不顾，妄图大事化小，小事化了吗？”

甘金生回应道：“毛主席还说过看问题抓重点，两家妇女斗气乱扯的话，孙副主任也当真？”

“好，那我就来抓抓重点。甘主任，现在就来交代交代你的问题吧！”孙建民终于进入了正题。

甘金生不解地问道：“我有什么问题？”

“什么问题，你心知肚明！坦白从宽，抗拒从严！”孙建民说着望了望李保山。

李保山接过话头：“甘金生，昨天傍晚的时候，你有没有说过‘太阳落山了’这句话？我们把毛主席比作我们心中的红太阳，你说这句话就是在诋毁我们伟大的毛主席！你的话是典型的反革命言论，而你的行为就是现行的反革命！”

甘金生一听，顿时怒了：“李保山，你别乱给我扣帽子！”

李保山冷笑道：“扣帽子？你还涉嫌犯罪呢！昨天晚上你勾引良家妇女的事还需要我当着众人的面说出来吗？”

甘金愤怒到了极点：“说！随便说！我甘金生行得端、做得正，看你如何把子虚乌有的事安在我头上！李保山，我知道我当了这个主任，你心里不忿！要想当主任，你明着来啊！干这种见不得光的龌龊之事，真是下作！”

孙建民大怒：“甘金生，李保山是人民的好干部！不容许你辱骂！”

李保山振臂一挥，开始呼喊口号：“横扫一切牛鬼蛇神！无产阶级革命造反精神万岁！伟大领袖毛主席万岁！无产阶级专政万岁！打倒反革命分子甘金生！”台下的村民代表糊里糊涂地跟着齐声呼喊。

孙建民一摆手，下令将甘金生押下去。甘金生又惊又怒刚要反抗，突然传来一声厉喝：“我看你们谁敢！”随着话音落下，只见甘祖昌穿过人群走了过来。

甘祖昌怒视着孙建民：“孙建民，别以为我不知道你心里打的那些小九九！有什么阴招、歪招，冲老子一人使！祸害群众，污人清白！算不得英雄！”

孙建民昂着头，气焰十分嚣张：“我当然不是英雄，我是伟大领袖毛主席领导下的无产阶级造反派！旧社会的英雄、霸王早就被我们推翻了、打倒了！甘祖昌，我知道，你回乡种田是假，擅权专政才是真！”

“败类！祸国殃民的败类！你坏事做尽，老子真想一枪打死你！”甘祖昌怒吼道。

孙建民见甘祖昌怒到极致，又见他将手揲在口袋里，以为真带了枪，脸上一颤，吓得赶紧退后几步。村民代表们也吓得尖叫起来。

李保山也吓得脸色铁青：“老甘，你这是干什么？”

“怎么，还真以为我带枪了？放心，我甘祖昌拿枪打仗，从来只把枪对准战场上的敌人。不像你，拿着屁大的权力当枪使！李保山，你敢拍着胸脯告诉在场的乡亲，你做的这些事对得起自己的良心？”甘祖昌愤怒地盯着李保山，李保山心虚地把目光移向别处。

“快把人给我放了，不然我拼了这条老命，也跟你们没完！”甘祖昌大气凛然地说道。

两名革委会成员赶紧松开了甘金生的胳膊。甘金生慌忙跑到甘祖昌跟前安抚道："叔，您别生气，要是您气坏了身体，或者也被他们关起来，咱们队里的桥还能再修下去吗？您放心，我没有做过的事怎么都不会承认，任凭他们审！用不了两天，他们就会把我放了。"

甘祖昌转而对孙建民怒目而视："要是你敢对他动粗，老子绝饶不了你！"孙建民神色慌张，吓得不敢说话，见甘祖昌转身离去，才轻舒了一口气。

揭发大会草草收场，孙建民回到办公室，仍心有余悸。李保山将一杯温水送到孙建民手中："来，先喝口水压压惊。他这个人我最了解，国民党、小鬼子都不怕，还会怕你？你要硬，他比你还硬，等于是铁碰到了钢。你可能不太知道，他全身上上下下大小伤口有十几处，全是打仗留下的，曾经有一次还从死人堆里爬出来。要不是刚刚甘金生那小子劝他，今天你的小命非搁在这儿不可。不过，我跟他打了几十年的交道，他这个人我最了解。跟他玩，不能硬顶硬，必须用软招。"

孙建民若有所思地点了点头。

"今天把甘金生逮了，相当于折了甘祖昌的一条胳膊。我们下一步，就要在桥上做做文章。"说到这儿，李保山阴冷一笑，"刘乃基这种反革命分子造出来的桥，谁能保证安全？大桥竣工之前，我们只要准备两样东西：炸药和大卡车……"

孙建民心头一动，两人心照不宣地相视而笑。

听说了大会上丈夫的举动，龚全珍既惊又怕，心里满是担忧。甘祖昌回来后，龚全珍有些后怕地抱怨："现在是特殊时期，你倒好，图一时痛快，什么都不顾忌。"

甘祖昌无所谓地说道："我已经是死过几回的人了，不怕！"

龚全珍越想越难过，忍不住掉下泪来："你不怕，有没有想过我和孩子们怕不怕？"

甘祖昌有点慌了，赶紧劝慰："你看你，好好的哭什么！我甘祖昌什么大风大浪没见过，还怕那帮心虚的贼耗子？我今天本来还想拿把枪过去吓唬他们，但想了想还是算了。那把枪是我当年牺牲的一个战友留下的，锁在匣子里几十年了，枪是把坏枪，扳机都锈死了，留着只是当个念想。对付他们，我心里有数，不会真做出格的事。”

龚全珍破涕为笑：“你呀！心里有数就行！”

甘祖昌仍是忧心忡忡：“金生识大体、顾大局，以后是个担大事的人，就盼着他能撑过这一关啊。”

这时，新新背着书包从外面回来了：“爸！妈！王叔放我假了！还没吃饭，饿死我了。”

龚全珍一脸怜爱地接过儿子的书包。新新一屁股坐在桌旁，端起饭碗大口大口吃起来。

甘祖昌紧皱的眉头终于舒展开了：“慢点吃，慢点吃，你这吃相不知道的还以为你王叔不管你饭呢。”

吃过饭，甘祖昌去工地找刘乃基。刘乃基正在工棚里焦躁不安地转来转去。他觉得甘金生被抓肯定跟他有关系，正想去找甘祖昌问个明白。

甘祖昌安慰他：“我过来看你就是怕你担心这个。实话告诉你，金生的事跟你没关系，孙建民和李保山针对的人是我，不是你。金生临走前特意嘱咐说石桥马上就要竣工了，让我们以大局为重，好好修桥。所以在石桥竣工之前，你什么想法、杂念都不要有，专心修桥。可不能再出什么事了。”

刘乃基心里感动，连忙做出保证：“请甘将军放心，就算我的命不要了，这座桥我也会按时完成。”

甘祖昌拍了拍他的肩膀，转身离开。

几天后的一个夜晚，李保山蹑手蹑脚地将准备好的炸药放在已竣工的桥下石墩处，然后悄悄离开。甘祖昌刚刚在工棚里与刘乃基商量明天的竣工仪式，此时正匆匆往家里赶，突然发现前面有一个黑影，鬼鬼祟祟的令人生疑，连忙喝问一声：“谁？”李保山听出是甘祖昌的声音，吓得一怔，转身就跑。甘祖昌见情形不对，边追边喊："站住！"追到一个十字路口，人影忽然消失了。甘祖昌左看右看，没有发现其他异常，只好作罢。李保山见甘祖昌离开了，这才从黑暗中走出来，抹了一把额头上的汗，匆匆离去。

翌日清晨，东方刚刚出现一丝鱼肚白，为确保竣工仪式顺利进行，刘乃基拿着手电再次检查石桥。突然，手电的光束照在一包炸药上。刘乃基大惊，急忙跑到甘祖昌家报告情况。

甘祖昌听完刘乃基的叙述，猛然想起昨天晚上见到的黑影。他思索了片刻，说道："看来是有人想炸掉咱们的石桥啊，现在我们就装作什么都不知道，我让锦荣守在桥下，看一会儿谁会靠近。咱们来个以静制动，瓮中捉鳖！"

刘乃基转身出去，边走边自言自语："那么大捆炸药，绑在桥墩上多危险啊……"

初升的太阳冲破云层，灿烂的光芒照耀在红旗招展的新石桥上，显得格外夺目。石桥的桥面上抹了一层白灰，更显干净美观。桥头悬挂着一条横幅——庆祝沿背大桥顺利竣工。满心欢喜的沿背大队村民早早聚拢到桥头，有的在桥上走来走去，用力跺跺脚；有的抚摸着桥栏杆，啧啧称赞。

不远处，一辆卡车驶来，停在桥头，李保山从驾驶室里跳了下来。甘祖昌和刘乃基对视了一眼，没有说话。张淑芬却挡住了李保山，故意问道："李副主任，你开个铁疙瘩来干什么？这可是咱们的新石桥，花了好几万才修好的，要是被你这铁疙瘩压坏了，你赔得起吗？"

李保山呵呵一笑："我就是来检验工程质量的。石桥是百年工程，如果压坏了，就是质量不过关。"

刘乃基不乐意了，上前喊道："你胡说八道！我刘乃基连长江大桥都修过，凡是我手底下的工程就没有不过关的！"

李保山不置可否地笑笑，来到甘祖昌面前："老甘啊，这座石桥顺利竣工，全是你的功劳啊！县里、公社对此非常重视，所以派我过来检验检验。"

甘祖昌挥了挥手里的烟杆："我又不懂修桥，可不敢居功。要论功劳，刘技术员可是功不可没！我虽然相信他，但也应接受检验，请吧。"

李保山朝远处的卡车摆摆手，卡车慢慢驶向石桥。李保山装作不经意的样子，眼睛瞟向了桥下。

甘锦荣、新新埋伏在桥墩后面，偷偷观察着桥下的动静，等了很久，并没有发现有人靠近。新新嘀咕道："今儿人那么多，那人会不会吓得不敢来了？"甘锦荣仍保持着警惕："爸说了，来不来咱们都要在这儿守着，直到天黑。"

正说着，不远处传来了一阵喧闹声。两人望过去，原来是一群七八岁的孩子朝这边跑来，甘锦荣的小儿子铁子也在其中。甘锦荣赶紧起身，伸手拦住了这群孩子："你们来这里干啥？都快回去。"其中两个孩子赶紧将手里点燃了的线香藏到身后。

新新看到了铁子手里的线香，对锦荣说道："哥，你看他们手里是什么？"

甘锦荣将小儿子的胳膊扳过来，严肃地问道："跟爸说实话，到底怎么回事？"

铁子见爸爸生气了，赶紧说道："有个戴着帽子和墨镜的叔叔给我们每人发了一块糖，叫我们过来点炮仗玩。"锦荣和新新顿时惊呆了。

新石桥上，卡车顺利通过，村民们鼓掌欢呼。有过来报道的女记者拍下了这张激动人心的照片。李保山却丝毫不见高兴，只是低着头心神不定地思索着什么。甘祖昌拉着刘乃基兴致勃勃地朝桥中央走去，边走边向女记者招手："记者同志，能不能帮我和刘技术员拍张照？"

女记者欣然答应，刘乃基却不好意思地推托着。甘祖昌揽住刘乃基的肩膀鼓励道："这座石桥今日竣工，你是大功臣，必须照！保山，你也来，大伙都来，咱们照个大合影！"

李保山不好拒绝，踌躇了一下，站到队伍的边上。甘祖昌却一把将他拉到刘乃基旁边，两人一左一右站在刘乃基身旁。镜头里，所有人都笑得很灿烂，只有李保山的笑容有些尴尬和勉强。

拍完照，仪式结束，人们陆续散去。甘锦荣和新新向甘祖昌讲述了孩子们差点点燃炸药的事。讲完后，甘锦荣愤怒地说道：“他自己不敢露面也就罢了，竟然唆使几个不大点的孩子做这事，太缺德了！简直是猪狗不如！要是被我逮着，非把他千刀万剐了不可！爸，您说这事到底是谁干的？”

甘祖昌沉吟片刻：“没有证据不能认定就是谁，但记住，以后一定要小心。”

甘锦荣没好气地说道：“什么证据不证据的！我看就是李保山、孙建民这俩人。金生进去了，不就是他俩害的？”

甘祖昌一脸严肃地训斥道：“别瞎说，做好自己的事，管住自己的嘴！”说完，转身离开。

甘锦荣愤愤地望着父亲的背影：“您能咽下这口气，我咽不下！”

大桥完工，刘乃基默默地收拾好了包袱，神色落寞地走向村口，准备离开。甘祖昌从后面追上来：“刘技术员！这就急着走了？”

刘乃基低声说道：“从哪来回哪去，反正都是早晚的事。”

甘祖昌笑呵呵地说道：“话是没错，但现在太早了。沿背大桥修好了，公社其他几座桥你就不管了？省里批准了把你这回修沿背大桥省下来的钱继续用在修补公社的其他几座桥上。所以，刘技术员，你现在回去还早呢。”

刘乃基十分惊讶，眼睛里溢出了感动的泪水：“甘将军……”没等他说完，甘祖昌就接过了刘乃基的包袱：“走吧，跟我回去。”

这时，新新急匆匆跑过来：“爸，不好了！我哥拎着炸药去公社找李保山对质了！”

甘祖昌一惊：“胡闹！你怎么不拦着他啊？这下可闯大祸了！”边说边把手上的包袱还给刘乃基，然后急忙朝公社赶去。

李保山回到办公室越想越气，孙建民还在一旁阴阳怪气地火上浇油。李保山又羞又气却不敢反驳，暗暗攥紧了拳头。正在这时，屋外传来了甘锦荣的喊声："李保山，李保山！"李保山面色一凛，起身向外走去。孙建民也阴沉着脸跟了出去。

"甘锦荣，你干什么！"李保山怒气冲冲，可是话刚说了一半，忽然看见甘锦荣手里的炸药，后面的话生生咽了回去，语气一下子软了，"锦荣，有话好好说，你想干什么？"

孙建民也吓得咽了一口唾沫，悄悄向后退去。

甘锦荣举起手里的炸药："我现在就是找你好好说话来了！李保山，说！这炸药是不是你安在石桥下面的？还有我家铁子和一帮小孩儿，是不是被你叫去点炸药的？"

李保山强作镇定，装出一脸委屈的样子："锦荣，怎么说话的？我跟你爹是多少年的老哥们，论辈分你该叫我叔！当年你进农场当拖拉机手还是我安排的呢！而且我也是咱沿背大队的人，老婆、儿子都住村里，石桥修好了，我家也方便啊，我干吗要炸它呢？锦荣，天地良心啊，我怎么可能干出这种缺德事啊！"

甘锦荣犀利的目光转向了孙建民："不是你那肯定就是他！孙建民，你说，是不是你找人放的炸药？"

孙建民连连摆手："不，不，绝对没有！我对毛主席发誓，这种反革命的勾当不可能是我孙建民所为！"

甘锦荣不屑地望着他们，抱着炸药慢慢朝他们靠近，李保山、孙建民则步步后退。甘锦荣冷笑道："怎么，你们怕了？都说平生不做亏心事，半夜不怕鬼敲门，不是你们，那你们怕什么！"

李保山声音发颤："锦荣，听叔的，快放下！那玩意万一炸了伤了人，你可就犯重罪了！"

这时两名胆大的革委会成员从背后小心翼翼地向甘锦荣靠近。李保山见了，故意转移甘锦荣的注意力："锦荣，请你相信，炸桥这事我一定会帮你查清楚的。"

锦荣的全部心思都在面前这两个人身上，并未察觉身后有什么异样。突然，两名革委会成员一拥而上，快速制服了甘锦荣，并抢走了他手中的炸药。浑身直冒冷汗的孙建民顿时硬气起来："甘锦荣，我现在以私藏炸药、恐吓国家干部的罪名逮捕你。给我带走！"不由分说，甘锦荣被两人强行带到一间审讯室里。

审讯室内，甘锦荣质问："你凭什么抓我？我犯了什么错？"

孙建民恶狠狠地说道："犯错？私藏武器、拿着炸药威胁国家干部，这是错吗？你犯的是罪！而且是挨枪子的大罪！对了，你无凭无据就敢说是李副主任放的炸药，我再给你加一条罪名——诬陷国家干部！说！这一切是不是甘祖昌让你这么做的？"

甘锦荣心里一惊，骂道："我呸！我知道你心里是怎么想的，你一直都在打我爸的主意，对不对？我告诉你，你是不会得逞的。老子英雄儿好汉，我爹是将军，我也不是什么怂蛋！"

"看来不给你动刑，你是不会招供了……"孙建民正想狠狠收拾一下甘锦荣，忽然一名革委会成员急匆匆走进来，在孙建民耳边低语："甘祖昌来了！"孙建民冷笑道："来得正好！"说着起身走回办公室。

见到甘祖昌，孙建民得意地一笑："甘将军，稀客啊，平时请都请不动，今天难得上我这小庙坐坐啊。"

"别给我来这套，快把我儿子放了！"甘祖昌怒喝道。

孙建民板起面孔："放了？你儿子犯的可是大罪！他拿着炸药私闯公社，威胁李副主任和我。你知道这是什么罪吗？"

甘祖昌想了想，说道："我儿子什么人，我最清楚，他性子倔是倔，但伤人命的事，绝对干不出来。总之，先让我见锦荣一面。"

孙建民似笑非笑地说道："好吧，李副主任，带甘将军去审讯室。反正人赃并获，由不得甘将军狡辩。"

李保山走到甘祖昌跟前，目光却不敢直视他，匆匆向门外走去。甘祖昌立刻跟了过去。

甘锦荣哭丧着脸坐在桌前，抬头看看甘祖昌，闷声说道："我拿着炸药来公社只是想问问是不是李保山干的。我，我根本没想炸公社！他们诬陷我！"

甘祖昌看着李保山和孙建民："你们听见了吧？现在可以放人了。"

孙建民冷笑了一声："甘将军，要单凭犯人一句话就能脱罪，还要法律做什么啊？还是说，在这莲花县，你甘将军凌驾于法律之上？"

甘祖昌气得刚要反驳，甘锦荣连忙拉住父亲："爸，您走吧，不用管我。不就是在这儿待几天吗？没啥大不了的，我倒要看看他们怎么招待我！"

甘祖昌知道儿子是怕连累自己，仍紧紧抓着儿子的胳膊："我今天就是要把人带走！"

话音刚落，一群红卫兵手里拿着梭镖、红缨枪之类的武器堵在了门口。双方僵持不下。

这时李保山站出来说道："老甘，你先回去，锦荣在这儿待两天，有我看着，不会出事。"

甘祖昌见一时也没有办法，眼睛冒火地死死盯着李保山，一字一顿地说道："要是我儿身上蹭掉了一块皮，我跟你们没完！"

李凤眼泪汪汪地和龚全珍在家里等着，见甘祖昌一个人回来了，不由地哽咽道："革委会哪是人待的地方？万一锦荣被整瞎了、整瘸了，让我们娘儿个咋办啊？"

甘祖昌恨恨地说道："他们要是敢那么干，我非活剥了他们不可！"

这时新新回来了，大喊道："爸，爸！我哥回来了没？"进屋看了看众人，连忙又说道，"我刚去村大队的库房看了一下，你们猜怎么着？那桶炸药还放在里面，我哥根本没拿走！刘叔说，他怕炸药放在桥底下真出什么事，就做了桶假的换上了！"

李凤激动地问道："这样说，锦荣拿的那桶是假的？"

新新点点头。甘祖昌皱着的眉头也瞬间舒展开了："这么一来就好办了！"说着急匆匆再次赶往公社。

孙建民听了甘祖昌的话，心里生出一丝不安，命人将那桶炸药送过来查看。一名革委会成员小心翼翼地将炸药送到孙建民办公室里。孙建民急不可耐地打开包装纸一看，里面装的竟然全是沙子，顿时泄了气，随后又强硬地说道："不是炸药也否认不了他威胁我们的罪行，人不能就这么放了！"

听到这话，甘祖昌突然一巴掌打在了孙建民的脸上。孙建民一声惨叫，用手捂住了脸："你竟敢打我？"

甘祖昌冷笑道："打你？什么时候打你了？有证人吗？有证据吗？"

一名革委会成员听到动静赶紧跑进来："怎么了，孙副主任？"

甘祖昌问他："你看到我打他了吗？"

那人茫然地摇了摇头。

甘祖昌转身对孙建民说道："我现在也可以说你孙建民诬陷我甘祖昌打你。"

孙建民恼怒地瞪着甘祖昌，满心不甘却又无可奈何地冲着那名革委会成员吼道："还不去放人！"

二十五　险遭奸人陷害

垂头丧气的李保山来找马方生喝闷酒。猛灌了一通酒后，李保山嘴里嘟囔道："我，李保山，这辈子总被他甘祖昌压一头。在部队，他比我官大一级，他……他是部长，我……我是处长。回来，他屁大个头衔没有，却要处处管我的闲事，管来管去把我的官都管没了！甘祖昌！你别忘了，你还欠我娘一条命呢！"

冷眼旁观的马方生有些不耐烦，把他手里的酒瓶子抢走，说道："我之前怎么跟你说的？整不出大动静来就先不要动甘祖昌。可你看看，弄来弄去弄了个小孩过年玩的'蹿天猴'！"

李保山眼睛一亮，凑过去问道："你有主意？"

马方生装出一副若无其事的样子："省革委会那边我已经联系好了，明天让孙建民去……"

第二天，一辆吉普车停在甘祖昌家门口，孙建民从车上下来。张淑芬远远地看到孙建民，隐约觉得来者不善，赶紧朝村口走去。龚全珍听到喊声，从屋里出来，见竟然是孙建民，不禁白了他一眼，转身就想进屋。

孙建民连忙故作谦恭地问道："龚老师，甘将军在家吗？省里早上来电话了，说要召开一次紧急会议，让我务必请甘将军和龚老师到场。"

这时甘祖昌从屋里走出来，态度冷淡地说道："你代我转告省里，就说甘祖昌有病在身，不便开会。你走吧，不送。”

孙建民哭丧着脸哀求道：“甘将军，您的情况我在电话里都已经向省里领导反映过了，可他们还是坚持要让您和龚老师参会，说就算是抬也要把您抬到现场去，要不然我也不会亲自登门来请你们啊！”

不等甘祖昌答话，龚全珍拉了拉丈夫，示意他进屋，甘祖昌便跟着龚全珍进了屋。龚全珍低语道：“老甘，你不能去！你还没看出来吗？他来就没安什么好心。咱不得不防！”

甘祖昌思索片刻后说道：“这次不去，还会有下次、下下次，还不如大大方方的，一次就把它解决了！放心吧，我心里有数。你就别去了，好好在家待着。”说完轻轻拍了拍妻子的肩膀。

龚全珍急了：“那不行！你要去，我必须跟着，万一有个好歹，谁来照顾你？”甘祖昌深情地望了妻子一眼，然后两人一同出去，上了孙建民的车。

车子到了村口，竟有几十个村民堵在那里，吉普车只好停下。

张淑芬高声嚷着：“凭什么带走我大哥和大嫂？把他俩放了！”

孙建民连忙打开车窗，满脸堆笑地解释：“你们误会了，我过来是请他们去省城开会的！”

甘寡妇冷笑道：“开会？谁知道你背地里安的什么心！我看是打着开会的幌子把他们骗去县城关起来吧！”

“乡亲们，你们真误会了，我过来接他们是上级领导派给我的任务！”孙建民说着，看了看后排的甘祖昌夫妇，眼神里带着乞求。

车门打开，甘祖昌向大家说明只是去开会，众人终于半信半疑地让开了。吉普车驶出沿背大队，车上的孙建民这才轻轻地吐出了一口气。

车子一直驶到了一个批斗大会现场。省革委会的王主任和其他省级领导坐在主席台上，后面悬挂着一条横幅——深入开展革命大批判和清理阶级队伍批斗大会。

甘祖昌表情严肃地和龚全珍以及数百人坐在台下。龚全珍一看这阵势，脸上满是担忧之色。

王主任主持大会，简单地发表了讲话，便要求在座的各位代表谈谈革命工作。

孙建民急忙站起身来："我先说，各位领导、各位同志，我叫孙建民，是莲花县革委会的代表。我们县在省革委会的领导下，虽然揪出了不少混入我们组织内部的特务和叛徒，但他们依然不知悔改、肆意猖狂，甚至有些党员干部打着建设社会主义国家的幌子招揽这些反革命分子，反对新生的革命委员会，阻拦广大的群众进行革命。这是个大问题，必须严肃纠正！"

甘祖昌面无表情地坐在台下，龚全珍则紧张地握住了他的手。

王主任满意地点点头："孙建民同志反映的情况很有代表性。这说明什么？说明我们的革命工作必须坚定不移地继续下去！我希望全省的无产阶级革命派、广大革命群众和驻军全体指战员，更加紧密地团结起来，发扬'痛打落水狗'的彻底革命精神，以顽强的革命斗志，向阶级敌人展开更强大的攻势。要把那一小撮隐藏得更深、更狡猾的阶级敌人从各个阴暗的角落里统统揪出来，斗倒斗臭，务必全歼，不让一个漏网！"

孙建民带头鼓掌，台下的代表们也都跟着鼓掌。

王主任摆了摆手，示意众人停下，然后看着甘祖昌："甘将军，您也是莲花县的代表。请您以一名老革命的身份谈谈当前的形势，向其他各县的同志代表传授传授斗争经验。"

孙建民赶紧小跑着来到甘祖昌身边："甘将军，请上台吧。"

甘祖昌不屑地望了孙建民一眼，指了指自己的喉咙，说了几句话，却没有发出一点声音，同时冲着台上的王主任摆摆手。

龚全珍赶紧解释："我们家老甘在来的路上感冒了，说不出话了。"

孙建民故意大声问道："之前不是好好的吗？怎么一让他讲话他就哑了？"

龚全珍反击道："你感冒的时候，感冒会提前告诉你吗？"

孙建民哑口无言，转身看看台上的王主任。王主任大为不满。

会后，孙建民在王主任面前添油加醋地说道："王主任，甘祖昌的表现已经再明显不过了，他这是在用无声的言论对抗您对革命的看法。来之前我就向您汇报过，他是个老顽固派，冥顽不灵。自他从部队回到乡下，坊楼的干部可谓苦不堪言，就连我们县里这些人也经常受他的压迫。他表面上说是回乡种地，实际上肆意插手地方工作，拉拢和启用反革命分子。他就是您刚才会上说的那种隐藏在革命队伍中的反革命分子。"

王主任冷笑一声："别以为他是老革命，我就没法治他了。"

招待所宿舍里，甘祖昌与龚全珍谈论着刚才的事。他愤愤地说道："我早料到他们让我来肯定不怀好意，都是些人面兽心的混世魔王！正是因为有了他们这些人，现在国家才会乱得不成样子！"

"嘘，你小点声。"龚全珍侧耳听了听门外，"刚才幸好你什么话都没说，我也反应及时，不然就你那脾气，非搅乱了场面不可。"

甘祖昌仍气呼呼地说道："要不是你跟着我来，我早就跟他们杠上了。从中华人民共和国成立到现在都过去几十年了，哪来那么多反革命分子？他们自己不好好生产、不好好工作，却反过头来打倒那些好好生产、好好工作的人，简直是没天理了！"

龚全珍无奈地说道："你不是说过吗？早晚都会有过去的时候，现在啊，装聋作哑就好。"

这时，外面响起了敲门声，龚全珍打开门，见是王主任，连忙将他让进屋里，同时给甘祖昌使了个眼色，示意他少说话，然后找个借口出去了。王主任笑呵呵地在甘祖昌对面坐下，以农业为话题，跟甘祖昌聊了起来。

龚全珍忐忑不安地在走廊里来回走动着。一开始屋内一片平静，可是不一会儿便传出了争吵声。

"甘祖昌！我看你是故意捣蛋、破坏革命！"王主任气急败坏地吼起来。

甘祖昌则不慌不忙地回答："我甘祖昌说话、做事从来都是实事求是，绝不弄虚作假！你成天把革命挂在嘴上，不如多为乡亲们干点实事，多去地里走一走，去田里看一看，搞农业不能光靠理论，空口白牙不如亲身实践！”

话音未落，门突然被打开，王主任气冲冲地走了。

龚全珍赶紧走进房间，埋怨道：“我刚才是怎么提醒你的？少说话，尽量不说话。现在倒好，没说两句话就把人气走了。你说你跟他吵什么啊！”

甘祖昌没好气地说道：“吵？我想跟他吵吗？嘴里说要虚心请教，我说了他又不听，还嗷嗷直叫。真不是个东西！他说莲花县的人都是懒人，莲花县的田都是懒田，莲花县的禾都是懒禾。如果真是这样，莲花县20多万人口是怎么活的？而且他还不懂农业，胡说八道，什么要淘汰高秆品种，推广矮秆品种，水稻越矮越好！我问他：‘越矮越好，矮到几寸长，有谷子结吗？能有粮食收吗？’他一听火了，开始给我上纲上线、扣大帽子。”

龚全珍忧虑地说道：“你也真是的！他是省革委会领导，你跟他较什么劲呢？这下好了，得罪了他，他会放过你？”

甘祖昌满不在乎：“不放过又能怎样？我站得端，行得正，怕他做什么！不过，在这儿待着，我浑身都感觉不舒服，咱们还是收拾收拾东西回去吧。”

“不是说好了顺便去省医院检查身体的吗？”龚全珍望着甘祖昌问道。

甘祖昌摆摆手：“不看了！不看了！待在这儿闹心。”

龚全珍点点头开始收拾东西。

回到办公室，王主任余怒未消，坐了一会儿，气呼呼地叫来孙建民，吩咐他立刻回坊楼公社调查甘祖昌的反革命问题，并交代手下人一定要看住甘祖昌夫妇，不许他们离开。

甘祖昌和龚全珍收拾好东西刚出房间，两名省革委会成员迎面走过来，客气地询问是不是要去医院检查身体，说他们可以用车送过去。听说甘祖昌夫妇要回家，两人对视了一眼，其中一个讨好地说道：“甘将军，王主任说了，希望你们多待几天，让我们好好陪着你们在省城里多逛逛，顺便到医院检查一下身体。”

“你替我们谢谢王主任，告诉他我们回去还有事，就不麻烦他了。”龚全珍客气地道谢，然后与甘祖昌向门外走去。

另一个人急忙上前阻拦：“甘将军，王主任给我们俩下了死命令，说什么都要留你们多住几天，不然，他……”然后哭丧着脸，说不下去了。

“哼，这哪像个国家干部！我去找他！”甘祖昌说着就要走。

两人忙一齐拦在甘祖昌面前，恳求道：“您要是去了，我们就更得卷铺盖滚蛋了。求求您，好好在这儿待几天，别让我们为难。”

看着两人可怜兮兮的样子，甘祖昌望了望龚全珍，只好回到屋里。龚全珍见他们竟公然将人扣下，不禁有些心惊肉跳、坐立不安起来。

得了尚方宝剑，孙建民得意扬扬地回到坊楼公社与李保山商量后，决定首先从刘乃基入手，威逼利诱让他揭发甘祖昌。

李保山亲自出面找到刘乃基，承诺只要他揭发甘祖昌，他们就算是一个战壕里的革命战友了，他也就能摘掉反革命的帽子，堂堂正正地走出南湖劳改场，马主任还会给他在县里安排一份工作，每天吃公粮、住公房，并解决个人问题。

刘乃基静静地听完李保山开出的条件，冷笑道：“李副主任没读过几天书吧？否则怎么连‘狼狈为奸’都能解释成‘革命战友’，‘卑鄙无耻’也能理解为‘堂堂正正’呢？我刘乃基别的没有，好歹还有点读书人的廉耻。要是那样，我宁愿在劳改场待一辈子。”

李保山目露凶光，再也懒得掩饰：“这是你说的，好，我成全你。来人！把这个反革命分子连夜押回劳改场！”

两个革委会的人上来拉扯刘乃基。刘乃基冷冷地哼了一声，甩开两人，昂首走出了工棚。

李保山气恼地回到家里，见马丽芬正坐在一张木板凳上洗衣服。他盯着妻子看了好一会儿，突然说道：“你给我去办件事。”

没多久，马丽芬手里拿着一封信来到甘森昌家，说省领导了解了甘将军的事情，觉得他作为一个大将军，生活条件太差了，要为他争取好一点的待遇，就让公社革委会打了一份报告材料。材料有亲属签字就可以了，但李保山不好意思来，就让她过来了。

张淑芬自然不相信李保山会这么好心，拿过信翻来覆去地看了半天却看不出个所以然来。马丽芬笑道："啊，我忘了你好像不识字，这信你都看不明白，怎么好签字呢？我还是去找锦荣两口子吧！"

张淑芬一听，脸上有些挂不住了："你笑话我不识字啊？我告诉你，扫盲班上我全学会了，'张淑芬'仨字那么难写我都能写出来！你说吧，在哪儿签名？"说着，连忙装出一副看懂了的样子。马丽芬笑着指了指纸页下方。

"哎哟，没笔呀。"张淑芬嘴上遗憾地说着，心里却松了口气。

早有准备的马丽芬从怀里掏出一块泥印："按个手印也行。"

"还是按手印好，方便。"张淑芬边说边大大咧咧地把大拇指按了上去。

马丽芬看了看，急忙收起来，正要向外走，忽然回头嘱咐道："甘将军就快回来了。这事最好先不要往外说，万一走漏了消息，让甘将军知道了，在审核通过之前拦下来就……"

"我懂，我懂，我这嘴啊严着呢。"没等马丽芬说完，张淑芬赶紧满脸堆笑地做出保证。

出了甘森昌家，马丽芬又敲开了其他乡亲家的门。听说是为甘将军争取更好的待遇，许多人都热心地按了手印。

省招待所里，甘祖昌、龚全珍两人却是度日如年。过了两天，甘祖昌实在待不下去了，决定硬闯也要回去。两人收拾好东西正要出门，王主任却带着几个人推门而入。

王主任见甘祖昌拎着东西要走，冷笑着晃晃手里的一封揭发信："想走？甘祖昌，你今天恐怕是走不了了！知道我手里拿着的是什么吗？"看两人一脸的不解，王主任继续得意地说道，"这是你们沿背大队半数以上的村民按了手印的揭发信！其中还有你家弟妹。揭发你平日里肆意插手地方工作，拉拢和启用反革命分子，还说你走资本主义道路。有没有这回事？”

龚全珍顿时惊呆了。甘祖昌很快反应过来，怒道：“一派胡言！”伸手去夺那封信，想看个究竟。王主任则快速闪向一边：“怎么？还想销毁证据？”

“证据？我看是你们栽赃陷害的证据吧！我这些年全心全意为村民服务，他们会随便诬告我？你就是说破了天，我也不信！我要求回乡对质！”甘祖昌无所畏惧地盯着王主任。

“你是想借着回乡的机会畏罪潜逃吧？我告诉你，你没有这个机会！”王主任说完，命令身后几个人看好甘祖昌夫妇，不许他们迈出房门一步。

龚全珍一下子急了：“王主任，我们家老甘身体有病，你不能就这么关着我们！”

“我这也是为了工作。请你劝劝甘祖昌，好好配合调查，事情自然会水落石出。要是真的没有揭发信上的事，到时候肯定会放你们出去的。”王书记敷衍着转身出门。房门“啪”的一声被紧紧关上。

龚全珍一脸焦急：“他手里那揭发信到底是怎么回事啊？我根本不信队里人会写这种东西！”

甘祖昌思索了一会儿：“这是一场有组织、有计划的阴谋！不过他们针对的人是我，应该不会为难你。你就说要回去教书，他们肯定会放人。到家后，问问大伙到底怎么回事。”

龚全珍本不想走，但如果不走，不去了解情况，又怎能还丈夫一个清白？龚全珍落了一会儿泪，独自踏上了回家的路。

揭发信递上去后，为防止再生什么变故，孙建民派革委会的人将甘家人都看了起来，只许进，不许出。面对突如其来的监管，甘家人都是一脸茫然。张淑芬突然想起几天前马丽芬让按手印的事，心瞬间悬了起来。

甘森昌得知那天的事后，不住地埋怨妻子怎能轻信李保山一家人。

夜色降临，张淑芬与甘森昌商量后，在甘森昌的帮助下翻过后墙，去找王文博想办法。

她急匆匆地来到王文博家，诉说了事情经过，接着突然跪倒在地，流着泪说道："文博兄弟，这次你可得帮帮我！我可不想我大哥和大嫂因为我坐大牢啊！"

王文博和翠玲吓了一跳，连忙将张淑芬扶起来。王文博紧皱着眉头："淑芬嫂子，甘将军是我的救命恩人，我也不希望他遭难。你先起来，让我好好想想……县里的马方生和孙建民肯定不能信任，甘将军又被扣在省里……看来只有去北京找王震司令员了！"

两个女人一脸震惊地看着王文博。王文博却是心意已决："翠玲，给我收拾东西。我现在就出发！"

一大清早，急急忙忙往家赶的龚全珍迎面碰上了王文博。听说不识字的乡亲们是为给丈夫争取更好的待遇才被骗按的手印，龚全珍无奈地叹了口气。

"现在革委会的人就在村里守着，你们家的人已经被他们软禁起来了。我想现在唯一能救甘将军的只有王震司令员了。你不能回去自投罗网，咱们还是赶紧去北京找王司令……"王文博接着跟龚全珍说了现在的形势和自己的打算。

龚全珍想了想，焦急地说道："千万别去北京找王司令！老甘这辈子最怕麻烦人，也最恨拉关系，遇到麻烦事他宁愿自己扛着，也从不愿意向领导打报告，他要是知道我们直接跑北京找王震司令员帮忙，一准跟我急。甘育恩主席就在县里，实在不行，咱们去找他，看有没有什么办法。"

王文博觉得有道理，于是两人一起向县里赶去。

甘育恩听说了甘祖昌的事情，很是吃惊，考虑到事情的严重性，他不顾龚全珍的阻拦，执意要将此事上报给王震司令员。做好决定后，他立刻领着龚全珍、王文博来到县革委会马方生的办公室。马方生见他们竟把恩师搬了出来，心里暗叫不好。甘育恩一脸严肃地让马方生马上用专线给部队打个电话找王震司令员。

马方生露出一副为难的样子："老师，这样不好吧？电话是公家的，我要是打了这个电话，人家会说我以权谋私。"

"甘将军就是公家的人，他的事不是私事，是公事！快打！"甘育恩催促道。见马方生仍旧犹豫着不肯打，甘育恩索性推开他，准备自己拨打电话。

马方生情急之下一把拉住甘育恩的手，哭丧着脸说道："老师的大恩大德方生这辈子不敢忘，但这件事，我求您千万不要插手。"

甘育恩怒道："这事儿我管定了，你是不是还要喊人来抓我？"

"不，不敢。"马方生恭敬地说着，手却仍旧没有松开。

甘育恩用力甩开马方生，喊龚全珍过来打电话。马方生见实在拦不住，不禁颓然地跌坐在椅子上。

王震接到电话也很震惊，立刻向周总理做了汇报。得知甘祖昌被人看守在莲花县一农垦场，王震亲自赶到该农垦场。面对突然到来的王震，农垦场主任很是惶恐，待弄明白缘由后，连忙带着王震司令员去找甘祖昌。

太阳底下，甘祖昌正挥舞着锄头垦地。一行人从后面走过来时，他浑然不觉。突然，甘祖昌听见一个响亮而熟悉的声音："甘祖昌！"他愣了一下，连忙直起身来，回头一看，竟然是王震司令员，不禁憨憨地一笑："老首长！您怎么来了？"

王震嗔怪道："亏你还能笑得出来！"

甘祖昌并没有把自己此时的困境放在心上。见到司令员，他首先想到的竟是趁机让司令员帮忙搜罗点优良的果树苗和猪种，好促进队里的经济发展。

王震哭笑不得："你啊，真是石头脑袋一根筋，都大祸临头了还在想着这些！"

甘祖昌毫不在意地笑道："不就是劳动改造吗？我都劳动几十年了。"

王震仔细询问了揭发信上提及的各个事件，诸如走资本主义道路，自己有个花果山，买公家的便宜饲料养猪卖高价，等等。甘祖昌一一解释，那些其实都是他为了让乡亲们过上好日子无偿操办的，自己出钱出力，甚至养猪都是自家孩子割草来喂，到头来却被人颠倒黑白、恶意中伤。王震听完，嘱咐甘祖昌让龚全珍就所有这些事写一份材料，叫大队和公社都签上意见，然后他会亲自带着材料去中央澄清事实。

龚全珍听说王震司令员会亲自帮忙澄清，很是感激，抓紧时间写完材料后，不仅在队里、公社里盖了章，还发动乡亲们都在材料上按了手印。众人得知上次按手印差点害了甘将军，都非常后悔，纷纷向龚全珍道歉。

“大家不用自责。”龚全珍笑着说道，“不过这事我还真得跟你们念叨念叨，要是当初我办学习班的时候你们能好好上课，也不至于今天犯这个错误。”

张淑芬不好意思地说道：“嫂子说得对，以后你再办学习班，我一定第一个报名，一定好好学习、天天向上。”大家纷纷点头附和。

王震拿到材料后与甘祖昌道别。闲谈中，甘祖昌提到了王文博和刘乃基这两个优秀专家的情况，他希望两人今后能为祖国的建设出力，而不是一直待在农村，如果由于“成分”的偏见而埋没了人才，那就太可惜了。王震望着这个自身安全都还没保证，倒先想着别人的老部下，不禁心生敬意。同时，也生出要为此事出一份力的想法。

不久，甘祖昌事件被确定为诬陷。中央不仅下令释放甘祖昌，还专门派出了一个调查小组来查处此事的始作俑者。

二十六　讲科学变害为宝

没想到这件事竟惊动了王震亲自调查处理，马方生、孙建民、李保山三人顿时慌了神。面对中央派来的调查小组，三人为求自保，开始互相推诿，甚至不惜落井下石。

马方生坚称揭发信是坊楼公社革委会搞出来的，他事先并不知情，绝不是故意诬告革命老同志。他将矛头指向李保山，只求躲过这一劫，却没料到孙建民早就检举了他挪用公款的事。他气得浑身发抖，最后还是被调查员架上了吉普车。

李保山刚走到县革委会门口想探听探听情况，就看到马方生戴着手铐被押走了。他顿觉身体僵硬，急忙转进旁边的巷子里，后背直直地贴着砖墙，面如死灰。平复了一下心绪后，李保山急匆匆跑回家。见马丽芬正在床上叠衣服，他一把抢过衣服胡乱地塞进包袱，边收拾东西边对马丽芬说道："你哥被调查组的人带走了，估计得进去了。下面就该轮到我们了，我们得出去避避。"

马丽芬顿时六神无主："是不是因为那封揭发信？"

李保山没说话，等于默认了。马丽芬顿时大哭起来："我就说，放着好好的日子不过，搞什么揭发信！出事了吧，完了吧！李保山，你自己作不够，还要把我们娘俩搭进去！走走走，走哪去啊！你把儿子的前途都毁了啊！”

李保山愣住了，手里的东西掉在地上。

马丽芬继续哭诉：“你跟甘祖昌斗了一辈子，最后把全家都斗进去了，这下你满意了，高兴了？李保山！你根本就是个废物！你不是个男人！今天就是掐死我，我也要跟你拼命！”

马丽芬张牙舞爪地连骂带打，李保山却像一座雕像一动不动，绝望地闭上了眼睛，一滴泪水从眼角慢慢滑落。过了良久，他才低低地说了句：“把卫国叫来吧。”

李保山与马丽芬打算让卫国写封检举信到调查组，检举他们，这样就算与他们夫妻俩撇清了关系。卫国却坚决不肯。思来想去，李保山最后决定去调查组自首，希望能让妻子和儿子免受连累。他神情落寞地嘱咐完妻子，颓然地转身走出了家门。

不久，调查组查清了整件事的来龙去脉，向甘祖昌做了汇报。听说李保山承认是他伪造的揭发信，甘金生也已经回到社里工作，甘祖昌心里五味杂陈。过了一会儿，他面色沉重地询问，李保山关押在哪里，会如何判决。调查员说现在李保山羁押在县城，可能会判无期徒刑或直接枪毙。甘祖昌听了，心里更加不是滋味。

送走调查员，甘祖昌夫妇正想回屋，却看见卫国正站在门口。龚全珍拉着卫国进了屋，招呼他坐下。卫国却站定了，向两人深深地鞠了一躬，态度诚恳地说道：“叔，婶，对不起。我爸虽然进去了，但这么多年，他一直欠你们这句话，以后他怕是也没机会说了，我这个当儿子的得代他说。我明天一早的火车，带我妈去上海，所以今天特地过来……”

甘祖昌一惊：“小子，你想好了？”

卫国点点头，坚定地说道：“叔，我已经想好了，外面的世界很大，我想出去闯闯。”

甘祖昌不再说什么，只是点点头。刚想对龚全珍说什么，还没等他说出口，龚全珍已经明白了，点点头转身出去。这时，新新从外面回来，得知卫国的决定，上前拍拍他的肩膀，一切尽在不言中。龚全珍手里拿着些钱回来了。她把钱塞给卫国，卫国连忙推辞。

甘祖昌仍坚持把钱装到卫国口袋里，恳切地说道："在家千日好，出门一日难。你不拿着，叔心里不好受。"

卫国不再推辞，低着头说道："谢谢叔，谢谢婶。"

新新为了活跃气氛，笑着嚷嚷起来："小子，你这一出门就算成人了，哥给你送行。爸，酒能喝点不？"

甘祖昌爽朗地一笑："特批了！"

新新笑嘻嘻地从柜子里拿出酒和杯子，倒了一点给卫国："喝了这杯酒，你就是个堂堂正正的爷们了，以后遇上再大的坎都能迈过去！干了！"

卫国毫不犹豫地接过酒杯，一饮而尽，辣得眼泪都流出来了。卫国借着酒劲儿，大喊一声："叔、婶、哥，你们瞧着吧，我李卫国一定闯出个名堂再回来！"

听到这番豪言壮语，三人都欣慰地笑了。

日子转眼到了一九七六年十月，"四人帮"被打倒的消息一夜之间传遍了全国上下。沿背大队村头的大喇叭里不断播放着这条新闻，村民们纷纷走出家门庆祝，有人则高兴得用木棍挑着点燃的鞭炮迎接这个喜讯。南湖农场的"劳改犯"们听到这个消息，一个个激动得泪流满面。刘乃基也蹲在地上抱头痛哭。

一九七九年七月，第五届全国人民代表大会第二次会议通过《关于修正〈中华人民共和国宪法〉若干规定的决议》，地方各级革命委员会改为各级人民政府，孙建民等一大批人被撤职。甘祖昌回忆着一阵又一阵的政治风暴，目睹现在全国各地的乱摊子，感慨颇多。

这天，刘乃基手里拿着一封信匆匆走来。甘祖昌已经猜到了信的内容，笑着问道："看样子有好事了？"

刘乃基挠着头嘿嘿一笑："是我有点太激动了。北京给我来信了！说让我去北京规划设计局工作。”

甘祖昌一听，似乎比刘乃基还要激动：“好，好，好！你收到信了，王文博应该也收到了！你赶紧去把王文博叫来，今儿晚上咱们几个得好好喝几杯。”

晚上，刘乃基和王文博都来到甘家。龚全珍张罗了一桌酒菜，新新为大家斟酒。王文博、刘乃基一起举杯敬甘祖昌。王文博感激地说道：“甘将军，要不是您的信任、照顾和推荐，我和刘乃基就不会有机会修建水库和石桥，更不会有机会去北京！”

甘祖昌笑笑：“虽然有我的帮助，但最重要的是你们自己有本事。即便我发现不了你们的才能，以后也会有人发现。有句话说得好，是金子，到哪都会发光。今天不说感谢的话，也不说客气话，只痛痛快快地喝酒。我先干为敬！”说着仰头灌下一杯酒。王文博和刘乃基也一饮而尽。

“既然北京那边来信了，你们俩就不要耽搁，越早动身越好。照我的意思，明天就出发，省得中间再出什么幺蛾子。”甘祖昌说道。

这时沉闷许久的刘乃基开口了：“甘将军，我……我不想走了。”所有人都被刘乃基的话惊呆了。正端着菜进来的龚全珍立刻劝道：“刘技术员，去北京多好的机会啊，多少人想去还去不了呢！你可别犯傻啊！”

甘祖昌接着说道：“司令员为你俩的事没少操心。你嫂子说得没错，这是千载难逢的机会！千万别错过了！”

王文博好奇地问道：“刘乃基，我是巴不得赶紧去北京，你咋就不想去了呢？”

刘乃基看看王文博，又看看甘祖昌，认真地说道：“甘将军，以前我喝酒发酒疯，自以为是，还以为所有人都看不起我，可自从您把我请来，跟您一起修了那座石桥后，我身上的那些臭毛病全改掉了，我也想通了很多事。那天晚上，您对我说：‘要放开眼界往前看、往长远看。’您的这句话深深印在了我的脑子里，也搬走了压在我心里很久的那块大石头。现在我想明白了，在哪儿干都是干，都是为国家搞建设，还不如为家乡出一把力呢！我决定留在咱们坊楼公社，和老将军您一起建设家乡。”

沉默片刻后，甘祖昌态度坚决地说道："你能这么想，我很欣慰，但北京你必须去！原因有二：第一，咱们坊楼公社没有多少桥供你修建；第二，中国有句俗语叫'人尽其才，物尽其用'，你的造桥水平我见识了，你是个有大才的人，要是一辈子把你困在这小山沟里，简直是大材小用，太屈才了。中国还有句俗语叫'猪圈难养千里马，花盆难栽万年松'，你有技术，应该到更广阔的天地去，到更需要你的地方去。我的话你明白吗？你不用犹豫了。你要是不去，我就是扛也要把你扛到北京去！"

王文博推了一下刘乃基："刘乃基，今天是个开心的日子，别惹甘将军不高兴。甘将军说得有道理。快答应甘将军去北京，快啊。"

刘乃基望着一心为他考虑的甘将军，终于重重地点了点头："行，我去！我去！"

甘祖昌笑了："这才对嘛！来，喝酒！"三个人一饮而尽。新新举起杯子却没喝，迟疑了一下，对甘祖昌和龚全珍说道："王叔和刘叔都走了，我……我也想跟着他们一起去北京。我想去闯荡闯荡，等学到本事了，就回来跟你们一起建设家乡！"

龚全珍自然舍不得他走，于是嗔怪道："说得好听！老甘，你看呢？"

甘祖昌想了想说道："新新长大了，想去就让他去吧，见见世面也好。"

新新一听，顿时兴奋起来："这么说你们同意了？"

甘祖昌看了一眼妻子，龚全珍虽然不舍，但还是微笑着点了点头。

两天后，甘祖昌和龚全珍将刘乃基、王文博还有新新送到了长途汽车站。看着他们上了车，龚全珍又是担忧又是不舍。刘乃基从车窗里探出头来："甘将军、龚老师，你们回吧，新新有我们照顾呢！"看着汽车慢慢朝前驶去，甘祖昌边挥手边大声喊道："麻烦你们了！"新新望着追着汽车一路小跑的母亲，有些心酸地喊道："爹、娘，回去吧！你们放心，我会听两位师傅的话，会好好照顾自己的。"

汽车渐渐远去，龚全珍终于停了下来，甘祖昌走到妻子跟前轻声安慰道："雏鸟大了，总有飞走的一天，也该让他一个人出去觅觅食了。"龚全珍却是忍不住趴在甘祖昌肩上泪流满面。

李保山就要被送到省城监狱去了。甘祖昌听到这个消息后，心里不住地翻腾，总是想起以前的事。两人从小一起长大，二十多岁一块儿当兵打仗，两人一起走了大半辈子，走来走去怎么就走到今天这一步呢？他实在想不通。他想去看看李保山，跟他再说说话。锦荣却不同意：“那姓李的害得咱们甘家吃了那么多的苦，尤其是你，要不是司令员帮忙，你啥时候出来、能不能出来都是个问题。他人前一套，背后又一套，好话说尽，坏事做绝。这么没良心的人你还看他干吗！”

甘祖昌淡淡一笑：“他曾经救过我一命，你怎么不说？”

甘锦荣反驳道：“你还救过他两次呢！”

龚全珍从房间里走出来，站在门口望着他们，没有说话。

甘祖昌不急不恼，慢悠悠地说道：“怎么？你觉得我老糊涂了是不是？”

甘锦荣声音低了下来：“我是就事论事。”

“有些事啊，你不懂。”甘祖昌微笑着轻轻摇了摇头。龚全珍望着丈夫，一脸微笑。

监狱会客室里，甘祖昌坐在桌前等候。狱警带着面容憔悴、比以前瘦了一大圈的李保山走进来。李保山坐到桌对面，冲甘祖昌冷笑道：“你要是想过来看我笑话，我劝你还是放弃吧。我现在好得很！”

“你觉得我会有那种想法吗？”甘祖昌目光深沉地望着李保山。

“有没有你心里最清楚。不过我觉得你也不比我强到哪去。我最起码享过荣华富贵、吃了山珍海味，而你呢，回乡当了农民，种地、栽树、捡粪，为村里忙东忙西，好日子一天也没过过，好东西一口也没尝过。我看你是白当了这个将军！”李保山讥讽道。

“可是我活得坦然，活得自在。你还记得过草地的时候，咱们没有粮食吃，你曾跟我说过什么吗？你说要是有个窝窝头吃，就是死也知足了。现在，窝窝头吃上了，白面馒头也吃上了，你却不知足了。贪欲害死人啊！”

听了甘祖昌的话，李保山将头扭向一边，没有争辩。那个难忘的场景瞬间浮现在他的脑海里。

“我知道你心里一直对我有怨恨，你被部队除名，你娘的死，我阻碍你当公社主任……难道是因为我做事太过狠辣，六亲不认？可是我一向只对事不对人，既然其他人不恨我，你也没理由恨我。难道是因为我心眼太小，故意与你为敌？可我们是并肩作战的兄弟，情同手足，我没理由这样做，你也没理由恨我。最后我想通了，我确实错了，错就错在我不该拿你当自己的亲兄弟对待，怕你不上进、怕你中途掉队、怕你犯错误，时不时总想敲打你一下。我对你实在是太过苛刻了！也许正是因为我的这些过分要求、过分鞭策，才最终让你走上了这条不归路。这是我的错，老哥对不起你！”说着说着，甘祖昌的眼睛湿润了。

李保山的喉结动了动，显然被甘祖昌掏心掏肺的一番话触动了。望着动情的甘祖昌，他的眼泪也不禁落了下来。

“你还记得那年咱们在山西的时候吗？当时阎锡山的部队和日本鬼子刚在忻口打了一场恶仗，因为双方都有重大伤亡，所以战场没有人打扫。咱们一起去了现场，你发现那里埋了很多地雷，还用赶羊蹚雷的办法让我们收获了大量的枪支弹药。想想那个时候真好，咱们能一起打仗、一起行军。后来，咱们又一起去了新疆，我是后勤部部长，你是后勤处处长，因为你的严格要求，下面的战士们怨言不少，还有人向我反映过，被我当场批评了一顿。那个时候的你很上进。那次我抓人回来，不知道特务提前在桥下安了炸弹，当时你为了救我，奋不顾身地与特务搏斗，虽然我最后还是受了伤，但你的救命之恩我永远记得。”甘祖昌深情地说着，两人一起走过的那些日子仿佛就在眼前。

回忆起往事，李保山也是心潮起伏。沉默良久，他才缓缓地说道：“你不知道，当初在部队，我老是跟你暗暗憋气。下面的战士总拿我跟你对比，我心里不平衡。心想你甘祖昌能做的我一样能做，你甘祖昌不能做的我也能做！后来我渐渐迷失了自己，我把你的好心当成了故意责难，把你的批评当成了侮辱。现在想想，我其实就是不如你，单在思想境界上差得就不是一星半点。你对我那么好，而我却反过头来恩将仇报，处处与你为敌！我……我对不起你啊！”李保山说着，不禁趴在桌上痛哭流涕。

甘祖昌泪中带笑，轻轻地拍了拍他的后背："过去了，都过去了！我不怨你，我也有错！"

回到家里，甘祖昌的思绪仍然久久不能平静。深夜，辗转难眠的他独自坐在凳子上闷头抽着烟，盯着烟袋锅里一明一灭的火星，间或发出一声轻轻的叹息。

天还没亮，大地万籁俱寂。甘祖昌背着手走出村子，爬上山顶，重新点燃了旱烟。烟雾中浮现出他和海生、保山一起去参加革命的画面，点点滴滴，令人感慨万千。

忽然，远处传来汽车的鸣笛声，把甘祖昌从回忆中唤醒。山下，两辆吉普车一前一后向前驶去。甘祖昌站起身，目光深沉地望着吉普车，高声喊道："好好改造，我等你回来！"

吉普车内，戴着手铐的李保山隐约听到了什么，连忙透过汽车玻璃朝外望去。山顶上甘祖昌的身影已经模糊了，但李保山知道是他。"老甘！"李保山低低唤了一声，泪如雨下。

两辆吉普车渐行渐远。甘祖昌再次大喊："卫国去上海了，他说要闯出个名堂再回来！你养了个好儿子！"

转眼到了一九八〇年秋，田里一片丰收的景象。安徽凤阳县有个大队前年实行了"大包干"，提倡"交够国家的，留足集体的，剩下都是自己的"。这样一来就充分调动了农民的积极性，不到两年，就见了成效，听说今年秋收打下的粮食比往年翻了好几番。听到这个消息，甘祖昌兴冲冲地来到乡办事处，找甘金生商量。

甘金生心里也拿不准主意，只是觉得十一届三中全会上，中央大谈改革，对于"大包干"的做法虽然没有明确地表示支持，但应该不会反对。社里现在对各家各户饲养牲畜、扩大自留地的现象只是持默许态度，并没有大张旗鼓地支持。

见甘金生的态度模糊不清，甘祖昌心急如焚："当个领导，说话咋还兜上圈子了？我就问你，抛开其他，你会怎么办？”

甘金生痛快地点点头：“从这些年看来，生产大队集体耕作弊端太大。‘大包干’确实是个解决现阶段农民吃不饱饭的好方法，我赞同！不过关键是现在全国各地敢放手‘大包干’的还只是少数，没有太多经验可循，我怕搞不好出问题啊。”

甘祖昌想了想：“这个时候就该召开社员大会，听听大家的看法。”

很快，公社召集各个大队来社里开会。一听说要学别的地方分产到户，大家既激动又为该怎么分配吵得不可开交。

有人建议抓阄分地，好地孬地，谁抓着算谁的，运气不好，怨不着别人，只怪老天不护着。

有人立刻提出反对意见：分地不是儿戏，几辈子的身家说不定就压在这上头了，怎么能随随便便抓着啥是啥呢？

又有人质疑靠人分总有分不准的地方。这地既有年产过千斤的好田，也有一季收粮不过三四百斤的贫地；既有种稻米的水田，也有只产瓜蛋子的沙地。更不用说后山的茶树园和虎形岭上的果树林了。各种各样的地都有，怎么分才好？就算公社领导一声令下分了，最后分得各家不称心，怎么办？你看我占了好的，我看你占了好的，一来二去，那不乱套了吗？

还有人陆续提出牛啊猪啊这些牲口该怎么分。队里的小猪娃上月刚出生，明年才出栏，总不能现在就一人一刀子分给各家吧？农具有新有旧，大家伙肯定都愿意要新的，旧的给谁去？板车、拖拉机这些木疙瘩、铁疙瘩咋办……各种问题各种说法，整个公社大院乱糟糟地吵成了一团。

甘金生站在台上一脸无奈地望着台下，为难地说道：“叔，您看这……乱成一锅粥，没个章法了。”

甘祖昌一直坐在一旁的凳子上抽着烟。这时，他在鞋底上磕了磕烟袋锅，不疾不徐地站起来，声音洪亮地喊道：“大家都别吵了，听我说两句。”

众人顿时安静下来。

甘祖昌似乎早已理清了思路，沉稳地说道：“听大家说了这么多，我有个主意。抓阄肯定不行，公共物资全部均分也不太现实。所以啊，我想土地按人头来分，好坏搭配着来。我们先把土地按山、川、水、坝和阳、背、远、近划分出等级。比如说一亩山地搭着两亩阳地，一亩水田搭着两亩背地，人多的门户多分，人少的门户少分，尽量按照实际情况分摊到每家每户。牲畜和生产工具呢，按市场作价，等分完地以后，牲畜按人劳比例分配，差价相互找补；基本的生产工具，按人分配，新旧也按差价找补。至于拖拉机、板车这种非必需品，谁家想要，出资购买。”

听完甘祖昌条理清晰、分配公允的方案，众人一阵议论，纷纷点头表示认可。

甘祖昌看了看大家，接着说道：“如果大家都没意见，我们就按这个准则办。各大队队长回去后尽快统计出来，公社核实后立即分配。”

这时，一个干部举手站起来发言：“甘将军，这次分配，对我们这些干部有什么说法吗？虽说共产党的干部不该向群众提要求，但好歹我们也在公社干了这么多年，平时协调工作，费心费力，耽误了不少上工时间。如今再没工分这一说法了，要吃要喝全凭一双手，可这么多年不下地，早就生疏了。”旁边的一些干部虽然没有说话，但脸上也透露出同样的情绪。

甘祖昌审视着那名干部，又扫了一眼旁边的人：“你们都是这个意思？看你们一个个油光满面的，这些年日子过得不错嘛！白贴的膘，是该掉掉喽！金生，你说呢？”

甘金生想了想，大声宣布：“所有公产的分配都按照统一的原则，不论党内职务，不论阶级成分！”

台下众人纷纷鼓掌赞同。那些干部们却都满脸羞愧，垂下了脑袋。

“当个屁大点的官，立命的本钱都敢扔，活该吃不上饭！”甘祖昌一边不屑地叨咕着一边大步走下台去。

不久，人们终于等来了激动人心的时刻。大家纷纷涌进农具存放室里，欣喜地摸摸镰刀，拎拎锄头。牲口饲养室外，人们将猪啊牛啊牵出来，又哭又笑地摸着牛背感叹：“我家的了，真的是我家的了。”田里，甘金生手里拿着花名册站在人群里宣读："下面是老牛筋家，一共五口人，水田二亩、川地二亩、背地一亩、果园一亩……"每家每户都仔细听着，盘算着自家该种些什么、怎么种才能收获更多的粮食。

分产到户后，人们的积极性果然高涨，家家户户比赛似地每天一早便来到地里劳作，唯恐自家的庄稼落后于人。

这天清晨，甘祖昌来到虎形岭上的果园里剪枝，忙了一阵儿，便坐在山道旁的大石头上吸烟休息。老牛筋和其他几个村民也拎着剪子上了山。见到甘祖昌，老牛筋嘿嘿笑道："祖昌，我总感觉占了你的便宜。你说，当年你把一株株小树苗养成这么一大片果树林，说分就分了，你不心疼？"

甘祖昌望着一直绵延到远方的果树林，也心生感慨，但不是因为分地，而是因为那些难以忘怀的日子。他摇摇头笑着调侃道："果林我早交给公家了，每年苹果、梨的你都不知道吃了多少了，现在问我这话，老糊涂了吧你。"

老牛筋也不恼，笑呵呵地竖起大拇指："时间过得真快啊，一晃二十多年啦。想当初你弃官回乡，我说什么也不相信世上还真有这么傻的人，放着福不享，偏爱受罪。现在不是信，是服啦！"

甘祖昌哈哈大笑着站起身来："老牛筋啊老牛筋，这么多年第一次听你不说牛话说人话。走吧，剪剪高枝，多结果哟。"

随着国家政策的放宽，老百姓的日子越来越好了，但七十多岁的甘祖昌依然忙忙碌碌，一刻也不肯停歇。

这天，感冒发烧的甘祖昌终于舍得躺在床上休息一会儿了。在一旁照顾他的龚全珍提议把儿女们叫回来，却被甘祖昌拦住了。这点小病他可不想麻烦子女。

两人正说着话，老牛筋满头大汗地冲进来："祖昌！我家前几天刚买的几头猪仔，不知道咋了，一夜之间全都死了。你快去看看吧。"

甘祖昌一听，急忙起身下床。龚全珍上前阻拦，但哪里能拦得住？

甘祖昌随老牛筋来到他家猪圈旁，见里面的小猪仔全都四脚朝天地躺着。甘祖昌蹲下身子，仔细检查小猪仔的眼睛、嘴巴。老牛筋两口子站在旁边一脸焦急。

祸不单行，甘森昌家新买的两只猪仔也死了。森昌听说大哥去了老牛筋家，便急忙赶了过来。到了老牛筋家，见甘寡妇也在，原来她家已经养了半年的肥猪眼看就要出栏了，却突然不再吃食，看着一副快要死了的样子，所以她想找甘将军过去看看是怎么回事。

甘祖昌查看完躺在地上的猪仔，皱着眉头站起来说道："不用看了，你们几家的猪都害了病。你们看，猪鼻子里流脓，眼睛发红，猪粪上面带血水，这是猪瘟的症状！"

在场的众人全都惊呆了。甘寡妇焦急地说道："甘将军，都知道你本事大，你快想法子给猪治治啊！"

甘祖昌摇摇头："这是瘟疫，不是一般的小病！我也没法子。现在只能将病死的猪赶快就地埋了，防止疫情进一步扩散。森昌，你赶紧去公社请一个兽医过来，让他尽快给还没病的猪打疫苗。"

甘寡妇绝望地掉下了眼泪："辛辛苦苦养了大半年，怎么说没就没了？这半年不是白忙活了嘛！"

众人面色凝重，甘森昌则快步离去。

甘祖昌思索了很久，去公社找到甘金生，严肃地说道："'四人帮'倒台后，各类运动消停了，农民把全部精力都放在侍弄田地上。生产搞上去了，可现在水稻的亩产并没有比以往丰年的亩产提高多少，这说明了什么？说明我们原来那一套过时了，现在得讲究科学育种。我们得用科学的手段帮助乡亲们提高产量、实现增收。所以，我希望咱们公社能创办一个农科所，专门研究水稻的增产和畜类的养殖。"

甘金生听了眼睛一亮："叔，您这个建议很好，我个人表示支持，明天我会在工作会议上提出，进一步研究和讨论。对了，我听说村里的猪得了瘟疫。"

甘祖昌点点头："是啊，你也知道，咱们这里的土猪体格小，长不大不说，还容易害病。我看是时候换猪种了。"

"对了，听说当年帮助我们大队改良冬水田的小胡技术员现在在农科院搞研究呢。要不请他……"没等甘金生说完，甘祖昌一拍桌子激动地说道："对啊，你不说我都把他给忘了。这娃娃还真是个有本事的人，我明天就去省城找他！"

过了两天，甘祖昌背着布包从省城回来了，看到锦荣等五六个村民手持竹竿守在稻田边，不禁纳闷地问道："你们在这儿干什么呢？"

甘锦荣解释道："您刚去省城没多久，山上突然跑下来几头野猪，您看，好生生的庄稼全被它们给糟蹋了。我们正在抓它们。"

果然，顺着锦荣手指的方向望去，地里的稻子一大片一大片地歪倒着，还有几处地方的土被翻出来，很明显是猪拱过的痕迹。

甘祖昌看着看着，突然呵呵地笑了起来："锦荣，你去把所有的男劳力全召集起来，咱们上山去抓野猪，要活的！"

众人一下子都愣住了。

虽然不明白甘祖昌葫芦里卖的什么药，但大家还是手持长棍上了山。当他们发现有两三头野猪正在不远处的树丛中觅食时，甘锦荣忙指挥大家悄悄分散开。

野猪听到了声音，警觉地四处张望着。甘锦荣带人猛地呼喊着冲向野猪。野猪顿时惊慌逃窜，甘锦荣等人在后面紧追不舍。四五个手持绳索的村民躲在丛林的另一边等待着，不远处已布置好一张网，上面盖着落叶。两头野猪不出意料地朝这边狂奔而来。跑在前面的一头从树叶堆上跑过时，被网罩住；另一头见状，转身朝着另一个方向逃走了。几个人快速围住那只落网的野猪，但野猪拼命挣扎，很快就扯烂了网，朝着围过来的村民猛地撞过去。大奎迅速闪开，另外两个人却因为躲闪不及，被野猪撞翻在地。两个人好半天才爬起来，捂着流血的胳膊疼得龇牙咧嘴。甘锦荣带人匆匆赶来，只看到一张撕烂的网和几个狼狈的村民。众人没有办法只好沮丧地打道回府。

甘祖昌坐在山脚下的一块大石头上抽着旱烟，见大家无精打采地回来了，就知道一定是吃了败仗。

大奎后怕地说道："昌叔，刚才幸亏没敢让您上去。您不知道那几头野猪有多野，被网罩住了还一个劲地挣扎，撕烂了网直朝人身上撞。"

甘祖昌笑着说道："要的就是这股野性！"

甘锦荣无奈地说道："可这野东西咱也抓不住啊！"

大奎想了想："昌叔，这些野猪太凶猛了，我们几个人根本抓不住。干脆，您出面去请驻扎在县城的解放军帮咱们收拾了这一害。"

"真是信口开河，抓野猪这么小的事怎么能惊动部队呢！"甘祖昌一口否决。

"那怎么办啊？现在正是野猪的发情期，三天两头就往稻田里跑，要是不抓住它们，今年的水稻又该减产了！"大奎一脸愁容。

"发情期？"甘祖昌思索了一会儿，突然笑道，"好！好！"

"爹，您想到办法了？"甘锦荣满是期待地问。

甘祖昌笑着点点头："走，都跟我回去！"

大奎追上问道："昌叔，您给我说说呗，到底用什么办法抓野猪啊？"

"美猪计！"甘祖昌边说边大步朝前走去，大奎却愣在原地，半天也没想明白这美猪计到底是啥意思。琢磨了一会儿，大奎边喊边追上甘祖昌："昌叔，我脑子笨，您再给我说明白点呗。"

甘祖昌停下步子，问身边的几个人："你们有谁知道最近几天谁家的母猪要配种？"

大奎恍然大悟："昌叔，这就是您说的美猪计？"

"怎么？你们觉得不行？"甘祖昌望望大奎，又望望旁边几个人。

"不是，不是！我们的意思是您的主意简直太高明了。"大奎说着伸出了大拇指，"您是这个！"

甘祖昌笑道："少给我拍马屁！快告诉我，谁家的母猪这几天配种？"

大奎举起手："昌叔，我家母猪昨天叫唤了一整夜，今天早上喂食的时候，上蹿下跳就是不吃，看样子好像是发情了。”

“走，咱们一块儿去看看。”甘祖昌说着就向大奎家走去。

甘祖昌等人到了大奎家，看了看猪圈里的母猪，都确定这猪是该配种了，于是大奎去屋里跟媳妇商量。听说要用自家母猪下套引野猪下山，大奎媳妇不乐意了，她担心凶猛的野猪会一口咬死自家的母猪，或者非但没抓住野猪，反倒让野猪跟自家母猪配了种，那将来生出来的会是……

大奎见媳妇担心，赶忙保证他们会设好机关，不让野猪靠近母猪，大奎媳妇这才勉强同意了。

二十七　谈婚事父女纷争

村外，甘祖昌找了一个合适的地方和几个村民搭起了一个猪圈，把大奎家的那头母猪圈了进去，然后又在猪圈前挖了一个陷阱，用稻草盖好。

入夜后，木栅栏里的母猪焦躁地来回走动着。甘祖昌带领着十多个年轻人分为两队守在暗处，但是左等右等也不见动静。满天繁星下，众人又冷又困，心中都有些焦急。甘祖昌回头瞅了瞅大家，让大奎和其他人先回去，只留下锦荣跟他继续守在这儿，如果野猪来了就让锦荣去叫他们。众人点头离去，甘锦荣也忍不住打了一个哈欠，一脸困意。

又过了两个多小时，一只野猪忽然迈着小碎步从远处走来。“锦荣，快！”甘祖昌盯着前方低声呼唤儿子，他身后的锦荣却没有回应。甘祖昌一回头，见锦荣闭着眼睛倚靠在树上，早已经睡着了。甘祖昌急忙回身推了推儿子。锦荣顿时惊醒过来，听说野猪真的来了，打了一个激灵，扭头向远处望去，见远处果真有一只野猪边觅食边朝这边走过来，于是赶紧轻手轻脚地起身去叫人。

过了一会儿，野猪来到陷阱前，用嘴拱了拱新土，闻了闻气味，绕过陷阱朝猪圈奔去，然后猛地一窜，跳进了猪圈里。紧盯着野猪的甘祖昌惊诧不已，然后蹑手蹑脚地朝猪圈走去。猪圈里忽然传来母猪的叫唤声，甘祖昌脚下一顿，脸上露出了笑容。不一会儿，甘锦荣带着大奎等人回来了。大家齐心协力，终于将野猪抓住了。

清晨，大奎媳妇得知自家的母猪被野猪配了种，不依不饶地跟大奎哭闹。野猪毕竟不是家猪，这将来要是生下一窝野猪崽子，谁敢买、谁敢养？家里还得靠着它赚钱呢，这样一来不全赔了吗？吵来吵去，大奎媳妇知道是甘将军出的主意，嚷着就要去找甘祖昌索要赔偿。大奎急了，一把拉住媳妇的胳膊，一巴掌打在了她脸上。大奎媳妇哪肯吃亏，满腔怒火地朝大奎扑过来。两人越闹越凶，引得许多村民围在门口看热闹。

这时，刚刚让锦荣等人重新加固了猪圈的甘祖昌正巧路过大奎家门口，见外面围着许多人，赶忙上前询问出了什么事。得知大奎两口子因为猪的事打了起来，连忙分开众人走进院子，大声喊道："别打了！"

两人见甘祖昌来了，都停了手，大奎媳妇掩面痛哭起来。甘祖昌看着两人说道："这事怪我，应该早点告诉你们，你们家的这头母猪我想买回去。你们合计合计出个价钱？"

大奎媳妇停止了哭泣。大奎一时也愣住了，片刻后他急忙说道："昌叔，你这不是出我的洋相吗？我们俩真不是为这个吵架的。是不，凤娟？"大奎媳妇却没有吱声。

"不管是不是为这个，我都想买。你们家的这头母猪对我来说有大用处！你们合计好了去我家拿钱。"甘祖昌说完，转身就走，到了门口又转回身叮嘱道，"不许再打了！"

村民们得知夜里抓住一头野猪，而且还和大奎家的母猪配了种，纷纷去村外看稀奇，并笑嘻嘻地议论着啥时候杀了给大家分点野猪肉吃。

甘祖昌很快召集大家开了个会，提出要搞一个野猪驯养基地，培育一批新型的优良种猪，所以那头野猪可是个宝贝，千万不能杀。理论上讲，野猪和家猪下的崽长得更壮，不容易生病，肉还香，但也有一个最大的毛病，就是猪崽子带有野猪的野性，不好驯养。所以前几天去农科院向技术员小胡讨要这个杂交配种的方法时，小胡说这个办法尚在实验阶段，还没有推广。

村民们听到这个新奇而又大胆的想法后议论纷纷，不一会儿，交头接耳的议论就变成了公开反对。一向支持甘祖昌的毛崽站出来说道："祖昌，你应该还记得前些年大王村王大夫的事。他上山采药时遇到了几头野猪，最后不是死在山上了吗？野猪的性子野，我觉得能不养就尽量别养！"其他人也纷纷附和："是啊，万一跳出猪圈，跑出来再伤了人，到时候谁负责啊？""就是，就是。我也觉得不能养，看着就瘆得慌，我可不想冒这个险！"本来充满希望的甘祖昌，笑容一下子凝固在了脸上。

甘金生听到这个消息后，下班后直接来到甘祖昌家。他说非常理解村里人的担心，但也不能因为大家的担心而放弃这么好的实验机会，因此建议先把农科所建起来，养猪场就当作农科所的第一个科研项目。

甘祖昌高兴地说道："好，你的想法我一百个同意。这个养猪场我亲自监督，一定要垒高点，垒牢靠些，就用咱水泥厂自产的水泥。"

甘金生点点头："千里之行始于足下，这关键的第一步咱们一定要走好！"

但是那头野猪却不肯老老实实地等着农科所建成，不停地试图从猪圈里往外跑，加固了好几次猪圈，还是有些关不住它，最后甘祖昌干脆让锦荣等人将野猪捆结实了，连拉带拽地弄回了家。

龚全珍见丈夫竟然将野猪弄了回来，很是不满，又听说因为猪圈关不住，只能放在屋里养，更是气闷。见妻子不高兴，甘祖昌连忙笑呵呵地保证等农科所一建成，立刻就把野猪弄走。龚全珍也只好无奈地接受了。

半夜里，甘祖昌和龚全珍都已入睡，院子里却传来了野猪拱门的声音。忍了很久的龚全珍打开灯，坐起来靠在床头。甘祖昌也醒了过来，揉揉眼，见妻子靠在床头上，担心地问道："怎么了？"

龚全珍脸色不悦："这头猪都拱了大半夜门了，我能睡得着吗？我明天还要上课呢，这让我怎么休息？"

甘祖昌也坐起来，安慰妻子："野猪生性就是晚上出来觅食，咱们先迁就一下，过两天等它习惯了，自然就安生了。实在不行，你先去学校住几天。"

龚全珍白了丈夫一眼："算了，我能为了头畜生扔下你不管？"

"还是老婆知道疼人。"甘祖昌笑着说道。

"少贫了，睡觉！"龚全珍没好气地重新躺下，关了灯，用被子蒙住自己的头。

已经上了卫校的甘平荣和男友王冰商量着想要去当兵，莲花县的征兵名额却不多。为了稳妥，两人想让甘祖昌跟征兵办打个招呼，说个情。但平荣知道父亲的性子，不大可能答应他们的要求。一直磨蹭到离征兵日期还剩没几天的时候，王冰催促着平荣回家说这件事。两人并排骑着自行车从卫校回来，到了村头的三岔路口，下了车互相告别。

王冰支好自行车，从挎包里掏出一条丝巾递给平荣。平荣开心地接过丝巾系到脖子上，有些羞涩地问道："好看吗？"

"好看。"王冰一脸柔情地看着平荣。

平荣甜蜜地笑着："我先回去侍奉老爷子，等火候差不多了，再提当兵的事，顺便把咱们俩的关系也告诉他。不过我爹那臭脾气，估计是不会同意。要不，你跟我一块儿回去，你亲口跟他说？"

"咱俩的事你家里都还不知道，我这么唐突过去，你爹不把我踹出去才怪呢！"王冰装出一副害怕的样子打趣道。

平荣咯咯地笑起来："我爹不会用脚踹，他会直接拿出手枪毙了你。"

王冰缩了缩脖子："那我更不敢去了。"

两人笑着各自向着不同的路口走去。

甘家院子里，龚全珍一边择菜一边对在旁边看报纸的甘祖昌说道："自从你把野猪弄回家，你都不知道村里人说你啥，人家都说你是猪司令！"

甘祖昌一听顿时笑了："哟，之前在部队我最高才当上个后勤部部长，现在赋闲在家反倒还升职了。猪司令？这个名字好，我喜欢。"

龚全珍哭笑不得地瞪了他一眼。这时，平荣推着自行车进了院子："爸，妈。"见女儿回来了，两人很是高兴。

"闺女一回来，你妈又能乐呵好几天了。"甘祖昌笑呵呵地说道。

平荣故意调皮地说道：“哦，合着光我妈乐呵，您就不乐呵了？”

甘祖昌马上指着自己的一张笑脸说道：“你看我乐呵不乐呵？”

平荣也笑起来，放好自行车，走到甘祖昌身后帮他捏起了肩膀：“爸，您这段日子辛苦了，我帮您捏捏肩。”

甘祖昌觉得闺女今天的举动有些不对劲，眯着眼睛说道：“无事献殷勤，非奸即盗。”

龚全珍不爱听了，嗔怪道：“你咋这么说闺女呢！闺女的好心在你面前也不落个好。”

平荣噘着嘴轻轻推了一下父亲的后背：“就是，我真是热脸贴了冷屁股。您想让捏，我还懒得帮您捏了呢。”说着转到龚全珍身后，帮母亲捏去了。甘祖昌哈哈大笑起来。

下午，平荣帮母亲洗了几件衣服。正当她端着一盆湿衣服走到晾衣绳边晾晒时，忽然发现那头野猪不知什么时候走到了她身后，正瞪着眼睛看着她。平荣吓得拔腿就往屋里跑，边跑边大声尖叫：“爸，爸，野猪跑出来了！”甘祖昌和龚全珍闻声从屋里冲出来，平荣赶紧躲到他们身后。原来野猪把房门拱破一个洞，钻出来了。

“我早就说不能放家里养，你偏不听，现在好了，跑出来了吧！”龚全珍忍不住抱怨起来。

“先别抱怨了，我在家看着，你赶紧出去叫人！记得把大门关严实，千万不能让它跑出院子。”甘祖昌焦急地说道。龚全珍听了连忙朝院外跑去。

野猪这里走走，那里逛逛，一会儿工夫就拱翻了那盆湿衣服，然后大摇大摆走过去，恰巧踩到了平荣的那条新丝巾。

“我的丝巾！”平荣气得大叫起来。

“别管那个了，你赶紧找根长棍护着自个儿点。”甘祖昌哪里知道那丝巾对平荣的意义，随手抄起一把铁锹朝野猪慢慢走过去，边走边轻轻轰赶着。野猪带着那块丝巾满院子奔跑，最终被赶进了后院。平荣捡起已经被扯坏的丝巾，满脸的愤怒。

龚全珍带人回来时，见野猪已经被圈了起来，终于松了口气，但仍忍不住数落丈夫："刚才野猪幸亏是被拦下了，万一要是出去伤着了小孩儿，我看你怎么向人家交代！"

甘祖昌辩驳道："这不是没出事嘛！"

"今天不出事，不代表明天也不出事。反正我觉得这头野猪养在家里就是个定时炸弹，你还是赶紧把它弄出去吧。"龚全珍没好气地说道。

噘着嘴在一旁生闷气的平荣也说："我赞同！那头野猪把我的丝巾都咬破了，必须把它赶出去。"

甘祖昌不满地看了平荣一眼，示意她少插嘴，然后说道："等农科所建成了，我自然就会把它弄走了。"

平荣却因为男友新送的丝巾被弄坏了而不依不饶："不行，今天就必须赶走！哼，您要是不答应，我一会儿就把门打开放它走。"

甘祖昌顿时发火了："你敢！"

平荣毫不示弱地盯着父亲："我把话撂在这儿。您要是还想让我在家里住，就把它赶走；您要是想把它搁家里养，那我就走。反正今天有我没它，有它没我！"

甘祖昌大怒，冲着平荣吼道："你翅膀硬了，敢跟我叫板了是不是！反了你了！"

平荣见父亲对自己如此疾言厉色，不禁委屈地掉下了眼泪，一转身大步走出了屋子。龚全珍和甘祖昌急忙大声叫女儿回来，平荣却丝毫没有理会，一直走出了院子，大门"咣当"一声被用力关上。

"真是闺女大了不由爷。"望着女儿的背影，甘祖昌感慨万千。

龚全珍转过头数落丈夫："我说你跟闺女较什么劲啊？"

"那是我跟她较劲吗？明明就是她在跟我较劲。"甘祖昌一脸无奈。

伤心的平荣冲出家门，想了想，向叔婶家走去。张淑芬正坐在屋门口纳着鞋底，见平荣走过来，笑着打招呼："平荣，你啥时候回来的？"

平荣没有说话，委屈的眼泪却扑簌簌落下来。张淑芬的笑容凝固在脸上："咋哭了？谁欺负你了？快跟婶子说是谁，婶子现在就找他算账去。"

平荣带着哭腔委屈地说了事情的经过。

天色越来越晚，甘祖昌和龚全珍不见平荣回来，都有些担心。龚全珍不禁埋怨丈夫火气太大，要他去把女儿找回来并且道歉。甘祖昌黑着脸自然不肯，龚全珍见说不动他，也只好冷着脸先去做饭。

这时张淑芬走了进来，见哥嫂为了平荣的事还在怄气，忍不住说道：“平荣下午都跟我说了。就为了头野猪，你们至于吗？我大哥也真是，你说谁会把一头野猪放在自己家里养！”

闷闷不乐的龚全珍连忙问道：“平荣在你家？”

张淑芬点点头：“是，我过来就是想告诉你一声，省得你们担心。孩子还没消气，今晚就先让她在我家睡吧。”

龚全珍忙说：“你家里有多余的被子吗？要不给你抱一床过去吧！”

“被子多得是，放心吧。那我先走了，嫂子。”张淑芬说着转身出了院子。

张淑芬正往回走着，忽然看到平荣匆匆忙忙朝村口走去。她思索了一下，悄悄跟了过去。

村外三岔路口上，王冰推着自行车正等在那儿，见平荣快步走了过来，他兴奋地叫了一声：“平荣！”待走近了，却发现平荣一脸的不高兴。

王冰关切地问道：“咋了？没跟你爸说通？”

平荣十分委屈：“不是。我爸把一头野猪养在了家里，那头野猪今天跑了出来，把你送我的那条丝巾给撕破了。”

王冰安慰道：“不就是一条丝巾吗？改天我再送你一条不就行了！”

平荣噘着嘴：“不行，意义不一样。那条丝巾是你第一次送我的东西，我应该好好珍藏的。”

“没事，以后我一定再送你一条更好、更漂亮的丝巾。对了，当兵的事你说了吗？”王冰满脸期待地问平荣。

“还说呢，还没等我开口他就把我堵回去了。说什么无事献殷勤，非奸即盗。你说我还能再开口吗！”平荣撇撇嘴抱怨着。

两人又说了一会儿话才彼此告别。而这一切，都落入了后面尾随而来的张淑芬的眼里。

吃过晚饭，龚全珍正收拾桌子，张淑芬笑着走进来，瞅了一圈问道：“大哥不在啊？”

“不在，吃完晚饭就去水泥厂了，你找他有事？”龚全珍边说话边忙活着。

张淑芬神秘兮兮地笑笑：“不是，我找你说点事。平荣谈对象的事情你们知道吗？”

龚全珍一时愣住了：“对象？平荣谈对象了？啥时候的事？”

张淑芬略带得意地说道：“看来这丫头的嘴还挺严实。今天要不是我偷偷跟着她过去，打死也不会知道这事。不过话说回来，姑娘大了，也该是谈婚论嫁的时候了。”

“这么大的事她怎么也不跟我说一声呢！走，她婶子，我过去审审她。”龚全珍说着，放下手里的活儿就要走。张淑芬一把拉住了她的胳膊：“嫂子，看你急的，这又不是坏事，审什么审！得和言细语地问。”

“对，对，和言细语地问。”龚全珍点头答应着，还是迫不及待地走出了屋子。

很快到了张淑芬家，龚全珍一把推开房门。平荣惊讶地问道：“妈，你怎么来了？”

张淑芬望了望龚全珍，示意她别激动。龚全珍也装作没事一般说道：“噢，我就是过来看看你，你没事我就放心了。”

平荣问道：“不是我爸让你来看我的吧？”

龚全珍摇摇头：“他才没这个心呢。我到现在都还在生他的气，一天都没跟他说话了。”

平荣愤愤地说道：“我爹就是一个倔老头，就该晾晾他。”

这时张淑芬开口了：“不说他了，平荣，说说你吧，最近你是不是谈对象了？”

平荣一惊："你们怎么知道的？"

龚全珍说道："你别管，快给妈和你婶子说说有还是没有！谁家的孩子？长得怎么样？干什么的？"

张淑芬看了看龚全珍，嗔怪道："嫂子，看你，像个连珠炮似的。你这一连串的问题，让闺女回答哪一个好呢！平荣，你先说说那男孩是哪个地方的。"

平荣犹豫了一下说道："隔壁小岗大队的，王冰。"

龚全珍诧异地问道："你也不常回来啊，你们俩是怎么认识的？多长时间了？"

平荣低下头老实回答："我和王冰是卫校的同学，大概去年这个时候认识的，我们是想等关系确定了再告诉你们。"

"你该早点带他来让我们见见，我们也好帮你参谋参谋，谁知道他家里什么情况，心眼咋样，别到时候嫁出去受欺负。"想到女儿的终身大事，龚全珍有点激动。

"妈，我又不是小孩子了，我自己的事不想让你们操心。"平荣撒娇道。

这时张淑芬插嘴道："嫂子，现在都是自由恋爱，你们也不要过多干涉。我觉着平荣的眼光应该差不到哪去。不过呢，孩子，俗话不是说吗？老牛肉，有嚼头；老人言，有听头。长辈过的桥比你走过的路还多，长辈的话你也应该参考参考。改天你带男孩过来认认家门，正好也让你爸你妈见见。好不？"

平荣点头答应。

回到家里，龚全珍躺在床上翻来覆去睡不着。很晚了，甘祖昌回来见妻子还没睡，关切地问怎么回事。当听说女儿谈恋爱了，甘祖昌大吃一惊。在他眼里还是个孩子的女儿竟到了谈恋爱的年纪，他一时有些接受不了，片刻后才喃喃说道："怪不得她为了一条丝巾就跟我急！这丫头，隐藏得还挺深！男孩子你见到了吗？长什么样？有照片吗？"

龚全珍皱着眉头："我也是今天刚听说，怎么会知道！明天你让闺女带过来见一面不就什么都清楚了！"

甘祖昌连连点头："对，对，对。不过这话得你说，闺女还记恨着我呢！"

第二天龚全珍跟平荣商量让王冰来家里的事，平荣痛快地答应了。龚全珍高兴得特意换了一套新衣服，甘祖昌却还穿着平时的那一身。龚全珍提醒丈夫换身衣服，免得第一次见面让人家男孩子嫌弃。甘祖昌不肯："他要是因为这个嫌弃我，那这男孩我肯定看不上，也坚决不会同意这门婚事。"

龚全珍无奈："就怕到时候由不得你。"

平荣领着王冰到了家门口。王冰一脸紧张地停下脚步："等等，让我缓口气。"

"你紧张了？"平荣见王冰这个样子不禁扑哧一声笑了。

"你爸是个将军，你妈是老师。士兵见了将军，学生见了老师，能不紧张吗？"王冰尽量开着玩笑来缓解自己紧张的情绪。

不一会儿，平荣领着王冰走进了屋子："爸、妈，王冰来了。"

王冰立刻有礼貌地打招呼："伯父好，伯母好！"

龚全珍热情地起身招呼。平荣让母亲坐下，自己转身去倒水。

王冰有些手足无措地坐下，脸上堆起笑容说道："伯父，您由士兵到将军再到回乡当农民的事迹在我们小岗大队都传遍了。我小的时候就听说过您的大名。都说您是咱们莲花县的骄傲，是坊楼公社的骄傲。"

甘祖昌淡淡一笑："毛主席说过，虚心使人进步，骄傲使人落后。我可不能让你们骄傲啊！"

王冰见自己的恭维话并没起到作用，反而惹得甘将军不大高兴，略显尴尬地说道："伯父真幽默。"

端着水过来的平荣不满地说道："爸，他就是打个比方，那是夸您的名气大、影响力大！"

甘祖昌冷冷地说道："我还不知道那是在夸我！"现场的气氛瞬间有些尴尬。

龚全珍见状，连忙接过话头："小伙子，你在你们家排老几啊？你父母是做什么的？"

王冰明白龚全珍是在给自己解围，顺势老老实实回答她的问题。

听说他家里只有他一个孩子，父亲在供销社上班，家境还算富足，龚全珍稍稍放下心来，但又有些好奇，毕竟现在像他这样的独生子女可不多见。还想再问些什么，这时甘祖昌开口问道："你们俩都是学医的，今后有什么打算啊？是回来开诊所呢还是去县里的医院工作？"

王冰听到甘祖昌问起这个，就想说出他俩想去当兵的打算，却又犹豫着不敢说，转回头对平荣使了个眼色。平荣接过话头："爸，您说的那两个工作都不是我们想选的。我们……我们打算一起去当兵，然后再结婚。"

甘祖昌见王冰对女儿使眼色，便不动声色地说道："当兵可以啊，也算是服务部队嘛！这几天正是征兵的时候，你们报名了吗？体检合格了吗？"

平荣趁机恳求道："爸，今年咱们县当兵的名额不多，我们怕选不上。您能不能帮我们给征兵办打个招呼？"

甘祖昌一听，顿时一脸严肃："不行，征兵都是有严格的计划和要求的，我不能开后门，搞这种不正之风！你们自己想做的事自己去实现，靠我算什么本事！以后等我死了，你们也要靠我吗？"

龚全珍见丈夫动了气，连忙劝阻。这时平荣已经委屈地落下眼泪："爸，您的心怎么那么狠呢！我还是不是您亲闺女了！"

王冰赶紧劝道："平荣，你别为难伯父了。伯父肯定不是那么狠心的人，你总得给他留点时间想想。"

甘祖昌顿时气得站起来，怒视着王冰："你是真想当兵吗？那好，我给你这个机会。跟我来！"说完，大步走出门去。

龚全珍和平荣瞬间愣住了，一脸的不解，而王冰却一脸兴奋地赶紧跟了出去。

来到天井，甘祖昌将一把铁叉递给王冰。王冰有些困惑，但还是接过了铁叉。

甘祖昌盯着王冰："既然你想当兵，那就拿出当兵的气魄来。你去后院，把屋子里关着的那头野猪杀掉，我立马答应把闺女嫁给你。还有，一会儿我就去县里帮你们活动当兵的事，怎么样？"

王冰顿时傻了。随后跟出来的龚全珍急忙劝阻："老甘，你这是干什么？"

平荣也嚷嚷起来："爸，您疯了吧？那是头野猪，几个人都制不住它，您让王冰一个人去杀，这不是故意让他难堪嘛！"

甘祖昌仿佛没有听见母女俩的话，一言不发。

王冰喉结一动："平荣，我能行，我去。"然后拿着铁叉胆战心惊地走向后院。平荣怒视了甘祖昌一眼，也跟了过去。

龚全珍也想跟过去，却被丈夫拉住了胳膊。龚全珍急了："快松开！万一出了事咋办？"

甘祖昌低语："放心，他就是个没用的怂包，等着瞧吧。"

来到后院，王冰小心翼翼地透过门缝往屋里一瞧。野猪闻到人的气味，撒腿就朝着房门奔过来，"咣当"一声猛地撞向门扇。王冰惊叫一声，趔趄着后退，最终摔倒在地，铁叉也甩到了一旁。

平荣连忙过去扶起王冰，关切地问道："你没事吧？"

王冰颤抖着身子，牙齿打战："这头野猪太……太凶了，我不行，我不行！"说着竟甩开平荣，头也不回地向院外跑去。

见王冰灰溜溜地离开了，甘祖昌看着龚全珍："怎么样？被我猜中了吧？"

龚全珍叹了口气，摇摇头："也不知道闺女会怎么看你。"

这时平荣流着眼泪从后院走过来，怒视着甘祖昌。龚全珍赶紧来到平荣跟前："你爸只是想考验一下这孩子的勇气，没想到……"

"有用这样的方式考验人的吗！"没等母亲说完，平荣怒气冲冲地喊道。

"你还没看明白吗？他就是想利用你达到他当兵的目的！跟着这样的男人，以后有你的苦头吃！爹是为你好！"甘祖昌有些气恼女儿看不清王冰的本质，但还是尽力耐心地解释着。

正在气头上的平荣自然听不进父亲的话，哭着嚷道："为我好，您就不该搅黄我的爱情！为我好，您就该答应帮我！您口口声声说为我好，其实您心里根本就不爱我、不疼我！"

龚全珍上前轻轻拍着女儿的背，柔声劝道："平荣，你别怪你爸，他真的是为你好。"

平荣咬着牙大吼："我不怪他，我恨他！我恨他！这个家我一刻也不想待了，我走！从今以后我再也不进这个家了！"说完，推起自行车大步向门外走去。

龚全珍想追上去拉住女儿，却被甘祖昌拦住了。她心痛地望着平荣的背影大声喊道："想清楚了就回来，这里永远是你的家！"

平荣没有回头，骑上自行车快速离去。

这时张淑芬过来想看看平荣的男朋友，却正好看见平荣满面泪痕地骑车离开，心里纳闷，便问追出来的龚全珍："嫂子，你们这是咋了？怎么都哭起来了？"龚全珍没有回答，只是望着女儿远去的背影，重重地叹了一口气。

接下来的日子里，甘祖昌忙着筹建农科所，照看已经产下的十几头小猪仔，还要去省农科院与小胡探讨杂交猪种的培育问题，忙得不可开交。

村外猪圈里那十几头小猪仔长得倒是挺快。它们活蹦乱跳地在猪圈里追逐、撒欢儿，小小的一个猪圈对十几头小猪仔来说，越来越显得窄小。

村民们对这些小猪仔很是好奇，每天都有人过来围观。见小猪仔们一点也不像野猪那么凶猛，跟家猪没什么区别，人们越发感兴趣。张淑芬更是想弄两头回家自己养。

这天，甘祖昌刚从省城回来，就第一时间过来看这些小猪仔。正在跟大伙一起围观小猪仔的张淑芬见大哥来了，忙将甘森昌拉到一旁，在他耳边低语了几句。甘森昌听了直摇头。张淑芬不满地瞪了他一眼，拉着他来到甘祖昌跟前："大哥，你看这个猪圈就那么点大，十几头猪根本转不开。"她说着，拉了拉丈夫的胳膊，甘森昌只好接着说道："淑芬的意思是能不能让我们弄两三头小猪回家养着，等农科所建成之后，再把猪仔送回到农科所里去。你看行不行？"

甘祖昌痛快地答应下来："行啊，这是好事啊，我正想要做个试验呢，先放到某一户人家里养着，看看成效如何，等将来有了更多的配种猪仔后，才好给每家每户都分几头去养。"

张淑芬十分兴奋："这么说，大哥你同意了？"

甘祖昌点点头："同意。不过呢，我有个要求，你们俩每天都得帮我观察这几头猪仔，看他们早中晚的食量如何，再看看平时有没有什么暴躁的行为。"

"放心吧大哥，只管交给我们两口子！"张淑芬高兴地满口答应。

回到家里，张淑芬望着猪圈里三头被逮回来的小猪仔，一脸的开心。

甘森昌却一脸不解地问妻子："我就不明白了，别人都怕的东西，你怎么敢弄到家里来养？"

张淑芬笑道："你真是个木脑壳。你没听人家说吗？物以稀为贵。这几个猪仔可是正儿八经的稀罕物，万一这东西真像你哥说的能卖大钱，咱不是第一个发财了吗？"

甘森昌恍然大悟："嘿，这我不得不夸你一句，事儿办得有脑子！"

"那是！你也不看看我是谁！"张淑芬得意地看着丈夫。

这天夜里，甘森昌和张淑芬早已睡下了，院子里忽然传来"咣当"一声响。张淑芬被声音惊醒，连忙拉开灯喊丈夫。

甘森昌坐起身倾听了一会儿："没听到啥声音啊，不会又是你做梦了吧？快睡吧，明天还要早起呢。"

张淑芬又听了听，再没听到什么动静，只好关灯躺下。

第二天中午，张淑芬系着围裙在厨房煮肉，从地里回来的甘森昌吸溜着鼻子走进来说道："真香！"张淑芬见丈夫那馋样儿，笑着夹了一块肉塞到甘森昌嘴里："等野猪崽长大了，说不定比这个还好吃！"

"你不说我差点忘了，我得赶紧去看看那几头野猪崽。"甘森昌边嚼着肉边笑着走出厨房。

他来到猪圈旁，笑容顿时凝固在脸上。他又仔细地里里外外检查了一遍猪圈，这才朝着厨房大叫："淑芬！淑芬！有一头野猪崽不见了！"

张淑芬从厨房探出头来，待听清了丈夫的话，不敢相信地大步奔到猪圈旁。果然，猪圈里只剩下了两头小野猪。"我说我昨天夜里怎么听到'咣当'一声响。野猪崽肯定就是那时候跳圈逃跑的。快别愣着了，赶紧出去找啊！"张淑芬说着，便和丈夫匆匆向院外走去。

他俩见人就打听，但谁都说没见过那头小猪崽。不一会儿，村里人都知道张淑芬家的野猪崽丢了，纷纷围了过来询问怎么回事。

众人正七嘴八舌地议论着，甘寡妇忽然说道："淑芬，刚才我从你家门口路过，闻到了一股肉味，不会是你把那头野猪崽偷偷炖了吧？"

张淑芬听到这话，立刻急了："你胡说什么呢！我咋能做这种事呢！那猪肉是我从我娘家借来的，准备给我怀孕的大儿媳妇补身子呢。"

这时另一个人质疑道："你说你是从娘家借来的，谁能作证？咱们村里谁不知道你张淑芬是和尚吃八方，最爱占点小便宜。"

话一出口，立刻就有人附和："就是，那野猪崽可是村里人共有的财产，不能就这么吃了，你得赔偿村里的损失。"

"我没吃！我现在就可以发誓诅咒，我张淑芬要是煮了那野猪崽，我不得好死！"张淑芬发完誓，眼泪不禁滚滚落下。

吵闹声中，突然传来甘祖昌的声音："咋咋呼呼干啥呢？生怕事情闹得不够大是吧？在事情没有弄清楚之前，不要瞎猜忌。都是乡里乡亲的，我说你们怎么就不能对其他人有点信任感！"

说闲话的几个人顿时都不吭声了。

见众人安静下来，甘祖昌接着说道："现在先不说这个了，大家赶紧去东边地里找找看，野猪崽兴许跑那边去了。"

张淑芬一听，赶紧朝村东头跑去，其他人也紧跟了过去。

村东头地里，大家正分头寻找。甘锦荣忽然看到不远处的一个草垛在动，思索了一下，便朝着那边走过去。走近一看，果然草垛边上露出了一条黑色的猪尾巴。甘锦荣兴奋地大叫："大家快过来，猪崽在这儿呢！"

听见喊声，众人都跑了过来。大奎和锦荣上前一起攥住了野猪崽的后腿，把它从草垛里拉了出来。野猪崽拼命地叫唤着、挣扎着。

张淑芬激动不已："就是它！就是它！你个不长脑子的猪东西，害我差点被人当贼了！你要是真丢了，我就是跳进黄河也洗不清了！大奎，你帮我把它弄回家去吧！"说着竟气愤地甩手给了猪崽一巴掌。看着张淑芬又哭又笑的样子，大伙都笑了起来。

小猪崽被重新放进张淑芬家的猪圈里。甘祖昌望着大家语重心长地说道："我们是一个集体，以后啊，别事事都往坏处想，一竿子把人打死。遇到事情，寻找解决问题的方法才是正路子。"刚才说张淑芬闲话的那几个人听了，脸上满是尴尬，相互推搡着快步离去。

甘锦荣却纳闷地问道："爸，您是不是能掐会算啊？您怎么知道野猪崽就在这边？"

甘祖昌哈哈大笑："我哪有那个本事？之前为了便于计数，我在小猪仔尾巴上缠了写着编号的布条子。今天一早，我下地回来，在村东头的灌木丛里发现了一块布条子，因此才这么说。"

甘锦荣竖起大拇指称赞："爸，您真是包拯在世！任何蛛丝马迹都逃不过您的眼睛。"

甘祖昌笑着瞪了儿子一眼："你少拍我马屁！走，回去！"

二十八　创办农科所

夕阳西斜，晚霞映红了大片大片的云彩，村口的那棵大树也镀上了一层漂亮的金色。从地里收工回来的人们三三两两地围坐在树下聊天。

忽然一个男人哭哭啼啼地背着一个奄奄一息的女人从村口经过。走过大树下时脚下一绊，男人趔趄了一下，跪倒在地上，两手却还紧紧地护住背上的女人。有人过来扶起那个男人，帮他把昏迷不醒的女人扶着靠在树上，然后好奇地问道："她怎么了？你一个大老爷们哭啥呢？"

男人哭得更凶了："我媳妇被毒蛇咬了，我带他去乡里的卫生院治病，可是医药费太贵，我身上只有几块钱，钱不够，医生死活不救人。最后我都给他跪下了，可医生还是不肯救，我就只好带着媳妇回家等死了。"

大伙听了，都同情地望着这对夫妻，唏嘘不已。

忽然一个人说道："你赶快去找我们村的甘将军吧，他是个活菩萨，遇到这种事，他肯定会帮忙的。"正说着，恰好甘祖昌和甘锦荣从村外回来。那个男人赶忙紧走几步，扑通一声跪倒在甘祖昌面前。甘祖昌顿时愣住了，待了解了情况后，立刻让男人背起媳妇跟着他朝卫生院赶去。

到了卫生院，一个医生看到甘祖昌走进来，迎上前去询问情况。甘祖昌一脸严肃地指着身旁的男人，焦急地说道："赶快对病人进行抢救，医药费我来出！"

医生见病人已经昏迷，急忙招呼他朝手术室走去。匆忙赶路的甘祖昌这时才松了一口气，双腿一软，差点摔倒在地。待那女人的伤处理得差不多了，情况稳定了，他才放心地回了家。

龚全珍去卫校看平荣了，锦荣端着媳妇包的饺子给父亲送了过来。很晚了，院子里传来自行车的声音，过了一会儿，龚全珍走了进来。一进屋，龚全珍就对甘祖昌抱怨起来："我去找平荣了，让她回家她还是不愿意回。"

甘祖昌皱着眉头说道："看来她还在生我的气啊。"

龚全珍愁容满面："而且看起来她这气一时半会儿还消不了。我说你也真是的，干吗非要一上来就点破那男孩儿呢？慢慢来不好吗？那样也能让闺女有个接受的过程啊。"

"那不是我的脾气。她涉世还不深，我希望闺女不要让所谓的爱情冲昏了头脑，以免以后哭爹喊娘说后悔。"甘祖昌仍坚持自己的观点。龚全珍无奈地叹了口气。

农科所在众人的努力下终于竣工了。这天，农科所门前挂上了写有"农科所"字样的牌匾，牌匾两侧缠绕着红绸和红绣球，墙壁也粉刷得洁白干净。村民们全都聚拢在大门前，个个喜笑颜开。

甘锦荣和大奎拉开一块红绸，两个年轻俊俏的女孩儿拿着托盘来到甘祖昌和甘金生面前，两人拿起剪刀剪断了红绸。仪式完成后，众人鼓掌欢呼起来。

甘祖昌一脸喜气地对大家宣布："乡亲们，咱们的农科所于今天成立了！我宣布，以后，咱们每年都要举办一届农展会。"

"甘将军，啥叫农展会啊？"立刻有人提问。

甘祖昌笑着解释："就是每家每户把种的优良水稻、养的猪鸭牛羊送到农科所来，让专家进行研究，培育新品种。同时，专家们还会对你们送来的种子和牲畜进行评比，优胜的农户可以获得农科所的奖金。"

甘金生见甘将军说的与之前商量的不同，连忙惊讶地回头望着他。

一听说有奖金，大奎媳妇不禁兴奋地喊起来："奖金有多少啊？"

甘祖昌高声宣布：“一等奖500元，二等奖300元，三等奖100元。”

老牛筋咋舌道：“乖乖，500元可不少啊，比一年打的粮食还多呢！”众人再次鼓掌欢呼起来。

待大家散去后，甘金生有些发愁地问甘祖昌：“叔，前几天咱们商议的时候，不是把发奖金的事给划掉了吗？乡里可是拿不出这笔钱来啊。”

甘祖昌微笑着说道：“我昨晚上想了一夜，觉得如果不发奖金的话，很难调动大家的积极性；奖金若不高，积极性也不会太高。不过你别担心，我不会向乡里要一分钱，我自己想办法。”

甘金生挠挠头：“不找乡里要？不会是找县里要吧？对了，刘越北县长上月已经复职了，开乡长大会的时候他让我转告您，以后遇到难处尽管跟他提……”

甘祖昌呵呵地笑了：“他刘越北倒是一副大财主口气嘛。你当县里现在就富裕了？我谁也不求，我要自力更生！咱们不是有现成的宝库吗？”

甘金生想了想：“咱们最大的宝库就是水泥厂了。”

“没错！不过水泥厂已经建成几年了，除了在修桥时发挥了较大作用，其余时间生产量也不大，供应的只是附近几个村子，最远也没超过县城，现在的辐射范围还太小，所以下一步我想扩大水泥厂的销售范围，并通过增加水泥厂的外销业务带动农科所共同发展。”甘祖昌眼里满是希望的光芒。

甘金生钦佩地说道：“叔，还是您比我有远见，我支持您！可是您想过没有？现在各地的水泥厂可不止一两家，就拿咱们莲花县来说，据我所知就有三家之多，咱们的水泥能比人家的水泥更好吗？还有，您有办法把咱们的水泥推销出去？”

甘祖昌笑着说道：“是骡子是马拉出去遛遛就知道了。这推销嘛，还得容我好好想想。”

一天傍晚时分，毛崽和几个村民正在大树下闲聊，只见一个男人手里提着一个装着活鸡的竹笼子走过来打听：“大伯，您知道甘将军家在哪儿吗？”

毛崽打量着来人：“你找他啥事？”

这个男人就将前些天发生的事简略叙述了一遍，最后说道：“是甘将军帮我出的钱，最终救了我媳妇一命。我今天就是想过来感谢感谢他。”

毛崽看了看男人手中的鸡笼，笑着说道：“小伙子，我劝你还是回去吧。我跟甘将军相识几十年了，他帮人从来不要人感谢，去了反而引得他不高兴。你在心里记着他的好就行了。”

男人自然不肯：“光记着怎么行，我得当面表示感谢。”

毛崽笑了：“不信你可以去试试！”

男人按毛崽的指点找到了甘祖昌家。甘祖昌一眼认出了他，立刻关切地问道：“是你啊，你媳妇好些了吗？”

男人脸上满是笑容：“好多了，昨天出院了。医生说回家再休息几天就好了。”

“那就好。快，快进来坐！”甘祖昌边说边把那人往屋里让。

男人晃了晃手中的鸡笼，诚恳地说道：“我就不进去了。甘将军，您救了我媳妇，我真不知道该怎么感谢您，我家除了这只下蛋的母鸡，也拿不出来别的像样的东西，您别嫌弃。”说完，放下鸡笼转身就走。

“站住！”甘祖昌喊了一声，然后拿起鸡笼紧走几步塞到男人手中，“把这个带走。”

“甘将军，这是我的一点心意，您就收下吧！”男人执意要甘祖昌收下。

甘祖昌笑道：“你的心意我领了，但这鸡我不能收。你拿回去给你媳妇炖点汤养养身子。”

男人感动得落下泪来，哽咽着就要下跪。甘祖昌赶紧扶他起来：“哭个啥！以后再有啥困难，直接过来找我。男儿膝下有黄金，可不能动不动就下跪，知道不？”

男人讷讷着不知该说些什么，只是含着泪连连点头。

农展会马上就要开幕了，为了筹集奖金，甘祖昌思来想去，决定还是采取最简单、最直接的方法——背着水泥样品去省城里推销。

这天，甘锦荣背着半袋子水泥跟着父亲来到省城。走在行色匆匆的人群当中，甘锦荣不禁问道："爸，咱就这么背着水泥去推销，这方法会不会有点太笨了？"

甘祖昌看了儿子一眼："你有好法子吗？"

甘锦荣闭口不言了——他自然也没有。爷俩不再说话，只顾一边赶路一边四处搜寻推销对象。

父子俩在一个建筑工地旁停下。甘祖昌看了看，说道："盖楼离不开水泥，就这了。"

甘锦荣抬头望着修建中的大楼，兴奋地说道："爸，省城的大楼可真气派！啥时候咱们要是也能盖座像这样的房子就好了。"

"只要大伙都富裕了，这样的房子肯定能盖起来。"甘祖昌边说边向工地里走去。

守门的大爷警觉地打量着他们："干啥的？"

甘祖昌走上前自我介绍道："这位大哥，我是水泥厂的，想和这里的老板谈点生意。"

守门的大爷望着甘锦荣放下的那袋水泥不客气地说道："什么谈生意，不就是搞推销嘛！像你们这样的我见得多了！"

甘祖昌有些懊恼："噢，看样子我们来晚了。"

守门的大爷又打量了一下这爷俩，说道："一看你们就是外行！刚开始做生意吧？这不是晚不晚的事，这得靠关系。你得认识建筑公司的老板，不然没人会用你的水泥。"

甘祖昌不以为然："照你这么说，不走关系还做不成生意了？我就不信了，只要东西好，还怕找不着买主！"

守门的大爷摇摇头："你还别不信！现在不就是这样吗？我是看你们面善才告诉你们这些的。要是换了别人我还懒得说呢！"

"我明白了，谢谢了，老哥。锦荣，走吧。"甘祖昌冲着守门的大爷挥了挥手，与锦荣背起水泥离开了。

在另一个建筑工地门口，见大门口没人阻拦，甘祖昌和甘锦荣便穿过大门进入了工地。一个留着小胡子的中年男人牵着一只大狼狗突然出现："鬼鬼祟祟干什么的？还拿着袋子，是不是想偷东西？"

甘祖昌不高兴了："小伙子，说话文明点，我们是看门口没人才进来的。你们老板在吗？我们是来找你们老板谈生意的！"

小胡子有些不耐烦："不在！快走！再不走，我可要放狗了。"

甘祖昌听他说话如此不客气，反倒站住不走了，怒视着小胡子："你放个试试！"

小胡子被甘祖昌的气势镇住了，口气变得缓和了些："大爷，我们老板真不在！"

"不在就说不在，那么冲干吗！从小你们家大人没教你怎么说话待人吗？客气话都不会说一句？"甘祖昌教训道。

小胡子闷闷不乐又略带不满地望了甘祖昌一眼，不再说话了。

甘锦荣见状，拉着甘祖昌的胳膊劝道："爸，咱们走吧！"

父子俩背着半袋子水泥漫无目的地走着。后来在热心人的指点下，他们来到一个规模不小的建筑公司里。一位四十岁左右的经理热情地接待了甘祖昌父子俩。甘祖昌见对方态度很好，便让儿子把水泥样品拿出来给这位经理看。

公司经理接过样品，吩咐秘书："去把建丰水泥厂的水泥样品拿过来。"女秘书答应了一声，很快将一小袋水泥样品拿了过来。

公司经理用两只手各捏出一小撮水泥样品比较着，过了一会儿他抬头看着甘祖昌，委婉地说道："大爷，您都这么大岁数了还在创业，对您这种精神，我是由衷地敬佩。不过呢，我是盖楼房的，楼房坚固不坚固主要得看原材料好不好。不好的材料呢也能用，但用了之后楼房质量就没了保证，要是过个一年半载楼房倒塌了，我可担不起这个责任。"

甘祖昌明白了对方的意思，问道："您是说我们的水泥不好？"

公司经理摊开手："你们过来看看这两个样品有什么不同。"

甘锦荣看了看："那个水泥发灰色，我们的水泥呈黄色。"

公司经理点点头："没错，这就是差别。我们有几个工地都在施工，本来我是想帮你们的，只要你们的水泥质量过关，多少我可以要点，但现在看来，我也无能为力了。"

甘祖昌知道自家的产品质量不过关，自然心服口服，立刻说道："对不住了，耽误了您那么多宝贵时间。"然后便不再耽搁，起身和儿子一起离开。

大街上，甘祖昌父子俩闷头向前走着。甘锦荣抱怨道："爸，不是我说您，您这脑子确实也太死板了点。放着好好的门路不用，非要过来受这种窝囊气。您是一位将军，只要您亮明身份，去省领导那儿求援，还愁咱们的水泥卖不出去吗？"

听儿子这么说，甘祖昌立即严厉地训斥："你最好别有这种想法。刚才人家说了，看不上咱的水泥，是因为水泥质量不达标。"他思索了一会儿，自言自语地说道，"一定是生产工艺有问题。"

"既然是这样，咱再推销人家也不会要了。爸，咱们走吧。"甘锦荣打起了退堂鼓。

甘祖昌想了想，说道："不能就这么走了！好不容易来省城一趟，不办点正事哪能回去！"说完大步向前走去。甘锦荣很是疑惑，但也只得快步跟上。

经过一路打听，甘祖昌父子来到了建丰水泥厂的大门口。甘祖昌让儿子先在一旁等候，自己则径直走向大门，与看门的大爷聊了起来。看门的大爷是个热心人，得知甘祖昌想认识厂里的技师，又见他忠厚朴实不像坏人，就答应他一会儿下班等那位梁技师出来时打个招呼，给他提个醒。

等了一会儿，下班的时间到了，水泥厂里的工人们陆陆续续从厂里走出来。这时，看门的大爷大声招呼着："梁技师，回啊？"提着包刚走出厂门口的那位梁技师回答道："嗯，回。"甘祖昌父子俩对视了一眼，立刻跟了上去。走出不远，甘祖昌追上去，客气地喊了一声："梁技师！"

梁技师转过头，打量着甘祖昌："我认识你吗？找我有事？"

"咱们是头一回见。"甘祖昌笑着说，然后指着不远处的一家小饭馆，"咱们里面说吧。"梁技师有些犹豫，甘祖昌却热络地拉着他就走，甘锦荣也紧紧跟上。

三人进了饭馆坐下，甘祖昌要了几盘菜和一瓶白酒。梁技师望了望甘锦荣，又望了望甘祖昌，满脸的疑惑和戒备。

甘祖昌笑呵呵地说道："忘了介绍了，我叫甘祖昌，是莲花县坊楼乡沿背水泥厂的厂长。"

梁技师一听，顿时急了："等等，你也是开水泥厂的？我首先声明一点，出卖厂里的事我可绝对不干。"

甘祖昌哈哈笑道："你说的那是特务。放心，我们可不是那种人。我是有事请教。来，我们爷俩先敬你一杯。"

甘祖昌和甘锦荣举杯敬梁技师，三人一饮而尽。梁技师放下酒杯，不解地望着甘祖昌。甘锦荣再次为二人满上酒，然后说道："情况是这样的，我们水泥厂刚生产了一批水泥，不知道水泥质量咋样。我听说你们建丰厂的水泥质量好，销量好，口碑也好，而你呢，又是建丰厂最好的技师，所以就想请你帮忙看看我们生产的水泥跟你们的水泥有多大差距。"

梁技师放下心来，问道："样品带来了吗？"

"带了，带了。"甘祖昌赶紧招呼儿子，"锦荣，快拿给梁技师看。"甘锦荣俯身打开身边的水泥袋子。梁技师用手捏了一小撮水泥，用手指反复捻了几下，摇了摇头说道："水泥粉末太过粗糙，磨手。"接着又捏了一小撮水泥放在手心，再将手伸到灯下，依然是摇头，"颜色发黄，说明熟料是生烧料，是技术上的问题。"

甘祖昌连忙虚心请教："您能否说说造成生烧料的原因是什么？"

梁技师思索着说道："原因有很多，比如较长时间烧低温窑，调整不及时，易跑生料；煤不好，窑分解或窑头下煤不好，造成分解率低或窑温低而跑生料。这些都是技术问题。你们厂子里的水泥之所以这样，是因为技师的技术不太好。”

甘祖昌听他这么一说，立刻脱口而出：“梁技师，你现在的工资是多少？”

梁技师顿时哈哈大笑起来：“怎么？你该不会想雇我去你们那个小山村做技师吧？”

甘祖昌认真地说道：“我可以出更高的价钱。”

梁技师灌了一口酒：“再高的价钱我也不会去。”然后扳起手指细数道，“一，省城待遇好；二，省城交通便利；三，省城医疗方便；四，省城的学校教育好。我现在的厂子是国有企业，是个铁饭碗，以后瞎了瘸了也照样有工资领。除非是个傻子，不然没人愿意去你们那穷乡僻壤找罪受！”

甘祖昌闷着头不说话了。

出了小饭馆，漆黑的夜空中打着闪电，看样子马上就要下雨了。甘祖昌生着闷气快步在前面走着，甘锦荣背着水泥袋子跟在后面。

走了一会儿，甘锦荣说道：“爸，要照这样走下去，我们两天两夜也走不到家啊！”

甘祖昌没好气地说道：“大晚上的回什么家！我是想找家便宜的招待所住一晚，省城里的都太贵了。”

说话间，天空中有小雨点飘落下来，两人加快了步伐。不一会儿，豆大的雨滴砸下来。

终于看见一家招待所，两人浑身湿淋淋地走了进去。前台处，一位年轻貌美的服务员正揽镜自照，见两个满身泥水的人走进来，不禁皱了皱眉头。

“姑娘，还有房间吗？”甘祖昌抹了抹脸上的雨水问道。

服务员漫不经心地答道：“有，80。”

甘锦荣怔了一下：“啊？那么贵？”

服务员的目光中满是不屑：“嫌贵可以不住啊！”

甘锦荣听服务员说话如此轻慢，就要与她理论，甘祖昌忙拉了拉儿子，示意他不要吵，然后问道：“姑娘，还有便宜点的吗？”

服务员瞥了两人一眼，懒洋洋地说道：“大通铺，一人一晚上5块。”

“行，我们就住大通铺。给。”甘祖昌说着，似乎没看见服务员伸过来的手，把10块钱放到了柜台上。服务员冷冷地哼了一声，恼怒地将钱抓在手中。

大通铺的房间里灯光昏暗。甘锦荣一边抱怨着服务员的态度太差，一边与父亲一前一后走进来。

“别抱怨了，赶紧脱掉湿衣服晾晾。”甘祖昌说道。

这时，不远处传来一个男人的声音：“现在的人啊眼皮子薄，有钱就当你是爷，没钱就当你是讨饭的，谁都不拿正眼看你。”

甘祖昌循声看到一个六十多岁的男人坐在床铺上，便笑呵呵地打招呼：“这位老哥，你也是住店的？”

那人笑了笑，答道：“比你们时运好，没淋着雨。”

甘祖昌叹了口气：“是啊，这场雨下得也太急了点，紧赶慢赶还是没能躲过它。”

那人似乎很有经验：“俗话说，满天乌云盖，大雨来得快。下午我赶路的时候就看到乌云堆满天了，所以才找了这么个地方暂时住一晚。”

甘祖昌边晾衣服边与这人聊了起来：“老哥有六十了吧？你这准备去哪啊？”

那人回答：“出头有三了。我是个木匠，走街串巷到处跑，哪里有活儿就往哪儿去。”

甘祖昌关切地问道：“那么大岁数了还在四处奔波，挺辛苦的吧？”

那人叹了一口气，无奈地说道：“唉，谁让我养了一个不争气的儿子呢。本来日子过得还可以，可我退休后，儿子不知啥时候开始偷偷跟人混社会，沾上了赌博的恶习，不到俩月就把家全败光了。没办法，我只得背着木匠家伙走街串巷讨生活。”

甘祖昌也叹息：“赌博害死人啊！”

这时甘锦荣问道："爸，水泥都淋湿了，不能要了，扔了吧？"

甘祖昌看了一眼，点点头。那人却不解地问道："你们赶路怎么还随身扛着半袋子水泥啊？"

"不瞒你说，我们是生产水泥的，本来想弄到省城来推销，结果人家说我们的水泥不合格。"甘祖昌的语气里又带上了一丝愁闷。

不料那人竟侃侃而谈起来："水泥不合格无外乎两点，原料和工艺。观察水泥是好是坏只需要一捻、二看即可。抓点水泥抹在手指上捻，细、沙、粉，说明水泥还可以；要是粗糙，那肯定就不好。看色泽的话，深灰色或者深绿色的为好；要是发白或者发黄，肯定是不好。"

甘祖昌不禁诧异地问道："你懂水泥？"

那人点点头："何止是懂？我跟水泥打了半辈子交道。退休之前，我一直都在水泥厂上班。我年轻的时候是干木匠的，后来认识了我师傅，他曾经是专门留洋学习制造水泥的精工，回国后在咱们中国第一家水泥厂——河北唐山的启新洋灰公司做工头。因为缘分，他就收我做了他的关门弟子。"

甘祖昌一听顿时大喜："太好了！我们水泥厂就缺像你这样的技术人才。我冒昧地问一句，你愿不愿意跟我一起回去共事？对了，还不知道老哥怎么称呼。"

那人谦逊地笑笑："我姓杨，你就叫我老杨吧。你看我都这个岁数了，人家哪个厂都不愿意要了，去你那儿还能行吗？"

甘祖昌连连点头："姜是老的辣，酒是陈的香。杨师傅，我看你肯定行！"

第二天雨过天晴，甘祖昌跟捡了宝似的带着老杨回到厂里。老杨凭借几十年的经验，对配料、窑炉等各个环节都进行了改善。经过几天的忙碌，第一批水泥粉终于生产出来了。

戴着老花镜的甘祖昌在阳光下激动地观察着。只见深灰色的水泥粉细腻均匀，甘祖昌捧着它们就像捧着一件稀世珍宝，满是皱纹的脸上笑成了一朵花。

大家正兴高采烈地庆祝时，甘寡妇一溜小跑地来到甘祖昌跟前，满脸笑容地喊道："甘将军，你儿子回来了！"

甘祖昌一愣："锦荣不是在家吗？他又没去哪儿。"

"我说的不是锦荣，是新新！刚才我们几个在村口说话，正好看见他回来了，还从外面给你带来了一个漂亮的儿媳妇，长得可俊了！听说还是名牌大学毕业的呢！"甘寡妇笑着解释。

甘祖昌开心地笑了："他能有这本事？"

甘寡妇十分肯定："是真的，你赶紧回家看看吧！"

甘祖昌笑得更开心了，安排了一下水泥厂里的事，便匆匆向家里走去。

龚全珍正在院里洗衣服，忽然看见一位西装革履、戴着墨镜的青年和一位穿着时髦、高挑漂亮的姑娘走进院子，便诧异地问道："你们找谁啊？"

两人没有回应，仿佛在竭力忍着笑意。龚全珍站起身来，一脸困惑地望着这两个表情古怪的年轻人。

这时，甘新荣再也忍不住了，哈哈大笑着摘掉墨镜："怎么？自个儿的儿子您都不认识了？"

竟然是走了几年的新新！龚全珍顿时激动得掉下眼泪。她顾不得擦手，小跑着冲到甘新荣跟前，轻轻捶了他一下："你个坏小子！你知不知道你这一去几年不回来，都快让妈想死了！快让妈好好看看！"

"看吧看吧。"甘新荣说着故意转了一圈。

龚全珍一边仔细打量一边感叹："瘦了，不过长高了，脸也变白了，比以前成熟了。"

甘新荣打趣道："变帅了不？"

龚全珍再次轻轻捶了他一下，嗔怪道："再帅那也是我儿子！回来怎么也不提前跟家里说一声？也好让妈提前准备准备，买点酒，买点菜。"

甘新荣笑道："我就是想给您和爸一个惊喜。"

这时龚全珍才想起儿子身边的这位姑娘："这位是……"

甘新荣笑嘻嘻地说道：“您刚才不是说什么都没准备吗？她可是我给您准备的大礼。”

姑娘佯嗔地轻轻推了甘新荣一下。

甘新荣补充说道：“她是您未来的儿媳妇。要说您可是早就认识她。”

龚全珍愣了，不明白这话是什么意思。

这时姑娘笑着脆生生地叫了一声：“龚老师好！”

“龚老师？你叫我龚老师？我教过你？”龚全珍边说边努力回忆着。

“我叫冯轲，当年就读于迪化八一子弟学校，您再想想？”姑娘笑着说道。

龚全珍恍然大悟，猛地拍了一下脑门：“小轲，你不就是小轲吗？我记得那时候新新老是欺负你，你妈经常领着你堵门口告状呢。”

冯轲笑着点了点头。

甘新荣顿时有些不好意思：“妈，这就叫缘分！当年在迪化分开了，谁能想到时隔二十年又在北京遇见了！”

龚全珍又惊又喜地拍着儿子，嘴里一个劲儿地念叨着“好，好”，又紧紧握住冯轲的手，仔细打量着夸赞道：“长得俊！穿得也洋气。”

甘新荣调皮地笑道：“妈，您还记得她小时候什么样吗？被我欺负得那叫一个惨啊，两条大鼻涕挂着，都快流嘴里了！”

冯轲又羞又气，捶了新荣一下：“快别说了，恶心不恶心！”

这时，甘祖昌满面春风地走进院子。甘新荣和冯轲连忙上前打招呼。甘祖昌一边点头一边满意地打量着冯轲，然后笑着说道：“全珍，快去做几个菜，今晚我要跟新新好好喝一杯。”

龚全珍满面笑容地让新新和冯轲快进屋，然后转身朝厨房走去。懂事的冯轲没有进屋，随着龚全珍去厨房帮忙了。

很快，桌上摆满了酒菜，四人围坐在桌前。甘祖昌听了新新和冯轲的故事，不禁畅快地大笑起来：“没想到你俩还有这么一段缘分。”甘新荣略带得意地说道：“老天二十年前就选定她当我媳妇！来，为老天爷安排的缘分，干一杯！”众人纷纷举杯。

随后甘祖昌关切地询问起王文博和刘乃基两人在北京的情况。新新简单地介绍了一下，然后说道："他们都好着呢，听说我要回来，还特意托我给您带话，让您注意身体，别太累了，该歇歇就歇歇。"

甘祖昌笑道："我这辈子最大的毛病就是不知道啥叫累，你让我忙可以，但让我歇我会闲出病来的。"众人都跟着笑起来。

龚全珍有好多问题要问儿子："新新，快跟我和你爸说说，自从去了北京后，你是怎么过的。这几年要不是你王叔和刘叔不断来信，我和你爸还以为你丢了呢，连个信也不给家里写。"

甘新荣淡然地讲了讲他这几年的经历。刚去北京的头两年不怎么如意，因为没文化、没技术，只能在研究院找个扫地的活。为了不让家里担心，就干脆不写信，不让家里知道自己当时的情况。后来，王文博和刘乃基鼓励新新多学习，又出钱让新新上了夜校，情况才慢慢好了起来，但同时也忙得没了空闲时间。现在，新新已经是北京一家国企的土木工程师了。

甘祖昌、龚全珍两人听了又是心疼又是惊喜，甘祖昌更是嘱咐新新要懂得感恩，感谢王叔和刘叔的鼎力帮助。

新新微笑着举起酒杯："我知道。除了两个叔叔之外，我最应该感谢的是你们二老，幸亏当年你们放我走了，不然留在老家真不知道现在会是什么境况。这杯酒，我敬你们！"

甘祖昌也举起酒杯，说道："如果不走，你也差不到哪儿去。是金子在哪儿都会发光！"

大家笑着碰杯。谈笑中，得知冯轲属于"文化大革命"后第一批考上中国人民大学的学生，龚全珍不住地夸赞。新新忽然一脸严肃地说道："爸，妈，我想和你们商量一件事。我和冯轲这次回来准备在家举办婚礼，你们看可不可以？"

甘祖昌高兴地说道："这是好事，我们一百个同意！"

龚全珍笑着笑着眼泪却流了下来："我盼了这么多年，就等着这一天呢！高兴还来不及，咋会不同意呢！"

傍晚，龚全珍走进厨房做饭，却发现以前从来没进过厨房的新新正挽着袖子在切菜，不禁愣住了：“你啥时候学会做饭了？”

新新得意地笑笑：“在北京，俩叔再不嫌弃我，我也不好意思天天去人家那儿蹭饭啊，所以就自个儿琢磨着做。您不知道，城里的男人都时兴做菜，这是一个新时代好男人的标准。以后啊，只要我在家，烧菜的活就全交给我了！”

龚全珍嗔笑着说道：“说得好听！”

新新忽然问道：“妈，平荣不常回来吗？”

龚全珍叹了一口气：“以前一个月还会回来一两次，自从上次跟你爸吵了嘴之后，她心里一直有气，几个月也不回来一次，每次回来还都是趁你爸不在的时候。”说着将平荣交的那个男朋友怎么想着利用她，后来被识破，最后两人分手的事儿告诉了新新。

新新听完安慰母亲：“您放心，她现在经历得少，以后早晚会明白爸是为她好。”龚全珍看着小时候那么调皮捣蛋的儿子如今长成了懂事能干的大人，不禁欣慰地笑了。

此时，甘祖昌手里拿着刚从地里摘的菜正朝家里走去。扛着铁锹回家的甘有立正巧看见，笑着喊道：“甘将军，农展会的奖金筹到了吗？我今年可种了一个大宝贝，今年的第一非我莫属。”

甘祖昌笑道：“只要你有本事争第一，奖金肯定少不了你的！我可等着看你的宝贝呢！”说着进了院子。

在天井里刚洗了头发的冯轲正用毛巾擦着头发，听到院子外面甘祖昌和村民的对话，便走进房间好奇地问新新：“刚才我听伯父和村里人说话，问他筹到钱没有。筹什么钱？家里有什么事吗？”

甘新荣把从母亲那儿听来的消息告诉冯轲：“哦，是这样，村里准备办一届农展会，我爸许诺谁要是得前几名就发奖金鼓励。前一段时间他和我哥去省城推销水泥，结果没卖出去，钱自然也没筹到。”

“哦，那水泥质量怎么样？”冯轲问道。

“听说原来不太好，后来我爸请了一个老技师进行改进，现在的水泥质量没得说。”甘新荣回答。

冯轲思索了一下说道：“我觉得咱们可以帮忙推销水泥。我学的是贸易，推销可是我的强项呢！”

“对啊，我怎么把这茬给忘了！谢谢你啊！”甘新荣说着，趁冯轲没注意，在她脸上亲了一下。

冯轲嗔笑道：“想谢我简单，等结婚了，对我好点。”

甘新荣立刻一脸严肃地说道：“我发誓，以后一定对冯轲小姐倍加呵护，绝不让她受一丁点的委屈！”

冯轲被逗得不禁扑哧一声笑了。

甘新荣两人很快和甘祖昌说明了他们的想法，甘祖昌听了自然非常高兴，但水泥厂毕竟是归集体所有的，因此甘祖昌召集大家齐聚大队会议室，一起商量这件事。冯轲大方地与甘新荣一起来到会议室，和大家一块儿围坐在桌前。众人看见这么大方得体、漂亮水灵的姑娘，纷纷啧啧称赞。

看人差不多到齐了，甘新荣首先站起来发言：“今天召集大家来开会是我的主意。我听我爸说以前咱们队里的水泥因为质量有问题，卖不出去，现在质量提上去了，可是销售量依然提不上去。马上就要开农展会了，大家都担心筹不到钱没办法发奖金吧？这其实倒在其次。大家想想，如果水泥厂一直没有什么效益，别说大家的分红，恐怕连投入的本钱也不一定能拿回来。”甘新荣的一席话正说到大家的心坎上，众人纷纷点头，面露愁容。甘祖昌则在一旁低头抽着旱烟，闷声不语。

见大家都认可自己的说法，甘新荣又接着说道：“不过大家不用担心，我的未婚妻冯轲大学学的是贸易，她有办法解决这个问题。”众人听了，立刻将目光纷纷转向冯轲，并自发地鼓掌请冯轲讲讲是什么办法。

冯轲礼貌地站起来看着众人，朗声说道：“谢谢大家。其实大家不缺干劲，缺的只是销售上的经验。虽然我有办法帮大伙销售水泥，但我的主意还得征求大家的同意，毕竟你们才是水泥厂的股东。”

张淑芬抢先说道："只要能把水泥卖出去，帮我们赚钱，什么主意我们都听！是不是啊？"众人纷纷点头，热烈响应。

冯轲微笑着说道："好，那我就说了。咱们的水泥厂刚刚起步，最快、最好的推销办法就是让别人知道咱们的水泥、认可咱们的水泥。所以我建议咱们拿出一千吨水泥先免费送给省城各大建筑工地和建桥公司试用。"

话音刚落，老牛筋立刻反对："一千吨？这可不是个小数目啊！要制造一千吨水泥得需要耗费多大的人力、物力和时间啊，你大话一说，就这么随随便便地送出去了？这不等于赔本赚吆喝吗？就怕本赔光了，吆喝也没赚到，到时候不是瞎子点灯白费蜡吗？"众人心里也觉得不妥，不禁议论纷纷。甘祖昌却依然闷头抽着旱烟。

冯轲无奈地望着甘新荣。甘新荣接着给大家分析："大家心疼水泥白送我能理解，不过俗话说'舍不得孩子套不住狼'，做生意不就需要本钱吗？咱们不能只盯着眼前的这点小利益，要把眼光放长远，这样才能有大收益。你们说对不对？"大家觉得有道理，但依然犹犹豫豫，没有回应。

冯轲想了想又说道："刚才我忘了说一点。说是免费赠送但其实并不是免费使用，而是用后收费。这与传统的商业模式'一手交钱一手交货'有很大差别。人普遍都存在占便宜的心理，做小生意的人在推销枣子、西瓜的时候不都是让咱们先尝后买吗？这跟那种模式差不多，只不过这个钱回来得稍晚一点而已。如果你们相信咱们的水泥没有质量问题，那我们就去做，我就不信质优价廉的东西会没人买！如果你们不相信咱们水泥的质量，那这个事确实没法儿做，即使你们愿意去做，我也不会参与。"

有人说道："自从老杨师傅来了之后，我们的水泥在质量上已经有了很大的改善，现在绝对没问题！"

"既然水泥没问题，那为什么卖不出去呢？因为缺名气。按照冯轲讲的去做，就相当于变相地为咱们的水泥打广告。一个客户知道后，一传十；十个客户知道后，十传百，到时候整个省乃至整个中国都会知道咱们的水泥。"甘新荣补充道。

这时，甘祖昌磕了磕烟袋锅终于开口了："我看这个法子行，作为厂长，我第一个举手赞成！"冯轲把目光转向众人，村民们也互相看看，先后举起了手。

散会后，人们陆续离开会议室，甘祖昌、甘新荣和冯轲在后面边走边聊。

"关于赠送水泥这事你们有没有具体的计划？"甘祖昌询问道。

甘新荣说道："我跟冯轲昨天商量了一下，觉得应该从大城市开始推广比较好，城市里正在大搞现代化建设，传播速度快、影响范围广，咱们的水泥品牌在城市打响了之后，就不愁卖不掉了。"

甘祖昌笑了："你们这是在搞城市包围农村啊！"

冯轲笑道："不过这赠送并不是见谁就送，而是有选择地挑几家送，这样的话就会让其他没有拿到水泥的公司对咱们的水泥产生兴趣，促使他们亲自来咱这儿了解情况。"

甘祖昌赞赏地点点头："人民大学毕业的高才生就是不简单啊，看来以后我这个土老头要向你们年轻人多学习了。"

冯轲乖巧地笑着："大海里行船靠舵手，水泥厂这艘大船还需要您来掌舵。"

"老了，看不准方向了。你们以后有什么想法尽管提、尽管做，我全力支持！"甘祖昌爽朗地笑着，拍了拍甘新荣的肩膀，眼里满是希冀。

两个年轻人说干就干，按照计划，拉着水泥分别拜访了省城里的各个建筑工地。水泥质量好，加上新鲜的使用体验，大多数工地都很乐意使用沿背水泥厂的水泥。

过了一段时间，免费用过水泥的各个工地都觉得沿背水泥厂的水泥质优价廉，纷纷找上门来，主动要求签合同买水泥。

水泥厂的院子里渐渐热闹了起来，一辆又一辆卡车拉着水泥从院子里驶出，甚至外省的建筑商也开始慕名而来。村民们望着络绎不绝的卡车，笑得合不拢嘴，都庆幸当初甘将军带头拍板同意了甘新荣小两口的推销计划，不然哪里有现在的红火场面？

甘祖昌笑道："所以说要把目光放长远些嘛！以后，你们有时间也上上补习班，多补补知识。"

甘寡妇讪讪地说道："我们都这个年纪了，还是算了吧……"

"你们这个年纪算多大年纪？我都七十多岁的人了，还不是在学习？不懂的地方就要学，要活到老学到老嘛！"听着甘祖昌的话，大家纷纷点头赞同。

转眼，甘新荣和冯轲两人结婚的日子就要到了，新荣推着自行车准备和冯轲一起去县里一趟。龚全珍将一沓钱塞进冯轲手里，嘱咐她买些自己喜欢的东西。冯轲和新荣却死活不肯收。一沓钱被推来让去，最后龚全珍索性将钱硬塞进新荣的衣兜里："你们有是你们的，这是我和你爸的心意。"新荣只好收下。

"龚老师，那我们走啦！"冯轲说道。

"什么龚老师啊！该叫妈了！"新荣对冯轲眨眨眼，笑着说道。

冯轲大方地一笑："习惯了，还没改过口来。妈！"

龚全珍喜笑颜开："好，好，早去早回。"

两人一起出了院子。龚全珍久久地望着他们的背影，脸上挂着欣慰的笑容。

甘新荣和冯轲此行是专门来卫校看平荣的。他们在学校门口等着，过了一会儿，甘平荣从校园里跑了出来，一脸激动地对甘新荣说道："哥，你啥时候回来的？也不早点过来看看我！"看见旁边笑盈盈的冯轲，不禁上下打量着，"这位是嫂子吧？长得真漂亮！"

冯轲见平荣机灵可爱，也是满心喜欢："你也很漂亮！以前在北京的时候，你哥经常在我面前提起你呢，说他有个天仙般的妹妹！"

甘平荣撇了撇嘴："他才不会这么说呢，总说我坏话吧？反正以前他老是欺负我！"

甘新荣装作生气的样子："你个没良心的，哪回惹事不是我帮你收拾烂摊子啊？”

甘平荣捂着嘴笑了，冯轲也跟着笑起来。冯轲接着说道：“今天我和你哥来是想邀请你明天回家参加我们的婚礼。你可一定要回来啊！”

“真的？你们明天就结婚啦？”甘平荣十分兴奋，脸上的笑容却忽然凝固了。

“怎么？你还在生爸的气啊？”甘新荣问道。

甘平荣气恼地说道：“我能不生气吗？在家里一切都是他说了算，我想做什么事他都要管，都要做主，我实在受不了他的霸权思想，只要他在，那个家我就没法待。”

“他的脾气就那样，小时候咱们就知道。他认为错的就是错的，他认为对的就是对的。他都那么大年纪了，咱们应该体谅体谅他。”甘新荣耐心地劝慰妹妹。

“我体谅他，可谁体谅我啊？”谈起这个，平荣的眼泪忍不住流了下来。

甘新荣见妹妹哭了，连忙说道：“你不是还有妈和我吗？我们都体谅你！”

冯轲也上前扶着平荣的肩头：“还有我。平荣，明天回来吧，到时候我会和你哥一起做爸的思想工作，让他给你认个错，帮你们把之前的不愉快都化解掉，好吗？”

甘平荣擦了擦泪，并没有表态。

第二天一大早，在鞭炮声中，农科所门口挂上了两条红色条幅，分别写着“沿背首届农展会”和“新郎甘新荣、新娘冯轲新婚大吉”。

笑容满面的村民们陆陆续续走进院中，有人恭贺新婚快乐，有人抢先去参观参展的农产品。穿戴一新的甘新荣从院子里走出来，焦急地望着村口，却始终不见甘平荣的身影。打扮好了的冯轲也走到院门口，跟甘新荣一起望着村口方向，然后无奈地叹了口气，看时间差不多了，只好拉着新荣进了院子。

院子里搭了一个不太高的台子，背景是一个大大的“囍”字。甘祖昌和龚全珍站在台上，兴奋中带着一丝拘谨。众人喜气洋洋地簇拥在台子周围。

甘新荣和冯轲在众人的欢呼声中踏着红地毯走上台，来到甘祖昌和龚全珍面前，深深鞠了三躬。

甘新荣深情地说道：“爸、妈，这些年儿子让你们二老操心了。”

“不操心，不操心。”甘祖昌似乎有些词穷。龚全珍更是激动得眼泪在眼眶中打转：“你个傻小子，这么喜庆的场合，别逗我哭。”说完，背过身去抹眼泪。

台下的众人似乎都受到了感染，又是笑又是泪，然后响起热烈的掌声和欢呼声。

甘新荣和冯轲转过身，对着台下的人们深深鞠了一躬。“爷爷奶奶们、叔叔婶子们、大哥大姐们，谢谢你们来参加我和冯轲的婚礼。今天，我要在这里郑重地向你们宣布一件事。”甘新荣说到这儿，与冯轲对望了一眼，“我和冯轲不走了，我们要留下来与大家共同致富。”

台下先是一片安静，随即响起一阵更加热烈的掌声。

简单的仪式过后，大家热热闹闹地喝着喜酒。几个小时候和甘新荣一起玩的青年举着酒杯向甘新荣走过来。多年未见的小伙伴们如今重逢，相谈甚欢。大家兴奋地喝酒、打闹，仿佛又回到了那无忧无虑的童年。

下午，所有人都挤到摆满农产品的展厅里。一排排长桌上摆着比普通品种大许多的红薯、南瓜、土豆、茄子等，立刻就吸引了人们的眼球。甘祖昌满脸笑容，望着围拢在桌旁的人们，大声问道：“大家说说，哪个最大啊？”

众人异口同声：“南瓜！”

“看来大家的眼睛是雪亮的。今年的获胜者正是超级南瓜的培育者甘有立！”甘祖昌一边说着一边将早已准备好的500块钱红包递给甘有立。

甘有立高兴地接过红包，笑得合不拢嘴。众人既羡慕又佩服。这时甘锦荣走进来说省农业厅的梁副厅长带着专家们来参观农展会了。甘祖昌愣了一下，连忙出去迎接。

农科所门口，小胡和省农业厅的梁副厅长以及几位专家先后从几辆小轿车上下来。梁副厅长上前握住了甘祖昌的手，赞叹道："甘将军，恭喜您啊，短短几年，创造出了这么大的成绩！"

甘祖昌连忙摆摆手："农科所的成功全靠小胡的帮忙和大家的努力，不然我一个老农民，无论如何也搞不出这么好的成绩啊。"

小胡说道："甘将军，我给您介绍一下，这几位是咱们省农科院的专家。"

甘祖昌一一和他们握手："快，里面请。"

大家首先兴致勃勃地参观了农展会上的各种"宝贝"，接着在甘祖昌的带领下来到已经初具规模的野猪崽驯养基地，观察里面正在撒欢儿的野猪崽。

甘祖昌介绍："这个新型猪种是几年前我和小胡一起改良的，现在已经没了原来的那种野性，但免疫力增强了很多，肉质也变得更好了。除了这个，我们还有一种新培育出来的水稻，可以达到亩产 1000 斤。"

梁副厅长惊喜不已："是吗？我建议你们参加今年省里的科学大会，凭这两样，获奖绝对不成问题。"

甘祖昌摆摆手："我和小胡商量过了，直接将猪种和稻种全部赠予农科院。"

随行的一位专家不解地问道："甘将军，您为什么要这样做？这可是一次扬名天下的好机会啊！"

甘祖昌淡然地回答："我自己肚子里有多少墨水，我心里清楚，我并不是一个搞科研的料子。能走到今天，主要是得到了小胡的帮助，功劳应该属于他。"

小胡接过话头继续讲解："猪种和稻种虽然已经很不错了，但依然存在一定的缺陷。我希望能和农科院的同仁们一起将猪种、稻种进一步改良下去，更希望省里能拨款支持。”

梁副厅长一听，立即表态：“这个没问题，现在省里缺的就是你们这种成果。我们会将猪种和稻种这两个项目作为下一步的重点培育对象，省里重点支持。”

“太好了！谢谢梁副厅长！”小胡欣喜地道谢，甘祖昌的脸上也满是笑意。

一行人参观了农科所的所有项目，吸取了经验，也给出了具体改进意见与建议，最后尽兴而归。

甘平荣其实早就回来了，她一直躲在角落里看着哥嫂的婚礼，见甘祖昌去陪客人了才出来与哥嫂见面。冯轲看到突然出现在眼前的平荣，又惊又喜：“平荣，你啥时候来的？刚才我怎么没看到你？”

甘平荣不回答，只是无比羡慕地赞美道：“你这个样子可真美！”

冯轲明白小丫头的心思，由衷地说道：“你也会有这一天的。”

甘平荣笑而不语，眼神有些落寞。冯轲连忙把不远处的甘新荣叫过来。新荣与冯轲一起陪着平荣聊天，并耐心地劝慰着，但平荣始终迈不过心里的那道坎。

见客人都走了，甘新荣和冯轲拉着甘平荣来到甘祖昌跟前，然后两人退出门去。甘祖昌看到平荣，心里很是欢喜：“什么时候回来的？爸之前做的事是直了点，但都是为你好，你……”

“为我好就应该提前问问我的想法，而不该独断专行！谁能受得了您这种军阀作风！”平荣回呛道。

本来心情不错的甘祖昌一听，顿时急了：“你说什么？你怎么就不知道好歹呢？”

甘平荣自然不肯退让，大声说道：“您就是封建家长、军阀作风！好与歹的界限还不是您一个人划分的？”

甘祖昌大为光火，却极力忍耐。甘平荣则负气大步离开。

“平荣！”甘祖昌大喊，平荣却丝毫没有回头的意思。

这时，龚全珍从院子里冲出来，不满地望了甘祖昌一眼，向平荣追去。听到母亲的喊声，平荣停下了脚步。

龚全珍赶上来问道：“事情都过去那么久了，你还记恨着你爸呢？”

甘平荣淡淡地回答：“在我心里，那件事早就已经过去了。但是您看他，老是一副高高在上的样子，一见面就训我，好像他是皇帝，我是他的臣民，一切都得听他的。”

龚全珍的解释显得苍白无力：“你爸他是为你好。”

甘平荣反驳道：“总不能以爱的名义管制我的一切！这叫控制欲！”

龚全珍无奈地叹了口气：“你们父女俩啊都是倔驴，脾气一样一样的。作为闺女，你就不能跟他说句软话？认个错，这事不就过去了吗？”

甘平荣十分固执：“我才不向他认错呢！从小到大，就好像我不是他亲生的似的！反正错的是他，他应该向我认错！”

甘祖昌一直在农科所门口等着，见妻子独自一人回来，不禁失落地叹了一口气。

“我说你就不能向女儿道个歉？”龚全珍的语气里带着几分疲惫和无奈。

甘祖昌面色凝重：“你觉得那件事我做错了吗？”

龚全珍轻声地说道：“闺女气的不是那件事，她是心里有个结，一个很大的结。”甘祖昌听完，一时陷入了沉默。

二十九　解误会打开心结

卫校进行卫生兵选拔，甘平荣毫不犹豫地报了名。经过层层选拔，操场的公示栏里贴出了一张红色的“卫生兵选拔通过人员名单”。平荣挤进围观的人群，一眼看到了自己的名字，不禁面露喜色。其他找到自己名字的学生也都兴奋地大声议论着。听他们叽叽喳喳地说着这批卫生兵很快就会去部队，以后离家远了，不能经常回来，不知会不会想家云云，甘平荣不禁百感交集，愣在了原地。

这时，一名老师过来喊道：“名单上的人尽快去校长办公室领表格。”甘平荣猛然惊醒，与同学们一起向校长办公室走去。

来到校长办公室，平荣和其他被选中的学生每人领了一张表格。校长反复强调，所有领了表格的人要在下星期一晚上七点以前统一在学校集合，第二天上午部队会派车来接，千万不要忘了时间。

周末，甘新荣和冯轲来学校看平荣。见哥哥嫂子来看自己，平荣非常高兴。冯轲笑吟吟地递给平荣一个纸袋子，里面装着一件红衬衣。平荣喜出望外，也不管还站在校门口，就拿出衬衣兴奋地在身上比量起来，还不停地问道：“怎么样，怎么样？我脸有点黑啊，人白穿红的才好看吧？”

冯轲看着开心的平荣，笑着说道：“不会，很显皮肤白的。”

“是吗？哥，好不好看？”平荣不相信，又问哥哥。

甘新荣看看冯轲，眨了眨眼睛：“在你嫂子面前，我不发表任何看法。”

“去！”冯轲嗔笑着轻拍了新荣一下。

平荣羡慕地看着两个人，脸上泛起淡淡的失落：“你俩感情真好。”

冯轲察觉到平荣情绪不对，正想安慰一下，平荣却立即换了一副轻松的口吻：“走吧，带你们参观参观我的学校和宿舍。”

平荣领着二人在校园里转了一圈，然后领他们进了宿舍。宿舍里空荡荡的没有一个人。甘平荣指着一张靠窗的下铺说道：“星期六，大家都回家了。哥、嫂子，那是我的床，你们坐。”说着她拿起暖壶想倒水，却发现里面是空的，“哟，没水了，我去打点水。”

冯轲正想拦住平荣，平荣却拎着暖壶一溜烟没影了。新荣拉出一把椅子坐下。冯轲则打量着平荣简易的床铺和床头上几本厚厚的医学书籍，然后坐下来，顺手翻开最上面的一本，叹了口气：“平荣这日子过得也不舒心。家不回，钱也不要。二十几岁的大姑娘正是爱漂亮的时候，可你看她这儿除了书就是书，连件像样的衣服都没有。”

看着床前搭着的两件打着补丁的白色单衣，甘新荣陷入了回忆：“我记得平荣小时候最爱漂亮。那年她入少先队，就因为爸没给她买花裙子，在家里又哭又闹，在学校里还当着老师和校长的面跟嘲笑她的男同学吵了一架，害得刚戴上的红领巾被没收了。我知道后带人到学校找那几个臭小子算账，却差点把卫国的眼睛撞坏了。爸急了，打了平荣一巴掌，又拿那么粗的荆条结结实实抽了我和林子一顿。结果第二天，你猜怎么着，下那么大的雨，她竟带着林子离家出走找妈去了。想想啊，平荣这脾气真够烈的。”

冯轲听完点点头：“都说大哥性子最随爸，其实平荣才是活脱脱的小一号。唉，咱们该怎么办啊？用妈的话说，要把这头小犟驴子牵回槽里去，不容易啊。”

甘新荣皱着眉头：“可是妈还说了，这是咱们来的主要任务，再难也得上。”

这时，从书里掉出一张纸。冯轲弯腰从地上捡起来，正要夹回书里，眼睛却直盯着那张纸惊呼起来："平荣当上卫生兵了！"

甘新荣诧异至极，一把抢过那张纸，顿时瞪大了眼睛："后天就走？"

这时，新荣听到外面传来一阵脚步声，知道是平荣回来了，便赶紧将这张纸夹进书里。甘平荣推门进来，一脸不解："哥、嫂子，你们站我床边干吗呀？坐啊。"

冯轲张口就要问当兵的事儿，甘新荣赶紧抢过话头："平荣，你平时的衣服就这两件？女孩子家，还是得打扮打扮。"

甘平荣淡淡地笑着："夏天洗衣服干得快，这两件就够了。小时候喜欢些花花绿绿的，现在大了，反倒没那么多心思了，手里的钱都买书了，觉着不如好好用功，给自己争口气。"说到这里，平荣语气一转，脸上满是幸福的笑容，"说是这么说，嫂子送我的这件红衬衫好漂亮，我穿上一定羡慕死她们。"

甘新荣有些心疼地望着妹妹："平荣，跟哥回家吧。"

甘平荣的脸色顿时冷了下来："我不回。爸见我就骂，既然那么不招他待见，我回去干吗？我俩不见面，谁也碍不着谁，各自清净。怎么？是妈叫你们来的？"

甘新荣赶紧解释："我和你嫂子想来看看你，不行吗？"

甘平荣这才又展露笑颜，搂住哥哥的胳膊撒起娇来："行！我就知道，我哥一定不是叛徒。"

甘新荣与冯轲无奈地对视了一眼。

三人又聊了会儿，然后新荣和冯轲便告辞了。等两人出了校门，冯轲不解地问道："刚才你为什么不让我说卫生兵的事啊？"

甘新荣叹了口气："你也看见了，平荣这脾气，她不想提的，谁也别多劝一个字，否则只能是起反作用。"

冯轲皱起眉头："那怎么办啊？平荣后天一大早就走了，总不能让她心里揣着这个疙瘩去当兵吧？部队要求严，逢年过节也回不了家，他们爷儿俩这样得僵到何年何月啊？要不，回去劝劝爸？"

“他俩，一个半斤一个八两。就算把爸劝来了，一句话不称意，就又不行了。”甘新荣边说边思索着，忽然眼前一亮，想到了一个主意。

第二天将近中午，见父亲从水泥厂回到家，甘新荣悄悄溜出家门，在外面转了一圈后，装作急匆匆的样子冲进院子里大喊：“爸！爸！平荣当兵去了，今天就走！”

甘祖昌正坐在桌前钉鞋底，抬起头不相信地问道：“胡扯吧，她眼睛不行，部队能要她？你从哪儿听来的消息？”

甘新荣十分肯定：“刚才经过小岗大队，我碰见平荣的一个同学，她说是特招的卫生兵，平荣考上了。”

听到这儿，甘祖昌噌的一声站起来，一边往外走一边问：“她现在在哪儿？走了吗？”

甘新荣忙说：“这会儿应该还在学校。”

甘祖昌连忙绕到天井里，把挂在墙上的腊肉全都裹进包袱里，匆匆往外走去。

此时，平荣正在宿舍里收拾东西。她的行李很简单，只有几件缀着补丁的衣服、一双鞋和几本书，还有一个水壶挂在行李箱外面。她收拾好行李，便坐在床上发愣。

过了一会儿，她起身打开抽屉，从里面拿出一张泛黄的全家福，轻轻地抚摸着，眼睛里闪着泪光。随后打开箱子，将照片夹进了一本书里。

忽然，外面传来冯轲慌张的声音：“老师，让我进去吧！我找平荣有急事，家里出事了……”平荣脸色一变，几步冲到门口，正好撞到冯轲身上。没等平荣开口，冯轲一把拉住平荣：“快跟我回去，爸在地里昏倒了。”一脸惊慌的平荣疯了一样冲出门去。

急匆匆赶路的甘祖昌头戴一顶大草帽，引得路人纷纷驻足观看。

与此同时，平荣正和冯轲急急忙忙往回赶。两人下了汽车，平荣直接奔向斜侧方的一个土坡。冯轲大喊：“平荣，你干什么去啊？”“这是条近道！”平荣一边说一边沿着土坡向下跑去。冯轲只好紧紧跟上。跑下土坡，面前果然就是那条通往村口的土路。

平荣还没有站稳，差点与戴着大草帽迎面走来的甘祖昌撞个满怀。

甘祖昌忙问：“平荣！你不是当兵去了？”

甘平荣惊讶地抬头一看：“爸？嫂子说你病了……”

这时，甘新荣从后面追上来：“爸，你看你急的，也不等等我！平荣？哟，爷俩在这儿碰见啦。”

“咋回事啊？”甘祖昌问甘新荣。

“嫂子。”平荣扭头唤冯轲。

只见新荣夫妻俩一副笑盈盈的样子，爷俩顿时都明白了。

甘平荣气恼地说道：“嫂子，有你这么骗人的吗？真是的！我东西还没收拾好呢。我回了！”

冯轲赶紧拉住平荣：“平荣，别走啊。嫂子错了，嫂子错了还不行吗？这回是你哥的主意。”

甘新荣笑嘻嘻地说道：“我不这么办行吗？你们俩就是面子上绷得紧，一出事，谁都坐不住了。”

四人一进家门，只见龚全珍、张淑芬和李凤正系着围裙在厨房里忙活。甘平荣愣愣地望着这久违的、充满烟火气息的一幕，低声跟众人打着招呼。

甘祖昌倒是笑呵呵地说道：“好小子，竟给我演了出瞒天过海。”

“这叫保密工作做到位，大家配合得好。”甘新荣嬉皮笑脸地说，随后他压低声音，“爸，一会儿吃饭时，收收您那脾气啊。”

甘祖昌瞪了新荣一眼，自嘲道：“我哪还有脾气？早没脾气了！”

另一边，龚全珍爱怜地拢了拢女儿的头发，摸了摸女儿的脸，心疼地说道：“瘦了，瘦多了。”甘平荣眼圈一红，撒娇地搂住妈妈。

龚全珍嗔怪道：“当兵了也不跟家里说一声，不声不响说走就走。你这孩子心咋这么狠呢？随你爸。”

那边的甘祖昌却听进了耳朵里："啥就随我啊？怎么又扯我这儿来了？"

龚全珍窝着一肚子的火冲丈夫嚷嚷起来："要不是你个倔老头子，平荣能连年都不回家过吗？"

甘祖昌小声嘟囔着："行行行，都是我不对，我举手投降。"

张淑芬边忙活边打圆场："好了，好了，人家平荣这不回来了吗？咱一家子吃顿团圆饭，都高高兴兴的。"

这时李凤端着一盘茄子放到桌上："平荣，快来吃饭了，你看嫂子给你做了你最爱吃的茄子蒸肉。"

甘新荣连忙跑到桌前："嗯！真香，还是大嫂手艺好。我快饿死了，平荣，来尝尝啊，你在学校吃不到这么好吃的菜。"说着就要下手去抓。眼疾手快的李凤拍了他的手一下："等你哥和二叔。"

甘平荣见一家人说说笑笑，感动得眼角泛起泪花，正要抬手去擦，却发现父亲一直在注视着自己。甘平荣张张嘴想说什么，甘祖昌却转身走了，不一会儿，拿了一瓶酒放到桌上。

菜全部上齐了，一大家人围坐在饭桌前。龚全珍、李凤和张淑芬都直往平荣面前的盘子里夹菜，转眼间菜已经堆了满满一盘子。平荣边吃边劝众人："够了够了，吃不了了。"

龚全珍心疼地说道："吃不了也得吃，看你瘦的。部队不比学校，又累又苦，你这小身板我怕你撑不下来。"

"妈，您太小瞧您闺女了吧，我怎么说也是……"平荣说到这里忽然停住了，扫了一眼父亲。

甘新荣自然明白，接着说道："对，虎父无犬女，怎么说也是咱老甘家的闺女。"

虽然平荣也是这个意思，但被哥哥说出来了，她偏偏不肯承认："哥，你这种出身论我最不赞同啊，少给我贴标签。我就是我，凭啥比别人差啊？"

甘祖昌表面上不动声色，一杯接着一杯地喝酒，眼里却是满满的欣慰。

平荣见状，对着众人说道："现代医学表明，饮酒过度伤肝、伤胃、伤肾、伤神经、伤心脏，反正，对人身体一点好处没有。"

"行，听我闺女的。"甘祖昌饮尽杯中酒，立刻就把杯子和酒瓶放到了一旁。

没料到父亲竟这么听话，平荣有些别扭地撇撇嘴："您爱喝就喝，我只是提个醒。"

甘祖昌不再沉默，敞开心扉说道："平荣，我知道，你一直怨爸。明天你就要走了，今天爸爸想好好跟你唠叨几句。第一，出门在外，记住遇事让三分。你从小就是个男孩子的性子，大大咧咧，脾气刚硬，一言不合就爱跟别人吵，这可不行，尤其部队是个讲组织、讲纪律的地方，不能由着你性子乱来，一定要服从安排，不要给组织添麻烦。"

"知道啦。我就那么不讲理？让您说得跟个火药桶似的。"甘平荣翻了翻眼睛。

旁边的甘新荣揶揄道："说火药桶都是抬举自个儿了，充其量就是个火药枪，逮谁崩谁！"

甘平荣一听，作势要打。新荣急忙举手讨饶。

"别闹，听你爸说。"龚全珍连忙解劝。

甘祖昌眯着眼睛继续说道："这第二呢，要好好照顾自己。你们虽然是以卫生兵的身份特招入伍，但一进去肯定也要接受军训。训练要积极，不能叫苦叫累，不能有畏难情绪。平时吃饭要跟上，不要挑挑拣拣的。多吃才有力气，身体是革命的本钱嘛。我甘祖昌的女儿将来要成为一名优秀的军人，这不是一种要求，而是一种希望。"

甘平荣被父亲的话深深打动了，坚定地说道："我不仅希望，而且要求，要求自己必须做到！"

甘祖昌望着女儿，欣慰地笑了，但笑着笑着眼角却隐约挂上了点点泪光："平荣，最后一句，不光是我，也是你妈最关心的。要是遇见合适的对象，就和人家处处，有机会带来……"

平荣突然激动起来，猛地站起身："您别给我说这个！"

甘祖昌没有生气，而是闭嘴不再说话。他伸手拿过旁边的杯子，又默默倒了一杯酒。

冯轲拉着平荣的衣服劝她坐下。平荣不情愿地坐下来，然后眼圈泛红地说道："我这辈子就贡献给国家了，我不结婚。你们都别管我！"

"胡说，你这孩子！"龚全珍轻声斥责。甘祖昌依然没说话，只是低着头喝闷酒。

甘锦荣看了看父亲，忍不住训斥平荣："你也老大不小了，怎么这么不懂事？看你这么多年的书全白读了！"

"您少拿家庭观念那一套来绑架我。我结婚也不为谁，全凭我自个儿乐意，现在这事儿可没有强逼着干的。"平荣说着，恼怒地离开饭桌就要往外走。李凤瞪了丈夫一眼，与冯轲一起追上去，将平荣拉进里屋。甘祖昌叹了口气，也默默离开了饭桌。

卧室里，甘平荣坐在床上抹泪。冯轲在一旁劝慰："好了，别哭了，明天就走了，一家人吃顿饭怎么还闹这出啊？大哥说话冲是冲，也是为你好。哪有那么跟爸说话的？还一辈子不结婚，真要当一辈子老姑娘啊？"甘平荣抬头瞪了冯轲一眼。

冯轲笑着假装掌嘴："呸呸，我不该把我们伟大的无产阶级革命战士甘平荣同志说成老姑娘。"

甘平荣被逗笑了，止住眼泪："我不是生大哥的气，我也知道随便乱发脾气不对，可我就是忍不住嘛。嫂子，你知道我之前谈了个朋友叫王冰，你们可能以为我还忘不了他，其实根本不是这样，我早就不想着他了。他什么嘴脸我看得太清楚了。当初爸把他赶走以后，他在学校里到处乱造咱家的谣。有段时间，大家一听说我是甘祖昌的闺女，都绕着我走，没有男生愿意跟我接触，哪怕是正常的学习分组，他们都不愿意跟我一组。"

冯轲倒是没想到还有后来的事，皱起眉头问道："那个王冰说什么了？"

甘平荣咬牙切齿地说道："他说的太多了，其中有一句，他说甘家闺女结婚要比武招亲，谁能打死一头野猪，我爸才同意把我嫁给谁。不过后来我一想，王冰虽然混蛋，但说的也不是完全没有道理。爸就这样，他看不过眼的，从来就不知道给别人留点脸面。今天能用这法子赶走王冰，谁知道他明天用什么法子赶走张冰、李冰呢？所以，我现在根本不愿谈朋友，免得将来再经历一回。”

冯轲正要说点什么，甘祖昌从外面走了进来。“爸，你们爷俩聊。”冯轲说着，走出了屋子。

甘祖昌看着眼睛红肿的女儿，语重心长地说道：“成家立业是人生的大事，别的可以赌气，但这件事万万赌不得气。王冰的事是爸处理得不好，没想到对你造成这么大的伤害，爸向你道歉。人生的道路上，各形各色的人我们都会遇见，不要抱有‘一朝被蛇咬，十年怕井绳’的心态，放开胸怀与人家接触，好小伙子有的是。我对未来的女婿只有一点要求——踏实肯干，至于长相、学历、家庭，这些我统统不看。毕竟，伴随一个人一生的是品行道德。千万不要被那些油腔滑调的俊后生迷住眼睛啊。要是拿不定主意，你写封信回家，不愿跟我说，就跟你妈、跟你婶子、跟你嫂子商量商量。她们都是过来人，看人比你准。”

听着父亲的肺腑之言，甘平荣的眼泪一滴接一滴地落在手背上。甘祖昌心疼地给女儿擦了擦眼泪。平荣再也忍不住了，一下子扑到父亲怀里，放声大哭起来：“爸，我不懂事，我不懂事，从小到大最不让您省心的就是我，临走了还惹您生气。明天一早我就要走了，可我……我突然不想走了……”

甘祖昌轻轻抚着女儿的头发：“好儿女志在四方，爸妈不让你守着。你飞得越高飞得越远啊，爸妈越开心。”虽然这样说，甘祖昌的眼泪却也不禁落了下来。

第二天，甘平荣离开了家。看着眼含泪光依依不舍的爸妈和哥嫂，平荣心里既甜蜜又忧伤。

一天傍晚，甘祖昌手里端着一碗白菜熬豆腐，嘴里叼着一块土豆正从厨房里出来，只见新荣小两口火急火燎地跑进屋里，不禁有些意外：“哎，这么快回来了？吃饭了吗？你妈这几天住学校，我给你俩做点吃的去。”

冯轲笑着说道：“早吃过了。爸，您坐，我和新荣有事跟您商量。”

甘祖昌见夫妻俩一脸笑吟吟的模样，问道：“咋了？有人要包圆咱园里的果子？”

“不是！爸，您脑子怎么就跳不出这个圈呢？”甘新荣立刻否定。

甘祖昌有些发蒙：“你说的这叫啥话？让你去省城不就是办这事儿去了吗？苹果头茬已经摘下来了，马上还有第二茬、第三茬，不快点找个买家，辛苦一年烂在手里咋办？眼下这才是头等大事。”

冯轲忙笑着解释：“爸，您别急，买家已经找好了，但我们要说的不是这个。这次进城啊，收获可比这个大多了。爸，全国人大常委会批准在深圳设立经济特区，这事您肯定知道吧？”

甘祖昌点点头：“中央搞改革开放，已经确定在深圳、珠海、厦门、汕头试办经济特区。这几个地方沿海，交通便利、资源丰富，不管是对外出口还是吸引外资进驻，远远比内陆有优势啊！”

甘新荣立刻接过话头：“爸，您对经济特区的前景也很看好？”

“是啊，时代不同了，看眼下的情形，中国既然要发展，就要做时代的弄潮儿。我很赞同邓主席的眼光与决策啊。你们到底想说什么？”甘祖昌疑惑地看着两人。

两人对视一眼，然后冯轲开口说道：“爸，我和新荣愿意做这第一个吃螃蟹的人。”

甘祖昌一怔：“你们不会是想去南方做生意吧？”

新荣点点头：“做生意没错，但不是去南方，而是在省城南昌。”

甘祖昌思索了一会儿，说道：“想法很好，但做生意不是儿戏，你们有资金吗？有人脉吗？话说到前头，不要指望我给你们拉关系。”

“才没指望您呢。这次去省城，小轲遇见了她的一个大学同学，陈威，南昌人。他跟我们讲了不少近年来南昌发生的新变化，江浙一带有许多精明的商人已经开始在当地活动了。我和小轲一合计，觉得这是个机会。我们已经和陈威洽谈过了，我们在省城负责生产，他负责销售。他还答应介绍几个有意向投资建厂的侨胞给我们认识呢。”甘新荣满脸兴奋地一口气说完。

甘祖昌表情复杂：“你们想办个什么样的厂？陈威这人靠谱不靠谱？”

“办厂要等具体考察以后才能决定，但肯定和农副产品相关。”见父亲一脸担忧的神色，冯轲赶紧解释，“我这个同学在大学期间虽说算不上认真学习的好学生，但头脑精明、能说会道、交际能力很强，我觉得没问题。”

甘新荣接着说道：“爸，我知道您担心什么。只要咱们谨慎一些就能争取到更多的机会。”然后甘新荣详细讲了他们打算从村里各家各户筹集资金的想法。虽然实行“大包干”还没多久，人们手里不可能有多余的钱，但两人已经打听过了，农科所里的几项技术专利，全部卖给国家的话应该有四五万元。他们只需要说服大家卖掉专利，集资入股即可。

听了新荣的计划，甘祖昌望着两人惊叹：“你俩心里有谱得很嘛。但那些专利不是我一个人的，村里人什么意见，我可摸不准。”

本来还有些忐忑的甘新荣见父亲没有反对，顿时舒了一口气，信心十足地说道：“爸，只要您同意就行，其他人我来说服。我就不信，受苦受穷了一辈子的人，会眼睁睁放过一个翻身的好机会。”

很快，甘新荣召集大家开了个会。村民们听说家里特有的新品种都能卖个好价钱，很是开心，纷纷打听自家的东西到底能值多少钱。甘新荣展开手里的一张纸，说道：“我统计了一下，村里适合申请专利的技术一共有 11 项，其中立叔家的超级大南瓜最高可以得到农科院的 7000 元奖金，土蛋家的特级乌骨鸡也能拿到 2000 元奖金。还有……”一一说完后，甘新荣望着激动的人们又说道，“大家拿到的这笔钱，我想有一个用途……”

听说新荣两口子想拿这笔钱去做生意，将来赚了钱自己可以分红，人们互相看了看，顿时议论纷纷。有不求赚大钱只想安安稳稳过日子的，有担心做买卖会亏本的，也有心里痒痒，想去看看外面的世界，赚大钱过上好日子的。

听着大家的议论，甘新荣想了想，诚恳地说道："其实大家说得没错，做买卖有赚有赔，在这里我也不敢保证什么。我只能说现在是个千载难逢的好时机，党中央放开了政策，这就好比是个鱼窝子，里面藏着数不清的鱼，到底能不能钓上来、能钓上来多少，全凭钓鱼人的本领。而我们正是往鱼窝里撒鱼饵的人。"

"哥你在外面闯荡了这么多年，我嫂子又是个大学生，你俩要是没本事，谁还有本事啊？"一个年轻人的话顿时引起不少同龄人的附和。年纪大的则默不作声了。

冯轲看看大家，又看看新荣，说道："我看这件事一时也定不下来，要不让大伙回去商量商量吧。"

甘新荣点点头，对大家说道："大家回去吧，商量商量，不管成与不成啊，这两天都给我个信。"

众人陆续散去，站在人群后面并没有露面的甘祖昌也混在人群里离开了。回到家里，甘祖昌坐到桌旁，一边帮妻子择菜，一边得意地说道："为啥我不出面？嘿嘿，做生意可是门大学问，他要连第一笔资金都拉不回来，我看也就别下海了，趁早在家待着。天下没有白吃的饭。就算遍地是金银，那也是落在荆棘丛里的，想捡起来啊，扎手。"

龚全珍想了想，笑道："你这老头子，真会考验人。"

大家散去后，冯轲有些失望："本来以为大家会很积极，现在看来期望越大，失望越大啊！"

甘新荣却说道："这个结果比较符合我的预想。毕竟投资需要勇气，不是每个人都适合做生意的。年轻人胆子大，在家里窝不住，想去外面闯荡闯荡，而上了岁数的，思想就比较保守了。"

冯轲想了想："你说爸不肯出面，是不是特意设了个关，想瞧瞧咱俩到底有没有这个本事？"

甘新荣笑着点点头："胳膊拧不过大腿，我看这几家的儿子也拧不过老子。所以我想请毛崽叔和老牛筋叔出马去做说客。咱们再去各家各户活动活动，能筹多少是多少。”

“你要以爸的名义去请他们？”冯轲问道。

甘新荣狡黠地一笑：“不用特意说，他总不会拂了我爸的面子，虽然我知道这么做不太光明，但非常时期用非常手段嘛。”

晚上，新荣手里提着点心盒子，来到老牛筋家。老牛筋坐在床沿上，倚靠着身后的被褥慢悠悠地吸着烟，态度不冷不热地说道：“哟，稀客啊稀客，咱村头号的出息人今天怎么想起来看我这把老骨头了？”

老牛筋的老婆瞪了他一眼，给新荣倒了杯水：“坐，新荣，喝水啊。”然后看了丈夫一眼，转身出了屋子。

甘新荣喝了口水，恳切地说道：“叔，没事就不能来看看您了？我从南昌带回来几盒点心，我爸说您爱吃甜的，让我给您送几盒。”

“有事说事，别提你爸。”甘新荣被老牛筋噎了一句，略显尴尬，不知该说什么。

老牛筋叹了口气，正色道：“你这伢子，从小脑袋瓜子就好使，凡事总比旁人多个心眼。其实你不说，我也知道你来干吗的。是不是请我当说客来了？全村集资，下海经商，你这份心呀和你爸当年一样。开垦虎形岭、治理冬水田，全村几辈子没办成的事却一件一件全让他办成了，所以再到后来你爸说什么是什么，我总头一个上，因为信得过。新荣呀，你们两口子说的政策呀、特区呀，我听不懂，但我只明白一件事，老甘家的人，错不了。其实不用我劝，那几个老顽固啊，回头想想就想明白了。”然后看了新荣一眼，又说道，“你这趟来是不是还想给我打攻心战？新荣啊，小聪明不等于大智慧，做人最重要的是光明磊落，这点，你还要跟你爸多学学。”

甘新荣有些羞愧地低下了头：“叔，我知道了。”

老牛筋挥了挥烟杆：“你回去吧，东西也带走。”

“叔，您和婶子留着吃吧，我先走了。”甘新荣有些窘迫地告辞离开。

新荣走后，老牛筋的老婆走进来，爱不释手地打开点心盒子：“哟，省城的点心就是好。哎，新荣知道你和毛崽哥去各家劝集资的事啦？”

老牛筋吸着烟，没说话。

没过两天，好消息传来，有专利的几家都答应了入股。甘新荣激动地捧过厚厚的信封，郑重地朝乡亲们深深鞠了一躬：“感谢大家这么信得过我，我一定在南昌把厂子红红火火办起来！”

资金筹集到位，新荣两口子也买好了车票。甘祖昌千叮咛万嘱咐要小心，要慎重，别被偷，别被骗……最后还是放心不下，想要跟着过去。

龚全珍立马双目圆睁，训斥道：“你瞎折腾什么呀！你可是岁数不小的人了，有点自觉性行不行？让你下地干活已经是特别优待了，还想跑南昌去，你咋不长翅膀上天啊！”

冯轲急忙笑盈盈地劝道：“外面的世界应该交给我们年轻人闯荡，您啊，在家养好身体，别让我和新荣牵挂，才是对我们创业最大的支持。”

甘祖昌不满地说道：“你们是嫌我岁数大了，成了废人一个，是吧？”

龚全珍瞪了他一眼：“犟驴子！不识好歹！明天你跟我上县里去，张大夫上个月就催你复查，你别装着忘了。”

回到自己的屋里，冯轲担心地问道：“爸说要跟着去，不会是真的吧？”

甘新荣摇摇头：“不会，爸年纪大了，哪经得住这来回奔波啊？他就是想去，妈也会拦着。”

冯轲放下心来：“那就好。我是担心爸要真的去了，会用老眼光阻挡新机会。”

甘新荣想了想，笑道：“爸上半辈子革命，下半辈子种地，投资做买卖这事怎么看也和他不搭界。”

“幸亏有妈拦着呢，要依爸的脾气，真打定了主意，我们又不能不让他去，到了南昌指不定添什么乱子呢。”冯轲喃喃道。

“怎么说话呢你！”甘新荣瞪了媳妇一眼。冯轲吐吐舌头不再说话。

另一个房间里，甘祖昌一边烫脚，一边吸着烟，呆呆地出神。坐在旁边椅子上缝补衣服的龚全珍见丈夫的脚泡得有一会儿了，询问用不用再加点热水，甘祖昌却一副没听见的模样，仍沉浸在自己的思绪中。

龚全珍看他魂不守舍的样子，无奈地撇了撇嘴，提着暖壶就要往盆里倒热水，特意提高了音量："猪蹄烫熟了！"甘祖昌这才回过神来，连忙把两只脚搭在盆沿上。

龚全珍边倒水边劝："老甘，我说孩子们想干啥，你就别跟着瞎操心了行不行啊？既然要做，就让他们放开手脚做去。前怕狼后怕虎的，这不像你啊老甘。"

甘祖昌皱着眉头说道："想来想去，我这心里咋就觉得不踏实呢？这和出死力的开荒、治田不一样，捏着一个村的钱呢。不行，我还是得跟着一块去……"

龚全珍眼睛一瞪："你敢！"

甘祖昌见妻子真生气了，小声嘟囔着不敢再说了。

第二天，龚全珍拉着丈夫来到县医院。医生边检查边问："最近夜里有没有喘不过来气被憋醒的时候？"

没等甘祖昌说话，龚全珍抢先回答："有，两三天犯一回，严重的时候一晚上折腾好几回呢。"

甘祖昌连忙辩解："哪儿有这么严重啊？我七十多岁的人了，睡眠质量不好，大夫，别听她的，根本不是支气管的事！"

医生笑笑："甘将军，龚大姐不说，您以为我检查不出来啊？老毛病了，不过有加重的迹象啊。龚大姐，甘将军这些年一心扎在农村，他为农业的事操劳得太多，太累了。我建议您多带他出去散散心，这样或许还能缓解缓解。"

被拆穿谎言略显尴尬的甘祖昌听着医生的建议，忽然意味深长地笑起来。

三十　临终不忘先志

甘新荣、冯轲顺利到达南昌，又矮又瘦、眼神里透着精明的陈威前来接站。甘新荣上前与陈威握手："陈威，没想到我们这么快又见面了，自从上次一别，别说，我还真挺想你小子的！"

陈威满脸殷勤地笑着："我早就料到啦，新哥、冯姐是有眼光的人，怎么会白白浪费掉这个大好机会呢！"

"你这张嘴呀，真会说！"虽然知道对方巧舌如簧，但甘新荣听在耳朵里仍甘之如饴。

冯轲笑着瞥了陈威一眼："他上学的时候就这样，一张嘴皮子滑滑溜溜，在男生女生中人缘都特别好。"

"哎呀，那是大家看我岁数小、身板小，喜欢逗我玩呗！要说当年，多亏冯姐当班长，把我当小弟一样照顾，不让我受人欺负，所以冯姐在我心目中就是我亲姐，新哥你就是我亲姐夫。这次姐姐、姐夫来这儿做生意算是来对了，一切有小弟帮忙，二位大可放心！"陈威的嘴巴越发甜了。

冯轲望着来来往往的人群和月台上吆喝的小贩，不禁感叹："这里的变化真大啊！"

陈威点点头："是呀，这两年何止是变化？简直就是脱胎换骨了嘛。每天数不清的人涌来淘金，小到街边卖水果的，大到城里开厂子的。不过要我说，这里面百分之九十九是小富，真正能赚大钱的只有少数。”

甘新荣问道：“那你说什么样的人才能赚大钱啊？”

陈威伸出三根手指：“具备三个特点，一是气魄，二是眼光，三是人脉。弟弟我这些日子也看出些门道，要想赚得多，就得投得多。比如说，拿 100 块进 100 个椰子，每个椰子纯利 3 毛，在路边卖一天，全卖出去了，那也只挣区区 30 块钱。但如果投入 1 万块，买下一个工厂，专门加工零件对外销售呢？据我考察，这个项目现在很火啊，半年回本，一年利润成三五倍地往上翻啊。”

甘新荣抓住了陈威话里的重点信息：“等等，你说现在做零件加工最挣钱？”

陈威点点头：“是啊。当然，这只是我个人的看法。新哥要是看准了什么项目，大可以试一试。”

甘新荣想了想，又问道：“那农副产品加工这块儿现在有人做吗？”

“农副产品加工？”陈威摇摇头，“恕小弟说话直白啊，中国正处于一个由农业向工业转型的时代，加工食品这些在一间小作坊里就干得了，根本没有开工厂的必要！”

冯轲思索了一下，说道：“如果在销售上做足文章，打出自己的特色品牌呢？”

“特色品牌？这不和我刚才讲的卖椰子是一个道理吗？卖得再多，也提不上价格，反而延长了运作周期，回本太慢！现阶段中国人绝大多数还是只认白米饭、大馒头，高级食材不适合大众的消费。就算主打国外市场，比如美国，你竞争得过卡夫这些老牌子吗？即使有这个野心，别说一年半载，就是十年八年也不见得能抵过人家一根小手指头啊。不论哪个国家，都存在排外心理。这是个打持久战的过程，而结果百分之九十九是必败无疑！”陈威似乎很有研究地侃侃而谈。

新荣两口子听了陈威这番话，对视一眼，表情凝重，显然是被说动了。

“刚才我说到哪里了？对，零件加工。这一个例子，就解释了我说的前两点，气魄和眼光。要做就做大，不能缩手缩脚。机会不等人，抓不住就拱手送人啦！一双眼睛也要毒辣，看准什么最赚钱。至于人脉嘛，姐姐、姐夫现在最不用担心的就是这个，有我嘛，明天我就介绍几个有意融资的华侨给你们认识！”陈威拍着胸脯做了保证。

新荣两口子明显被陈威的言论所折服。新荣伸出大拇指满是佩服地问：“陈威，真有脑子啊，你怎么不下海啊？”

陈威嘿嘿笑道：“我嘛，冯姐知道我，属于狗头军师一类，喜欢凑热闹，手里没本钱，只能帮你们出出主意啦。姐姐、姐夫若是通过我这条路子挣到钱，我心里也会蛮有成就感的嘛。等几年吧，手头有些积蓄了，我就入你们的股，到时候两位大老板可不要看不上小弟手里这点可怜巴巴的奶酪哦！”

新荣两口子被陈威的滑稽模样逗笑了。新荣拍拍陈威的肩膀：“陈威啊陈威，要真有那么一天，我就让你当我的销售经理，那绝对是物尽其用啊！你一出马，嘴皮子一耍，我看没有卖不出去的产品！”

三人说笑着出了月台。陈威指着不远处的一辆车：“姐姐、姐夫，那边那辆车是咱的。上车吧，我带你们去招待所住下。”

甘新荣满心欢喜地摸着车身：“行啊，你小子，都开上车了。小时候在新疆，我就爱看车。大家伙‘嘟嘟嘟’响着喇叭，往大街上一开，别提多威风了！”

陈威谦虚地说道：“借的，借的而已。姐夫的厂子一办起来啊，别说一辆，十辆也买得起。”

这时，身后传来一声咳嗽声。三人转身看去，甘祖昌竟然一脸严肃地站在那儿，龚全珍则有些无奈地望着孩子们。

新荣两口子顿时一惊：“爸、妈，你们怎么来了？”

甘祖昌冷着脸反问道：“怎么？老子来不得吗？”

原来甘祖昌借口疗养，由部队安排，前一天就到了南昌，放心不下新荣两人，非拉着妻子来接站。

了解了情况，冯轲苦笑道：“爸，我和新荣这么大人了，您还有啥不放心的啊？国家出钱送您来疗养，可没让您操心这一大堆事啊。您就好好养着吧，不许假公济私。妈，您也是……”

“这趟是我自己掏钱来的。我不花国家的一分钱。”甘祖昌没等冯轲说完，就打断了话头。

陈威见状忙一脸堆笑地迎上来：“伯父、伯母，你们好啊！我叫陈威，是冯姐的大学同学，和新哥也是好兄弟。早就听说过您的大名，甘祖昌甘将军嘛！只是没想到在课本里读到的人物，今天竟然在这儿见到了。我，我，哎呀，冯姐、新哥总说我嘴皮子滑溜，可在将军面前我都不知如何开口了……”

甘祖昌冷冷地看了他一眼：“小伙子，你很会说话啊，我大半辈子都没见过你这么会说话的。”

陈威装作没听懂甘祖昌的弦外之音，仍旧殷勤地打开车门：“伯父、伯母，请！虽说以您二位的身份，到这里来肯定不需要我这种小角色的陪同，但作为晚辈，我理应尽一尽地主之谊，让我这个本地人带你们在南昌的大街小巷里兜兜风，瞧一瞧这座城市的新风貌。”

甘祖昌毫不客气地上了车，龚全珍也跟着上了车。还有些没缓过神来的新荣和冯轲也只好默默上了车。见冯轲一脸不情愿，甘新荣握住妻子的手，示意她少安毋躁。

陈威一边开车一边通过后视镜观察着甘祖昌，发现他一直望向窗外熙熙攘攘的人群。街道两旁有摆水果摊子的，有挂着一皮包口红和香水向路人推销的，还有不少身着西装、夹着黑皮包、步履匆匆一派商人模样的。陈威试探地搭话：“伯父，不知您对南昌的现状有何高见啊？”

甘祖昌想了想，说道：“改革开放成效显著，多少人赶着风头下海淘金。人多，商机就多。但当前一切正处于摸索之中，看似什么都能挣钱，实则这只是表面现象。越是盲目地追求资本，越容易导致后继无力。我尤其担心人们在思想上失去信仰，一切唯金钱至上。立足长远来看，第一步不该是急着做买卖，而是把市场研究透彻，做到心中有规划、有坚持。”

陈威立刻恭维道：“哎呀呀，不愧是老将军，思想多有深度，比我那套生意经强多了。伯父啊，有机会我要向您专门讨教。”

冯轲却说道：“爸，尽管我承认您的一些看法值得思考，但却并不符合当前的实际情况。您说第一步不该是急着做买卖，而是把市场研究透彻。可您又说了，当前一切正处于摸索当中。既然大家都是雾里看花，怎么还能研究透彻呢？您的话分明是自相矛盾。再说，我是学这个的，我知道，市场本来就不是那么好研究的。在现在的大环境下，我们应该顺应潮流而不是抵制潮流。爸，您看我说得对吗？”

甘祖昌一言不发，显得有些不大高兴，突然开口说道：“我要下车，下车才能摸清市场，坐在车里没法摸清。”大家都有些不知所措。冯轲连忙道歉，却也无济于事。

甘祖昌气哼哼地下了车，龚全珍跟着下来。新荣两口子不放心，下来再次劝解。龚全珍见丈夫态度坚决，便以疗养院就在附近，可以走着回去为由，将新荣两口子劝走了。

新荣等人走后，龚全珍埋怨丈夫不分场合地乱发脾气让孩子们难堪。甘祖昌却气呼呼地说道：“我就是瞧不上那个陈威，油腔滑调，满口的铜臭味，这两口子都快叫他洗脑啦！幸亏我来了。这家伙绝对靠不住。新荣、冯轲还是太年轻了。”

车上的三人开始也是一阵尴尬，过了一会儿，陈威率先笑着开口了：“伯父训起人来简直和家父一模一样。可惜他老人家走得早，我这几年想听也没得听了。刚才那一顿训，真让我觉得蛮亲切的。”

甘新荣不好意思地说道：“你别往心里去就行，我也没想到我爸会跟来。他是不放心我俩带着村里集资的几万块钱出来，非要把把关不可。”

陈威眼睛一亮：“我说姐姐、姐夫有本事吧，能让一村人信得过！我们这还有个说法，夫妻搭配，事半功倍。姐姐高知，姐夫能人，不但一段婚姻是金玉良缘，在事业上也一定会比翼双飞啊。”新荣两口子听了，都是眉开眼笑。

冯轲顺势说道：“陈威啊，我们先不回招待所。你不是认识几家工厂吗？我想过去参观参观。”陈威痛快地答应了。

甘祖昌和龚全珍在路上溜达着，看到路边一个卖白糖糕的小伙子正在吆喝，就上前买了两块冒着热气的白糖糕。甘祖昌一边吃一边跟小伙子搭话：“嗯，好吃！小伙子，你卖这个多长时间了？生意怎么样啊？”

小伙子笑着回答：“生意不错！下午人不多，但到了晚上十二点以后，附近工厂下夜班的工人们都爱到我摊上买几块白糖糕垫垫肚子。我不是南昌市里的，原来在家里种地，半年前听我们村里几个出来闯荡的兄弟说做买卖好挣钱，就把地放下了，进城做点小买卖。”

“你不种地了，家里的地谁种啊？”甘祖昌又问。

“我媳妇。”小伙子回答。

“她一个女人家里里外外操持着，能行？你们村像你这种情况的多不多？”甘祖昌很是关心地问道。

“没办法啊，这年头种地不挣钱，做买卖挣钱多，还是她坚持要我来的。现在几乎家家户户都得出来一两个，村里的男人都快走空了！”小伙子无奈地说道。

甘祖昌想了想说道：“小伙子，实不相瞒，我也是来做生意的，想去你们村考察考察，你看能不能今天下午把摊收了，给我当向导，多少钱，你说。”

小伙子一脸困惑地望着甘祖昌：“行是行，但我们村有啥好看的啊？人家做大买卖的都争着去码头周围买厂子呢。”甘祖昌笑了笑，没说话。

说定后，甘祖昌夫妇跟着小伙子走进郊区的一个村子里，详细询问了村里种什么作物，养什么禽畜，收成怎样等情况。当听说这儿的大黄鸡个儿大、肉鲜，很有特点后，甘祖昌心里有了盘算：这里是市郊，交通条件好，农耕、养殖的优势也有，如果在村里建个农副产品加工厂，就地取材应该很有发展前景。不过村里人为什么都没想到这条致富路呢？甘祖昌询问小伙子原因，小伙子嘿嘿笑着：“村里都是穷汉，几辈子没出过一个有本事的，谁能干这啊！再说这儿离市里近，没钱的去工地揽工，有点小本钱的，像我，挑个摊子，一年也能挣不少。叔，如果你想建厂，我们村头有片空地，你去找村委书记商量商量，这事我看不难。”甘祖昌没说话，默默点了点头。

陈威领着新荣夫妇进了一个零件加工厂的车间，几十名工人正在流水线上忙碌着。陈威神秘地小声说道：“一般来讲，这种地方外人不好进的。我和这里的经理关系不错，才能让咱们进来。所以，不要打听，不要高声讲话，免得给人家惹上麻烦。这儿的老板是美国华侨，厂子开了不到两年，听说已经赚了 200 万元了。”

新荣两口子不禁咋舌。陈威很满意两人的反应，笑着继续带他们往前走。

参观了几个加工厂后，陈威又带着新荣两口子来到一间刚建成的工厂外面，说这是一处非常难得的好地方，紧邻码头，货物进出很方便，虽然价格高一些，但可以省去中间一笔运输费用，还是蛮划算的；不过每天都有好多人来看，如果有意向的话，就得赶紧下手。

说着，三人到里面四处转了转。上下两层的建筑，406 平方米的使用面积，底下是生产加工车间，上面可以当办公室，设计合理，看起来宽敞明亮，新荣和冯轲两人立即喜欢上了这个工厂。不过听到陈威 5 万元的出价，两人不禁面露愁容。

甘新荣说道：“我和你姐手里没带这么多钱，全拿出来买厂了，机器设备怎么办？”

陈威一笑：“姐姐、姐夫要真想做这一行，我给你们介绍一位生意上的朋友，你们出钱买厂，他出钱办厂。”

甘新荣沉默片刻后说道：“这么大的事，我们还是先回去商量商量。”

“行！这样，我下午还有点事儿，先安排你们住下，好好休息休息。”陈威掏出一张名片递过去，“这是我的名片，和伯父、伯母商量好了，打电话或直接按上面的地址来找我都行。弟弟我再私心提醒一句，机会难得，千万要抓住啊。只要是姐姐、姐夫要买，我一定想办法拿下，价格只会低不会高。至于低多少，不好说，但我敢保证，绝对比外人买都要实惠，哈哈，自家人啦。尽快给我答复啊。”

甘新荣点点头：“行，陈威，今天谢谢你了，往后还要拜托你啊。”

陈威爽快地回答：“客气什么，都说是一家人啦！帮你们就是日后帮我自己啦！”三人边说边走出工厂。

招待所里，甘新荣和冯轲还在商量着这件事。冯轲不愿意跟两位老人商量，担心受阻。新荣虽然对零件加工动了心，知道未来轻工业发展更有前途，但觉得父亲干了一辈子，如今还是全国人大常委会委员，设立经济特区他也是举手表决过的，应该能给出中肯的建议。最后冯轲还是答应了和新荣一起去疗养院道歉并商量此事。

到了疗养院，冯轲首先给甘祖昌道歉：“爸，白天的事是我不对，您别生气啊，注意身子。”

甘祖昌摆摆手：“我压根不是因为那个。算了，不说了，谈正事。今天下午我和你妈去市郊一个村子转了转，想在那边办一个农副产品加工厂，各方面条件都合适，费用也便宜，我合计了一下，一年费用不会超过 1000 元。这两天和村委书记商量一下，把价钱谈拢，明天你们跟我过去……”

一听情况不对，冯轲赶紧说道：“爸，我和新荣打算开个零件加工厂，厂房也已经看好了，就在码头边上，离这儿挺近的，您要是不累啊，吃完饭我们散步过去看看？”

甘祖昌皱起眉头，沉默了一会儿才说道：“零件加工你们了解多少？做买卖，首先得自个儿懂这里面的门道。自个儿不懂，找个行家，那还不是让人家牵着鼻子走？而且沿江地界好，那个厂房肯定不便宜吧？”

当听到 5 万这个数字时，甘祖昌一拍桌子，大发雷霆：“你，你们……可真敢啊！让我说什么好！总共带了这些钱，都想投进去？”

冯轲不服气地说道：“敢投才能赚啊。”

甘祖昌有些激动：“屁！你投的是啥？空厂子一个，技术在人家手里把着呢！我看就是有钱烧的！不能让你俩手里拿着钱，把钱给我吧！”

冯轲的脸色一下子难看极了。龚全珍赶紧拽拽丈夫，小声说道："怎么跟媳妇儿说话呢。"

甘新荣也有些生气了："爸，您就不能给我们一点自主权吗？想当初咱公社水泥厂的水泥，要不是小轲推销出去，后来能有这么好的销路吗？我和小轲在外闯荡了这么多年，不是完全没有能力的，希望您能适时地接受一下我们的意见。爸，我知道您跟田地打了几十年交道，对农业生产有感情，但现在世道变了，不再是原来那个样子了。"

甘祖昌气愤地说道："再怎么变，人总是要吃饭！你们的想法根本就是盲目跟风！我反对的并不是零件加工，而是你们在完全没搞清楚的状况下这么做！不说了，不说了！把钱给我。"

甘新荣倔强地回答："集资是我出的面，钱也应该由我保管！"

龚全珍见状，急忙拉住丈夫，又劝新荣好好说话，最后说道："你爸说的不是没有道理。我虽然也不懂啊，但 5 万块钱买一个厂房，单就这么想想，也不大妥当。这样吧，新荣、小轲，你们先别买，只租下来，行不行？干干再说，别把钱全压上面。自己也多跑跑、多转转，不要人家说啥就是啥，回头让人家骗了。"

甘新荣想了想，看看妻子，两人点了点头。甘祖昌虽然不愿意，但想想只要不把钱都投进去，多少还有个回旋的余地，便不再作声。

新荣两口子走后，龚全珍见甘祖昌仍是一脸郁结，便劝道："行啦，让你疗养来的还是让你生气来的？你再这样啊，我就跟司令员打电话，告你的状，把你抓到别处去！"

甘祖昌叹了口气："一来到这花花世界，眼睛全被迷住了，到底还是年轻啊！"

"年轻人有年轻人的想法，你不要总干涉。他想试试，就让他试试吧。平荣当兵走了以后，你这一把抓、一包揽的作风改了不少，应当再接再厉，不能再犯了。"听着妻子温柔的劝解，甘祖昌的心情总算好了些。

做出决定后，新荣夫妇找到陈威请他来周旋，看看租金方面能不能商量。陈威一听，不禁皱起眉头，接着从南昌的发展、机遇的把握、合作伙伴的认可等角度，极力说服他们只有拿出魄力，抓住这次难得的机会，才能成就大事。

两人听着听着不禁有些动摇了，最后冯轲心一横："这间厂到底多少钱能买？"

陈威一看，立即装出一副诚恳的样子："48000，这是最低价。外人签订购厂合同以后，按规定需要等半个月左右才能交接。我们就不用啦，由我替姐姐、姐夫出面，一手交钱一手交厂，干脆利落。"

两人对视一眼，有些心动，又有些犹豫，最终还是禁不住诱惑，下了决心。陈威脸上立即笑开了花："姐姐、姐夫有魄力，不愁不成大事。"

很快，陈威带着合同过来让甘新荣两人签字。两人激动不已，草草看了一眼就分别签上了自己的名字，然后递过钱款。

陈威假意推却，说这样不合规矩，应该双方亲自出面才行。推让了半天，陈威这才将钱装进包里，并拿出纸笔写了收条递给冯轲。

冯轲接过收条，又从包里拿出一个信封递给陈威，感谢他这些日子跑前跑后地帮忙。陈威却说什么都不肯收，表示能帮上忙他已经很高兴了，接下来还要谈合作、学管理，需要钱的地方、需要做的事情还很多，千万不要惦记着他这儿。

两人见陈威执意拒绝，只好作罢，又说了好多感谢的话才将陈威送出门去。

甘祖昌得知消息后火冒三丈，气得浑身发抖，指着儿子的鼻子说不出话来，最后只能长叹一声，拂袖而去。很快，甘祖昌收拾好了东西准备回家，新荣两口子赶来送行。甘祖昌却坐在车里看都不看他们一眼。

龚全珍嘱咐儿子、媳妇："你们两口子既然做主把厂房买下了，我也就不多说什么了。好好干吧！俗话说害人之心不可有，防人之心不可无，这儿不比老家，有本事挣钱的人都是人精，不能不防。但坑人的事咱一件不许做，挣钱也要挣得干干净净。"

甘新荣答应着，又看看车里，想跟父亲说句话。龚全珍摇摇头，拦住了他。甘祖昌在车里没好气地催促妻子。龚全珍叹了口气：“我走了，按时吃饭，天凉了记得加件衣裳，别忙起来什么都顾不上。过年能回来就回来，回不来也别惦念着，想吃啥妈给你们寄。”边说边上了车。

新荣夫妇目送着汽车离开，心里虽然有些酸楚，但似乎更多的是轻松：终于可以大干一场了。

接下来的日子里，两人规划收拾厂房，与各厂商谈合作，每天忙得不亦乐乎。可是多日过去了，合作的事并没有想象中的顺利。当甘新荣想找陈威再给他想想办法时，电话却怎么都打不通。心急的新荣只好拿着名片去他家里找，却从邻居口中得知陈威只是租住在这里，上个月已经搬走了。

沮丧的新荣心里隐隐觉得有些蹊跷，回到厂房却发现一个穿西装的男人正带着几个工人要往厂子里闯，冯轲拦在门口死活不让他们进。新荣快步走到门口询问怎么回事。西装男理直气壮地说这间厂房是他买的，已经签过合同了，要他们赶紧搬走。两人顿时大吃一惊，愣了片刻后要求他们拿出购厂合同，没想到那人立刻从包里拿出合同。甘新荣立刻惊出了一身冷汗，直觉告诉他可能出事了。他马上让冯轲拿出他们的合同。西装男看了两眼，不屑地说道：“假的！你看看，两个章都不一样！”

冯轲怒气冲冲地说道：“你凭什么说我们的合同是假的？”

西装男冷笑道：“真的假的，明天去建筑公司对质不就完了？今天我也不进去了，走吧！”说着便招呼工人们离开了。

新荣两口子愣在了原地。

第二天，冯轲在招待所里胆战心惊地等着新荣的消息。中午时分，新荣终于垂头丧气地走进来，脸色惨白地对冯轲说：“咱们的合同是假的。陈威把咱们坑了，厂房只签了三个月的租期。”

冯轲激动地就要往外冲：“我去找他！对了，我们手里还有他签的收条……”

甘新荣一把拉住她：“昨天我已经去过了，谁都不知道他搬去了哪里。人都跑了，咱们能上哪儿找去？”

冯轲一下子瘫坐在床上。

转天，静谧的海边，甘新荣和冯轲手拉着手，一步一步朝水里走去……

渐渐苏醒的甘新荣睁开眼睛，看见妻子脸色苍白地坐在床边，四周一片洁白。

“小轲……我们不是……”甘新荣虚弱地问道。

劫后余生的冯轲见丈夫终于醒了，激动地一把握住他的手，眼圈泛红：“新荣，你醒了！是几位渔民师傅救了咱们，我也是醒后听医生护士们说的。”

甘新荣脸上露出一丝苦笑：“还是活着好啊，可是我没脸活啊。”

这时，甘祖昌从病房外匆匆走进来，看着病床上的儿子长叹一声：“遇见点挫折就想用死亡来逃避，甘新荣啊甘新荣，你真是太叫我失望了！看把你妈急得！死都敢死，怎么就没脸死乞白赖地往下活了？钱没了咱有人啊，大不了再挣，有啥啊？”说着话已走到病床边，后面跟着眼睛哭得红肿的龚全珍和一个年轻人。

新荣夫妇惊讶地看着突然出现的父母，满脸愧疚。原来渔民师傅救了他们之后，在口袋里找到了他们的证件，这才联系上了家里人。

龚全珍坐到儿子身边，又忍不住抽泣起来，摸摸儿子的脸，拉拉媳妇的手，满脸的心疼：“没事就好，没事就好，你们这俩孩子怎么这么傻啊！”

甘祖昌在旁边拿着烟杆作势要敲新荣的头，没好气地说道：“这件事我打听过了，已经报了案。海关的同志说，这小子极有可能偷渡出海了。是个男人就站起来扛，带老婆跳海算什么本事！唉，真想打你小子一顿出出气。”

甘新荣明白父亲是在担心自己，低着头说道：“爸，我是该打，等我出院了，随您和妈咋出气都行！妈，别哭了。”

这时，一直在后面站着的年轻人说话了：“新荣哥！”

甘新荣愣了一下："你是……"

"我是卫国啊。怎么？我有那么大变化吗？"李卫国微笑着说道。

甘新荣又惊又喜："卫国？哎呀，长成大小伙子了，我还真没敢认！"接着向冯轲介绍，"这就是卫国，我常跟你说的，小时候就爱跟在我屁股后头跑。"然后向卫国介绍了冯轲，并打听他这些年在上海过得怎么样。

卫国轻描淡写地说道："当年我带我妈去了上海，在一家糖果厂找了份工作，干了几年，还可以。"

甘祖昌接过话头说道："你不知道，卫国现在已经成了名副其实的小老板了。"

卫国看了甘祖昌一眼，羞赧一笑："也是借了改革开放的东风，去年我上班的那家糖果厂国家低价转让给个人，我觉得时机不错，就和厂里几个同事共同出资买了下来，这一年收入还不错。"

甘新荣真心为他高兴："好兄弟，有出息了。"

卫国笑了笑："哥，我不打算待在上海了，就留在南昌，跟你一块儿再把这摊子拉起来。对了，我明天就回上海把糖果厂的股份转卖出去！"

众人对卫国的决定感到震惊。甘新荣满是感动地劝道："卫国啊，那边干得好好的，你不用为了我……"

卫国笑着摇摇头："哥，南昌离老家近，再说了，南昌刚刚开发，比上海机会多多了。"

甘新荣夫妇最终接受了卫国的好意。跌倒后又爬起来的两人变得更加细心、更加谨慎，跟甘祖昌和卫国再三考察了郊区的情况，也确定了当地大黄鸡品种的独特性和优良性，一致认为最初甘祖昌提出的在郊区建一个农副产品加工厂的方案具有可行性。一来成本低，二来可以就地取材，三来不愁没有销路，整个南昌的市场就已经非常可观了。以后不管是销往内陆省份还是出口海外，交通条件都不会受限。而且，工人可以找附近村子里的小伙子，他们离家近，就不用额外建工人宿舍了，这也能省下一笔开销。

四人商定后，跟村委书记租了村头的空地，准备建厂。甘新荣无比钦佩地对父亲说道："爸，想不到您做起买卖来比谁都在行啊。"

甘祖昌淡淡一笑："其实我也不懂，但有些事就知道该这么做，不能怎么做，这就是一辈子积攒下来的经验吧。"

一番忙碌过后，新厂终于建成了。鞭炮声中，工厂大门缓缓打开，牌匾上"新星农副产品加工厂"几个大字格外醒目。

甘新荣站在大门前，提高嗓门说道："我宣布，新星农副产品加工厂正式投入生产！"身后的卫国、冯轲等人激动地鼓起掌来，围观的村民们也掌声一片。

几十名穿着统一蓝色制服的工人昂首阔步地走进厂房。有些看热闹的妇人瞧见自家的男人精神抖擞的样子，甚是欢喜。甘祖昌脸上也绽放着灿烂的笑容，站在人群里欣慰地看着这一幕。

日子一天天过去，新星农副产品加工厂的生意越来越红火。这天，甘祖昌激动地召集大家到村头开会。在龚全珍的搀扶下，甘祖昌虽然有些颤颤巍巍但依然精神矍铄，他清了清嗓子，大声说道："自打我回乡，几十年了，就在这儿，我带大家召开了大大小小无数次会议，但只有今天不一样，因为今天这会啊，是给大家发钱的会。新荣两口子和李家的卫国小子在南昌办厂挣钱了，大家投的本，该拿红利了！"

乡亲们听着，每个人脸上都是喜气洋洋。

甘祖昌拿出分红的名单交给身旁的村委书记，接着说道："我年纪大了，不唠叨了。我知道，大家最关心的还是每家能拿多少。赶快给大家分分吧。"说完，甘祖昌慢慢退出人群，对妻子说道，"全珍啊，我想去山上看看。"

走了好久，两人终于爬上了山头。甘祖昌久久眺望着远山，心潮澎湃。突然，他情绪激动地对着远山大喊："海生，你看到没啊？哥说话算数，老乡们吃饱饭了，日子好过了，革命到底了啊——"

“老甘，别喊了……”龚全珍担心地看着丈夫。

甘祖昌摆摆手，眼睛里泛着晶莹的泪花。他久久地眺望着，眺望着，所有的前尘往事、酸甜苦辣，似乎都涌上了心头。

李保山出狱后没有回农村的家，而是借着改革开放的东风在县城做起了生意。在儿子的帮助下，生意很快步入正轨，他不仅赚得盆满钵满，还在县城建起了一栋富丽堂皇的二层别墅。

这天，须发皆白的甘祖昌正坐在水库前的石头上抽着旱烟，卫国受父亲指派，特意来接他去家里喝酒。甘祖昌正想找老战友说说话，于是欣然跟着卫国上了车。

到了县城的别墅里，西装革履的李保山一瘸一拐地慢悠悠迎出来。甘祖昌则望着富丽堂皇的别墅，揶揄道：“李保山，你这房子可真够气派的！跟当年咱省最大的地主头子有一拼了，占用了多少土地啊？”

李保山底气十足：“这可是我花自己的钱买的地盖的房。”

甘祖昌摇摇头：“是花你的钱，可这地是用来种庄稼的。你盖这么大的房子，一年得少收多少粮食啊！真是崽卖爷田不心疼啊！”

李保山哭笑不得：“你看看，你看看，咱哥俩多少年没见了，这才刚一见面你又开始骂我了！”

“骂你还是轻的，你说你出来多久了，你回过一次村里吗？你还记得回家的路吗？”甘祖昌依旧绷着脸。

“我这不是一直都在忙吗？好了，不说这个了，我今天请你来不是挨批评的。卫国，快扶你祖昌叔进屋里坐。宴席马上就要开始了！”李保山边说边向儿子示意。甘祖昌却轻轻推开卫国的手，自己向屋里走去。

别墅内部装饰豪华，沙发、彩电应有尽有。甘祖昌望着屋里的摆设，脸色变得铁青：“李保山，长出息了啊，这些家当要花不少钱吧？”

李保山嘿嘿一笑：“知道老哥你会这么问。实话告诉你，钱是花了不少，不过花的钱可都是我合法挣来的。”

甘祖昌瞪了李保山一眼：“少在这儿蒙我！这么快能赚来这么多钱的

人，有几个是真正合法的？”

“你看你，又来了！我这是赶上了改革开放的春风！你要是不信，可以亲自去税务部门查账，每一笔收入我可都是交过税的！”李保山说着喊小保姆上菜。一盘盘龙虾、鲍鱼被摆上桌。

甘祖昌面无表情地望着桌上的菜：“李保山，你这么大手大脚地花钱，铺张浪费，你不觉得心里有愧吗？难道你忘了咱们干革命到底是为了什么吗？不是为了个人升官发财，不是为了贪图享乐，是为了人民群众，为了共同富裕。”

“老甘，我花的是我自己辛辛苦苦挣来的钱，有什么好愧疚的？时代变了，你得把眼界放宽一点，别抱着你头脑里的旧思想不放。”李保山据理力争。

甘祖昌猛地一拍桌子，喝道：“再怎么变，也不能忘记党性！不能忘记当初咱们为啥参加革命！”说着，甘祖昌愤怒地起身要走，却突然感觉眼前一黑，一头扎在了桌子上。

昏迷不醒的甘祖昌被火速送往医院，经过全力抢救，身上插满各种管子的甘祖昌终于睁开了眼睛，只见妻子正焦急地看着自己。甘祖昌声音微弱却字字坚定地说道：“全珍，我要拜托你一件事。你帮我向中央写一份报告，就说虽然改革开放了，但土地问题不能大意，粮食问题不能大意，民以食为天，这关系着国家的命脉，关系着国家的安全。另外，一部分人富起来了，不要忘了共同致富，我们共产党人始终不要忘记人民！”

龚全珍握住丈夫的手安慰道：“你放心，这件事我一定帮你完成。”甘祖昌满意地笑了。

得到父亲病重的消息，孩子们都赶了回来。大家沉默而悲痛地守护着即将离世的父亲。甘祖昌慢慢睁开眼睛，目光留恋地在亲人们的脸上滑过，最后停在平荣脸上。他张张嘴，却没有声音。平荣立刻把耳朵贴过去：“爸，您说吧。”

甘祖昌脸上露出欣慰的笑容：“平荣，回来了，穿军装，有我当年的几分模样啊……”

平荣想哭，却拼命忍住了，扯过人群里一个同样穿着军装、看起来稳重踏实的小伙子："爸，这是陈宇，我们……快结婚了。"

"好，好啊。"甘祖昌又将目光落在龚全珍身上，断断续续地嘱咐道，"我去了……你们要好好照顾你们的妈妈。她这辈子跟着我受苦了。"

龚全珍终于忍不住了，眼泪扑簌簌落下来。

"龚全珍同志，不要哭……你的任务完成得很好嘛，医生让我争取活过六十岁，而我今年八十一岁了……"甘祖昌的目光又转向儿女们，"爸爸没有留下什么钱，你们也不需要爸爸的钱，本本分分做人、脚踏实地做事，就够了……"

这一天，这位饱经风霜、奋斗一生的老人微笑着永远闭上了眼睛。

满脸沧桑、弯腰驼背的李保山提着一壶酒颤颤巍巍地走到甘祖昌墓前，久久凝视着照片上老战友熟悉的面容，喃喃自语："老甘，我一直在想，我跟你斗了几十年，总想找机会把你压下去，但为什么每次都是我落在下风？现在我终于想明白了，因为我私心杂念太多，是个俗人，而老甘你一身正气，遇事想的都是穷苦百姓，为的也是穷苦百姓，你接地气，你有底气。其实说句心里话，我活了大半辈子，各色各样的人也见识过不少，但最让我服气的只有老哥你一个人！"李保山说完，突然立正，用尽全力挺直了腰杆，敬了一个标准的军礼。

三十一　守信仰扶危济困

病房里，龚全珍趴在甘祖昌的病床旁睡着了。恍惚间，一阵响声惊醒了她。龚全珍睁开眼睛，发现床上的丈夫不见了。她急忙转过身，却发现丈夫满面红光地站在她面前，望着她笑道："全珍，走，跟我一块儿出去转转。"

龚全珍一脸困惑地看着丈夫："祖昌，你的病还没好，怎么下床了？快躺下，快躺下！"说着站起来要扶他。甘祖昌摆了摆手："谁说我病了？你看我这不是好好的吗？"说着已经迈步出了门。龚全珍赶紧追了出去。

清风吹拂，农田里翻滚着金黄的稻浪。甘祖昌兴奋地说道："真快，我睡着的时候稻子才刚刚种下，没想到一觉醒来，全都熟了。"

龚全珍笑道："你再睡一觉，村民们都该脱贫奔小康了。"

甘祖昌摇了摇头："哪有那么快！脱贫是块硬骨头，需要长久而耐心地坚持努力，不是一蹴而就的事。不过说实话，现在可比咱们回来的时候强多了。人总得有理想，我这辈子啊，最大的理想就是让农民富裕起来……"

两人边走边聊，很快到了山腰处。望着山下崭新的村庄和硕果累累的果园，甘祖昌十分感慨："果树红了，房子亮了，看来我的任务已经完成得差不多了，到走的时候了。”

龚全珍不解地问道：“走？去哪？”

甘祖昌朝她笑了笑，抬头望向天空：“你不觉得天上的云彩很美吗？”

龚全珍抬头看去，但她什么都没看到——整个天空中没有一丝云彩：“哪有云彩？”

没有回应。龚全珍回头望去，甘祖昌已经不见了踪影。

“祖昌？祖昌？”龚全珍急忙呼喊着四处搜寻，直到声音嘶哑，依旧没有任何回应。

龚全珍猛地从床上坐起身来，睁开双眼，发现原来只是一场梦。她转身看看窗外，天还没亮。她打开台灯，从床头拿出随身携带的日记本，轻轻翻开，里面露出了甘祖昌的照片。她久久地凝视着，满含深情。这时，外面响起吉荣轻手轻脚洗漱的声音，龚全珍这才从回忆里走出来，披衣下床。

上午，龚全珍正坐在沙发上择菜，甘吉荣忽然脸色阴沉地从外面回来，一言不发地进了自己的卧室。龚全珍不解地望着紧闭的房门，起身来到房门口。推开门，见坐在床边的女儿正在抹眼泪。

“怎么哭了？出什么事了？”龚全珍关切地询问。

甘吉荣闷头不语。见女儿不说话，龚全珍愈加焦急，不断追问。

“说了也没用，您还是赶紧择菜去吧。”好半天，甘吉荣抬起头说道。

“你这丫头，真想把我急疯啊？快说！”龚全珍提高嗓门。

“我们药店效益不好，连年亏损，我被裁掉了。妈，去年我还拿了单位的先进个人呢，怎么就……”在母亲的逼问下，吉荣终于说出了缘由。

龚全珍一愣，片刻后劝解道：“如今不是吃大锅饭的年代了，市场经济推着人往前走，不走也得走。裁就裁了吧，现在市场活跃起来了，只要身体好好的，以后随便干点什么都饿不死人。”

“妈，可我不想离开这个单位，我都干了十多年了，没犯过一次错，没请过一天假，孩子生病我都是让他爸带着去医院，我把整个青春都献给它了，它怎么能说不要就不要我了呢？妈，您帮我想想办法吧！”甘吉荣说着，委屈的眼泪再次落下来。

听了女儿的话，龚全珍严肃地说道：“吉荣，你爸在世的时候，一辈子没有搞过一次特权，没有犯过一次错误……”

甘吉荣急了：“妈，这怎么能叫犯错误呢？我爸回乡当农民是为人民服务，您当老师也是为人民服务，那我在药店上班是不是为人民服务？您退休的时候，按照当时的规定我可以顶替您当老师，可爸却百般阻挠，后来我没能当上老师，但那件事我从来没有怪过你们。您和爸的做事风格我们都习惯了，就怕找麻烦、就怕犯错误，从来都是高标准要求子女。可现在不一样了，孩子他爸工资不多，我要是再没了工作，以后还让我们怎么活啊？妈，过去我从来没求过您和我爸，今天算我求求您了，行吗？”龚全珍有些愧疚地望着泪流满面的女儿，张了张嘴，却什么都说不出来。

下午，龚全珍鼓足勇气来到女儿工作的药店外。望着冷冷清清的药店，她眉头紧皱，犹豫了良久，毅然转身离去。回到吉荣家，龚全珍望着女儿充满期待的眼神，低声说道：“这事妈开不了口。这是原则性问题。我不能用一句话毁了你爸一辈子的声誉。吉荣，不是妈不愿帮，是妈实在不能帮。你婆婆不是在搞家庭养殖吗，你可以试着学习养殖，搞好了说不定以后比上班还有出息！”甘吉荣沮丧地坐在沙发上，闷着头没有说话。

第二天早晨，龚全珍收拾好了东西准备回老家。甘吉荣见了连忙挽留：“妈，我昨天想了一宿，您说得没错。一天到晚赖在药店里，工资也不高，我图什么啊！您不愿说情就不说，也不至于离开吧？您不会是生我的气了吧？”

龚全珍笑笑：“妈怎么会生闺女的气？妈在你们家住的时间不短了，也该回去看看你爸了。”

见母亲执意要走，甘吉荣只好将母亲送到长途汽车站，嘱咐道：“妈，路上小心点，一会儿我给我三姐打个电话让她去接您。”龚全珍笑着点点头，上了汽车。

莲花县汽车站，乘客们陆陆续续从一辆长途汽车上下来。在此等候的三女儿甘公荣和女婿金林却没有看到母亲的身影。想着也许是提前下车去看望父亲了，两人急忙向车站外走去。

甘祖昌的墓前摆放着各式各样的野花，龚全珍站在墓前絮絮叨叨地说着："祖昌，我来看你了。你在那边还好吗？见到王震司令员和其他老战友了吗？你不说我也能猜到，肯定见到了。老伴，你知道吗？你走后这么多年，很多人都还记着你。经常有人问我，你为什么回家乡劳动。这件事我最了解，你不愿意坐享优厚的待遇，你认为那是'牢房'，你感到烦躁不安，你要奉献，全身心地奉献，用自己的双手改变老区贫穷落后的面貌。我记得，你每天一身汗，到处奔走。只有这样你才过得踏实、幸福、愉快，是吧？现在，全国都在宣传你的事迹，你永远活在老百姓心中，也永远活在我的身边……"

甘公荣和金林远远看到墓前的母亲，心里顿时踏实下来。两人在远处站了一会儿，见母亲要离开时才走上前去。金林接过龚全珍手里的行李，三人并排往回走去。

"妈，我昨晚梦到我爸了。我爸还是老样子，就是……生活凄苦了点。我梦到他赤着脚，穿着短衫短裤站在家门口，他说他在那边没房子住。"甘公荣边走边跟母亲说话。

龚全珍不以为意地说道："你爸一心一意为革命，前二十多年为解放事业奋斗，后半生为建设家乡出力，确实吃了不少苦，你爸俭朴的一面可能是印在你心里面了。"

"要不，过两天我去给我爸扎个纸房子？"甘公荣心里琢磨着，然后提出建议。

"咱家不搞那个，你爸是共产党员，我也是。共产党员信奉的是共产主义。"龚全珍说着，突然停住了脚步。只见前方一个八十多岁的老人佝偻着身子，拄着拐杖，胳膊下夹着捡来的纸箱子缓缓走来。老人的身体一颤，纸箱子掉到地上。龚全珍赶紧上前帮她捡起来，边递给老人边问："您这么大年纪了，怎么在做这个？"老人没有回答，只是感激地冲龚全珍笑笑，夹起纸箱继续一步一步朝前走去。

“妈，她叫赵慧芝，今年八十多岁了，每次我放电影时，总看到她在旁边捡垃圾。”旁边的金林解释道。

龚全珍看着老太太的背影问道：“她没有亲人吗？这么大岁数了还到处以捡垃圾为生。”

金林回答：“听说她有一个女儿，是养女，人嫁到吉安去了。”

龚全珍不禁气愤地说道：“嫁到哪儿都得照顾老人啊。父母一把屎一把尿把她拉扯大，现在她翅膀硬了，就撒手不管了？赡养老人是子女法定的义务！”

望着蹒跚远去的赵慧芝，龚全珍决定为这个可怜的老人做些什么。她首先来到民政局。副局长客气地接待了她，当得知她是为赵慧芝的事而来时，一脸为难地说道：“您说的这事儿我们多少了解一点。老人一个人生活艰难，确实怪可怜的。但您也知道咱们县里的情况，困难户又不只她一个……”

没等他说完，龚全珍便正言厉色地说道：“我看你们局门口墙上写着‘上为政府分忧，下为百姓解愁’，现在老百姓有困难了，你们怎么能撒手不管？”

“龚老师，不是不管，是真的无能为力。上面的拨款有限，巧媳妇也愁无米之炊啊。每年逢年过节我们都去困难户家里慰问，发点米、油、毛巾、肥皂等日用品表示关心，别的就……”副局长边摇头叹气边解释。

龚全珍失望地离开了民政局，来到菜市场买了排骨、鸡蛋等一大堆东西，一路打听，找到了赵慧芝的家。

这是一间低矮老旧的平房。龚全珍还没进去，就听到里面传来呵斥声：“这个月咋就卖这么点钱？才 200 块，还不够塞牙缝呢！”龚全珍连忙走进去，只见一个六十岁左右的女人正将赵慧芝手里的钱抢过去塞进自己的兜里。

“你就是赵老太太的闺女赵蛾子？你怎么能要你妈的钱？她这么大年纪了还出去捡垃圾。你这个闺女不但不奉养老人，还拿老人的钱，你真忍心？”龚全珍气愤地质问道。

赵蛾子却是满脸不屑：“她自己爱捡，我又没逼她！再说了，我也六十多了，是个快死的人了，我能干啥？”

龚全珍气得脸色发青：“羊有跪乳之恩，鸦有反哺之义。你妈含辛茹苦把你拉扯这么大，费了多少心血，你怎么就没有一点感恩之心呢？”

赵蛾子争辩道：“你谁呀管我们家的事？告诉你，我不是没接我妈去过吉安，可她说在那儿待着不舒服，硬要回来，我有什么办法？”

“她不过去住，你平时总可以给她几个钱花吧！”龚全珍语气缓和了一些。

“几个钱？我自己都没钱买东西，哪有闲钱给她！你要是看不惯你给，反正我是没有！”赵蛾子说完，扭头就走。

赵慧芝见女儿走了，一脸尴尬地对龚全珍说道：“这孩子就这个德行，您别跟她一般见识。您是……”

“我姓龚，以前是老师，现在退休了。我是替您不平，把孩子拉扯大不就是为了防老吗？”龚全珍说着，将手里的东西放在一旁的案板上。

赵慧芝满是感激地说道：“龚老师，谢谢了。现在我手脚还能动，捡些垃圾卖点钱也够我生活的。也经常有像您这样的好心人给我送这送那的，我很知足了。”

龚全珍叹了口气：“现在干什么都得花钱，那点钱哪儿够用？如今，您年纪大了，不比以前，要是发个烧、得个病怎么办？您放心，您的事我一定会想办法。您闺女不管，还有国家和政府呢，他们不会看着不管！”

转天，龚全珍再次来到民政局。副局长表面上客气有礼，实则依然搪塞推托。耗了半晌，见丝毫没有结果，龚全珍不由得语气严厉起来：“救济金要等到明年？老太太那么大岁数了，她等不了。今天你必须给出一个解决办法。人民群众之所以那么贫穷，就是因为你们这些当官的不作为！”

副局长的脸色顿时变得很难看，但又不知该如何处理，愣了一会儿才尴尬地说道：“龚老师，您消消气。我没说不办。您先让我好好想想，明天就给您答复。”龚全珍这才转身离开。

来到赵慧芝家门口，龚全珍喊了几声，没人回应，便轻轻推门进去，却见赵慧芝虚弱地躺在床上。

龚全珍紧走两步来到床前：“赵大姐，您怎么了？”

赵慧芝眼神迷离地望着龚全珍：“今天早上一醒来，发现头重得很，起不来了。没事，准是感冒发烧了，过两天就好了。”

龚全珍摸了摸赵慧芝的额头，顿时一惊：“真的发烧了！您都这么大岁数了，得病了咋能这么拖着？我现在就给您去请医生！”说完，龚全珍立即起身向最近的一家诊所走去。

到了诊所，没想到龚全珍一提起赵慧芝的名字，那个大夫就为难地表示老太太已经拖欠了他好几次医药费了。龚全珍二话不说，掏出一沓毛票递给了大夫。大夫满脸尴尬地背起药箱随龚全珍来到老人的住处。所幸老人的病不算严重。龚全珍喂她吃了药，又陪了好一会儿才回家。

吃晚饭时，金林说他下班时碰见了民政局的汪局长，汪局长说可以给赵慧芝办低保，让龚全珍明天拿着她的户口本去民政局办理。龚全珍微笑着点了点头。

“妈，那个汪局长平时可是油盐不进，您是怎么说服他的？”金林好奇地追问了一句。

龚全珍淡淡地说道：“不用怎么说服，他是党员，我也是党员，我资格比他还老呢！他是政府和人民群众选出来的公仆，为人民服务是党的根本宗旨，在其位就得谋其政，不然要他干吗！这就是‘当官不为民做主，不如回家卖红薯’！”金林望了望龚全珍，想说什么，又闭上了嘴。

龚全珍察觉到了金林的举动，便问道：“金林，你是不是有话想说？”

“其实也没什么，我就是觉得放电影这工作太枯燥了，您能不能……”金林有些心虚地说道。旁边的甘公荣抬头偷偷观察着母亲的表情。

龚全珍严肃地说道：“你是想让我帮你找找关系调动一下工作吧？放电影的工作要是枯燥的话，当农民岂不是更枯燥？你爸放弃将军的头衔下乡当了一辈子的农民，我也没听他说过一句怨言。我教了半辈子的书，也不觉得教书枯燥。其实任何职业都是这样，得干一行爱一行。你反过来想一想，那些看电影的人看着你放的电影，既娱乐了身心，又学到了文化知识，这对他们有多大的帮助啊！”

甘公荣忙接话头说道：“妈说得对，放电影的工作多好，能比别人多看好几遍电影呢。不说了，妈，吃饭，吃饭。”

几人不再说话，都埋头吃饭。

吃过晚饭，龚全珍回屋拿出一张照片。照片上，穿着旧军衣的甘祖昌和女儿甘仁荣、甘公荣正在农田里劳动，上方写着“将军教女务农”几个字。

龚全珍将照片递给公荣：“你们那时候还是两个乡下小姑娘，转眼就是当妈的人了，时间过得可真快啊！”

甘公荣看着照片觉得很是亲切：“那个时候我爸多年轻、多精神啊，到现在我都还记得他当时跟我和我姐讲种稻子的情景。”

“前几天，我在县里遇到了一个年轻人，说你爸不止自己苦了一辈子，还叫两个女儿务农，耽误了你们俩的前途，说他是糊涂的农民意识。我反驳说，他虽然物质生活俭朴艰苦一点，但精神却十分丰富充实。那人却说精神管个屁用，现在谁还讲究精神，捞到了实惠才是好。”龚全珍淡淡地说。

甘公荣不满地说道：“他怎么能这么说我爸！我爸睡觉的时候都比我清醒！”

龚全珍依旧面色平静：“这是晚辈们对你爸误解了，他只是不想让别人关照他的子女而已。在新疆的时候，他从来没有打骂过你哥哥。回到农村这些年，他多难啊，把全部精力都投入改变农村的面貌上，亲自带人外出学经验，亲自去买新品种，哪还有精力对你们进行耐心、细致的思想教育工作呢！你说说，恢复高考后，你爸反没反对你们升学？只要你们是凭真本事考上的，他绝不会拦着你们。”

甘公荣点点头：“年轻的时候我也有不理解他的地方，后来看着他那么辛苦，我慢慢就理解了。”

“其实你爸是爱你们的，就是他对自己、对家人太过严格了，不过我觉得他做得对。在我眼里，你爸一直都在做对的事。”龚全珍眯起眼睛陷入了回忆。

回到自己的卧室，甘公荣埋怨丈夫：“怎么样？被我说着了吧？我说不让你提，你非提。”

金林讪讪地说道：“我也没想提，这不是话到嘴边不小心说出来了嘛！”

甘公荣劝道：“爸虽然去世了，可他影响了妈一辈子，妈时刻都在向爸学习。妈常挂在嘴边的一句话就是‘跟你爸比起来，我还差得远呢！’所以你调动工作这事就别想了。”

金林心悦诚服地点点头：“不想了，妈的一席话把我点醒了。我由衷地佩服他俩，要是共产党的干部都像咱爸咱妈这样，老百姓可就享福了。”

第二天去民政局办好了低保证，龚全珍赶紧给赵慧芝送了过去。一进门，见老人正一手拄着拐棍一手握着笤帚打扫房间。龚全珍满面笑容地掏出低保证：“赵大姐，您怎么下床了？病好点了吗？看，您的低保证办下来了。”

赵慧芝嘴里一边说着“好多了”一边不敢相信地看着低保证，又望了望龚全珍，然后兴奋地接过低保证摩挲着：“这么快！前年我闺女也去办过，前后去了八九次，以为办成了，可只领了三个月的低保，就再也领不到了，也没说个啥缘由。”

龚全珍微笑着说道：“有了这个证，以后您月月都能领到钱。要是他们不给，您直接来找我。”

赵慧芝满是皱纹的脸上笑成了一朵花：“行嘞，龚老师，您真是个活菩萨！”

“可别这么说，这都是我应该做的。以后再有什么事，您说一声，我随叫随到。”龚全珍笑着嘱咐。

两人又说了会儿话，龚全珍便告辞了。

龚全珍走在县城的大街上，忽然听见有人叫她："龚老师！"龚全珍抬头仔细看了看，一脸惊喜地说道："冯老师，怎么在这儿见到你了？咱们有十多年没见了吧？"

冯老师笑道："是啊，好巧啊！不过我倒是经常见到你！"

龚全珍嗔怪道："是吗？见了我怎么也没见你打声招呼啊？"

冯老师扑哧一声笑了："你在电视机里，打招呼你也听不见哪！"

龚全珍也笑了："你说的是我在做报告啊！你现在也在咱们县里住？前几年我听说你好像跟着女儿搬到南昌去住了。"

"大城市里太吵，住不习惯，所以又搬回来了。现在住进了养老院！"冯老师微笑着回答。

龚全珍颇感兴趣地询问："那里条件咋样啊？"

"我觉得还行，虽然条件差了点，可是空气好啊，适合养老。"冯老师心满意足地说道。

"走，带我去看看你住的地方。"龚全珍兴奋地拉起冯老师就走。

幸福养老院处在大山中，一旁树林中不时传来鸟叫声，整个院子有十多个房间，不算太大，但十分干净、整洁。龚全珍边参观边说道："这里环境真好，还安静，看书、写字、锻炼都没人打扰。"

冯老师点点头："不光安静，这附近就有医院、菜市场，还有食堂，生活也方便。我是想通了，以前当老师的时候照顾学生，退休了还得照顾孙子，你看现在多好啊，一个人想干吗干吗，省得操儿女的心，也省得让儿女们操心。"

龚全珍思索了一会儿，问道："你们院长在吗？被你这么一说，我也心痒痒了。"

冯老师担心地问道："你闺女不会有意见吧？"

龚全珍笑笑："意见肯定会有，不过我相信我能做通她们的思想工作。"

幸福养老院的梁院长自然认识龚全珍，见她要求搬进来住，表面上不好拒绝，于是就推说房间要重新收拾，让她过两天再搬过来。随后他就去找了甘公荣，说明了情况，表明养老院里条件简陋，实在不适合龚老师住，要她回去好好做做龚老师的思想工作。

傍晚，甘公荣一进家门就赶紧问母亲是不是真想搬去养老院。龚全珍坦然地说道："我正想跟你和金林说这事呢，你怎么知道的？"

这时金林也下班回来了，得知此事，连忙问道："妈，在家里不是挺好的吗？"

甘公荣也说："我们的孩子大了，也不需要您带了。拖地、做饭这些您想干就干，不想干等我回来干。您要是真走了，您让外人怎么说？人家肯定会说我们不孝顺，把您赶走了。"

龚全珍温和地说道："你们是怕我走了，面子上过不去？你们平时怎么孝敬我的，熟悉的人心里都清楚，不会有人说闲话。放心吧。"

"妈，您能不搬走吗？都说家有一老，胜有一宝。您这一走，家里就空荡荡、冷清清的了。"金林恳求道。

龚全珍态度坚决："我已经决定了，等那边定下来就搬。"

甘公荣和金林无奈地对视了一眼。

回到自己的房间，甘公荣悄悄给姐姐甘平荣打电话求助。平荣想了想，让公荣想办法先拖两天，等她回来再一起劝说母亲。公荣皱着眉头思索了半晌，又将电话打到梁院长那里，请他费心帮忙。

过了两天，龚全珍去养老院询问什么时候能搬过去，梁院长一脸歉意地说："龚老师，真对不住。我们幸福养老院昨天刚开会做了一个决定，院里剩下的房子准备要办一个刺绣福利厂，所以不再接收新人了。"

龚全珍眉头一皱："我说梁院长，你是成心不想让我住进来是吧？"

梁院长急忙辩解："龚老师，我真没那个意思。您是甘将军的夫人，又是人大代表，我……"

龚全珍思索了一下，说道："是不是我家公荣跟你说什么了，让你故意阻止我？"

梁院长极力掩饰："这个……没有的事。"

“那其他老人都可以住，为什么偏偏我就不行？我不管，三天之后，我就搬来。要实在没房间，我就打地铺睡大院里。”龚全珍说完转身离开了。

梁院长一时也没了主意。

回到家里，龚全珍见甘平荣、甘公荣两姐妹正坐在沙发上说话，脸上满是笑意：“平荣，你咋来了？”

甘平荣连忙站起来，将龚全珍扶到沙发上坐下，然后说道：“我来接您去南昌住。”

“我姐说南昌的医疗条件好，那里的医生比咱莲花县城的医生水平高多了。还有，您不是最喜欢看书吗？南昌的图书馆里什么书都有，以后您想看书会方便得多。”甘公荣在一旁赶紧补充。

龚全珍见两个女儿一唱一和，心里已然明白她们的用意，态度坚决地说：“好了，你们都别劝我了。农村山美水清养人，我已经决定了，我就在莲花县待着，剩下的时间我得守在你爸身边，哪儿也不去。”

姐妹俩对视了一眼，都无奈地笑了。

三十二　传家风永葆初心

龚全珍从书店买完书刚出门准备回家，就听见前方传来一阵女孩撕心裂肺般的哭声。龚全珍边走边四处张望着，忽然看见一个七八岁的小女孩从一座破院子里冲出来，不顾一切地见人就拦下来。看到龚全珍，女孩冲过来拉起她的胳膊就往院子里拽。

这是一间极简陋的出租房，狭窄的屋子里没什么家具，仅有的一张床上躺着一个昏迷不醒的女人。

龚全珍惊呆了，连忙将手探到那女人鼻子前面检查是否还有呼吸，然后吃力地扶起她，对女孩说道："孩子，快出去叫个人。"

龚全珍和一个小伙子将那个女人送到了医院。小女孩紧跟在后面，不停地哭喊着："妈妈，妈妈……"等那个女人被抬进手术室后，龚全珍将泣不成声的小女孩轻轻揽到怀中，柔声安慰道："别哭了，孩子，你妈妈不会有事的。"

小女孩在龚全珍怀里渐渐止住了哭泣，然后两人在手术室前的长椅上坐下来。

"孩子，你叫什么名字？妈妈的事，你爸爸知道吗？"龚全珍拉着小女孩的手温柔地问。

“奶奶，我叫彭艳峰。妈妈这几天老是晕倒，我爸说要带我妈来看病，可我妈死活不愿意来。妈妈说家里没钱，她想用挣来的钱供我上学。”小女孩垂着头，低声说道。

龚全珍大吃一惊：“你现在还没上学？”

“以前在农村的时候上到了二年级，到城里以后就不上了。”彭艳峰仍低着头。

龚全珍心疼地看着她说道：“彭艳峰，好，奶奶记住你了。奶奶向你保证，一定会让你重新进入校园学习。”

这时，一个皮肤黝黑、个子不高的男人一瘸一拐地朝着手术室匆匆走来。彭艳峰起身，哭着扑进了男人的怀里。

“你妈呢？”男人轻轻拍着女儿的背，焦急地问。

“还在做手术。爸爸，是这位奶奶和一位叔叔把我妈送到医院的。”彭艳峰止住了哭泣。

男人望着龚全珍，腼腆地深深鞠了一躬。

“别这样，只是举手之劳，人没事就好。”龚全珍赶紧说道。

彭艳峰妈妈出了手术室就张罗着回家。男人自然知道妻子担心什么，安慰了她几句，然后来到收费处询问护士能否缓两天再交住院费。听到护士说跟他女儿一起送病人来的那位老阿姨在走之前将各项费用都结清了，男人顿时愣住了，鼻子一阵发酸，喉结上下起伏着哽咽起来。

待妻子病情稳定后，彭艳峰爸爸辗转打听到了龚全珍的住处。一见到这位善良的老阿姨，彭爸爸扑通一声跪倒在地：“龚老师，您不仅救了孩子她妈，还替我们垫付了住院费。您是我们全家的大恩人！”

龚全珍一惊，急忙扶起他。彭爸爸从衣兜里掏出一条手绢，缓慢打开——里面是分分角角的纸币，说道：“现在我们家里只有这么多钱，您别嫌少，等我发了工钱就把剩下的还您。”

龚全珍赶忙拒绝：“不急，以后的事以后再说，眼下为孩子的妈妈治病要紧，你拿着这些钱给她买点营养品补补身子。”

彭爸爸感动得流下了眼泪。

龚全珍来到教育局，向王局长反映适龄儿童失学严重的问题，希望教育局牵头，带动事业单位捐助，筹办希望工程，帮助那些失学儿童重返校园。

王局长认真听完后表示：“龚老师，您提的意见很好，我举双手赞成。都说少年兴则国家兴，少年强则国家强，但现实跟理想之间总是有那么一些或大或小的差距。您是干了一辈子的老教师，对咱们教育系统的境况应该比我更了解，教师的一般工资都很难按时到位，何况是别的经费？钱恐怕不好批啊。不过，您刚才说找事业单位捐助，这是个好办法，您不妨先试试。只要筹款到位，我们教育局立马牵头建设希望工程。”

龚全珍爽快地答应下来：“好，我现在就去联系。”

接下来的日子里，龚全珍频繁出入城建局、卫生局等各个部门，然而失望多过希望。

甘公荣看着年迈的母亲四处奔走，既担心又心疼，不由地劝道：“妈，您说您都多大年纪了，还跑东跑西的。事情办不成不说，还净遭人家白眼。您这是何必呢？”

龚全珍语气坚定地说道：“唐僧取经还有九九八十一难呢，红军长征还走了两万五千里呢，我这才哪到哪啊？再说了，你爸在世的时候不也一样嘛！去世前几个月都没停下脚步，带着乡亲们到外地考察、学习。我跟你爸比，还差得远呢！放心吧，我身子骨好着呢。”

甘公荣哭笑不得，继续劝道：“您别忘了，您都八十岁了。以前您跟我爸吃了多少苦，现在好不容易日子好过些了，您就不能安下心来好好享清福吗？”

龚全珍的神情变得严肃起来：“正因为我都八十岁了，老天留给我的时日不多了，所以我才更应该抓紧时间多做点事。”

甘公荣噘起嘴，无可奈何地说道：“反正不管我怎么说，您总有道理。”

龚全珍笑了：“灯不拨不亮，理不辩不明嘛！”

甘公荣蹙起了眉头，认真地说道：“话虽这么说，可希望工程是件大事，需要花大钱，不是您一个人能解决的。”

龚全珍不服气地回答：“我还就不信了！没有钱一样可以办成事，大事办不了就办力所能及的小事。反正这事我一定要办，而且一定要把它办好！”

在龚全珍的全力奔走下，幸福养老院专门辟出了一个房间，摆上十几张桌椅，由龚全珍和院里的其他老教师做志愿者，为孩子们开设了一个兴趣班。在这里，孩子们不仅可以学习文化知识，还可以上任何自己喜欢的兴趣课。

这天，龚全珍正在养老院里浇花，卫国忽然走进来。只见他手里拿着一只手提包，衣袖上缠着一块黑纱。

龚全珍大吃一惊：“卫国啊，你爸他……”

卫国悲痛地说：“龚阿姨，我爸前两天去世了，他走之前特意嘱咐我，不办追悼会，不占土地，一切从简。他要按照一个老红军的标准要求自己，说这样才有脸去见祖昌叔。”

龚全珍不禁一阵唏嘘：“你爸和你祖昌叔虽然表面上斗了那么多年，但内心的感情不是一般的深。他这一走，两个人又可以聚到一起了。”

“我知道。我爸走之前，嘴里一直念叨着我祖昌叔，说要是有下辈子，他会和祖昌叔做亲兄弟。”卫国说着，从包里掏出一本存折，“龚阿姨，我爸让我把这个存折交给您，里面有 16 万元。他说您这么大年纪了还在为教育事业奔走不容易，别人不支持，他支持您。”

龚全珍望着存折，眼角泛起了泪花。

解决了彭艳峰的上学问题，龚全珍赶去医院告诉彭家这个好消息，却发现彭妈妈已经出院了，便转身直奔彭家。见彭妈妈恢复得不错，龚全珍放下心来：“我这次来有两件事。第一件事，从明天起，艳峰就可以免费到学校去上课了，平时空闲了也可以来我们幸福养老院参加课外兴趣班。”

彭艳峰有些不敢相信地望着龚全珍，在母亲的提醒下她赶紧向龚奶奶道谢。

龚全珍亲切地说道："我把你们当自家人，客气的话以后就别说了。我听艳峰她爸说，你之前在一家服装公司上班，后来公司倒闭了，你也失业了。我想着，你有手艺，完全可以自己开一家裁缝店啊。"

彭妈妈沉默了一会儿，面露难色："我也想过，可开裁缝店光租门面就是一大笔费用，太难了。"

龚全珍笑了："你别愁，门面我已经帮你找好了！怕你不同意，所以就自作主张先租下来了。"

彭妈妈惊讶地望着龚全珍，感动得流下了眼泪："龚老师，您让我说什么好呢？"

龚全珍轻轻拍了拍她的手："什么也不用说，以后你就安心工作，孩子放心交给我吧。"

过了一段时间，大家都知道了幸福养老院里有一个孩子们都喜欢的兴趣班，于是陆续有家长慕名而来。这天，一对母子拉拉扯扯、吵吵嚷嚷地来到养老院门口。妈妈用力将孩子往院子里拽，孩子却挣扎着死活不愿意进去。两人拉扯了一会儿，龚全珍闻声走出来，拉开了母子俩，轻声劝道："别打孩子，有话好好说。"

那女人见了龚全珍，恭敬地说道："您就是龚老师吧？事情是这样的，这是我儿子吴小彬，他小的时候我和他爸就整天在外边忙，辛辛苦苦挣钱，供他上学。他倒好，天天往游戏厅里钻，成绩一塌糊涂。听说您这儿办了个补习班，而且是有经验的退休老教师们在照看，我就拉着孩子过来了。您看能不能多给我儿子辅导辅导？"说着便从衣兜里掏出几百块钱递给龚全珍。

龚全珍连忙摆摆手："我想你误会了，我们这里不是补习班，只是兴趣班。而且我们这儿属于公益性质，钱你还是拿回去吧。"

旁边的吴小彬不屑地冲着妈妈撇了撇嘴："说得真好听，表面上是为我好，其实就是为你们自己！你们有时间在外面喝酒打麻将，怎么就不能早点回家？反正我现在已经不是小孩子了，别以为把我关在这个‘托儿所’就能拴住我！”

吴小彬妈妈尴尬地缩回手，瞪了儿子一眼，又转身对龚全珍赔笑道：“只要不是游戏，其他什么兴趣都没关系。实话告诉您，我儿子放养惯了，有点调皮，只要能收住他的心，您让他学什么我都百分之百支持。”

龚全珍打量了一下吴小彬，点头应允。吴小彬则挑衅地翻了个白眼。

从小没人管的吴小彬果然淘气，整日窜来窜去，在教室里根本待不住。一天，附近一户农民怒气冲冲地找到龚全珍，称他们家的一只鸡被这儿的学生逮住吃了，而且证据确凿。龚全珍详细询问了事情的经过，知道一定是吴小彬干的，于是从衣兜里掏出 10 块钱，满含歉意地递了过去，说道：“我是孩子的老师，孩子犯的过错我来承担责任。实在对不住，我替孩子向你赔罪了。你放心，以后我会严加管教，绝不会再发生这种事。”

那人接过钱转身要走，又回过头来好心提醒道：“龚老师，我想劝您一句，你们这里又不是国家的学校，这种不学好的熊孩子您不教也罢。”

待那人走后，冯老师皱着眉头说道：“龚老师，我觉得他说得对，这孩子刚来没几天就惹祸，以后还不知道会带来多大麻烦呢。干脆，把他父母叫来，把这孩子接走吧。”

龚全珍平静地说道：“他毕竟还是个孩子。孩子哪有不犯错的？我去找他谈谈。”说着起身离开，冯老师也跟了过去。

花园里，龚全珍找到吴小彬。没想到小男孩竟一脸不屑地承认那只鸡就是自己偷吃的。

龚全珍温和地说道：“这只鸡对你来说无所谓，可对农民伯伯来说就是他们家的宝贝，你知道农民伯伯养只鸡有多不容易吗？”

“说来说去，不就是钱的事吗？”吴小彬说着，满不在乎地从兜里掏出 10 块钱，塞到了龚全珍手里，然后转身就跑。

旁边的冯老师急了：“吴小彬，你给我站住！”

吴小彬没有理睬，反而加快了脚步。

“你看看，这孩子简直不把咱们放在眼里。要我说，趁早赶走算了。”

冯老师气呼呼地说道。

龚全珍看着吴小彬的背影平静地说道："我倒觉得这孩子还有救，不过得慢慢来，不能操之过急。"

没过两天，吴小彬又被人告状在小树林里偷偷打鸟。龚全珍与彭艳峰一起赶到小树林时，看见吴小彬正在打鸟。随着鸟儿的一声惨叫，一只小鸟跌落下来。兴奋的吴小彬正要去寻找落地的小鸟，忽然看到彭艳峰和龚老师一起走过来，连忙撒腿就跑，转眼不见了踪影。

龚全珍叹了口气，和彭艳峰转身刚要走，却听到那只小鸟在不远处发出了几声哀鸣。彭艳峰赶紧跑过去，将受伤的小鸟小心翼翼地捧在手心里："奶奶，吴小彬真坏，他把这只鸟打伤了。"

"小鸟跟人一样，也是个小生命。它受伤了，咱们就帮它医治。走，带回去养起来，等养好伤再放它走。"龚全珍说着，与彭艳峰一起朝树林外走去。

这天夜里，龚全珍早已熄灯睡下，"咚咚咚"的敲门声骤然响起。龚全珍一惊，连忙开灯披衣下床，打开门发现吴小彬的妈妈满脸焦急地站在门外。

原来小彬爸爸喝醉了酒，回到家就和妻子吵起来。两人互相指责对方，说孩子变成今天这样全是对方的责任。吴小彬一气之下就离家出走了。两人发现孩子不见了，心想孩子没地方去，可能来养老院了，就赶过来看看。

龚全珍皱着眉头说道："家庭是孩子的第一课堂。孩子变成这样，你们两个都有责任。"

吴小彬妈妈十分悔恨："是啊！龚老师，我们俩都有错。既然孩子不在这儿，就不耽误您休息了，我得赶紧去别处找找。"

"等等，我也去。"龚全珍说着便穿好衣服，走进了茫茫黑夜中。

大街上格外寂静，只有汽车偶尔驶过。龚全珍和吴小彬妈妈边走边呼喊着吴小彬的名字。找了一会儿，为了扩大搜寻范围，两人决定分头寻找。

寻找了好几条街道和小巷后，龚全珍忽然听见角落里传来一阵嘤嘤的哭泣声。她停下脚步，循声望去，但角落里很黑，只能勉强看见一个模糊的人影。

龚全珍疾步走过去问道："是你吗，小彬？"那人影没有回答，哭声反而更大了。

龚全珍走到近前一看，果然是吴小彬正蜷缩在那儿哭得十分伤心。龚全珍蹲下身子，将他搂在怀里："傻孩子，你怎么跑到这儿来了？都快把你爸妈急死了！"

吴小彬哭得更伤心了："他们不是我爸妈！我没有爸妈！他们根本就不关心我！"

龚全珍耐心地安慰："谁说的？他们现在正满世界找你呢！你妈已经把情况跟我说了。他们吵架的确不对，可你大半夜一个人跑出来也不好啊！万一出了事怎么办？"

吴小彬赌气地说道："真出事了才好呢！"

龚全珍拉起吴小彬："别说胡话！走，孩子，跟我回家。"

"不，我不回去！"吴小彬猛地挣脱掉龚全珍的手，转身就跑。

龚全珍大喊着追了上去。正在这时，一辆汽车疾驰而来。刺眼的灯光下，龚全珍眼前一黑，顿时失去了知觉。

甘公荣得知母亲受伤进了医院，心急火燎地赶来。见母亲没被车撞到，只是摔倒时手上蹭破了一点皮，她悬着的心这才放下，但还是生气地数落起来："大半夜的，您说您一个八十多岁的老太太跟着找什么人啊！万一被车碰着了，您让我怎么向我哥和我姐交代？妈，您年纪都这么大了，咱不折腾了行吗？"

龚全珍争辩道："我也没折腾啊，就是做老师该做的事而已。"

甘公荣想了想，一脸严肃地说道："要我说，您这老师也别做了，费心又费力，不适合您养老。"

龚全珍立刻表示反对："我做了一辈子的老师，身上有点余热总要发挥出来。"

"您若执意做老师，那干脆您别待在养老院了，跟我回家住。"甘公荣提出条件。

龚全珍斩钉截铁地说："不行！"

甘公荣只得摆出一副委屈的模样，乞求道："妈……"

龚全珍见女儿这样，马上换成一副笑脸，温柔地安抚："妈答应你以后一定小心，不会再出事了，好吗？"

甘公荣一脸无奈地叹了口气。

吴小彬父母被龚全珍从医院强行劝走，但两人实在过意不去，第二天一早就想带着儿子一起去医院看望龚老师，倔强的吴小彬却说什么都不肯去。两人只好自己买了些东西来到医院。

"你们不必放在心上，没什么大不了的，就是个皮外伤。"龚全珍微笑着宽慰他们，"小彬怎么没和你们一块来？"

吴小彬妈妈不好意思地说道："那孩子八成是被吓着了，不敢过来见您！"

"他那像是被吓着的样子吗？就是一个做了错事不敢承担责任的怂货。回去我一定好好教训教训他！"吴爸爸气得咬牙切齿。

龚全珍见他这副模样，语重心长地说："不是我说你们，孩子变成今天这样，你们有不可推卸的责任。那么小的孩子，不能动不动就打骂，得进行说服教育。孩子跟大人不一样，对待他们得有点耐心。我看最应该到学校学习的是你们这些家长，而不是孩子。"

"龚老师，您教训得对。我们以后一定改正。"吴小彬妈妈连忙赔着笑脸说道，然后悄悄拉了拉丈夫。

吴爸爸赶紧应和："对，改正，一定改正！龚老师，您先休息，我们改天再过来看您。"

龚全珍微笑着说道："你们不用再来了，过两天我就出院了。"

两人刚走，彭艳峰和妈妈提着水果走了进来。

龚全珍责怪彭艳峰不该告诉她妈妈，然后又询问裁缝店的生意如何。彭妈妈一脸高兴地说："托您的福，一切都好。只要勤劳肯干，不愁没客源。"

彭艳峰忍不住说道："奶奶，我偷偷告诉您一件事。这几天，吴小彬一直在养老院照顾那只受伤的小鸟。"

龚全珍听了先是一怔，随即欣慰地笑了。

回到养老院，彭艳峰见吴小彬正在喂小鸟，便悄悄走到他身后，轻轻拍了一下他的肩膀。吴小彬吓了一跳，转身发现竟是彭艳峰，于是长舒了一口气："吓死我了！我还以为……快跟我说说，龚老师的伤好点了吗？"

彭艳峰咯咯地笑起来："你以为是冯老师吧？要想知道龚老师的伤势，自己到医院看去！我才不告诉你呢。"说完转身就走。吴小彬连忙追了上去，无奈彭艳峰始终不肯透露半个字。经过一夜的纠结，第二天吴小彬心情忐忑地去了医院。

病房里，龚全珍正躺在床上看书，忽然眼角的余光瞥到门外闪过一个小小的身影。她立刻猜到了那是谁，微笑浮上了脸庞："吴小彬，别躲躲藏藏的了，进来吧！"

一直在外面犹豫不决的吴小彬听到龚老师叫自己，只好硬着头皮走进病房。

"我听艳峰说你一直在照顾那只受伤的小鸟？"龚全珍笑着问道。

吴小彬默默地点点头，忽然又抬起头："龚老师，那只小鸟就快好了。"

龚全珍温和地说："伤好了，小鸟肯定会很高兴。你呢？你心里的伤好了吗？我能看得出来，你爸爸妈妈其实是非常爱你的。"

吴小彬沉默了一会儿，愤愤地说："他们要是真爱我，就不会天天吵架了。"

龚全珍耐心地解释："生活就像是勺碰锅、锅碰碗，磕磕绊绊也是正常的。”

“您可能不知道，以前我们家里没钱的时候，我感觉生活是快乐的，我也很爱学习。可自从有了钱之后，我发现他们都变了，每天都有数不清的矛盾。我感觉我就像是他们的累赘，他们都拿我当出气筒，骂了我还说是为我好。大人的世界我真搞不懂。”吴小彬说着，眼泪不禁扑簌簌落了下来。

不知何时，吴小彬的爸爸妈妈来到了病房门口。听了儿子的一番话，两人对视一眼，脸上都露出歉疚的表情。妈妈冲上去紧紧地抱住吴小彬，爸爸的眼中也闪着泪光。

“孩子，是爸爸妈妈不好，以后我们再也不吵架了。”

“小彬，爸爸知道错了，爸爸向你道歉，以后爸爸要是有什么不对的地方，你尽管说，爸爸一定及时改正。”

看着眼前的一幕，龚全珍由衷地笑了。

龚全珍很快出院了，重新回到了养老院。那只小鸟也已经痊愈。这天，吴小彬提着鸟笼来到院子中央，在龚全珍和彭艳峰的注视下，打开了鸟笼。小鸟欢快地鸣叫一声，展翅高飞。三人微笑着抬起头，望着天空中的小鸟越飞越远。

日子一天天地过去。龚全珍始终以丈夫甘祖昌为楷模，用一个普通共产党员的标准要求自己，尽己所能地帮助需要帮助的人。

转眼到了二〇一一年，当初接受龚全珍帮助的孩子们都已经长大了。因为心中怀着一份感动，他们懂得了感恩，懂得了人生真正的意义。他们当中，有的大学毕业后前往边远山区支教，有的扎根家乡为父老乡亲们奉献青春……飞得远的会经常写信回来，离得近的会时常陪伴在龚老师身边。

一个阳光明媚的日子里，刚刚当上母亲的彭艳峰抱着两个月大的宝宝来看望龚老师，想给她一个惊喜，没想到恰巧遇见同样来探望的吴小彬。两个人回忆起从前在幸福养老院里的时光，不禁哈哈大笑。进了门，却发现龚老师不在家。甘公荣满面笑容地看了看他们，向远处的广场指了指，于是两人静静地向广场走去。

甘祖昌的雕像巍然屹立在碧蓝的天空下。龚全珍站在雕像前，久久地仰望着，回忆着跟丈夫一起走过的日子。一个戴着红领巾的小女孩走到她身边，好奇地问道："龚奶奶，甘祖昌爷爷当初为什么要下乡当农民啊？您跟甘爷爷一块儿下乡，一待就是三十年，山村生活那么苦，您不后悔吗？"

龚全珍慈爱地看了看小女孩，和蔼地说道："甘爷爷是从农村走出去的，他回来是想回报家乡，改变农村贫穷落后的面貌。虽然农村生活很艰苦，但我们心中有信仰，我们的精神无比富裕。跟着你甘爷爷为家乡贡献自己的一份力，我感到很光荣！"